MIMUNG

Die TATEN des DIETRICH von BERN

und die letzte SCHLACHT der NIBELUNGEN

„Schnell ließen die Kühnen
ihre gezäumten Rösser
dahin stürmen über die Berge,
durch den pfadlosen Myrkwald.

Der Boden der Huna-Mark bebte,
Wo die Furchtlosen geritten kamen.
Sie trieben die Pferde
über grüne und grasreiche Wiesen.
Bis sie sahen Atlis Halle..."

(Aus dem Atli-Lied der älteren Edda)

MIMUNG

Die TATEN des DIETRICH von BERN

und die letzte SCHLACHT der NIBELUNGEN

Ein historischer Roman,

geschmiedet aus dem Kern einer alten Sage

J. A. Ackermann

2022

© Jochen A. Ackermann, Nürnberg, 2022

Herstellung und Verlag: BoD – Books on Demand, Norderstedt

ISBN: 978-3-7-5575-660-6

Titelbild: Dietrich von Bern, J. A. Ackermann

Dieses Buch ist Heinz Ritter-Schaumburg gewidmet, der die Geschichte dem Dunkel der Sage entrissen hat.

Mein größter Dank gebührt Reinhard Schmoeckel, der mich durch sein Buch „Bevor es Deutschland gab" auf Ritters Thesen aufmerksam machte und eine historische Einordnung ausgearbeitet hat. Er war mir auch bei der Veröffentlichung des Buches eine große Stütze.

Großer Dank gebührt außerdem Jürgen Jakobi für zahllose stilistische, semantische und orthographische Korrekturen.

Weiterhin danke ich Walter Böckmann, der das geistige Innenleben der Helden anschaulich dargestellt hat, Edo Wilbert Oostebrink, dessen Bücher mir eine große Hilfe waren, Werner Keinhorst und Ulrich Steffens, die stets kritische Diskussionspartner waren, Harry Böseke, Karl Weinand, sowie zahlreichen Mitgliedern und Autoren des „Dietrich von Bern-Forums" in der Zeitschrift der BERNER.

Ich danke außerdem der Schriftstellerin Auguste Lechner und J.R.R. Tolkien, deren Bücher in meinen Jugendtagen mein Interesse für die nordische Sagenwelt geweckt haben. Ich danke nicht zuletzt auch den Schreibern des Mittelalters, die diese Sagen durch ihre Arbeit vor dem Vergessen bewahrt haben.

Vorwort

Es war ein dunkles und zugleich schillerndes Zeitalter, das in unseren Gefilden herrschte, nachdem das Römische Reich zertrümmert worden war, und es keinen Kaiser mehr gab im Westen. Wenige Jahre, nachdem die Reiterheere der Hunnen unter ihrem Führer Attila von den Völkern des Westens zurückgeschlagen wurden, gab es in den Ländern am Rhein zahlreiche Könige und Königreiche, von denen heute nicht einmal mehr der Name überliefert ist.

Es war auch eine Zeit der Helden, Königinnen und Krieger. Dieses Buch erzählt von einigen dieser Helden und Königinnen, deren Namen bis in unsere Tage herüberhallen. Seine Quellen sind uralte Sagen aus dem Norden Europas. Es sind die Sagen um König Dietrich von Bern und die Nibelungen. Sie handeln von Siegfried und Hagen, von Krimhild und anderen großen Namen. Ihre Taten wurden noch Jahrhunderte später in den Hallen großer Könige besungen. Und noch heute werden sie besungen und gelesen. So kann man auch hier die Geschichten lesen, die so manches von den Geschehnissen des dunklen Zeitalters der Völkerwanderung bewahrt haben.

Die Nibelungen der Sage werden meist mit den Burgundern gleichgesetzt, einem ostgermanischen Volksstamm, der bis zum Jahr 436 am Rhein siedelte und dort fast vernichtet wurde, bevor er sich wenige Jahre später im Gebiet des Genfer Sees ansiedelte. Aber mit größter Wahrscheinlichkeit zogen die historischen Burgunder nicht vom Rhein bis in das Reich der asiatischen Hunnen um dort unterzugehen, wie es das Nibelungenlied erzählt.

In den skandinavischen Erzählungen über die Nibelungen (dort Niflungen genannt) heißen diese niemals Burgunder. Demnach spricht einiges dafür, dass die Nibelungen in Wahrheit nichts mit den Burgundern zu tun hatten, oder nur ein burgundischer Teilstamm waren. Wohin diese Nibelungen aber gezogen sein könnten, falls es sie gegeben haben sollte, werden wir noch berichten.

Seit dem Mittelalter wird ebenso die Meinung vertreten, der legendäre Heldenkönig Dietrich von Bern sei der berühmte Ostgotenkönig Theoderich der Große, der bis 526 n. Chr. in Italien herrschte. Dietrich und Theoderich sind (ebenso wie Didrik oder Thidrek) tatsächlich verschiedene Formen ein und desselben Namens. Doch scheinen beide Könige außer dem Namen kaum etwas gemeinsam zu haben. Das gleiche trifft übrigens auch auf den Frankenkönig Theuderich I. zu, der um dieselbe Zeit lebte und theoretisch ebenfalls als mögliches Vorbild für Dietrich von Bern in Frage kommt.

Deshalb wurde ebenfalls seit dem Mittelalter auch die Vermutung geäußert, dass es neben Theoderich dem Großen einen weiteren König namens Dietrich gegeben haben könnte, der ursprünglich in der Sage besungen wurde. Der erste, der dies äußerte, war der berühmte Frutolf von Michelsberg im 11. Jahrhundert.

Verschiedene Fassungen der Sage, wie das hochdeutsche Nibelungenlied und die nordische Edda und die Völsungasaga, sowie die Thidrekssaga, erzählen die Sagen um Dietrich von Bern überraschend ähnlich, jedoch in verschiedenem Gewand. Dabei scheint vor allem die Thidrekssaga die Geschichten nicht nur vollständig, sondern auch in ihrer reinsten Form bewahrt zu haben. Nach dieser Erzählung kämpften die Nibelungen ihren letzten Kampf in Susat, der heutigen Stadt Soest in Westfalen, und nicht im fernen Ungarn, wie es im mittelhochdeutschen Nibelungenlied erzählt wird.

Die Thidrekssaga erzählt das Leben des Dietrich von Bern in altwestnordischer beziehungsweise altschwedischer Sprache. Die älteste heute noch existierende Abschrift der Thidrekssaga, Membrane (Mb) genannt, dürfte aus dem 13. Jahrhundert stammen. Daneben existieren zwei altwestnordische Texte als isländische Abschriften (IsA, IsB) sowie eine altschwedische Fassung (Didrikschronik) mit zwei ähnlichen Texten (SvA, SvB), deren Abschriften jünger sind.

Es ist bis heute umstritten, ob die Membrane eine der ersten schriftlichen Fixierungen der Thidrekssaga darstellt, oder ob sie auf eine ganze Reihe von älteren Vorgängerversionen zurückblickt. Es wäre dann nicht unwahrscheinlich, dass die ältesten dieser Vorgänger der Thidrekssaga einst in altniederdeutscher Sprache verfasst waren. Möglicherweise liegt ihr Ursprung bei den alten Heldenliedern, die Karl der Große um 800 n. Chr. aufschreiben ließ, die aber heute verschollen sind. Der Sagenforscher Heinz Ritter-Schaumburg (eigentlich Heinz Ritter) stellte auf dieser Grundlage die Hypothese auf, dass die Thidrekssaga, und hier insbesondere die altschwedische Didrikschronik, die ursprünglichste Version der Sage ist und direkt auf Vorgänge in Nordwestdeutschland zurück geht.

Die Nibelungen scheinen der Thidrekssaga zufolge westlich des Rheins gewohnt zu haben. Auf ihrem Zug in den Untergang nach Susat überqueren sie den Rin, wo dieser mit der „Duna" zusammenfließt. Lange nahm man an, diese Flüsse der Sage müssten Rhein und Donau meinen. Da allgemein bekannt ist, dass Rhein und Donau nicht ineinanderfließen, verlor die Sage schon deshalb in den Augen vieler jeden Anspruch auf wahrheitsgetreue Überlieferung.

Mit der Entdeckung einer real existierenden Duna, der heutigen Dhünn (im Mittelalter Dune genannt), die einst in den Rhein mündete, lieferte Ritter ein Fundament für den historischen Kern der Sage. Die Dhünn passt genau auf die Duna der Sage. An ihrer Mündung lag einst eine Furt, die sich zum Überqueren des Rheins eignete. Die Nibelungenburg Vernica fand Ritter in der heute verschwundenen Burg Virnich, nahe Zülpich im Bereich des Flüsschens Neffel. Die ehemalige Furt an der Dhünn-Mündung liegt genau zwischen Burg Virnich und Susat.

Zahlreiche weitere in der Sage genannte Orte, allen voran Bern (=Bonn) und die Musala (Mosel) sprechen ebenfalls für einen Ursprung der Sage im nordwestlichen Deutschland, insbesondere im Rheinland und in Westfalen. Weitere geographische Fixpunkte, die zweifelsfrei in diesen Raum verweisen sind etwa der Osning, der Lürwald und die Weser. Ritter vermutete in diesem Raum den Ursprung der Sage und postulierte, dass sie Chronik historischer Ereignisse ist.

Und tatsächlich berichtet die altschwedische Didrikschronik meist sehr nüchtern und ist nahezu frei von italienischen Ortsangaben, sofern man das Rom der Sage mit einer anderen Stadt als der Tibermetropole gleichsetzt.

Demnach wäre Dietrich von Bern eben nicht Theoderich der Große, sondern vielmehr ein heute nicht mehr bekannter germanischer König am Rhein, mit einem gänzlich anderen Schicksal. Ähnliches gilt für die Könige der Nibelungen, die oft mit den Burgundern gleichgesetzt werden, und für den König Etzel der Sage, der im Walthari-Lied und im Nibelungenlied mit Attila dem Hunnen gleichgesetzt wird. Falls der Etzel der Sage direkt auf eine historische Person zurückgeht, dürfte er vielmehr ein König friesischer Abstammung im Raum Soest gewesen sein. Sein wirklicher Name könnte Atala oder ähnlich gelautet haben. Es existieren zahlreiche, exzellente Fachbücher zu dieser Hypothese. Einige sind für den interessierten Leser am Ende des Buches aufgeführt.

Heinz Ritter mag über das Ziel hinausgeschossen sein, als er die Thidrekssaga einen „chronikalischen Bericht" nannte. Er maß den legendenhaften Episoden oftmals sehr viel Gewicht bei und versuchte sie bis ins Detail zu erklären. Auch gelang es ihm nicht, die Mehrheit der Fachwelt zu überzeugen. In Fachkreisen wurde seine Hypothese wenig beachtet oder verrissen. Kaum wurde ein Versuch gemacht, seine Thesen sachlich zurückzuweisen oder zu bestätigen. Seine Grundhypothese, wonach die Sage direkt auf Ereignisse in Nordwestdeutschland zurückgeht, ist in sich stimmig und kaum zu widerlegen.

Könnte es also sein, dass ursprünglich ein Heldenkönig in den Sagen besungen wurde, über den wir sonst keine Kunde mehr haben und, dass seine Geschichte später mit jener Theoderichs des Großen verwoben wurde. Wenn es einen solchen König jemals gab, dann wird er am ehesten in Bonn am Rhein gewohnt haben, das einstmals tatsächlich Berne hieß. Und wenn die Nibelungen tatsächlich jemals in ihren Untergang zogen, dann über die Dhünn-Mündung nach

Soest und sicher nicht an der Donau entlang nach Ungarn. Hier wird versucht diese Geschichte so wiederzugeben, wie sie sich ereignet haben könnte, ohne sich dabei unnötig weit von den Quellen zu entfernen, die im Wesentlichen die Thidrekssaga und die Edda und nur am Rande das Walthari-Lied und das Nibelungenlied sind.

Die wichtigsten Quellen für diese Zeit, allen voran Gregor von Tours, nennen nur wenige Einzelheiten zu den Vorkommnissen in den Rheinlanden und östlich davon. Sie widersprechen Ritters Hypothese damit nicht.

Es ist nicht sehr wahrscheinlich, dass alle hier geschilderten Ereignisse, sich tatsächlich einst genau so zugetragen haben. Mit großer Sicherheit werden Elemente in die Sage eingeflossen sein, die für immer unbekannt bleiben und nie enträtselt werden können. Sicherlich wurde so manche Begebenheit von den Erzählern der Sage nachträglich ausgeschmückt und zur Heldentat verklärt.

Auch in dieser Erzählung werden die Helden nicht völlig entzaubert und manches ist ähnlich wie in den Vorlagen mythisch ausgeschmückt. Die Geschichte erzählt etwa von Zwergen und Riesen, wobei offenbleiben kann, wie groß diese jeweils waren. Für die damaligen Menschen, war die Welt um sie herum voll Zauberei und Magie und auch die Thidrekssaga ist voller wundersamer Elemente. Diese wurden in der Erzählung oft beibehalten, außer wenn sie mit wissenschaftlichen Erkenntnissen völlig unvereinbar sind. Dies dient dem Lesevergnügen und soll dem Leser die überlieferte Sage nahebringen. In Wahrheit dürfte es weniger mythisch zugegangen sein.

Derartige Elemente sind in der Regel durch Fußnoten als solche gekennzeichnet. Ebenso werden in den Fußnoten Vorschläge zur heutigen Lage, der in der Sage genannten Orte gemacht. Diese stammen zum Teil noch vom Erstübersetzer der Thidrekssaga, Friedrich Heinrich von der Hagen, der sich aber vielfach irrte und kein Licht ins Dunkel bringen konnte. Die meisten Ortsangaben stammen von Ritter, sowie mit Abweichungen im Detail von Edo Wilbert Oosterbrink und von mir selbst. Die Fußnoten sind für den sagenhistorisch interessierten Leser gedacht. Für die Handlung sind sie nicht von Belang, und können einfach ausgelassen werden.

Zumindest der Kern der Sage um König Dietrich und den Untergang der Nibelungen scheint auf realen Ereignissen zu beruhen. Er findet sich in allen wichtigen Strängen der Sagenüberlieferung. Dabei kann der Ursprung der Sage aber kaum bei Theoderich dem Großen liegen, der bekanntlich nicht in Verona (dem italischen Bern) regierte und nicht fliehen musste vor einem König Ermenrich. Es scheint vielmehr einen weiteren König Dietrich gegeben zu haben, der heute vergessen ist. Und es ist nicht unmöglich, dass sich seine Geschichte doch recht ähnlich zugetragen hat, wie es in den alten Sagen geschildert ist.

Und schließlich gibt die Thidrekssaga selbst vor, von wahren Begebenheiten zu erzählen:

„Diese Saga ist zusammengesetzt nach den Aussagen deutscher Männer, doch einige nach deren Liedern, welche vornehme Männer ergötzen sollen und welche einstmals gedichtet wurden gleich nach den Ereignissen, welche in dieser Saga erzählt werden...“

„...Und wenn du einen Mann nimmst aus jeder beliebigen Burg in ganz Sachsland, so werden alle diese Saga auf die gleiche Weise erzählen.
Das bewirken aber ihre alten Gesänge“
(Aus der Thidrekssaga)

Das Land der Sage:

Nordmeer

Bratingaborg

Bertanga-
land

Reidgotaland

Frisia

Tarlunga-
land

Aldinsela

Visara

Drecanfils

Rimslo-
wald

Osning

Nord-
gebirge

Huna-
land

Susat

Thorta

Aldinfils

Segard

W
i
l
c
i
n
a
l
a
n
d

S u a v a l a n d

Gnita-
heide

Suidiod

Ballofa

Rin

Lyrawald

Bakalar

Wilcina

Eidisa

Duna

Venedi

Babilonia

Aumlungaland

Brittan

Borga-
wald

Parlane-
land

Vernica

Hispania

Niflunga-
land

Bern

Rytzeland

Brisach

Ungaria

Appolij

Mundiagebirge

Gränsport

Ermenrichs

Musala

Greken

Reich

Romaborg

12

DER WETTSTREIT
DER SCHMIEDE

Man nannte einen Berg damals Ballofa[1]. Er lag abseits von den großen Siedlungen der Menschen in einem unwegsamen Gebirge. Es war kein sehr hohes Gebirge, aber es war überzogen von dichten, unzugänglichen Wäldern, in die sich tiefe Felsschluchten eingegraben hatten. Nur wenige bewohnte Weiler schmiegten sich an die Hänge. Im näheren Umkreis um den Berg herum lebten keine Menschen, jedenfalls keine, die man so bezeichnet hätte. Einige Ruinen und verfallene Häuser zeigten an, dass es hier einst eine Menschensiedlung gab. Was aus ihren ehemaligen Bewohnern geworden war, wusste niemand.

Der Berg Ballofa war nicht hoch, eher ein Hügel, aber er war innen hohl und in seinem Inneren lebten damals kleinwüchsige, menschliche Wesen. Diese kleinen Leute hatten sich hier unter der Erde eingerichtet und bearbeiteten eifrig Metalle. Sie lebten in alter Zeit oft von den großen Menschen getrennt und sie waren Meister des Bergbaus und Meister der Schmiedekunst. Dies lag daran, dass sie aufgrund ihrer geringen Körpergröße hervorragend geeignet waren, in enge Stollen zu kriechen, um dort Erze abzubauen. Daher waren sie seit alters her eng mit dem Metallhandwerk verbunden. Damals wurden sie Zwerge[2] genannt. Zwei von ihnen hausten in jenen Tagen in der Höhle unter dem Berge Ballofa.

---

[1] Ballofa, wie der Ort in der isländischen Handschrift A der Thidrekssaga heißt, ist der älteste überlieferte Name von Balve (Ballova) in Nordrhein-Westfalen. Mit großer Wahrscheinlichkeit ist in der Sage die Balver Höhle oder die benachbarte Höhle unterhalb von Burg Klusenstein gemeint. In der Membrane Kallava, in der altschwedischen Fassung Kallaffua genannt.

[2] Dieser Teil der Sage ist stark von Legenden geprägt. Vor allem die Existenz von „Zwergen" in einem Berg erscheint unglaubwürdig. Ein wahrer Kern ist aber durch die Nennung von Ballofa belegt. Auch lag im Sauerland einst

Der Zugang zur Höhle war halb verschüttet. Dahinter lag tief unten im Gestein unter der Erde eine große, steinerne Halle. Das Innere der Höhle war Finster, und die wenigen Fackeln, die brannten, wenn die Zwerge dort waren, erhellten die Dunkelheit kaum. Hier gab es Werkbänke, Tische, Truhen und überall waren Werkzeuge, dazwischen hingen Schädelknochen von Drachen und anderen Wesen, deren Überreste[3] die Zwerge hier unter der Erde gefunden hatten.

Vor der Höhle standen auf einer Wiese zwei kleine strohgedeckte Hütten. In einer davon glühte unter dem Rauchabzug ein heißes Feuer[4]. Darüber stand, zwischen den Zwergen, ein blonder Junge, gerade alt genug, ein Mann genannt zu werden. Er war ganz sicher kein Zwerg und fast zwei Schritt hoch. So überragte er die übrigen Höhlenbewohner bei weitem. Er schlug ein Eisen so hart, dass ihm der Schweiß von der Stirn rann und in dicken Tropfen vom Kinn herabfiel. Es zischte ein ums andere Mal, wenn einer der Tropfen in die rote Glut einschlug. Der junge Schmied trug kein Hemd, nur eine Leinenhose und einen Lederschurz. Bei jedem Schlag zitterten die sehnigen Muskeln unter seiner Haut. Sein Name war Wieland.

Zu seiner Rechten stand ein stämmiger, langbärtiger Zwerg, der zwischen den Schlägen zustimmend nickte, wobei er sich über den zerzausten, aschgrauen Bart strich. Dabei funkelten seine kleinen dunklen Äuglein feurig und böse unter den dichten, buschigen Augenbrauen hervor. Die dicke Knollennase beherrschte das Gesicht und schlug einen großen Schatten über dessen eine Hälfte. Ein

---

eines der wichtigsten Zentren zur Herstellung von hochwertigem Eisen in Europa. Eisenherstellung ist auch um Balve bezeugt. Der bekannte Zwergenkönig Laurin und sein Rosengarten werden in der Thidrekssaga übrigens nicht erwähnt.

[3] Prähistorische Tierknochen hielt man früher für Drachenknochen.

[4] Im Inneren einer der genannten Höhlen ist eine ehemalige Schmiedestelle unwahrscheinlich, da man dann wohl Feuerspuren gefunden hätte.

weiterer Zwerg zu seiner linken sah nicht viel anders aus, nur war er dünner mit rotbraunem Bart. Auch war seine Nase kleiner als die des ersten und ragte spitz nach vorn.

Während der Junge weiter auf das Schwert einschlug, das sich unter seinen Hieben formte, nickten die Zwerge anerkennend. Die kräftigen, kurzen Arme hielten sie verschränkt vor der Brust. Als Wieland kurz innehielt und sich den Schweiß von der Stirn wischte, begann der graue Zwerg neben ihm mit hämischer Miene: „Schon bald kommt vielleicht dein Vater und wird dich holen, junger Wieland." „Vielleicht! Vielleicht auch nicht", zischte der dünnere mit singender, belustigter Stimme. „Und wenn nicht, dann wirst du sterben müssen", raunte der andere wiederum, „so ist es Brauch bei den Zwergen" Dabei warf er den Kopf in den Nacken und lachte laut und dröhnend. Und der andere fiel mit heißerem Kichern mit ein. Dieses widerliche, schadenfrohe Gelächter ging Wieland durch Mark und Bein. Eine Mischung aus Zorn und Furcht stieg in ihm auf.

Den größten Grimm fühlte Wieland aber gegen seinen eigenen Vater, der ihn vor zwei Jahren zu den abscheulichen Zwergen in dieses dunkle Verlies geschickt hatte. Wieland hasste die Zwerge, obwohl sie ihm nie etwas zu leide getan hatten und ihn eigentlich immer gut versorgten. Und doch hasste er sie. Dieses traurige Leben im Berg hatte an seinen Nerven gezehrt. Wütend schlug er auf sein Werkstück ein und die Wut verlieh ihm große Kraft und Ausdauer. Als er mit der Arbeit fertig war, ging er wortlos hinaus. „Bei Dämmerung bist du wieder da!", riefen ihm die Zwerge hinterher, als er hinausging.

Die Luft und die ganze Landschaft um ihn herum waren eigenartig still und unwirklich, als befände er sich in einem Traum. Plätschernd und gurgelnd folgte das Wasser des kleinen Flüsschens[5], das an der Höhle vorbeiging, seinem Lauf. Es war Wieland als würde es

---

[5] Die Hönne. In der Sage allerdings nicht genannt.

säuselnd zu ihm reden. Als wollte ihm das Flüsschen etwas sagen. Ihn warnen.

Es war windig an diesem Tag und die Wolken flogen mit großer Geschwindigkeit über den Himmel. Wieland blickte ihnen sehnsüchtig hinterher. Er ging grübelnd ein Stück den steinigen Weg entlang und überlegte, ob er einfach weglaufen sollte. Doch hätte er nicht gewusst, wohin er gehen sollte. Auch würde er damit seinen Vater maßlos enttäuschen.

Grübelnd folgte er dem Weg, der hier entlang einer steilen Böschung verlief und auf eine größere Lichtung zustrebte. Wie aus dem Nichts stand ein Pferd in der Mitte der Lichtung. Wieland blieb wie versteinert stehen. Auf dem Boden vor dem Pferd lag ein Mann, halb verschüttet von einem Haufen Geröll. Er rührte sich nicht. Beim Näherkommen, erkannte Wieland ihn. Es war sein eigener Vater, der riesige Wade, der da tot am Boden lag.

Eine ganze Weile stand Wieland wie angewurzelt da. Erst nach einiger Zeit beugte er sich über den Leichnam und sank verzweifelt darüber zusammen. Während er so da lag, überlegte Wieland, ob die Zwerge das Gestein gelöst hatten. Er war sicher sie hätten es gekonnt, sei es durch ihre Bodenkunde oder durch Zauberei. Er hörte unentwegt die Zwerge in seinem Kopf, wie sie riefen, dass er sterben müsse, falls sein Vater ihn nicht zur rechten Zeit abholen würde. Wieland hatte nie an diese alten Gebräuche geglaubt, aber nun war er sich nicht mehr so sicher. Alles schien nach einer dunklen Vorsehung zu verlaufen.

Nach einer Weile, die er so gelegen hatte, bemerkte er die Kühle des Abends. Er konnte nicht ewig so liegen bleiben. Und doch vermochte er nicht aufzustehen. Was mochte jetzt aus ihm werden? Je länger er lag, desto stärker stieg grenzenlose Wut und Verzweiflung in ihm auf. Wie von Sinnen erhob er sich schließlich, nahm seinem Vater das Schwert vom Gürtel ab und schwang sich auf dessen Pferd. So galoppierte er zur Höhle zurück.

Mit gezogenem Schwert betrat er die Höhle und ging auf die Zwerge los. Er ließ keinen am Leben. Als Wieland schließlich innehielt und auf die Niedergehauenen blickte, konnte er nicht fassen, was er getan hatte. Er ließ die Waffe sinken und sah sich erschrocken in der Halle um.

Es war totenstill. Wieland seufzte tief und schloss die Augen. Einer der Zwerge atmete noch und sein Röcheln enthielt die Worte: "Wieland, warum? Warum? Verflucht sollst du sein..., du und alle deine Werke." Danach ließ er den bärtigen Kopf zur Seite sinken und bewegte sich nicht mehr. Die Worte des Zwergs hallten in Wielands Kopf wider. Er konnte die Augen nicht von der Blutlache lassen, die unter seine Stiefel kroch.

Dann stürmte er nach draußen und hörte schon die krächzenden Rufe der Krähen, die über der Leiche seines Vaters flogen. Eine Weile stand er nur da und betrachtete die schwarzen Vögel beim Leichenschmaus. Die Aasvögel freuen sich über den Tod, nur um einige Bissen des Kadavers zu ergattern, dachte Wieland voller Abscheu.

Da kam ihm ein Gedanke. Warum sollte er nicht wie die Aaskrähe sein? Und er beschloss es ihnen gleichzutun. Sogleich steckte er sein Schwert ein, sprang in die Höhle zurück und ging zur Wand, an der die Werkzeuge der Zwerge aufgereiht waren. Er nahm sich die besten Werkzeuge und rannte dann durch die Stollen und Gänge, um die wertvollsten Schätze und etwas zu Essen einzusammeln. Er lud Gold auf und edle Steine. Dazu nahm er sich Käse, Dörrfleisch, Brot und Wurst.

Das brachte er alles zum Höhleneingang, um es auf Wades Pferd zu laden, das immer noch geduldig dort wartete. Er belud das Pferd, schwang sich darauf und ritt davon, so schnell es ihn trug. Bald versanken seine Gedanken in Wirrnis und wurden zu einzelnen grässlichen Bildern. Er galoppierte die steinige Straße entlang und hörte nur noch die Krähen und Zwerge in seinem Kopf schreien.

Er bemerkte bald, dass sein Pferd müde wurde und doch trieb er es weiter, fast bis zur Erschöpfung. Er ritt tagelang, bis er zum Fluss Wisara[6] kam. Als er sein müdes Pferd tränkte, überlegte er, ob er den Fluss nicht besser nutzen könne für seine Flucht. Da beschloss er, sich einen verschließbaren Einbaum zu bauen, mit dem er den Fluss unerkannt hinabfahren und zugleich sein ganzes Werkzeug mit sich führen könnte. Aus einiger Entfernung würde der Kahn so aussehen wie ein Baumstamm, der im Fluss trieb und so keinerlei Aufmerksamkeit erregen. Er wählte sorgfältig einen Baum aus und begann ihn zu fällen.

Immer wieder flog die Zwergenaxt gegen den Stamm und Splitter flogen in alle Richtungen davon. Nun geschah etwas gänzlich Eigenartiges. Vor Wielands Augen verwandelte der Stamm sich zu einem Stück Eisen und seine Axt wurde ein Hammer. Gleichsam verwandelte sich der Wald um ihn herum und Wieland fand sich plötzlich erneut in der Werkstatt der Zwerge wieder. Der bärtige Zwerg stand wieder neben ihm und johlte vor Lachen.

Wieland schreckte entsetzt auf. „Nein!", rief er mehrmals aus voller Kehle. Ein Klumpen formte sich in seinem Hals, Schweiß strömte ihm von der Stirn. Das durfte nicht sein. Die Höhle, der Fluch!

Dann erwachte Wieland schweißgebadet. Er hörte den Sturmwind am Dach rütteln. Er atmete erleichtert auf, als er erkannte, dass er nur geträumt hatte. Aber er war sich sicher diesen Traum ganz ähnlich erlebt zu haben. So gingen ihm die Bilder der toten Zwerge die ganze Nacht hindurch nicht aus dem Kopf. Immer wieder schrien die Zwerge und verfluchten ihn. Er wusste, dass er unrecht

---

[6] Die Weser. In den isländischen Thidrekssaga-Handschriften steht allerdings Etissa beziehungsweise Edilla, ein sonst unbekannter Fluss, der in der Thidrekssaga an anderer Stelle als Eidisa (eigentlich Eidis A) vorkommt. Vielleicht ist dies ein alter Name der Weser. Möglicherweise ist aber die Eder gemeint, die über die Fulda in die Weser mündet.

gehandelt hatte und dass ihn dieser Fluch und diese Albträume nie loslassen würden.

Dann stand er auf, ging zur Esse und begann nun wirklich, ein Eisen zu schlagen. Er war nun aber nicht mehr in der Zwergenhöhle, sondern in seiner Werkstatt in König Nidungs Reich[7]. In Nidungs Königreich war Wieland vor einem Jahr mit seinem Einbaum aus dem Wasser gefischt worden, nachdem er von den Zwergen geflohen war.

Nun lebte er schon seit einiger Zeit dort. Schwarzgraue Wolkenberge erhoben sich an diesem Tag ringsum gegen die Burg und heftige Winde drückten die wenigen Büsche und Bäume nieder. Draußen begannen Regentropfen auf das Dach zu prasseln, doch Wieland schien es nicht zu bemerken. Er konzentrierte sich allein auf sein Werkstück.

Lange Zeit arbeitete er so und hielt selten inne, um zu ruhen. Denn Wieland schmiedete dieses Schwert nur aus einem einzigen Grund. Er musste es schmieden, um sein eigenes Leben zu retten. Immer wieder flog der schwere Hammer auf das Eisen nieder, und mehr und mehr verwandelte es sich zu einem gewaltigen Schwert. Die Klinge war am Ende so groß, dass nur ein leibhaftiger Riese sie hätte führen können.

Am folgenden Tag betrachtete der Erschaffer argwöhnisch sein Werk, legte es nach einer Weile ab und nahm sich eine Feile. Dann begann er zu feilen. Er feilte unermüdlich, die ganze Nacht hindurch und den folgenden Tag und noch einen Tag und noch länger. Er

---

[7] In der Thidrekssaga in Jütland gelegen und in einigen Fassungen (Mb, IsA, IsB) Thiod genannt. Eine Lage im Norden Jütlands (Thy) erfordert allerdings eine nahezu unmöglich lange Fahrt mit Wielands Einbaum. Vielleicht ist Jütland eine spätere Hinzufügung der Sage und das Reich Nidungs lag in Wirklichkeit in Norddeutschland an der Weser. Im Wölundlied der älteren Edda wird Nidung (dort Nidud) Herrscher der Njaren genannt. Wer diese Njaren waren, ist allerdings ungeklärt.

19

wusste nicht, wie viele Tage er gefeilt hatte, bis das Schwert völlig verschwunden war und nur noch ein Häuflein Späne in der Schale lag, die er unter das Schwert gestellt hatte.

Er nahm die Späne auf und vermischte sie mit Brotteig. Daraus formte er kleine Klöße und trug sie hinaus auf den Hof, wo gerade warme Sonnenstrahlen die Kühle des Vortages zu vertreiben begannen. Er betrat den kleinen Holzverschlag, in dem einige hungrige Gänse begierig warteten, gab ihnen die Klöße mit den Eisenspänen zu fressen und ging wieder.

An den folgenden Tagen sammelte er sorgsam die Hinterlassenschaften der Vögel ein. Er seihte das Eisen aus ihrem Kot und schmiedete in den folgenden Tagen daraus ein neues Schwert, das kleiner war als das erste, aber immer noch gewaltig. Auch dieses Schwert zerfeilte er und abermals gab er die Eisenspäne vermischt mit Brotteig den Gänsen zum Fressen. Danach seihte er wie zuvor den Kot, um das Eisen zu gewinnen und mit geübter Hand und unzähligen Schlägen schmiedete er aus den verdauten Eisenresten meisterlich eine wundervolle Klinge[8]. Er wusste um diese geheime Kunst von Mime, dem Meisterschmied, bei dem er einst seine frühen Lehrjahre verbracht hatte, noch bevor er zu den Zwergen nach Ballofa kam.

Im Licht der Glut betrachtete der junge Schmied sein Werk und lächelte voller Zufriedenheit. Blitze und grollender Donner durchschlugen in diesem Augenblick die Nacht. Das Schwert schimmerte vom grellen Schein getroffen wie eine blaue Fackel. Es sollte die beste und furchtbarste Waffe sein, die bis dahin jemals durch einen Menschen erschaffen wurde, und der Erschaffer ahnte es. „Mimung", hauchte er voller Ehrfurcht und strich prüfend über die Klinge. Er schliff sie danach lange, um die harte Schneide zu schärfen

---

[8] Dieses Verfahren, das in der Sage erstmals erwähnt wird, ist nachweislich geeignet (und 1936 patentiert worden), um hervorragenden Stahl herzustellen.

und er fertigte einen Griff dazu. Ein Wollknäuel, das er schließlich sanft über die Klinge zog, zerfiel sogleich in zwei Teile.

Einige Tage waren vergangen, seitdem Wieland die Wunderwaffe geschmiedet hatte. Der Tag der Tage war für Wieland angebrochen. Dunkle Wolkentürme zogen über das Land, wie so oft in dieser Jahreszeit. Die Fahnen auf Nidungs hölzerner Burg flatterten laut im Wind. Der junge Schmied hielt das Schwert in der Hand und ging damit auf den Hügel, wo König Nidungs Halle stand. Er wusste, dass dies sein letzter Gang sein konnte. Zitternd umfasste er die Schwertscheide in der jene Waffe steckte, in deren Gewalt er sein Leben geben musste. Schweigend betrat er so die Burg und ging unter den Augen aller auf Nidungs große Halle zu.

In der Halle stand Amelias, der alte Hofschmied des Königs, und erwartete ihn mit einem breiten Grinsen. Amelias hielt einen mächtigen Eisenhelm mit verstärkten Kreuz-Bändern und übergroßen Wangenklappen in seinen Händen. Der König und seine Recken standen um ihn herum, eine breite Gasse bildend.

„Nun wollen wir sehen, wer von euch der bessere Schmied ist." begann der König, „...du Amelias, mein Hofschmied... oder Wieland, der das harte Messer gemacht hat." Alle im Raum starrten Wieland an, der mit seinem Schwert in der Hand noch immer in der Tür stand. „Wenn dein Schwert nicht auf den Helm beißt, sollst du, wie es ausgemacht war, des Todes sein, Wieland."

Wieland blickte auf den klobigen Helm, der wie ein eisernes Bollwerk in Amelias Händen lag. Er sah so wuchtig aus und hatte so große Nieten, dass man glauben konnte, Wodan selbst hätte ihn gemacht. Die Männer im Saal wiegten argwöhnisch die Köpfe und blickten ungläubig auf den eisenstarrenden Panzerhelm.

Noch immer grinsend setzte sich Amelias betont feierlich den Helm auf den Kopf und nahm genüsslich auf einem Schemel in der Mitte des Raumes Platz. Dabei verschränkte er überlegen die Arme und lächelte triumphierend. „Schlag nur mit beiden Händen kräftig zu, junger Wieland", forderte er ihn frohmütig auf. Dann kicherte er hämisch und blickte grinsend in die Runde. Er hatte sich von Beginn an gewundert, weshalb Wieland die Wette in dieser Form angenommen hatte. Er war sicher, kein Schwert dieser Welt konnte einen solchen Helm durchschlagen.

Als Wieland Mimung dann aus der Scheide zog, war es vielen zumute als hätte er ein lebendiges aber dunkles Geschöpf aus einem Käfig befreit. Gebannt starrten alle im Saal auf die dunkel schimmernde Klinge, die ruhig in Wielands Hand lag. Ohne eine Miene zu verziehen, trat Wieland einige Schritte nach vorn. Keiner im Raum atmete, als Mimung im dumpfen Licht des Raumes kurz aufblitzte, weil ein Sonnenstrahl seine Klinge streifte.

Das Gesicht von Amelias verlor für einen Augenblick sein überlegenes Grinsen und nahm ein ahnungsvolles Staunen an. König Nidung nickte zustimmend, als Wieland fragend zu ihm blickte. Dann hob der junge Schmied sein Schwert, holte mit beiden Händen aus und ließ die Klinge mit voller Wucht herab fliegen. Quietschend und fauchend durchdrang sie die eisernen Spangen und brach in die Schädeldecke ein, bis sie tief in Amelias Kopf stecken blieb, ohne dass sie selbst eine größere Scharte bekam.

Der Blick des alten Schmiedes war schockstarr, der Mund war weit aufgerissen, aber ein Schrei entfuhr ihm nicht mehr. Ein erstauntes, ungläubiges Raunen ging durch die Halle, als er leblos zur Seite plumpste.

HILDEBRANDS
ZUG NACH BERN

𝕸ehrere Winter waren vergangen, seitdem das Schwert Mimung durch Wieland geschmiedet worden war[9]. Auf einer offenen Hochfläche, wenige Tagesmärsche vom Berg Ballofa entfernt, lag in dieser alten Zeit ein Ort, der Venedi[10] genannt wurde. Auf einem Rundhügel darüber erhob sich eine kleine Burg. Die Burg selbst war nur eine einfache Holzburg und bestand aus einem Wall und einigen Fachwerkhäusern. Aber in diesem dunklen Zeitalter, das ständig von Kriegslärm erfüllt war, stellte selbst eine so einfache Wehranlage eine Zuflucht gleich einem wackeligen Floß inmitten der tobenden See dar. Es gab sonst nur wenige wehrhafte Flecken und ringsum lagen nur kleinere Höfe und Weiler. Räuberhorden und wilde Tiere hausten in den umliegenden Wäldern und streiften unstet über die Heiden.

Es war ein grauer Morgen, und im Nebelmeer kurz unterhalb der Burg standen, Statuen gleich, rund ein Dutzend bewaffnete Krieger mit Pferden, die von einer Schar einfach gekleideter Menschen umringt waren.

Ein großer, grauer Krieger stand inmitten der Gruppe. Er stach aus der Menge wie ein Wolf aus einer Hundemeute. Sein vom Wetter gegerbtes Gesicht mit dem verwegenen, grauen Bart gab ihm das Antlitz eines alten, aber noch immer wehrhaften, kampfstolzen

---

[9] Wenn die Sage auf historischen Geschehnissen fußt, ereignete sich die im Folgenden geschilderte Begebenheit im späten 5. Jahrhundert n. Chr. Eine mögliche Zeitskala ist am Ende des Buches aufgeführt.
[10] Venedi liegt ostwärts von Bern. Ritter vermutet Wenden bei Olpe. Auch wir denken uns Hildebrands Heimat in diesem Raum.

Recken. Er war Herzog Ragbald aus dem Geschlecht der Wölflinge, Herr über die Burg Venedi und das gesamte umliegende Gebiet.

Einer der Männer sah ihm sehr ähnlich, aber er war viel jünger. Er war in voller Rüstung und trug ein Schwert am Gürtel. Seinen Schild hatte er auf den Rücken gebunden.

Unter dem metallischen Klirren seiner Kettenrüstung warf er sich auf den schwarzen Hengst, der inmitten der Menschengruppe stand, dabei kurz zuckte und die Ohren aufgeregt nach hinten stellte. Der da auf seinem Pferd saß, hieß Hildebrand und er war Ragbalds Sohn. Er hatte ein waches Gesicht, einen hellen Bart und dunkelblondes Haar. Er war hochgewachsen und schlank aber kraftvoll. Aus seinen ruhigen, grünen Augen funkelte wölfische Schläue.

Ein letztes Mal blickte Hildebrand auf alle, die sich seinetwegen hier versammelt hatten, drehte dann seinen Hengst nach Westen und trabte den alten Heerweg entlang. Zwei junge Männer, ebenfalls in Rüstung, waren mit ihm aufgesessen und folgten ihm in eine ungewisse Zukunft.

So machte sich die kleine Schar auf und ritt immer weiter westwärts über Hügel, Berge und Flüsse, durchquerte offene Heiden, Moore, Wälder und traf nur selten auf einen Weiler oder ein Gehöft. Nur ein Raubvogel folgte ihnen weit oben am Himmel ein Stück des Weges und stieß einen grellen Schrei aus.

Hildebrand wusste wohl, dass er auf dem Weg in ein neues Leben war, doch konnte er damals nicht ahnen, in welch verhängnisvolles Schicksal ihn dieser Ritt führen würde. Die Nornen[11] hatten schon lange ein dichtes Gespinst aus Schicksalsfäden gewoben. Verzweiflung und Flucht sollten einst seine Zukunft verdunkeln, Krieg und Tod seine Begleiter sein und der Verlust das einzig Sichere. Doch selbst wenn er diese Zukunft gekannt hätte, wäre er wohl

---

[11] Weibliche Wesen der nordischen Mythologie, die das Schicksal bestimmen.

geritten. Denn glanzvoller Ruhm und eine tiefe Freundschaft waren ihm von den Mächten zugedacht worden. Unheilvoll donnerte ein Gewitter weit im Norden, wo sich dunkle Wolken zusammengezogen hatten.

Es war am Morgen, als die Reiter die Nähe Berns[12] erreichten. Dies war die Hauptburg in König Dietmars[13] Reich. Zuerst konnten sie nur die steinernen Türme der alten Festung erkennen. Die dunklen Wolken hatten sich nun über die gesamte Landschaft ausgebreitet und alles mit einer grauschwarzen Decke überzogen. Als sie den Strom fast erreicht hatten, hielten sie ihre Pferde an und blickten eine Weile auf den Fluss, über dem sich das goldene Morgenlicht durch die Wolken nach unten zwängte. Einige Strahlen trafen die Mauern Berns, um sie majestätisch zu vergolden. Der Rheinstrom[14] glitzerte grünlich schimmernd und dampfte in der Kühle des Morgens.

Hildebrand hatte diesen Ort schon oft gesehen, aber jedes Mal, wenn er ihn nach längerer Zeit wieder sah, war er gleichermaßen beeindruckt. Obwohl die Stadt längst nicht mehr ganz besiedelt war, ja ganze Viertel in Ruinen lagen und dem Verfall preisgegeben waren, hatte das römische Kastell dennoch viel vom Glanz des alten, großen Reiches bewahrt. Jenem Reich, das sich einst vom tiefsten Süden bis

---

[12] Das Bern der Sage ist mit großer Wahrscheinlichkeit nicht Verona, sondern Bonn am Rhein, das im Mittelalter nachweislich als „Berne" bezeugt ist. Die Mauern des einstigen Kastells standen vermutlich noch in nachrömischer Zeit und boten den Bewohnern Schutz.

[13] Dietrichs Vater wird in den meisten Sagenfassungen Thetmar beziehungsweise Dietmar genannt, was Thuidimir entspräche, dem Vater Theoderichs des Großen. Dies erscheint als ungewöhnlicher Zufall, falls die Sage nicht auf Theoderich den Großen zurückgeht. Der Name Thetmar könnte allerdings eine sekundäre Veränderung der Sage in Anlehnung an Theoderich den Großen sein. In der altschwedischen Fassung SvB der Thidrekssaga findet sich der Name Tackmar (entspräche vermutlich Dagomer) für Dietrichs Vater. Vielleicht ist dies der ursprüngliche Name, den in diesem Falle nur ein Text der Thidrekssaga bewahrt hätte.

[14] Rhein, in der Thidrekssaga Rin genannt.

zum kalten Nordmeer erstreckte. Die uralten, steinernen Mauern waren noch rundherum geschlossen und machten es Feinden schwer einzudringen. Mächtig wachte die alte, steinerne Burg so über das Land der Aumlungen[15].

Die Reiter folgten dem steilen Weg zum Fluss herab, trieben ihre Pferde in den dunklen, breiten Strom, durchschritten ihn an der ihnen gut bekannten Furt und trabten bald darauf durch das Maul des mächtigen, steinernen Tores.

Als sie die staubige Hauptstraße entlang ritten, wurden sie von unzähligen Kindern und viel Volk neugierig beäugt. Noch bevor sie Dietmars Halle erreichten, kamen ihnen zwei Krieger in Waffen entgegen. In ihrer Mitte ging König Dietmar selbst, Sohn jenes starken Samson, welcher Bern einst erobert hatte. Er hatte dunkelbraunes Haar und ebensolchen Bart und ein freundliches Gesicht. Hildebrand erkannte den König gleich. Der König hatte die Neuankömmlinge auch erkannt und grüßte freundlich lächelnd mit erhobener Hand. Hildebrand und seine Leute stiegen von ihren Rossen und erwiderten den Gruß.

Dietmar fragte Hildebrand sogleich, was sein Anliegen sei, und als dieser dem König seine Absicht vortrug, künftig an seinem Hof zu dienen, war der König ganz erfreut. Die Miene in Dietmars Gesicht, das in diesem harten Zeitalter durch seine milden Züge auffiel, schlug in ein erfreutes Lächeln um. Voller Freude drückte er den jungen Krieger an seine Schulter. Dieser rückte sich etwas verlegen seinen Helm zurecht und grinste leicht verunsichert. König Dietmar mochte den Sohn Ragbalds schon immer gerne, und einen solchen

---

[15] Aumlungen, Humlungen, Amelungen oder Ömlinge sind in der Sage die Bewohner des Berner Aumlungalandes. Vielleicht wurde der Name nachträglich in Anlehnung an Theoderich den Großen eingeführt, da dieser als Amaler bzw. Nachfahre des Amal gilt. Vielleicht stammt er auch vom Auelgau nahe Bonn oder einem Herrscher namens Amlung beziehungsweise Humlung.

26

Kämpen, dem man Mut, Klugheit und Geschick gleichermaßen nachsagte, am Hof zu haben, war ihm mehr als recht.

Dicht neben dem König und dessen Begleitern stand ein blonder Knabe in dreckverschmierten Hosen. Zwischen Neugierde und Argwohn hin und her gerissen blickte er unsicher vom Boden auf und sah die Fremden zweifelnd an. Schon packte Dietmar ihn am Arm und zog ihn unsanft zu sich heran. „Das hier ist mein Sohn Dietrich. Er hat gestern schon zwei Hühner mit Pfeil und Bogen erlegt. Bald wird er ein richtiger Krieger sein", lachte Dietmar. „Allerdings fehlt ihm manchmal die richtige Führung", fügte er hinzu, wobei er noch herzhafter lachte und dem Kleinen einen Knuff mitgab. Hildebrand sah kurz auf den Knirps herab und grinste ihn an. Der Kleine erwiderte das Lächeln etwas verwirrt und schaute dann aber doch lieber verlegen zu Boden. Dann riss er seinem Vater den Arm weg und blickte ihn grimmig von unten an. Der lachte auf und freute sich wie ein kleines Kind: „Seht ihr, ein richtiger Kämpfer!"

Dietmar war sichtlich stolz auf seinen Sohn, den jungen Dietrich. Hildebrand gefiel der kleine Wildfang auch gleich. Er und seine Leute bekamen Zimmer innerhalb der Mauern zugewiesen. Die nassen Rösser wurden von Knechten in die königlichen Stallungen geführt und versorgt.

Bald darauf saßen Dietmar und seine Gefolgschaft in der großen Halle bei Tisch, und Hildebrand war mit seiner kleinen Truppe ebenfalls dabei. Er saß nahe beim König und setzte den kleinen Dietrich, den Sohn Dietmars, neben sich. Dietrich, der zu diesem Zeitpunkt gerade sechs Jahre alt war, blickte unentwegt staunend zu Hildebrand hoch, der ihm ab und zu kurz mit einem Auge zuzwinkerte, um sich dann wieder seinem Bratenfleisch zu widmen. Der Kleine gefiel Hildebrand, und er spürte immer mehr, dass etwas zwischen ihnen bestand. Wie eine Verbindung, die keiner Worte bedurfte. Doch konnte er damals noch nicht ahnen, wie sehr bereits an diesem Tag ein unsichtbares Band sein Leben mit dem des Jungen untrennbar verknüpfte.

Der kleine Dietrich dagegen war bereits von diesem Augenblick an zutiefst von dem Neuankömmling beeindruckt und wich ihm nicht mehr von der Seite. Immer wieder sah er staunend zu Hildebrand empor, der das freudig bemerkte, sich aber nichts anmerken ließ. Von da an saßen Hildebrand und Dietrich immer nebeneinander, und Dietrich nannte ihn fortan Meister Hildebrand.

Alle sagten, Dietrich und Hildebrand seien von diesem ersten Tag an wie Brüder gewesen. Vielleicht schien das nur im Rückblick so, aber beide verstanden sich von Anfang an, ohne viel Worte gebrauchen zu müssen.

Hildebrand lehrte seinen jungen Schüler seitdem den Umgang mit Waffen und Pferden und auch gute Sitten. Doch gerade das war nicht immer einfach, weil der junge Hitzkopf nicht immer leicht zu bändigen war. Und schließlich war Dietrich als Königssohn Hildebrands Herr, weshalb der ihm eigentlich zu gehorchen hatte oder zumindest diesen Anschein erwecken musste. Dietmar sah es gerne, dass sein Sohn nun von einem Mann wie Hildebrand Ausbildung und Freundschaft erfuhr. War der doch einer der besten Kämpfer mit dem Schwert zu jener Zeit, und noch mehr für seinen wendigen Verstand und seine tapfere Klugheit bekannt.

SIEGFRIED

Bevor die Geschichte Dietrichs und Hildebrands fortgeführt wird, soll hier eine andere Begebenheit erzählt werden, die für den Fortgang der Geschichte von Bedeutung ist.

Einstmals lag im Hunaland[16], am Rande des großen Suavawaldes[17] eine einsame Schmiede. Die gehörte einem Schmied namens Mime. Mime war kein gewöhnlicher Hufschmied, der nur einfaches Werkzeug zusammenflickte, sondern er gehörte zu den Meistern seiner Zunft, die magiergleich die härtesten Waffen und Rüstungen für die Könige und Fürsten ihrer Zeit schufen. Einst hatte auch der junge Wieland hier gelernt und sich auch Mimes schwarze Kunst angeeignet. Und mit dieser Kunst hatte er später das Schwert Mimung geschmiedet, dem eine unbezwingbare Kraft innewohnte.

Die Schmiede war das einzige Anwesen im weiten Umkreis und nur ein einsamer Karrenpfad führte zielstrebig an ihr vorbei, als wolle er sich nicht zu lange in ihrer Nähe aufhalten und keine unnötigen

---

[16] Auch Hymeland genannt. Das Land, in dem die Hunen (auch Hünen oder Heunen genannt) leben. Meist mit dem Land der Hunnen identifiziert. Ein möglicher germanische Stamm der Hunen könnte mit dem fränkischen Teilstamm der Hattuarier, möglicherweise auch mit den Chamaven (einst an der oberen Ems ansässig) zusammenhängen. Die Chamaven waren Namensgeber des Hamalandes, das stark an das Hymeland/Hunaland der Sage anklingt. Hunen sind auch von Beda Venerabilis 731 unter einer Aufzählung germanischer Völker in Norddeutschland genannt und demnach durch historische Quellen bezeugt. Hier kann Beda keine asiatischen Hunnen meinen.
[17] Ritter vermutet ein Waldgebiet im ehemaligen Schwabengau, einem Gebiet nördlich des Harzes. Dies würde aber ein unwahrscheinlich großes Hunaland vorrausetzen. Vermutlich lag die Schmiede im östlichen Sauerland. Hier vermuten Ritter und Oostebrink auch das Suava der Sage. In der spätantiken Tabula Peutingeriana, einer römischen Straßenkarte, ist zwischen Alamannia und den Burcturi (= Brukterer) auch der Name Suevia eingetragen.

Windungen wagen. Zusammen mit der angebauten Schmiedehalle und einigen Gesindehäusern stand Mimes Haus am Rand einer öden, offenen Heidefläche. Dabei lag es gleichsam am Rand der dunklen Wälder, die sich auf der anderen Seite weithin erstreckten. Sie versorgten die Schmiede mit dem nötigen Holz. In der Ferne konnte man die strohgedeckten Dächer eines kleinen Dorfes erkennen. Mime zog es jedoch vor, abseits zu wohnen und für sich zu bleiben.

Der Himmel war an diesem Tag trüb und grau, und die einzige Unregelmäßigkeit darin waren einige Aaskrähen, die über das Land hinwegflogen und dabei ihre krächzenden Rufe erklingen ließen. Ein Bach schlängelte sich über die fahle, offene Fläche, auf der einige Schafe weideten. Das Gras, das sie dort suchten, war bereits vergilbt und das Laub der beiden alten Eichen, die in der Mitte der Weidefläche standen, war schon gelbbraun um diese Jahreszeit. Einige Blätter fielen tot herab und wurden in den Hof der Schmiede geweht. Dort stand Mime mit seinem Ziehsohn Siegfried[18].

Siegfried war kräftig, hatte blaue Augen und halblanges, goldblondes Haar. Die Wildnis des Waldes sprach aus den reinen Augen des Jungen. Der Schmied selbst war dagegen klein und klobig, hatte ein rohes, ausdrucksloses Gesicht und schwarzes strähniges Haar.

---

[18] Nach der Thidrekssaga soll Siegfried gemeinsam mit Wieland bei Mime gewesen sein. Selbst wenn die Episode um Siegfrieds Herkunft nicht nur auf Legenden basieren sollte, ist dies äußerst unwahrscheinlich. Siegfried müsste rund eine Generation älter als Dietrich und Witege (Wielands Sohn) sein, wenn er gemeinsam mit Wieland bei Mime gewesen wäre. Ein solcher Altersunterschied zwischen Siegfried und Dietrich ist in der Sage nicht erkennbar. Hier wird die Sage dahingehend abgeändert, dass Siegfried einige Jahre nach Wieland bei Mime war. Denkbar ist auch, dass Siegfried in Wahrheit bei einem ganz anderen Schmied als Wieland war. So erzählt die Edda zum Beispiel, dass Siegfried (dort Sigord genannt) bei einem Mann namens Regin war.

Mime ging in die Schmiedehalle und Siegfried folgte ihm. Der alte Schmied blickte auf den Jungen, der neben ihm am Amboss stand: „Jetzt wollen wir doch einmal sehen, ob wir deine überschüssigen Kräfte nicht lenken können. Nicht dass du mir wieder meine Gesellen verprügelst!"

Der Junge nickte folgsam und rechtfertigte sich nicht, obwohl er nie den Anfang gemacht hatte, wenn es zum Streit mit den Gesellen gekommen war. Wie ihm geheißen, griff er sich das heiße Eisen mit der Zange aus der Glut und legte es auf den Amboss. Er presste die Lippen zusammen, holte mit dem Hammer aus, und schlug mit voller Wucht zu. Der Schlag war so heftig, dass die Zange abbrach und das Stück Schmiedeeisen durch die ganze Werkstatt schoss. Mime war wütend. Er griff nach der Zange und betrachtete sie verstört: „Verflucht! Was auch immer aus dir wird, Siegfried, niemals wirst du zum Handwerk taugen." Siegfried verließ wortlos die Halle, ging ins Wohnhaus und setzte sich an einen Tisch. Er saß eine lange Weile schweigend dort.

Mimes Wut über die zerstörte Zange wich aber bald einem Entsetzen über die schiere Kraft seines Zöglings. Ganz genau untersuchte er die Zange, ob sie nicht doch schon vorher schadhaft gewesen sein könnte. Dann begutachtete er besorgt seinen Amboss, als ob dieser auch gerissen sein könnte. Dann ergriff ihn eine große Angst. Lange stand er so in der Halle und grübelte, was er tun könnte um den Jungen loszuwerden. Der ungestüme Rebell könnte ihn jederzeit erschlagen und seine Schmiedegesellen dazu, sei es aus Wut oder um alle Kostbarkeiten des Anwesens an sich zu reißen. Und wenn er ehrlich zu sich war, wäre das nicht einmal ungerechtfertigt. Schlecht hatte er den Jungen behandelt in all den Jahren.

Vor Jahren hatte Mime ihn im Wald gefunden und aufgenommen. Der Schmied hatte oft überlegt, ob es Vorbestimmung war, dass er ihn fand, oder ob ihn jemand so ausgesetzt hatte, dass er ihn hatte finden müssen. Denn der Junge war dem Reden der Leute

nach, ein leiblicher Sohn des Königs Sigmunds[19] von Tarlungaland[20]. Sie sagten, dass der König seine Frau töten ließ und das Kind
im Wald ausgesetzt wurde. Anfangs glaubte Mime nicht, dass sein
Junge dieser Königssohn sei. Schnell war der Zögling sehr groß und
kräftig geworden. Und er wurde stärker und mutiger als es Mime
recht war. Inzwischen war Mime selbst sicher, dass Siegfried von königlichem Blut war.

Während Mime diesen finsteren Gedanken nachhing, kam ihm
ein böser Plan in den Sinn. Er würde versuchen den Jungen ein für
alle Mal loszuwerden. Er würde ihn unbewaffnet in den Wald schi-
cken, dorthin, wo sein Bruder hauste, der grässliche Fafnir. Der
würde ihn töten und verschwinden lassen. Mimes Bruder, der einst
Regin genannt wurde, hatte sich vor langer Zeit in einen Drachen[21]
verwandelt und nannte sich seitdem selbst Fafnir[22]. Mime ging ins

---

[19] Siegfrieds Herkunft ist in der Thidrekssaga legendenhaft dargestellt. Angeblich soll ihn eine Hirschkuh gesäugt haben, was in der Realität unmöglich
ist. Vielleicht war er in Wahrheit niederer Abkunft und umgab sich später
mit Legenden. In den Heldenliedern der älteren Edda liest man nichts davon, dass Siegfried im Wald ausgesetzt wurde. Er ist dort einfach ein Sohn
König Sigmunds.
[20] Ritter vermutet hinter dem Tarlungaland ein kleines Reich im Gebiet des
späteren Darlingaues, also die Region um Braunschweig und Wolfsburg. Die
sagenhafte Herkunft Siegfrieds ließ vielleicht schon damals Raum für Spe-
kulationen, woher er kam. Eine Herkunft aus Xanten, wie es das Nibelungenlied erzählt, erscheint aus dem Blickfeld der Thidrekssaga eher unwahrscheinlich.
[21] Falls dieser Teil der Sage nicht auf Fiktion beruht, dann wird hinter dem
Drachen am ehesten ein Mensch gesteckt haben, der sich vielleicht mit einem
Drachenhelm schmückte. In der älteren Edda wird ein solcher Schreckenshelm (Ägirshelm) in dem Zusammenhang erwähnt. Die Beschreibung
des „Drachen" in der Thidrekssaga lässt nicht wirklich an ein großes Ech-
senähnliches Geschöpf denken.
[22] In der Edda heißt der Mime der Thidrekssaga Regin und der Regin der
Thidrekssaga Fafnir. Die Darstellung hier ist ein Versuch, die Namensver-
wirrung zu erklären.

Haus. Aus dem Augenwinkel beobachtete er den arglosen Jungen, während er seine dunklen Gedanken sponn.

Wenige Tage waren seitdem vergangen. Viele Blätter waren inzwischen von den Eichen herab in den Hof der Schmiede gefallen. Mime hatte Siegfried tatsächlich in die Wälder geschickt um Kohlen zu brennen, geradewegs zum Versteck des grässlichen Fafnir. Dort war Siegfried auf die Bestie getroffen und es war zum Kampf gekommen.

Zwischen den Blättern im Hof der Schmiede lag nun der leblose Leib eines Mannes auf der Erde. Aber es war nicht Siegfried der da lag, sondern Mime selbst. Sein abgeschlagener Kopf lag einige Schritte entfernt in einer Blutlache. Mime war auch im Leben kein schöner Mensch gewesen. Aber nun, da sein Gesicht todesstarr entstellt und vom Rumpf getrennt war, sah er aus wie ein Troll.

Blutbespritzt stand sein Todbringer über ihm. Der war jung und kräftig und sah trotz seiner schäbigen Kleidung aus wie das genaue Gegenteil von Mime. Siegfrieds Antlitz verriet bereits sein aufrichtiges und mutiges Wesen. Seine eisblauen Augen ließen dahinter einen Geist erahnen, so gerade wie ein fallender Stein. Sein Körper war schlank und stark, sein Gesicht lang und kräftig und von einfacher Schönheit. Blonde, halblange Haare fielen in leichten locken bis an die Schultern herab.

Siegfried blickte eine Weile auf den toten Mime herab, und fragte sich ob er ihn aus Hass oder Mitleid getötet hatte oder aus Enttäuschung. Er kam zum Schluss, richtig gehandelt zu haben und wischte sein blutiges Schwert an einem Lappen ab, den er vor der Werkstatt gefunden hatte.

Vor seinem geistigen Auge erwachte Fafnir erneut zum Leben. Fafnir war im Leben übermannshoch gewesen, überall mit harten Schuppen gepanzert. Er trug einen Helm, der Aussah wie ein Drachenhaupt und das Gesicht des Trägers darunter völlig verbarg. Dieser Drachenkopfhelm wurde Schreckenshelm genannt und er verwandelte Fafnir in einen leibhaftigen Drachen.

Die alten Geschichten erzählen, dass Fafnir von üblem Wesen war und die Gesellschaft von Menschen und Tieren scheute. Am Ende saß er nur noch auf seinem Schatzhort und bewachte ihn voller Eifersucht. Einen Teil des Schatzgoldes hatte er seinem Vater geraubt, den er dafür erschlug. Am teuersten war ihm aus dieser Beute der goldene Ring, den der Zwerg Alberich einst schmiedete. Damals nannte sich dieser Zwerg auch Andwari, und so wurde der Ring später Andwaris Gabe genannt. [23]

Diesem Ring sagte man große Fähigkeiten nach. Man glaubte, er habe die Macht Gold zu mehren. Und tatsächlich schien dem Kleinod irgendeine Macht innezuwohnen. Denn es gelang Fafnir, seit er den Ring besaß, große Mengen reinsten Goldes in seinen Besitz zu bringen. Große Teile von Fafnirs Gold lagen seitdem in seinem Versteck auf der Gnithaheide[24].

Doch es lag ein Fluch auf dem Ring Andwaris, der jedem den Tod bringen würde, der ihn zu lange besaß. Lange hatte der Ring nur Fafnirs Wesen verändert und ihn einsam und böse werden lassen. Vielleicht war es die Kraft des Rings, die ihn immer mehr zu einem Drachen werden ließ.

---

[23] Der Zwerg Andwari der nordischen Edda tritt in der Thidrekssaga in abgewandelter Form als Alfrik auf. Wie der Zwerg Alberich des Nibelungenliedes ist er mit dem Schatz verbunden, den Siegfried gewinnt. Daher wird Andwari mit Alberich gleichgesetzt, der wiederum dem Alfrik der Thidrekssaga entsprechen dürfte. Der Alfrik der Thidrekssaga ist aber nicht der Hüter des Schatzes.

[24] Die Gnithaheide wird in der Edda erwähnt, nicht aber in der Thidrekssaga. Ritter vermutete Mimes Schmiede und damit den Ort des „Drachenkampfes" im Harzvorland. Da die Schmiede aber der Sage nach im Hunaland liegen soll, würde dies ein sehr großes Hunaland voraussetzen. Zudem widerspricht der isländische Abt Nikolaus von Thvera Ritters Vermutung, als er um 1150 erklärt, die Gnithaheide läge südlich von Paderborn bei Kilandr (vermutlich Korbach). Hier im alten Ittergau dürfte die Schmiede am ehesten gelegen haben.

Doch nun hatte der Ring seinen Fluch erfüllt und so lag Fafnirs erschlagener Leib vor dem Eingang seiner Behausung tief in den Wäldern. Sein schwarzer Schuppenpanzer war von Blut besudelt. Der blutbespritzte Eichenknüppel, der ihn erschlug, lag neben ihm.

Das Drachenhaupt lag indes nicht in den Wäldern, sondern in der Schmiede neben Mimes Kopf. Dessen Gesellen waren alle geflohen, als sie Siegfried mit Fafnirs schwarzem Panzerhaupt aus dem Wald kommen sahen. Und sie taten gut daran. Sonst wären sie wohl neben ihrem Meister zu liegen gekommen.

Ein letztes Mal blickte Siegfried voller Abscheu auf das Gesicht seines Ziehvaters Mime und dann auf Fafnirs Drachenhelm. So lagen die abgetrennten Häupter der Brüder nun in ihrem eigenen Blut im Tode vereint. Mime war oft böse gewesen aber er war Siegfried dennoch wie ein Vater und nie hätte der junge Held geahnt, dass Mime ihn eines Tages töten wolle. Doch nun wusste er es besser und er hatte nur noch Verachtung für ihn übrig.

Siegfried wischte Mimes restliches Blut von dem Schwert, das der einst selbst geschmiedet hatte, und schob es in die Scheide zurück. Mime hatte es auf den Namen Gram[25] getauft, weil es seinen Feinden Gram bringen sollte. Und nun hatte es ihn selbst getötet. Siegfried band es an die Seite nachdem er ein kostbares Kettenhemd angezogen hatte. Darüber warf er seinen hellbraunen Mantel und er nahm sich einen prächtigen Schild und einen vergoldeten Helm. Schließlich hievte er den Sack mit den kostbarsten Schätzen des erschlagenen Fafnir auf ein Maultier. Hunderte Münzen und zahlreiche Becher und Schalen aus Gold und Silber waren in dem einfachen Leinensack.

Nur ein Kleinod aus dem Schatz war nicht in dem Sack. Es war der Ring Andwaris. Er sah ihn genauer an. Eine ganze Weile hielt dieser seinen Blick gefangen. Der Ring schien beinahe lebendig zu

---

[25] In anderen Sagenversionen heißt Siegfrieds Schwert Balmung.

sein, so schimmerte er in der Sonne des Waldes. Siegfried konnte die große Macht spüren, die dem Kleinod innewohnte. Andächtig steckte er ihn an seinen Finger und fühlte die Macht des Ringes auf sich übergehen. Er fühlte sich hellwach und unbesiegbar.

Nachdem Siegfried die Ladung festgezurrt hatte, verließ er mit seinem Maultier diesen Ort des Grauens. Vorsichtig umging er die benachbarte Ansiedlung und durchquerte dann lange die dichten Wälder der Umgebung. Nebelschwaden überzogen die Berge und hüllten alles in dumpfe Trübnis. Der junge Held führte sein Lasttier unermüdlich immer weiter. Immer wieder kamen ihm die Bilder seines Drachenkampfes durch den Kopf.

Er sah den unheimlichen Gegner immer wieder vor sich, wie er im Wald lauerte. Fafnir war überall gepanzert und glaubte sich unverwundbar. In seinen Klauen hatte er eine gewaltige Klinge als Waffe.

So hatte er sich auf Siegfried gestürzt, als dieser sich arglos an sein Feuer setzte. Doch Siegfried hatte ihm den glühenden Ast seines Feuers ins Auge gestoßen, das eine Schwachstelle bildete. Fafnir war daraufhin umhergetaumelt und hatte grimmige Flüche ausgespien. Siegfried ergriff eine Axt und noch bevor Fafnir sich gefangen hatte, schlug er ihm den Kopf ab. Über und über wurde der junge Held dabei vom heißen Blut Fafnirs besudelt, das an dem kalten Tag heftig dampfte. Es war eine Mischung aus angenehmer Wärme und kaltem Ekel, die Siegfried bei dem Gedanken daran durchfuhr.

Siegfried konnte es noch immer kaum fassen, dass er den gewaltigen Feind allein besiegt hatte. [26]

---

[26] Siegfried wird in der Sage als sehr aufrichtig dargestellt. Demnach hat er diese Tat vielleicht später sogar wahrheitsgemäß erzählt und nicht viel hinzugedichtet. Aber er hatte vermutlich auch nie hervorgehoben, dass Fafnir ihn in Menschengestalt angegriffen hatte. Und da jeder im Hunaland und darüber hinaus zu wissen glaubte, dass Regin sich in einen Drachen verwandelt hatte, nannte man Siegfried vermutlich bald den Drachentöter.

Voller Stolz blickte der junge Siegfried immer wieder über seine vom Blut verkrusteten Arme. Er hatte das Blut mit Absicht nicht abgewaschen, da man den Säften von Drachen damals große Zauberkraft zuschrieb. Dann zog er den goldenen Ring Andwaris nochmals vom Finger, den Fafnir getragen hatte. Er betrachtete ihn lange und es kam ihm so vor, als ob der Ring ihn auch beobachtete.

Gerade als er den Ring wieder angesteckt hatte, bemerkte er, dass auf der Haut zwischen seinen Schultern etwas klebte. Er zog es von der Haut und hielt ein blutverschmiertes Lindenblatt[27] in der Hand. Auf der Unterseite war das Blatt nicht rot. Siegfried fragte sich, ob es ein böses Omen sei, dass er nun eine Stelle am Rücken hatte, die nicht vom Drachenblut bedeckt worden war. Er ahnte nicht, wie sehr er mit dieser Befürchtung Recht hatte.

Lange zog er durch die Wälder. Auf einer Lichtung trabte in größerer Entfernung eine aufgeschreckte Herde Wisente davon. Auch ein Reh kreuzte seinen Weg. Menschen traf er nicht. Er schlief im Wald und zog dann tags darauf weiter, immer darauf bedacht, dass ihn niemand entdecken würde. Schließlich erreichte er eine kleine Ansiedlung, wo er den Weg nach dem Ort Segard[28] erfragte. Eine alte Frau wies ihm den Weg, und als sie noch ihre knochigen Finger nach dem Ziel ausstreckte, war er schon weitergezogen. Immer

---

[27] In der Thidrekssaga ist es ein Ahornblatt. Dieses Detail dürfte ohnehin Legende sein, weshalb hier das bekanntere Lindenblatt des Nibelungenliedes genannt wird.

[28] Auch Siogard, Sigordh oder ähnlich. Ritter vermutet die Heimburg im alten Schwabengau bei Blankenburg nördlich des Harzes. Auch Mimes Schmiede suchte er in dieser Gegend. Dies ist denkbar. Allerdings findet Ritter dort in erster Linie Orte, die an Sagenhelden erinnern und kaum welche, die in der Sage genannt werden. Der Schwabengau am Nordharz dürfte seinen Namen außerdem erst Mitte des 6. Jahrhunderts erhalten haben. Vermutlich lag Segard in der Nähe des Sauerlandes, wo auch Ritter das Suava der Sage verortet. Auch Oostebrink sucht Segard im Sauerland und schlägt Hohensyburg an der Ruhr vor. Eher ist aber Seeburg am Seeburger See im Eichsfeld gemeint (1306 als castrum Seheburg erwähnt).

weiter folgte er dem Weg und je weiter er lief, desto mehr schafften es einige Sonnenstrahlen, die Wolkendecke zu durchdringen.

Dann erreichte er ein lichtes Tal, dem er folgte, bis er offenes Land und schließlich Segard erreichte. Der Ort lag auf einem Hügel inmitten einer fruchtbaren Ebene vor dem Nordgebirge[29]. Es war ein großer Hof mit Ställen und Gesindehäusern, der von einer Holzmauer aus Eichenstämmen eingefasst war. Zahlreiche prächtige Pferde weideten auf den Weiden und den Eichenhainen, die vor dieser Mauer lagen. Die meisten der Rosse waren grau oder weiß. Der junge Held folgte dem Weg bis zu einem offenbar unbewachten Tor. Er schlug dagegen, brach den Riegel dabei auf und betrat den Hof, wo ihn eine Wache, mit Speer und Schild bewaffnet, erwartete. Man konnte nicht sehen, dass Siegfried eine kostbare Kettenrüstung unter dem Umhang trug, und auch das Schwert war unter dem Packsattel des Maultieres verborgen. Die ärmliche, schmutzige Kleidung und die ungekämmten Haare verliehen ihm das Aussehen eines Landstreichers.

Ein Wächter stellte sich ihm entgegen und rief: „Wer seid Ihr? Und was wollt Ihr, Fremder?" „Ich bin Siegfried und ich will zu Brünhild", begann er recht unbeholfen, „man hat mir eines ihrer Pferde versprochen." „Ich würde sagen, ihr bleibt bei dem, was ihr habt, Herr Maultiertreiber!", höhnte die Wache, „so ein richtiges Pferd ist nichts für Ungeübte."

Der zweite Wächter, der dazugekommen war, lachte laut schallend, und auch ein dritter gesellte sich grinsend hinzu. Aus der offenen Tür eines großen Langhauses blickte ein junges Mädchen neugierig auf das Geschehen. Der Fremde gefiel ihr gleich. Trotz seiner schäbigen Kleidung sah er sehr gut aus, wie sie fand. Die verwegen aussehenden, langen, blonden Locken wollten nicht so recht zu

---

[29] Ritter vermutet unter dem Begriff Nordgebirge den Harz. Dieser Überlegung wird hier gefolgt. Allerdings vermutete Ritter den Ort Segard nördlich des Harzes. Der Seeburger See lag dagegen südwestlich des Harzes.

seinem leicht einfältigen Blick passen, und dennoch besaß sein Antlitz etwas, das sie völlig in den Bann zog.

„Mir hat jemand ein Schwert mit Goldgriff versprochen", äffte ihn einer der Wächter mit hoher Näselstimme nach. „Mir hat einer eine Burg versprochen!", höhnte der andere, und alle drei brachen in schallendes Gelächter aus, um sich vor Lachen zu krümmen. Siegfried ließ ihnen geduldig Zeit, zu Ende zu lachen und erklärte dann trocken: „Eine Burg habe ich nicht. Aber ein Goldgriffschwert kann ich euch geben... Wo wollt ihr es denn hineingesteckt haben, Meister? Ins Herz oder ins Hirn?" Die Wache verstummte und blickte nur noch ungläubig in Siegfrieds kalte Augen.

Schnell ergriff der Wächter das Heft seines Schwertes. Aber noch schneller zog Siegfried das Schwert unter der Decke seines Maultieres hervor, und fast gleichzeitig flog die Klinge durch die Luft. Sie schoss der erschrockenen Wache in den Hals, so dass der Kopf absprang.

Die Wächter starrten ungläubig auf ihren toten Kameraden und dann auf die blutige Waffe in Siegfrieds Hand. Sie versuchten noch ihre Speere gegen ihn zu heben, doch bevor sie zustoßen konnten, sanken sie niedergestreckt zu Boden. Drei weitere Knechte hoben ihre Speere und stürmten herbei. Siegfried zog ruhig das Schild vom Rücken des Maultieres und stellte sich unerschrocken dagegen. „Genug, hört auf", ertönte eine schöne, aber herrische Stimme. „Empfangt den Fremden wohl und lasst ihn herein."

Siegfried blickte erstaunt in Richtung der Stimme und erkannte die Umrisse einer jungen Frau in der Tür. Die Knechte blickten sich furchtsam und doch erleichtert an und atmeten tief durch. Dann zogen sie wortlos ihre toten Kameraden fort. Siegfried ging mit seinem Maultier durch die Pforte und sah sich argwöhnisch um.

Als er das Mädchen nun sah, das gerade herausgekommen war, stockte ihm der Atem, so schön war sie. Ihr helles Kleid umschlang einen schlanken und doch weiblichen Körper, und goldblondes

Haar wehte in leichten Locken um ihr liebliches, helles Gesicht. Ihre Gesichtszüge waren von vollkommener Schönheit, die Augen funkelten wie Sterne. An einem Schwertgurt an ihrer Seite hing ein kostbares Hiebschwert.

Siegfried fragte sich einen Augenblick, ob er vielleicht schon gefallen war und vor einer Walküre vor den Toren Walhalls[30] stand. „Wer bist du? Und woher kommst du", fragte das schöne Mädchen den Krieger. „Ich heiße Siegfried und komme aus Mime.. äh.. von Mime.. also dem Schmied.", stotterte Siegfried. Sie musste lachen und jetzt konnte Siegfried schon gar nichts mehr sagen, so ergriffen war er von dem lieblichen Wesen.

Brünhild sah man nicht an, dass sie ähnlich empfand. Doch sie rügte ihn mit keinem Wort für den Verlust ihrer Wachen. Stattdessen ließ sie ihm etwas zu Essen bringen. Amüsiert sah sie zu, wie der Wildfang alles hastig hinunterschlang, als hätte er drei Tage nichts gegessen. Sie musste schmunzeln, und als er das bemerkte, versuchte er anständig zu essen, doch das wirkte gleich noch unbeholfener.

Dann gingen sie vom Hof und liefen den, von alten Linden gesäumten Weg entlang, der von den Gebäuden wegführte. Herrliche Pferde grasten in den lichten Wäldern um das Anwesen. „Wer hat dir nun eines meiner Pferde versprochen?" „Das war Mime der Schmied." „Das kann gut sein, ihm habe ich tatsächlich ein Pferd versprochen", nickte sie. „Wie geht es ihm", fragte sie unbeteiligt. Siegfried kratzte sich am Kopf und überlegte kurz. „Nicht besonders gut", antwortete er ausweichend und blickte betreten zur Seite. Brünhild blickte ihn kurz verwundert an, fragte aber nicht weiter. „An deinen Waffen sehe ich auch, dass du wirklich von Mime kommst. So sollst du es also haben."

---

[30] Dieser „Kriegerhimmel" wird in der Sage nicht erwähnt. Ob er bereits zur Mythologie der Germanen in der Völkerwanderungszeit gehörte, ist unklar.

Siegfried fragte geradewegs, weshalb so ein junges Mädchen allein auf einem so großen Gut wohnte. Sie erzählte ihm daraufhin, dass ihre Eltern beide gestorben waren und dass ihr Ziehvater[31] häufig nicht zuhause war und dass darum sie sich oft um Haus und Hof kümmern musste.

Als sie sich noch ein paar Schritte der Herde genähert hatten, fragte sie: „Welches willst du? Such dir eines aus, das dir gefällt." Siegfried blickte auf die vielen Pferde, die friedlich grasten, und fühlte sich beinahe überfordert. Herrliche Schimmel, Graue und Rappen grasten auf der Weide. Einige trabten auch umher oder trugen spielerische Kämpfe untereinander aus. Dann fiel sein Blick auf einen schwarzen Hengst, der laut wieherte und seine Mähne heftig schüttelte. „Den nimm lieber nicht, das ist Grane, den hat noch keiner geritten", erklärte Brünhild, als sie bemerkte, dass ihm ausgerechnet dieses Tier gefiel.

Siegfried nickte, um zu bedeuten, dass er genau das im Sinn hatte. „Er ist nicht zu reiten", beteuerte Brünhild und schüttelte energisch mit dem Kopf. „Ich will es trotzdem versuchen", erklärte Siegfried knapp, nahm sich ein Halfter und ging auf die Weide. Vor dem schwarzen Hengst blieb er stehen. Der Hengst blickte ihn witternd an, als hätte er eine drohende Naturgewalt ausgemacht. Er zögerte und überlegte wohl, ob er fliehen sollte. Doch das Tier schien sich nicht von dem jungen Krieger lösen zu können. Siegfried sprach ruhig zu dem Pferd und näherte sich ganz langsam. Es blickte ihn nun neugierig an, als sei Siegfried ebenfalls ein Pferd. Eine ganze Weile standen sich die beiden so gegenüber. Schließlich ging Siegfried langsam auf das Tier zu, das nicht vor ihm floh. Als er nahe genug war, streichelte er vorsichtig die Mähne. Nach kurzer Zeit flüsterte er dem

---

[31] In der Edda Heimir genannt. Nach der Thidrekssaga wacht Studder, der Vater Heimes über Brünhilds Gestüt. Studder könnte ein Rufname sein, der sich auf die Pferdezucht bezieht.

wilden Hengst ins Ohr, und ohne sich zu wehren, ließ der sich ein Halfter umlegen.

Siegfried streichelte den Kopf des Tieres, dann führte er es mit stolzgeschwellter Brust zu Brünhild, die am Zaun stand und den Vorgang verwundert beobachtete. Dann stieg er ganz behutsam auf den Rücken des Tieres, das alles geduldig ertrug, und dann, als er saß, nur etwas aufgeregt im Kreis tänzelte. Strahlend blickte Siegfried voller Stolz auf Brünhild herab und tätschelte den Hals des Tieres. Er freute sich wie ein Kind, dass er es trotz ihrer Einwände geschafft hatte. Dann sprang er herunter und führte das Tier zu ihr, damit sie es streicheln konnte. Während sie dem Hengst über die Stirn strich, blickte sie tief in Siegfrieds Augen und schien darin versinken zu wollen. Seine Augen wichen nicht aus.

HILDEGRIM

Acht Jahre waren vergangen, seit Hildebrand nach Bern gekommen war, und Dietrich war inzwischen zu einem Jugendlichen
herangewachsen. Er war groß und kräftig, in seinen Augen konnte
man den Hunger nach der Welt leuchten sehen. Sein Haar war fast
noch genauso goldblond wie zu den Zeiten, als er ein Kind war. Und
er saß nach wie vor stets an der Seite Hildebrands. Ebenso hatte sich
sein Geburtsort Bern seitdem wenig verändert. Gleich einem Wider-
hall des mächtigen untergegangenen großen Reiches[32] standen Berns
hohe Mauern noch immer unerschüttert und mächtig.

Niemand konnte derartige Steinmauern zu jener Zeit noch im
Reich Dietmars errichten. Wandel und Kampf, Untergang und Verfall, das waren die Zeichen der Zeit. Einzelne, starke Kämpfer und
wagemutige Anführer konnten mit Glück und Geschick Kriegergrup-
pen um sich scharen, um ganze Landstriche auszuplündern oder
gleich zu erobern.

Das Reich von Dietrichs Vater Dietmar war kein großes Reich.
Und dennoch war es damals stark genug, um sich äußerer und inne-
rer Feinde zu erwehren, nicht zuletzt deshalb, weil es im Angriffsfall
durch Dietrichs mächtigen Oheim Ermenrich in Romaborg[33] ge-
schützt würde.

---

[32] Das Römische Reich. Nicht in der Sage erwähnt.
[33] Auch Rumaborg, in der altschwedischen Handschrift dagegen fast immer
Rom genannt. Wenn die Sage auf historischen Ereignissen beruht, dann kann
nicht das italienische Rom gemeint sein, das sicherlich nie von einem König
Ermenrich beherrscht wurde. Ritter vermutete Trier, die einstige römische
Hauptstadt hinter dem Sagenort. Dort befand sich bis in die Völkerwanderungszeit eine römische Enklave, die von Arbogast verteidigt wurde, bis
fränkische Krieger sie eroberten. Wenn Ermenrich ein historischer Herrscher
im Moselraum war, könnte er das Umland der Stadt demnach um das Jahr
475 erobert haben.

Die unbeschwerte Jugend Dietrichs ließ noch nichts von den tiefen Schatten erahnen, die sich später über dem kleinen Königreich erheben sollten. Nur wenn die Wölfe am Abend in den Bergen jenseits des Rheins ihr Geheul ausstießen, konnte man glauben, dass doch ein ungekannter Feind sich gegen das Land erheben könnte. König Dietmar stand dann oft allein auf den Mauern und blickte nachdenklich nach Norden. Doch sollte sich die große Gefahr für sein Reich eines Tages von ganz anderer Seite erheben, als er vermutet hätte.

Dietrich dachte noch nicht an solche Dinge. Am liebsten waren er und Hildebrand gemeinsam auf der Jagd in den Bergen und Wäldern des Aumlungalandes[34], das sich um die Stadt Bern herum und weit über den Rhein hinaus erstreckte. Er liebte die dunklen Wälder mit ihren alten Bäumen und auch die offenen Heidelandschaften, die um Bern herum verstreut lagen, und die felsigen Berge am Rhein. Aber am meisten mochte er die große Gebirgswildnis, die sich am östlichen Rande des Aumlungalandes[35] erstreckte.

Dietrich war wie vernarrt in dieses wilde Land mit seinen steilen Felsen, in dem jegliches wilde Getier hauste. Hier traf man eher auf einen Hirsch als auf einen Menschen. Selbst die Lindwürmer, die in uralter Zeit auch im Flachland lebten, hatten dort noch ihre Nester. Auch Elben und finstere Unholde verbargen sich in den Wäldern, Höhlen und Schluchten. Zumindest erzählte man sich das in den Dörfern ringsum. Die wenigen Dörfer und Gehöfte im Gebirge

---

[34] Gebiet des Berner Reiches. Land der Aumlungen. Auch Amlungaland, Humlungaland, Himblingaland oder Ömlungaland genannt. Oostebrink schlägt als Namensursprung den Auelgau (im 8. Jahrhundert Aualgawe genannt) östlich von Bonn vor. Vielleicht kam der Name aber auch von einem Herrscher namens Amlung.
[35] Das Rothaargebirge, östlich von Wenden dürfte damals am Rand des Aumlungalandes gelegen haben. Hier könnte sich die folgende Begebenheit abgespielt haben.

waren fast alle verlassen. Nur wenige Menschen mochten dieses Land und noch weniger wohnten darin.

Nur den jungen Königssohn zog es immer wieder hinauf in die Berge, seit Hildebrand zum ersten Mal mit ihm dort gewesen war. Irgendetwas an dieser ungezähmten Wildnis hatte ihn nicht mehr losgelassen, seit er das erste Mal dort war.

Stets waren sie dabei mit Schild und Schwert unterwegs, denn auch in friedlichen Zeiten war es nichts Ungewöhnliches, das man hier auf Geschöpfe traf, die einem feindlich gesinnt waren.

Als Dietrich und Hildebrand wieder einmal im steilen Gebirge auf der Jagd waren, führte Hildebrand sie in eine besonders entlegene Gegend. Sie ritten schon eine ganze Weile einen schmalen Bergpfad entlang, der nur Platz für ein Ross ließ. Ein lichter Wald aus jungen Birken, Pappeln und Eichen säumte den Pfad. Dazwischen standen immer wieder einzelne uralte Linden und Eichen. Man konnte sehen, dass es eine zugewachsene Heide war, auf der vor nicht allzu langer Zeit sicher noch Schafe geweidet haben mögen. Das Laub hing bereits gelblich an den Zweigen oder fiel in einzelnen Blättern herab. Langsam senkten Nebelschwaden ihren Schleier über die beiden Krieger und verdrängten die letzten Sonnenstrahlen dieses Tages.

Dietrich, der vorneweg ritt, war für sein Alter von vierzehn Jahren recht groß und stark, dennoch wirkte er neben dem hochgewachsenen Hildebrand immer noch schmächtig. Seine blonden langen Haare wehten um das noch recht kindliche, weiche Gesicht, die wachen, mutigen Augen, die schon die eines Kriegers waren, glänzten in einem, beinahe unschuldigem Blau.

So trabten die beiden ungleichen Reiter in Begleitung dreier großer Jagdhunde immer weiter durch den Nebel, der alles in eine diesige Trübnis hüllte. „Meister Hildebrand, gibt es hier oben wirklich noch Drachen?", fragte Dietrich. Hildebrand nickte nachdenklich: „Die Alten sagen es. Ich habe leider noch keinen gesehen. Oder vielleicht eher zum Glück. Dann lachte er aufmunternd. Dietrich sagte eine Weile nichts.

„Ich hoffe wir können hier oben einst mit etwas anderem kämpfen, als nur mit wilden Ebern und Wildstieren", sagte er dann, begierig auf ein Abenteuer. „Sei lieber nicht so unzufrieden. Sonst musst du dich früher beweisen als dir lieb ist", mahnte Hildebrand, „und was gibt es jetzt an Ebern und Wildstieren auszusetzen? Ich kämpfe sehr gern gegen Eber!" Dabei grinste er belustigt. Hildebrand fügte noch hinzu, dass Wildschweine seiner Meinung nach hervorragend schmecken würden, wenn auch vielleicht nicht gerade die alten Eber.

Im gleichen Moment sprang eine Hirschkuh über den Weg und floh erschrocken die Böschung hinab. Sogleich stürmten die drei großen Hetzhunde hinterher ins Unterholz. Ohne zu überlegen trieb Dietrich seinen Hengst an und setzte dem flüchtigen Tier und der hetzenden Meute nach. Zweige schlugen ihm ins Gesicht, Steine flogen und morsche Äste zerbrachen unter den Hufen seines Pferdes.

Der überraschte Hildebrand sah sich kurz um, folgte dann seinem ungestümen Herrn schnell und trieb seinen schwarzen Hengst ebenfalls den Hang hinab. Dietrich sprengte ohne Vorsicht in vollem Galopp durchs Unterholz, so dass sein Pferd im Dickicht beinahe strauchelte und er sich nur mit Mühe im Sattel halten konnte. Etwas ungelenk bremste er sein schnaubendes Ross, aber er schaffte es, dabei nicht herabzufallen. Als das Tier sich gerade wieder gefangen hatte, scheute es plötzlich, wieherte laut, und bäumte sich hoch auf, so dass Dietrich erneut beinahe aus dem Sattel geflogen wäre.

Verwundert über den Grund fuhr er herum und erkannte ein kleines zweibeiniges Geschöpf, in hastiger Flucht vor ihm weg, das versuchte sich zwischen einigen Felsbrocken in Sicherheit zu bringen. „Meister Hildebrand!", rief Dietrich aufgeregt, „da ist irgendeine Art ein Kobold! Ich versuch ihn zu kriegen!" Bevor Hildebrand antworten konnte, riss Dietrich sein Pferd herum, jagte der gehetzten Kreatur hinterher und warf sich dann aus vollem Galopp vom Pferd herab.

Der Aufprall war heftig und Dietrich hatte sich dabei einige Prellungen eingefangen. Das erschrockene Wesen, das nur noch gurgelnd nach Luft japste, wand sich hilflos unter Dietrichs Armen, die sich wie Schraubstöcke um seinen Leib klemmten. Aber auch das fremde Wesen hatte ungeahnte Kräfte und bohrte ihm mit einem harten Griff seine Nägel unter die Haut. Dietrich hielt die eigenartige Kreatur fest und versuchte sie ein Stück von sich wegzudrücken, um zu erkennen, was er überhaupt gefangen hatte. Dadurch krümmten und wanden sie sich wieder umeinander. In ihrem Ringen wurden sie von einer strengen Stimme unterbrochen. „Gib Acht Dietrich, es gibt allerlei eigenartige Geschöpfe hier in diesem Land und nicht alle sind ungefährlich." „Sehr richtig", japste es unter Dietrichs Schwitzkasten hervor, „Vorsicht bitte!"

Dietrich lockerte nun seinen Griff von selbst und blickte das Männlein neugierig an. Stahlgraue, sture Augen sahen ihn aus einem zerfurchten, knolligen Gesicht an, das über und über von einem wilden, weißgrauen Bart überwuchert war. Einzelne Haare sprossen an Stellen hervor, an denen man das niemals für möglich gehalten hätte. Gleiches galt für die dicken Warzen, die an den unmöglichsten Stellen saßen. Das hutzlige Ding verzog keine Miene. Es war edel gekleidet. Dafür stank es widerlich nach ranzigem Fett und altem Rauch. Der Größe nach war es am ehesten ein Zwerg oder eine Art Kobold. Die Kapuze des grauen Umhangs war ihm im Gerangel halb ins Gesicht gefallen.

„Was ist das?", fragte Dietrich erstaunt. Das kleine Wesen wirkte auf Dietrich, als müsse es direkt aus einer anderen Welt gekommen sein. Er hätte sich nicht sehr gewundert, wenn es sich plötzlich in Luft aufgelöst hätte. „Ich bin in der Tat kein ungefährliches Geschöpf", versicherte der Wicht, „aber ich will euch keinen Schaden zufügen." „Ein Eber ist es jedenfalls nicht", schmunzelte Hildebrand, der sich etwas verwundert von seinem Pferd herabbeugte. Hildebrand überlegte, ob er Dietrich schon wieder ermahnen sollte, da man seiner Ansicht nach auch als Königssohn nicht nach Belieben mit seinem Volk umgehen sollte. Zwar galten die Zwerge damals als ein eigenes

Geschlecht neben dem der Menschen, doch auch sie standen unter dem Schutz des Königs. Für den Augenblick ließ er den jungen Heißsporn gewähren. Mehr als einen Schrecken und ein paar blaue Flecken würde der kleine Kerl ja auch nicht zu erleiden haben.

Dietrich hatte schon oft von den kleinen Leuten gehört, aber noch nie zuvor einen leibhaftigen Zwerg gesehen. „Tut mir nichts. Ich will es euch auch so gut vergelten, wie ich kann", flehte das Männlein, dessen dicker Bauch vor Aufregung bebte. „Wenn ihr mir helft", fügte er dann griesgrämig hinzu. „Das klingt gut und wir werden sehen ob wir dir helfen können!", lachte Hildebrand, „aber sag uns zuerst wie du heißt." „Ich bin Alberich[36]", antwortete der Zwerg, der sich flüchtig verbeugte. Hildebrand horchte auf. Er hatte diesen Namen schon oft gehört und so wusste er, dass die Dinge, die dieses Wesen unter der Erde schmiedete, zu den kostbarsten Kleinoden der Welt zählten. Vielen seiner Werke sagte man Zauberkräfte nach.

Der Zwerg selbst hatte sich mittlerweile auch etwas beruhigt und genügend Luft gewonnen: „Ich werde es euch mit Gold und Edelsteinen vergelten, wenn ihr mich gehen lasst. Ihr müsst allerdings einigen Mut aufbringen...", erklärte er. „Ja und?!", schnaubte Dietrich fast beleidigt, während er zuerst den kleinen Wicht und dann Hildebrand ungläubig ansah. Was heißt hier einigen Mut, dachte er und setzte ein grimmiges Gesicht auf.

Sichtlich verärgert ließ Dietrich den Zwerg nun aufstehen, hielt ihn aber weiterhin am Arm fest. Der Zwerg klopfte sich das Laub aus dem Kittel und begann zu reden: „In einer Felsenhöhle nicht weit von hier wohnt ein Riese. Er besitzt große Schätze. Er hat auch ein Schwert, das ist eines der besten, das es in diesen Ländern hier gibt. Es heißt Nagelring, und ich selbst habe es vor langer Zeit geschmiedet. Wenn er das Schwert hat, werdet ihr in kaum bezwingen. Aber

---

[36] Alberichs Rolle in der Thidrekssaga (nordisch: Alfrik) unterscheidet sich recht stark von jener im Nibelungenlied. Falls dieser Teil der Sage historische Grundlagen hat, wird Alberich ein Waffenschmied gewesen sein.

ich kann es euch sicher stehlen. Dafür müsst ihr mir versprechen ihn dann zu töten, weil er mir sonst ganz sicher den Garaus macht."

„Grim", murmelte Hildebrand grimmig. Dietrich horchte auf. Von Grim hatte er schon gehört. Dieser Unhold drangsalierte die Gegend seit langem von seinem Versteck aus und überfiel achtlose Reisende und Gehöfte der Umgebung, um sich an deren Habseligkeiten und an ihrem Vieh zu bereichern.

Dabei ging der dunkle Wanderer oft grausig zu Werke. Er spießte seine Opfer zuweilen auf kleinen Bäumen auf, die er vorher mit seinem Schwert anspitzte. Klaute er Vieh, dann tötete er aus Spaß oft die ganze Herde und erschlug den Besitzer, ohne zu zögern, wenn dieser ihn anflehte, aufzuhören. „Dietmar versucht seit langem, Grim zu stellen ..." murmelte Hildebrand und kratzte sich dabei nachdenklich am Hals.

Dietrich horchte auf und war ganz entzückt, dass er nun möglicherweise tatsächlich ein echtes Abenteuer erleben würde. Er sprang auf und zog den kleinen Wicht zu sich hoch. Dann sah er Hildebrand bettelnd an. „Ich sage dir, es ist kein Vergnügen für zwei einzelne Helden gegen solch einen Riesen zu kämpfen", warnte Hildebrand, „ich habe einst solche Kämpfe gefochten und mich gelüstet es nicht mehr unbedingt danach. Lass uns zuerst nach Bern reiten und eine Handvoll tapfere Krieger mitbringen."

„Solange werde ich nicht warten können", murrte der Zwerg, „ich habe Geschäfte zu erledigen." Dietrich blickte erneut zu Hildebrand und versuchte einen bettelnden Hundeblick aufzusetzen. Hildebrand schnaufte durch. „Wenn das schief geht, wird Dietmar mich ersäufen." „Wenn das schief geht, dann wird das nicht mehr nötig sein", lachte Dietrich. Hildebrand nickte ihm zu und fragte den Zwerg: „Weißt du denn, wo Grim sein Versteck hat, kleiner Mann?" Der entgegnete frech: „Na sicher weiß ich das, sonst hätte ich euch den Vorschlag ja nicht gemacht!" Hildebrand war etwas verdutzt über diese vorwitzige Antwort und sah den Zwerg schief an. Dieser hatte aber offenbar bemerkt, dass die Beiden ihm nichts Böses wollten und wohl auf seinen Vorschlag eingehen würden.

Dietrich ließ ihn nun los und der Zwerg lief ihnen voraus. Die beiden Männer folgten ihm, die Pferde am Halfter führend, durch die nebelverhangenen Wälder. Eine ganze Weile stolperten sie einen krummen, steinigen Pfad entlang, die Pferde am Zügel führend. Schließlich ging es einen Hügel hinauf, an dessen Fuß Alberich ihnen befahl zu warten. Schnell verschwand er im Blättergewirr, als hätte er sich nun tatsächlich in Luft aufgelöst.

Nach längerer Zeit, beiden kam es vor wie eine Ewigkeit, meinte Dietrich: „Der hat uns schön an der Nase herumgeführt." „Zwerge halten ihr Wort, sagt man", beteuerte Hildebrand, „sie sind zu abergläubisch, um einen Schwur zu brechen." Dabei versuchte er Zuversicht auszudrücken, aber ungewollt klangen dennoch Zweifel in seiner Stimme mit. Sie warteten noch länger und Hildebrand begann immer öfter seinen Bart zu kraulen. „Wo bleibt er denn? Es wird langsam kalt", grummelte Hildebrand schließlich sichtlich genervt. Gerade da kam der Zwerg zurück und hatte tatsächlich ein prächtiges Schwert in einer schwarzen, mit Gold und Edelsteinen beschlagenen Scheide bei sich. Hildebrand stand auf und musterte den Zwerg samt Schwert. „Hui, das nenne ich ein Schwert!", staunte er. Dietrich strahlte über beide Ohren als Alberich ihm das Schwert vor die Nase hielt.

Dietrich zog es aus der Scheide und bewunderte andächtig die Klinge. Das kalte Eisen glänzte selbst in dieser trüben Nebelsuppe wie sonnendurchflutetes Wasser, das einen Fels herabschießt. Er holte aus und haute einen kleinen Birkenbaum um. Dann führte er die Klinge abermals bewundernd vor sein Gesicht und starrte andächtig darauf. Es schien ihm, als hätte er nie ein besseres Schwert gesehen.

Auch Hildebrand nahm das Schwert nun in die Hand und prüfte es argwöhnisch, indem er mit einem zugekniffenen Auge über die Klinge peilte. Auch er führte dann einen Schlag durch die Luft und nickte zustimmend, bevor er es Dietrich reichte. „Es ist ein gutes Schwert. Ich selbst habe es gemacht. Für Grim", erklärte Alberich stolz. Dietrich sah den Kleinen verwundert an. „Nun, wo ihr Nagelring in Händen habt, müsst ihr Grim aber auch wirklich töten, Herr", stammelte der Zwerg angstvoll. Hildebrand nickte ihm mit blitzenden Augen versichernd zu. Alberich ging voran und die beiden Recken folgten ihm in ein enges Felsental.

Der Wald um sie herum wurde immer dunkler und unbehaglicher, je weiter sie in dieses verwunschene Tal vordrangen. Dichte schwarze Eiben ließen kaum Licht zum Boden vordringen. Dazwischen standen gespenstisch verbogene Hainbuchen, mit ihrer glatten, eisengrauen Rinde und knorrige, riesige Eichen. Kein Windhauch regte sich. Dicke Moospolster saßen auf den Ästen. Die abenteuerlich vergnügte Stimmung, die Dietrich zuerst verspürte, wich langsam einer beklemmenden Ungewissheit.

Alberich murmelte aufgeregt unverständliche Sätze oder sang leise in sich hinein. „Schwert und Helm, Kling und Sing, alles zerbarst, nur Hildegrim... der widersteht dem Nagelring." Die Vögel des Waldes waren dagegen völlig verstummt. Nur ein Häher schrie einmal seinen angstvollen Warnruf aus und flatterte von dannen. So gingen die Kämpfer eine ganze Weile hinter ihrem kleinwüchsigen Führer her, bis sie an eine Lichtung kamen.

Aber diese Lichtung war ein grausiger Platz. Kaum ein frischer Grashalm wuchs hier. Der Boden war mit toten Blättern und vergilbten Grashalmen bedeckt. An einem toten Baum hing ein halb verfaulter Widderkopf, der mit einem Nagel durch den Kopf ans Holz geschlagen war. Überall am Boden verstreut lagen Knochen. Der ganze Ort strahlte eine beklemmende Bedrohlichkeit aus, als sei er der Eingang zum Totenreich. Die gewaltigen Buchen schienen hier eine Art natürliche Kathedrale zu formen. Schädel und Felle gehäuteter Pferde hingen wie Totenrösser an waagrechten Pfählen herab. Dieser Ort war allem Anschein nach verhext.

Dietrich gerann schier das Blut in den Adern, kalter Schweiß lief seinen heißen Rücken herab. Er glaubte die dunkle Zauberkunst zu spüren, die hier wirken musste. Er zuckte zusammen, als ihn irgendetwas am Hosenbein packte. Aber es war nur Alberich, der mit stockendem Atem auf den Eingang einer Höhle wies.

Wie konnte er das übersehen haben? fragte sich Dietrich. Das Loch im Felsen[37] war direkt vor ihm. Wie das Madenloch eines verwesenden Kadavers gähnte es aus dem felsigen Hang und schien nach verlorenen Seelen zu gieren.

Dietrich starrte einige Zeit völlig benommen auf den dunklen Schlund, der wie ein dunkles Auge aussah, ehe er sich erneut vorsichtig umsah. Dann erst erkannte er das ganze Ausmaß dieses grässlichen Platzes. Von einer hölzernen Säule sahen halb verweste Schädel armer Seelen auf sie herab. Dies waren sicher die Köpfe von Grims Opfern, die der hier oben angebunden hatte. Dietrich schluckte, und selbst dem tapferen Hildebrand schien es nicht ganz zu behagen.

Dietrich wäre nun am liebsten zu Hause gewesen. Er blickte sich unsicher um, da band Hildebrand bereits seinen Helm fest und schritt zu dem Loch, das sie aus der Felswand anstarrte. Vor dem Höhleneingang sah dieser eine kurze Zeit angestrengt auf den Boden und blickte dann um sich: „Er muss zuhause sein, die Spuren sind frisch." Dabei zog er sein Schwert aus der Scheide. Dietrich konnte bei diesen Worten nur mit dem Kopfschütteln und musste sich fast ein Lachen verkneifen. Nein, wie man diesen Ort auch nennen mochte, ein Zuhause war es nicht, oder höchstens für jemanden, der alles Menschliche verloren hatte.

Da erst fiel ihm auf, dass Alberich weg war. War er nicht gerade noch neben ihm gestanden? Gehorchte er in Wahrheit doch dem Herrn dieser Gruft und verriet sie? Sogleich schnürte ihm eine große

---

[37] Vielleicht kann man hier an einen der alten Erzstollen um Siegen denken.

Beklemmung die Kehle zu. Es wurde ihm heiß und kalt und er fühlte sich, als ob seine Knochen weich würden.

Dietrich überlegte, ob sie nicht einfach umkehren könnten, oder ob er tatsächlich in dieses beklemmende Loch steigen musste. Er war nun nicht mehr so erpicht auf ein Abenteuer. Aus diesen Überlegungen wurde er unsanft von einer rauen Stimme gerissen. „Die Fackeln!" Er schnellte hoch. Hildebrand stand vor ihm und sah ihn fordernd an. Mit zitternder Hand band Dietrich die Pferde fest und holte eilig zwei Fackeln, die am Sattel befestigt waren.

Es dauerte etwas, bis er das Zunderpäckchen aus seiner Tasche gefummelt und die Fackeln entflammt hatte, dann gab er eine davon Hildebrand und nahm seinen Schild. Die andere Fackel steckte Dietrich am Höhlenausgang in einen Felsspalt. Zitternd zog er das Schwert Alberichs aus der Scheide, das selbst in der Finsternis dieses Ortes hoffnungsvoll schimmerte. Doch da war Hildebrand schon im Schlund des Loches verschwunden und Dietrich musste zusehen, dass er den hellen Schein der Fackel seines Meisters nicht aus den Augen verlor.

Mit hämmerndem Herzschlag stieg er in den Stollen hinab. Er konnte kaum etwas erkennen und tastete sich an den glitschigen, modrigen Wänden entlang. Nur die Fackel schien, und Hildebrands Helm glitzerte metallisch in der Dunkelheit. Die Luft war stickig, feucht und modrig. Der Rauch der Fackel brannte in seinen Augen.

Dann hörte man ein dumpfes, kratziges Schaben und einen Schlag in den Gängen weit vor ihnen. Ein kalter Wind zog den beiden entgegen und trug geisterhafte Stimmen zu ihnen heraus. Dietrichs Herz schlug bis zum Hals hoch. So drangen sie immer tiefer unter die Erde und hielten immer wieder inne, um zu horchen.

Hastige, polternde Schritte und ein wütiges Schnauben zerrissen die Stille. Hier unten hallte der Lärm der Tritte laut und krachend. Es begann sehr nahe und wurde dann rasch leiser, bis es schließlich ganz verstummte. Hildebrand wartete kurz ab, lauschte und rannte dann hinterher. Dietrich stolperte ihm wie schlaftrunken nach. Sein Helm stieß dabei mehrmals an der engen Höhlendecke an.

Plötzlich hörten sie ein klirrendes Geräusch zusammen mit einem schnellen Kratzgeräusch. Unbeirrt rannte Hildebrand erneut weiter voran. Nach wenigen Metern kamen sie in eine schwach erhellte, kleine Halle. Offenbar drang etwas Sonnenlicht durch einen schmalen Kaminspalt von oben herein. Der Anblick, der sich hier auftat, ließ Dietrich das Blut in den Adern gefrieren.

Eine riesige, übermannshohe Kreatur stand im dunklen Schimmer der Höhle über einer Kiste und wühlte hektisch darin herum. Als der Riese die beiden sah, stieß er einen grausigen, brüllenden Schrei aus. Dietrich war wie versteinert und hielt sein Schwert verkrampft vor sich, während Hildebrand langsam und leise den Namen „Grim" aussprach. Dieser lauschte und schnüffelte daraufhin umher, bis Hildebrand rief: „Suchst du das hier?" Als Grim das hörte fuhr er herum. Und Dietrich erschrak. Die Gesichtszüge des Riesen waren unmenschlich entstellt, der winzige Kopf saß auf einem gewaltigen Rumpf. An seiner Seite ragten zwei Schweineohren heraus. Der Schädel war halb haarlos, halb langhaarig, und aus dem Maul ragten gelbe, spitze Fangzähne. Die Beine und die Schultern waren mit ranzigen stinkenden Fellen bedeckt. [38]

Als er sein Schwert in Dietrichs Faust erblickte, brüllte er so laut, dass Dietrich dachte die Höhlendecke würde einstürzen. „Du lausiger Dieb!", schrie Grim mit grollender Stimme und griff sich einen Knüppel aus der Feuerstelle. Damit stürmte er auf die beiden Helden los. Dietrich war wie versteinert.

Kurz blickte er zu Hildebrand herüber und umfasste seinen Schwertgriff fester, doch was er da sah, fror seine Gesichtszüge

---

[38] Die Sage beschreibt weder die Größe noch das Aussehen des „Riesen". Falls dem Abenteuer ein historischer Kern zugrunde liegt, gingen Dietrich und Hildebrand vermutlich gegen ein einfaches Räubernest vor.

vollständig ein. Hinter seinem Meister grinste die scheußliche Fratze einer riesigen, alten Frau mit wolfsähnlichen Augen hervor. Ihre Pergamenthaut die direkt auf den Knochen auflag, war von bleichem Braun, ihr Maul trug gelbe krumme Zähne. Ihre braunen dürren Finger waren runzlig, die Nägel waren eher die Klauen eines Vogels als die eines Menschen. In ihren runzligen Fingern hatte sie einen schmalen Strick, den sie gerade um Hildebrands Hals legte.

Dietrich blickte sie wie versteinert an. Er erschrak furchtbar, als der glühende Pfahl von Grim wuchtig auf ihn hernieder sauste. Gerade noch sprang er zur Seite, sonst wäre er wohl zermalmt worden. Ein zweiter Schlag streifte seinen Kopf, und Dietrich dachte, sein Schädel sei aufgesprungen. Gleich darauf sah er erneut die Waffe des Feindes auf sein Gesicht zufliegen, warf aber sein Schwert hoch und lenkte die volle Wucht zur Seite ab. Dabei stolperte er jedoch zwei Schritte nach Hinten und stand nun mit dem Rücken zur Höhlenwand. Dietrich konnte die Schläge des Riesen nun nur noch mit größter Mühe abwehren und sah sich schon in den Kriegerhimmel hinauffahren

Grim sah sich bereits als Sieger und wagte es sich zu Hildebrand umzudrehen, der laut nach Luft schnappte. Dietrich konnte Hildebrand aus dem Augenwinkel sehen, ohne sich umdrehen zu müssen. So sah er wie die Schnur der alten Frau sich immer fester um den Hals seines Meisters zog, und dieser laut anfing zu röcheln. Sein Schwert und die Fackel fielen scheppernd zu Boden. Grim holte zum Schlag aus, während er Dietrich bösartig angrinste.

Dietrich blickte geradeaus in Grims tief liegende Augen. Dann fiel die Furcht wie ein schwerer Mantel von seinen Schultern, und gnadenlose Wut durchzuckte sein ganzes Herz. Bevor Grim zuschlagen konnte, flog Nagelring mit großer Gewalt seinem früheren Herrn entgegen. Diesen Schlag wehrte der Riese noch leicht ab. Holz splitterte von seiner Waffe. Der folgende traf fast sein Bein, so das Grim einen Schritt zurückweichen musste.

Wie tollwütig hieb Dietrich nun auf den erschrockenen Grim ein und drängte ihn an die Höhlenwand. Bald blutete der Riese heftig aus einem tiefen Schnitt am Oberschenkel und aus einem anderen am Unterarm. Grim konnte keinen eigenen Schlag mehr ausführen, weil er nicht mehr dazu kam, Dietrichs schnelle Schlagsalve abzuwehren, die auf ihn hereinbrach. Grims Augen begannen nun immer angstverzerrter zu flackern.

Der nächste Schlag traf Grims Hals, fuhr hindurch und trennte den Kopf ab. Blutspritzend plumpste der enthauptete Leib auf den Boden und spritze Dietrich warmes Blut ins Gesicht. Fast gleichzeitig schlug auch der Schädel dumpf und polternd auf den Boden auf. Dietrich schmeckte den metallischen Geschmack des Blutes, als einige Tropfen seinen Mund trafen. Er hielt aber nicht inne, sondern wandte sich sogleich zu Hildebrand, der immer noch mit dem teuflischen Riesenweib rang und dem die Sinne schwanden.

Dietrich war noch immer wie im Rausch. Er holte weit aus und schlug dem Teufelsweib die Klinge mit großer Wucht in den Rücken. Schreiend warf sie sich zu Boden und ließ Hildebrand frei. Dietrich sah auf die sich am Boden windende Kreatur. Die röchelte nach Luft und spie dunkles Blut. Hildebrand kniete am Boden, während er sich an den geschundenen Hals fasste.

Dietrich warf seinen Schild von sich und erschlug die zappelnde Alte mit mächtigen, beidhändig geführten Hieben. Nagelring flog immer wieder auf den Leib der Frau und erlöste sie so von ihrer Qual. Dann ließ Dietrich sein Schwert sinken und starrte zitternd auf sein Opfer, das in zwei Teile gespalten war. Ihre Wolfsaugen starrten aus dem bleichen Gesicht, das unter den schütteren langen Haaren lag. Giftig zischte sie Dietrich an, bevor der Tod ihr starrendes Gesicht einfror.

Der Gestank ihrer Innereien mischte sich mit dem modrigen Geruch der Höhle. Dietrich musste sich daraufhin übergeben so übel wurde ihm. Hildebrand kam langsam wieder zu sich, richtete sich auf und sah Dietrich an.

Der blickte fragend in die Augen seines Meisters. „Nun habe ich jemanden getötet, Meister", flüsterte er, „und es war kein Krieger, sondern eine Frau, bewaffnet mit einer Schnur." Dietrich schluckte. „Nein, du hättest sie vielleicht nicht töten müssen... aber sie hat gemein gekämpft, und um ein Haar hätte sie mich erledigt. Mach dir keine Sorgen." Damit klopfte er Dietrich väterlich auf die Schulter.

Mit Unbehagen blickten sich die beiden Kämpfer in Grims Behausung um. Als sie die Höhle genauer durchforschten, entdeckten sie am Boden in einer Ecke an der Wand eine eisenbeschlagene, dunkle Holztruhe, die Hildebrand mit einem Brecheisen aufbrach. Darin lagen hunderte Münzen und metallene Becher sowie Ringe aus Gold und Silber und kostbare Steine.

Auf einem Holzbrett erblickte Dietrich einen kunstvoll gefertigten Helm. Die vergoldeten Spangen und Wangenklappen schienen selbst in dieser Düsternis rotgolden und hoffnungsvoll zu leuchten. Das Eisen der Platten selbst schimmerte bläulich und grün. Dietrich nahm den Helm behutsam mit beiden Händen empor und zeigte ihn erfreut Meister Hildebrand. Der zog erstaunt die Augenbrauen hoch und grinste: „Das muss Hildegrim sein, der Helm, den man nach Grim und seiner Frau Hilde benennt. Die Zwerge haben ihn kunstfertig aus hartem Eisen geschmiedet und die Helmspangen golden verziert. Nimm ihn an dich, du hast ihn dir erkämpft."

Dietrich setzte das kostbare Stück auf, das ihm viel zu weit in die Augen rutschte. „Da wächst du hinein", lachte Hildebrand. Dietrich freute sich. „Gut, dass Grim so einen winzigen Kopf hatte", meinte er vergnügt. Dann schleiften sie die Schätze aus dem Gang. Die beiden Riesen ließen sie in der Höhle liegen. Es war bereits dunkel als das geschafft war.

Als sie das ganze Silber und Gold auf ihre Pferde banden, lobte Hildebrand seinen Schüler: „Das war gut gekämpft, Dietrich! Hätte der alte Grim dich überwunden, wie mich das Weib, dann hingen wir jetzt wohl hier." Dabei blickte er in Richtung der Totenschädel, die an die Baumstämme vor der Höhle genagelt waren.

Hildebrand schämte sich, von einer Frau überwältigt worden zu sein, und murmelte halb im Spaß, halb erstaunt über ihre ungeheure Kraft: „Sie muss eine Zauberin gewesen sein." Dann lachte er auf: „Diese Hilde war keine gewöhnliche Frau. Unmöglich." Dietrich nickte erleichtert, da er noch ganz entsetzt war, eine unbewaffnete Frau getötet zu haben.

Hildebrand sah Dietrich nun ernst in die Augen, wie immer, wenn er glaubte, dass er etwas Wichtiges zu sagen hatte. Dann klopfte er seinem Schüler auf die Schulter und meinte feierlich: „Wichtiger als das Abenteuer ist es, das Land vor solchen Unholden zu befreien. Wo Räuber, Riesen und Drachen den Bauern das Vieh stehlen, muss der Herr über das Land diese unverzagt vernichten." Bei diesen großen Worten seines Meisters schauderte es Dietrich ein wenig, wollte er doch im Augenblick noch gar nicht daran denken, dass er womöglich eines Tages über das Reich seines Vaters herrschen würde. Dann machten sie sich auf den weiten Weg Richtung Bern.

Als Dietrich und Hildebrand schließlich in Bern einzogen, jubelte ihnen das Volk zu, nachdem sich die Kunde von Grims Tod wie ein Lauffeuer herumgesprochen hatte. Dietmar blickte bewundernd auf seinen Sohn, der noch über und über mit Grims Blut besudelt war. Der junge Dietrich war voller Stolz. Und mindestens ebenso stolz war sein Vater. Mit Glück und Kampfgeschick, das ein guter König in dieser Zeit beides brauchte, schien Dietrich fürwahr ausgestattet zu sein. In ihm würde er sicher einen würdigen Nachfolger für das Reich haben, den das Volk schon jetzt liebte. Doch weder er noch Hildebrand konnten ahnen, wie nah dieser Zeitpunkt vor ihnen lag. Und niemand im Reich konnte sich damals vorstellen, welch schwarze Schatten in nicht allzu ferner Zukunft das Leben des jungen Königs verdunkeln würden. Dietrich ging an diesem Tag direkt nach einem Bad in sein Zimmer, fiel aufs Bett und schlief ein.

HEIME

In den Nächten nach dem Kampf wachte Dietrich mehrmals schweißgebadet auf und spürte sein Herz dann heftig schlagen. Immer wieder erschien Hilde in seinen Träumen. Und sie stieß grässliche Schreie aus und blickte ihm dabei so tief in die Augen, dass er glaubte, sie könnte bis zu seinen Knochen hindurchsehen. Tagsüber fühlte er sich dagegen stärker als je zuvor und er genoss es, wenn man ihn über seinen ersten großen Kampf ausfragte.

Ein recht ereignisloser Winter war zu Ende gegangen und der Frühling hielt in Bern Einzug. Es war Mittag. Eine weiße Sonne glitzerte grell über der Stadt, als sich ein einzelner Reiter auf einem pechgrauen Hengst den mächtigen Mauern näherte. Seine Lanze ragte himmelwärts. Ein mächtiger Schild wippte schwerfällig auf seinem Rücken auf und ab. Heller Staub stieg in gerader Linie hinter den Hufen seines Pferdes auf und bildete einen kleinen, hellen Wolkenturm.

Am Tor angekommen, gab er selbstbewusst zu verstehen, dass er zu König Dietmar wolle, in einer wichtigen Angelegenheit. Die Wachen waren zunächst verwundert, aber gewährten dem prächtig gerüsteten jungen Krieger ohne viel Aufhebens Einlass. Einer der Wächter rannte sogleich zum König, um den Neuankömmling zu melden. Dietmar und sein engeres Gefolge saßen gerade bei Tisch in der großen, steinernen Herdhalle, die das Volk der Walchen[39] vor langer Zeit hier erbaut hatte. Der Wächter grüßte den König, der genüsslich an einer Entenkeule herumkaute, und stattete Bericht ab: „Herr, ein fremder Reiter ist gerade eingeritten. Er ist prächtig gerüstet und wollte sein Anliegen direkt bei Euch vortragen."

---

[39] Alter Name für Römer und romanisierte Kelten. Nicht in der Thidrekssaga genannt.

Dietmar erhob sich sogleich und ließ sich den fremden Reiter durchs offene Fenster zeigen, das zum Innenhof gerichtet war. Dietrich, Hildebrand und einige andere waren ebenfalls aufgestanden und sahen neugierig auf den eigenartigen Reiter. Dietmars Halle war im ersten Stock des großen Steingebäudes, und so konnten sie den Fremden eine Weile ungestört beobachten. Er war klein und gedrungen und kein besonders eleganter Reiter. Er saß eher gleich einem Sack Mehl auf seinem prachtvollen, grauen Hengst, mit dem er eigenartig verwachsen schien. Sein Helm und sein Schildbuckel blitzten gleißend über der staubigen Straße. Sein Rundschild war im Verhältnis zu seiner gedrungenen Gestalt zu groß. Der Schild wurde von einem weißen Ross auf blauem Grund geziert.

Der König wies die Wachen mit einer einfachen Handbewegung an, den Fremden in die Herdhalle zu lassen. Er selbst setzte sich wieder hin und aß in aller Ruhe weiter. Die anderen taten es ihm gleich. Kurz darauf erschien der Fremde in Begleitung zweier Wachen im Saal. Er wirkte ohne sein Pferd noch kleiner und recht vierschrötig, er hatte lange Arme und einen großen, rundlichen Kopf mit feisten, roten Wangen, aber wache Augen und schönes, goldenes Haar. Herausfordernd baute er sich vor der versammelten Mannschaft auf.

Er war einige Jahre älter als Dietrich, der ihn aufmerksam musterte, war jedoch kleiner gewachsen. „Das muss Heime sein, Studders Sohn", hörte Dietrich die Männer flüstern. Er musterte dabei neugierig den Fremden, der immer noch herausfordernd in der Tür stand. Dietrichs Vater erhob sich bedächtig: „Nun, du hast nach mir gefragt. Also, hier bin ich. Doch sag mir zuerst deinen Namen und woher du kommst, bevor du mir dein Anliegen erklärst."

„Heil dir Dietmar, König von Bern. Ich grüße auch die große Zahl streitbarer Kämpfer, die in deiner Halle sitzen. Es ist mir eine Ehre. Ich für meinen Teil heiße Heime und ich komme aus dem Ort namens Segard, das der schönen und starken Brünhild gehört, seit ihre Eltern gestorben sind. Nahebei liegt ein Gehöft mit edlen Rossen im Wald. Das gehört ihr und es wird von meinem Vater

Studder bewirtschaftet. Von dort komme ich her." „Ich grüße dich. Doch sag uns nun, Heime, warum du diesen weiten Weg geritten bist?", fragte der König ruhig.

Daraufhin wandte sich der kurze Kämpe schnurstracks zu Dietrich, der ihn schon die ganze Zeit argwöhnisch beobachtete. "Du musst Dietrich von Bern sein", begann er. Dietrich nickte fragend. „Ich bin deinetwegen einen sehr langen Weg geritten", fuhr der kleine Krieger fort. „Stelle dich mir draußen vor dem Tor zum Kampf. Nur du gegen mich. Mann gegen Mann. Um die Ehre." Dietrich glaubte seinen Ohren nicht zu trauen. Dennoch sagte er zunächst nichts. „Der ist doch viel älter als Dietrich! Dies ist ein ungleicher Kampf", rief einer der Männer.

„Wer den Kampf gewinnt, der soll des Anderen Waffen bekommen", fuhr Heime unbeirrt fort. Dabei blickte er finster aus seinen kleinen Augen, die eine gefährliche Schläue dahinter vermuten ließen. Ein Raunen und Murmeln breitete sich in der Halle aus. Dietrich sah Heime zornig und ungläubig zugleich an. Und jeder im Saal sah, wie wütend Dietrich war. „Mir hat bisher noch keiner so eine unvernünftige Botschaft gebracht. Den weiten Weg wirst du wohl umsonst geritten sein", rief er erbost und schlug mit der Faust auf den Tisch. „Ich schlage vor, du setzt dich auf dein Pferd und reitest schnell den gleichen Weg zurück, den du gekommen bist." Einige Männer lachten nun, andere nickten anerkennend. Dietmar und Hildebrand lachten nicht. Heime grinste überlegen und zeigte an, dass er gar nicht daran dachte kampflos wegzugehen. Dietrich nickte nun zuversichtlich: „Ich bin friedfertig, wie jeder hier weiß, aber du scheinst es doch nötig zu haben, zurechtgewiesen zu werden." Heime lachte: „Wir werden dann bald sehen, wer zurechtgewiesen wird."

„Da hast du recht", rief Dietrich. Damit sprang er grimmig vom Tisch auf und ging hinaus, wobei ihm der ganze Saal folgte. König Dietmar und viele seiner Getreuen machten sich große Sorgen, doch sie wussten, dass es nun schier unmöglich wäre, die beiden kampflos zu trennen, ohne dass einer sein Ansehen verlor. Dietrich bebte innerlich. Doch viel eher vor Wut als vor Angst. Er war begierig auf den Kampf.

Dietrich ging nach unten in den Hof. Man brachte ihm sogleich seine Waffen und sein Streitross. Hastig streifte er sein Kettenhemd über und band Nagelring an die Seite. Zweimal entglitt die Zunge des Schwertgurts seinen Fingern, so aufgeregt war er. Ohne ein Wort zu verlieren, setzte er seinen Helm Hildegrim auf, der schon viel besser passte, als an jenem Tag in Grims Höhle, als er ihn fand. Hildebrand hielt den Steigreif, während sein Zögling sich auf seinen schwarzen Hengst warf. Er reichte ihm dann eine Lanze und den großen rotbraunen Rundschild, auf dem ein gelber, fauchender Löwe[40] stand.

So ritt Dietrich auf seinem schwarzen Ross aus dem Stadttor hinaus und Heime folgte auf Rispe, dem stolzen Hengst aus seines Vaters Gestüt. Meister Hildebrand, König Dietmar und andere adelige Recken, und auch viel einfaches Volk, gingen hinterher. Als sie einen offenen staubigen Platz vor dem Tor erreichten, stellten sich die zwei jungen Krieger in einigem Abstand zueinander auf und wurden sogleich von der Menge umringt. Dadurch bildete sich ein abgegrenzter Bereich, gleich einer Kampfarena.

Dietrich kniff die Augen zusammen und strafte Heime mit einem grimmigen Blick, obwohl dieser wohl zu weit weg war, um es überhaupt zu bemerken. Außerdem waren Dietrichs Augen unter dem großen Helm, der ihm noch immer nicht so recht passen wollte, ohnehin kaum zu sehen.

---

[40] Im frühen Mittelalter waren Wappen im eigentlichen Sinne noch unbekannt. Die in der Sage häufig genannten Wappen der Helden scheinen eine spätere Zutat aus dem Hochmittelalter zu sein. Vermutlich konnte man sich einen König ohne Wappen später gar nicht mehr vorstellen. Allerdings ist bekannt, dass bereits in der Völkerwanderungszeit Symbole auf Schilden existierten. In der spätrömischen *Notitia dignitatum*, einem Handbuch der Kriegsführung, sind diese abgebildet. Auch deshalb werden die Wappen hier der Sage gemäß wiedergegeben.

Nun sah Heime fordernd zu Hildebrand und Dietmar herüber, die bei Dietrich standen, und lachte überlegen. Dies zumindest konnte Dietrich auch auf diese Entfernung sehen. Damit reichte es ihm. Wutentbrannt spornte er sein Pferd an und sprengte los. Heime tat dasselbe. War er zuvor noch plump wie ein Sack auf dem Pferd gesessen, schienen Ross und Reiter nun zu einer untrennbaren Einheit zu verschmelzen. So stürmten die jungen Kämpfer mit erhobenen Lanzen aufeinander los. Beide trafen in die Mitte des Anderen Schild, doch keiner erzielte einen Treffer.[41]

Sie wendeten hastig die Pferde und stachen erneut aufeinander los. Diesmal gingen beide Lanzen ins Leere. Erst beim dritten Mal stach Dietrich an Heimes Schild vorbei und streifte seine Brünne.[42]

Aber auch Heime traf Dietrich, wobei dessen Pferd strauchelte und laut wiehernd zu Boden ging. Ein unheilvolles Raunen ging durch die Menge, als Dietrich unsanft auf die Erde schlug. Er lag vornüber im Staub und spürte erst nur einen stechenden drückenden Stich in seiner Brust. In seinem Mund vermischten sich Blut und Sand.

Erst dachte er, dass er überhaupt nicht wieder aufstehen würde, und er sah eine Weile nur undeutliche, gelbe Flecken vor dem dunklen Schatten, der sein Augenlicht eintrübte. Er zwang sich dann nach oben zu sehen, obwohl er lieber einfach liegen geblieben wäre. Dabei erkannte er, dass der dunkle Schatten vor seinem Auge Heime war, der auf seinem tänzelnden Pferd über ihm war.

Langsam wurde das Bild deutlicher. Dietrich sah nun, wie Heime hämisch von seinem Pferd herab grinste. Dabei durchfuhr ihn eine schier grenzenlose Wut, die seine Schmerzen schon milderte. Da

---

[41] Die Krieger legten dabei die Lanzen allerdings nicht unter der Achsel ein, wie dies in der Sage bisweilen den Anschein hat. Diese Taktik dürfte sich erst im Hochmittelalter entwickelt haben. Im Frühmittelalter schwang man die Lanze über dem Kopf oder hielt sie seitlich am Arm, und stach zu.
[42] Rüstung, in jener Zeit am ehesten ein Kettenhemd.

lachte Heime mit einer verächtlichen Kopfbewegung und fragte überheblich, "Na, großer Held, schon müde?" Dies war zu viel. Damit waren Dietrichs Schmerzen wie verschwunden. Es war, als würde ihn ein Feuer durfahren. Das sahen auch alle Umstehenden, dass etwas mit ihm geschah. Schneller als Heime schauen konnte, wuchtete er sich mitsamt dem großen Rundschild auf, den er noch mit seiner linken Hand hielt, und stand plötzlich vor ihm. Der Wind wehte ihm den Staub aus den Kleidern. Dieser zog über den Platz wie der Rauch eines Feuers. Heime, der immer noch im Sattel saß, schaute ihn ungläubig und beinahe unsicher an. Dietrich stand vor ihm wie aus einer lodernden Flamme entstiegen.

Er erhob den Blick langsam auf Heimes Angesicht und seine Augen blitzten kalt. Dann flog Nagelring aus der Scheide und erwartete Heime begierig. Der stieg von seinem Ross und zog auch sein Schwert, das Blutgang hieß. Nun gingen beide heftig aufeinander los und schlugen ohne Halten aufeinander ein. Die aufeinander schlagenden Eisenklingen hörte man bis in die Burg hinein, und beide Kämpfer wurden immer hitziger. Heime geriet immer mehr in Bedrängnis und konnte bald nur noch abwehren, bis Blutgang mit aller Wucht auf Dietrichs Helm Hildegrim schlug. Ein Raunen ging durch die Zuschauer, aber Dietrich blieb unverletzt. Blutgang zerbrach aber bei dem heftigen Aufprall. Heime sah ratlos auf sein Schwertheft und blickte dann nach oben. Er sah Dietrich direkt in die wuterfüllten Augen, der das Schwert nach unten zeigend in der Hand hielt.

„Lass mich am Leben, Herr Dietrich, ich will dir treu dienen." Dietrich sah fragend zu Hildebrand herüber, dieser nickte. Ohne zu überlegen, schob Dietrich sein Schwert in die Hülle und gab Heime die Hand.

Heime grinste aus seinen feisten Backen, lachte ein wenig und sagte dann: "Mir scheint, du bist wirklich so gut am Eisen, wie es überall erzählt wird, doch ein Kämpfer wie du sollte wirklich ein besseres Pferd haben als diesen Gaul da." Dabei schaute er in Richtung von Dietrichs schwarzem Hengst. Dietrich war zuerst völlig verwundert und wusste gar nicht, was er antworten sollte. Er blickte grübelnd zu seinem Pferd herüber, das völlig unbeteiligt an einigen Grasbüscheln fraß.

Dietrichs Hengst war zwar eines der besten Pferde in Bern, doch neben Heimes Rispe sah er zugegebenermaßen eher aus wie ein besseres Maultier. "Ich will bald heim reiten und schauen, ob ich euch ein besseres Pferd verschaffen kann", erklärte Heime, „mein Vater zieht die besten Hengste auf, von denen man zu sagen weiß. Ich werde mal sehen, ob nicht ein passender für Euch dabei ist, Herr." Dietrich lachte erfreut.

Heime ritt bald darauf nach Hause und brachte einen wunderbaren, Schimmel namens Falke mit nach Bern. Der Hengst war schneeweiß, nur Läufe, Mähne und Schweif waren grauweiß.

Als Heime den jungen Hengst nach Bern führte, blickten alle Umstehenden erstaunt auf das edle Tier. Als er durch das Tor schritt, warf der Schimmel seinen Kopf aufgeregt nach oben und tänzelte verspielt auf seinen schlanken Fesseln um dann seine hellgraue Mähne zu schütteln. Dann blieb er stehen und wieherte laut als wollte er Dietrich als seinen neuen Herrn begrüßen. Der nahm die Zügel freudig entgegen und gab ihm einen Apfel zu fressen. Falke boxte seinen neunen Herrn freundschaftlich mit der Nase und trug ihn seit diesem Tage in alle Abenteuer. Falke war frech und es war nicht immer leicht mit ihm umzugehen. Aber er war mutig und schlau und er war eines der schnellsten Rösser des Aumlungalandes. Für Dietrich war er bald wie ein Freund.

Heime wurde Dietrichs Mann. Er war seitdem fast immer in Dietrichs Nähe. Dietrich war ihm dankbar für seine Dienste, aber er vertraute Heime nie ganz. Zu dunkel schien ihm sein Wesen, zu treulos sein Herz.

WITEGES RITT
NACH BERN

In Sialand[43] wuchs zu jener Zeit Witege heran, der Sohn des Meisterschmiedes Wieland. Trotz seines jungen Alters und seines schlanken Leibes war er ungewöhnlich stark und kräftig[44]. Er hatte weißblondes, halblanges Haar. Sein Gesicht war bleich, sein Leib so weiß wie Birkenrinde. Sein Antlitz war schön und ebenmäßig. Der Mut und die Todesentschlossenheit eines verwundeten Raubtieres verbargen sich in seinen, eisblauen Augen, die so tief und kalt erschienen wie die winterliche See. Wieland war oft in Sorge wegen der stolzen Kühnheit seines Sohnes, der keinerlei Angst zu kennen schien.

Als sein Vater ihn eines Tages, wie so oft zuvor, fragte, ob er nicht die Kunst des Schmiedens von ihm erlernen wolle, antwortete Witege trotzig: "Du weißt, dass ich kein Schmied werden will. Ich bin nicht wie du. Ich möchte viel lieber mit hartem Helm und scharfem Schwert losziehen und einem mächtigen Fürsten dienen." Wieland war über diese Antwort arg enttäuscht. Schon oft hatte er versucht Witege zum Schmiedehandwerk zu bringen, doch er hatte inzwischen eingesehen, dass er ihn niemals umstimmen würde. Er wusste, dass Witege zu viel vom Geschlecht seiner Mutter in sich trug, einem Geschlecht der Krieger und Könige.

---

[43] Auch Sealand, Saeland, Sioland oder ähnlich. Teil des Wilcinalandes. In der Sage mit der dänischen Insel Seeland (dänisch Sjaelland) gleichgesetzt. Dies könnte aber eine spätere Veränderung der Sage sein. Vielleicht lag Witeges Heimat eher im Bereich des Weserberglandes, wo auch das Wilcinaland gelegen haben dürfte. Vielleicht lag Seeland in der Nähe des Seeburger Sees, wo wir bereits Brünhilds Gestüt in Segard vermuteten. Dafür spricht auch, dass Witege ein Pferd aus demselben Gestüt reitet, wie Heime.

[44] In der Sage soll Witege 12 Jahre alt sein. Dies erscheint in Anbetracht der Ereignisse sehr jung. Wir stellen uns hier einen halbwüchsigen Mann von vielleicht 16 Jahren vor.

„Als Krieger wirst du wohl kaum hier am Hof bleiben und auf Abenteuer warten", murmelte Wieland fragend. Witege lachte und schüttelte den Kopf. „Nein, wahrscheinlich nicht!" Wieland fragte ihn, wohin er denn als Krieger reiten wolle, um sich zu erproben. Witege antwortete, dass er zu Herrn Dietrich, dem jungen Herrn im Aumlungaland, reiten werde, König Dietmars Sohn. „Dieser ist genauso alt wie ich und er gilt als der kühnste Kämpe weit und breit. Ihn will ich zum Kampf herausfordern und mich mit ihm messen."

Wieland erschrak, als er das hörte. „Nein!", rief er, „fordere nur nicht diesen Dietrich zum Zweikampf! Du wirst ihm wohl kaum widerstehen können. Er ist kaum jünger als du, aber der Kampf wurde ihm in die Wiege gelegt!" Witege entgegnete trotzig: „Mir auch." Wieland raufte sich die Haare bei dieser Antwort aber er erkannte, dass der junge Krieger sich auch nicht mehr von diesem Vorhaben abbringen lassen würde. Mit gesenktem Kopf, und gestützt auf seine beiden Krücken, humpelte er in die Schmiede. Gehen konnte er nicht mehr, seit König Nidung ihm die Beinsehen durchtrennen ließ. Er saß da und dachte lange nach.

An dem Tag, als Witege aufbrach, stand die Sonne hell am Himmel. Sie ließ seine weißblonden Haare hell erstrahlen, während er mit seinem Schwert an der Seite und dem Rundschild auf dem Rücken in Wielands Hof stand. Der Schild war weiß, und auf dem Schild waren ein roter Hammer, eine rote Zange und drei Karfunkelsteine aufgemalt. Wieland hinkte mit seinen Krücken wortlos an ihm vorbei in die Schmiede und blickte ihn nicht einmal an. Witege war arg enttäuscht darüber und spürte einen beißenden Gram in sich aufsteigen. Er beschloss so schnell wie möglich loszureiten.

Als Wieland aber aus der Schmiede zurückkam, verflog Witeges grimmige Miene schnell. Wieland führte einen prächtigen, grauweißen Hengst mit einem Sattel aus Elfenbein herbei. „Er heißt Schemming und er ist eines der besten Pferde in allen Ländern ringsum. Ich wollte ihn dir zuerst nur dann schenken, wenn du das Schmiedehandwerk annimmst", begann Wieland, „aber jetzt wirst du ihn wohl dringender brauchen", fügte er nach kurzer Pause hinzu und lächelte zögerlich.

Dann rief Wieland mit einem Pfiff einen seiner Gesellen herbei. Dieser brachte ein Kettenhemd, das aus hunderten harten Eisenringen meisterhaft zusammengenietet war, und einen prächtigen Helm. Witege nahm das Kettenhemd und warf es über. Es passte wie angegossen. Danach setzte er den Helm auf, der ebenso aus härtestem Stahl geschlagen war und aufs Beste saß. Es war ein Helm, wie ihn die Krieger des Nordens trugen. Die obere Hälfte des Gesichts war durch eine metallene Helmbrille verdeckt, wodurch man nur raten konnte, in welcher Stimmung Witege war, wenn er den Helm trug. Auf dem Scheitelkamm des kunstvoll verzierten Helms lag ein goldener Drachenwurm[45], der als Symbol für die Grimmheit seines Trägers galt.

Ein breites Grinsen formte sich unter dem Drachenhelm. Dann schnallte Wieland feierlich das Schwertgehänge ab, das er umgeschnallt hatte. Erst jetzt fiel Witege auf, dass sein Vater die ganze Zeit ein ungemein prächtiges Schwert am Gürtel getragen hatte. Wieland überreichte es seinem Sohn mit feierlichen Worten: „Das ist Mimung. Es ist wohl das beste aller Schwerter dieser Welt. Ich schmiedete es einst für König Nidung und zerschlug Amelias damit den Kopf im Eisenhelm. Wenn eine schnelle Hand es nur tüchtig führt, beißt dieses Schwert auf Eisen wie andere Schwerter auf Kleider. Niemand kann ihm dann widerstehen."

---

[45] Der Drachenwurm am Helm wird in der Sage beschrieben und ist typisch für nordische Helme der ausgehenden Völkerwanderungszeit und des frühen Mittelalters. Möglicherweise gab es diese oder ähnliche Helme aber auch bei den Germanen in Norddeutschland. Dies legen zumindest Helme aus dem angelsächsischen Bereich (z. B. Sutton Hoo) nahe. Angesichts der ansonsten sehr ähnlichen Stilmerkmale bei Festlands- und Inselgermanen, ist dies wohl recht wahrscheinlich. Die Beschreibung des Helms verweist auf eine Entstehung der Textpassage zwischen dem 5. Und 8. Jahrhundert.

Witege blickte seinen Vater ungläubig an. „Du willst mir Mimung geben? Das du sonst nicht einmal deinen besten Freunden zeigst?" Einige Zeit forschte er in Wielands Gesicht, ob nicht eine Falle auf ihn warten könnte, falls er das Geschenk annahm. Er zog das Schwert aus der Scheide. Dieses erstrahlte im Glanz der Sonne wie eine helle Flamme. Der Holzgriff besaß einige Bronzeteile. Ansonsten war es ein sehr einfaches Schwert ohne viel Zierrat. Als Witege es geschwind durch die Luft zog, glaubte er es fauchen zu hören.

Dann drückte Witege seinen Vater mit aller Kraft, und Wieland drückte seinen Sohn ebenso kräftig. Wielands Augen füllten sich mit Wasser. „Auf dem Weg nach Bern ist eine Furt am Fluss Eidisa[46], die leicht zu durchwaten ist. Sie ist nicht leicht zu finden, und immer wieder formt die Flut sie um." „Ja Vater", wiegelte Witege ab, „ich werde Dietrich schon finden. Das sollte wohl nicht das Schwierigste an meinem Unterfangen werden." Wieland nickte.

Dann ging Witege zu seiner Mutter Badhild, die hinzugekommen war, und umarmte sie. Sie küsste ihn auf die Stirn und gab ihm drei Goldmünzen. „Mach dem Geschlecht deines Großvaters alle Ehre", sagte sie dann. Ihre Miene blieb unverändert. Der junge Held

---

[46] Ritter vermutet die Mündung der Aller in die Weser beim Eitzer See. Eher ist vielleicht die Weser (vielleicht bei Klus Edessen, Höxter) gemeint, die in der Thidrekssaga an anderer Stelle auch als Etissa genannt ist. Wahrscheinlich verbirgt sich aber die Eder hinter dem Namen. Diese liegt auch näher an Hildebrands mutmaßlicher Heimat Wenden, was das folgende Treffen mit diesem plausibler erscheinen lässt. Auch passen die kürzeren Wege besser zur Beschreibung der Sage. Wenn man aus dem Weserbergland oder dem Harzvorland in Richtung Bern zieht, muss man zunächst die Weser (oder Werra und Fulda) queren. Wenn man dann bei Hemfurt-Edersee auf das Südufer der Eder (heute dort gestaut) wechselt, befindet man sich auf einem Höhenweg, der sich bis Bonn erstreckt und sich genau mit der Beschreibung der Sage deckt. Der Übergang der Eder ist sinnvoll, da man sonst auf die steilen Höhenwege des Rothaargebirges ausweichen oder zahlreiche kleine Nebenflüsse der Eder queren müsste.

nickte pflichtbewusst. Er warf seinen dunklen Mantel über, griff sich seine Lanze und schwang sich auf Schemmings Rücken.

Als Wieland seinen Sohn so heldenhaft mit kostbaren Waffen auf dem edlen Tier sah, staunte er, und irgendwie erfreute er sich an dem Anblick, obwohl ihm auch bang war bei dem Gedanken an Witeges Vorhaben. Witege blickte sich voll Stolz und Wehmut ein letztes Mal um und trabte vom elterlichen Hof in Richtung Bern, seinem Schicksal entgegen.

Lange ritt er durch Wälder und Ödnis und verlassene Marken. Als er an den Fluss kam, der Eidisa hieß, konnte er nicht entdecken, wo die Furt sein sollte, von der ihm sein Vater erzählt hatte. Er stieg ab, versteckte seine Kleider und Waffen am Ufer und band Schemming an einem toten Baum in der Nähe des Ufers an. Dann stieg er vorsichtig in die trüben Fluten, um nach der Untiefe zu suchen, die hier irgendwo zu finden sein musste. Immer tiefer stieg er hinein, bis fast nur noch sein Kopf herausschaute. „Da kann doch unmöglich die Furt sein", ärgerte er sich, „da kann man ja gleich schwimmen."

Vom Ufer aus wurde er währenddessen von drei neugierigen Gestalten beobachtet, die aber nicht gesehen hatten, wie er seine Habe versteckt hatte. Einer der drei war Hildebrand, der Lehrmeister Dietrichs von Bern, die anderen beiden waren Dietrichs neue Gefolgsleute Heime und Hornboge. Letzterer war ein Jarl[47] aus Vindland[48]

---

[47] Alter germanischer Adelstitel.
[48] Auch Vinland oder Windland. Wird auch als Teil des Wilcinalandes beschrieben. Ritter vermutet das alte Wendland östlich der Elbe. Dies erscheint nicht plausibel, da das Wendland sehr wahrscheinlich nach den Slawen (=Wenden) benannt ist, die aber frühestens im 7. Jahrhundert hier einwanderten. Wenn die Eidisafurt (wie hier vermutet) bei Hemfurt an der Eder lag, muss Vindland nordöstlich davon liegen. Vielleicht hängt der Name mit Hildebrands Heimat Venedi (Wenden bei Olpe in Westfalen) zusammen. Darauf deutet hin, dass der Sohn des Fürsten dort Amlung heißt, was an das Aumlungaland erinnert. Vinland ist aber von Venedi klar unterscheidbar.

von jenseits der Eidisa, der von Hildebrand nach Bern geleitet wurde, weil er Dietrichs Mann werden wollte. Er war schön im Wuchs und in seinem Antlitz. Er hatte helle Haut, war stark und schön gewachsen. Hildebrand, Hornboge und Heime sahen nur Witeges Kopf aus den Fluten herausschauen und wunderten sich, was für ein kleiner Kerl da durch die Furt ging. Die Furt selbst war nämlich eigentlich nicht besonders tief, allenfalls einen Schritt.

Sie trieben ihre Pferde nach vorn und näherten sich neugierig dem Ufer. Hildebrand rief herausfordernd: "Das sieht mir aus wie ein Zwerg da im Wasser. Vielleicht ist es Alfrik." Witege war völlig überrascht und blickte peinlich berührt um sich. „Pah, von wegen Zwerg", knurrte er kaum hörbar in sich hinein, „die sollen mich schon kennen lernen." Er ärgerte sich, dass er sein kostbares Schwert so leichtsinnig zurückgelassen hatte und sah etwas verzweifelt um sich. „Lasst mich erst an Land gehen, dann seht ihr schon, ob ich ein Zwerg bin", rief er missmutig, versuchte aber einen gemäßigten Ton zu wahren.

Als er aus dem Wasser stieg und dabei immer mehr seiner stattlichen Erscheinung sichtbar wurde, musste Hildebrand lachen: „Ha, ihr wart offenbar an der falschen Stelle, die Furt muss weiter hier drüben sein! Ich dachte schon, da geht ein Zwerg durch die Untiefe."[49] „Von wegen Zwerg", wiederholte sich Witege brummend, als er in Richtung Ufer watete.

Vielleicht handelt es sich um ehemalige Gebiete des Aumlungalandes, die zeitweise von den Wilcinenkönigen erobert wurden.

[49] Witege kennt die Furt nicht und versucht sie zuerst an einer tieferen Stelle zu passieren. Hildebrand weiß, dass die Furt eigentlich flacher ist und scheint ihn deshalb für einen Zwerg (Alberich) zu halten, weil ja nur der Kopf sichtbar ist. Er irrt sich aber mit der genauen Stelle der Furt. Eine Furt war in der damaligen Zeit sicherlich eine sehr dynamische Angelegenheit, wobei sich die flachste Stelle mit der Zeit verschieben konnte. Ebenso konnten natürliche Markierungen, wie Bäume oder Büsche verschwinden.

Heim, Hornboge und Hildebrand grinsten immer noch belustigt. Doch als Witege fast ganz am Ufer war, sahen sie, dass er ein äußerst großer, kräftiger Mann war. Sein Antlitz und auch sein Leib waren ganz weiß. Er war schlank und stark, und er war noch größer als Hildebrand. Wohl nur wenige reichten ihm über die Schulter. Witege stand nackt, aber keineswegs ängstlich vor ihnen. Sie fragten ihn, wer er sei. Witege erklärte, dass er sich zuerst anziehen wolle. Hildebrand nickte freundlich, und Witege verschwand im nahen Gebüsch. Vorsichtig blickte Hildebrand sich um. Er überlegte, ob hier ein Hinterhalt lauern könnte, doch dann beschloss er, dem Fremden zu trauen.

Als Witege sich angezogen hatte, kam er hervor. Er führte sein Ross hinter sich her. Die drei Recken waren sichtlich erstaunt, und Witege genoss ihre verwirrten Blicke. Hildebrand, der auf Witeges kostbare Waffen starrte, war ganz verdutzt und fragte erst nach einer Weile etwas stammelnd: „Wie ist dein Name? Und warum reitest du allein?" Witege sagte ihnen, dass seine Mutter die Tochter König Nidungs sei und sein Vater Wieland der Schmied. Erstaunt horchte Hildebrand auf. Von Wieland dem Schmied hatte wohl jeder in diesen Ländern schon gehört. Daher auch Hammer und Zange auf dem Schild, dachte Hildebrand. Er sah staunend auf den meisterlich gemachten Helm des Jungen, der am Sattel des Pferdes baumelte. Dann wanderte Hildebrands Blick zurück zu Witege und blieb an dessen Schwert hängen. Er sah nur den recht einfachen Schwertgriff, der aus der eher schlichten Lederscheide ragte, aber er wusste, dass diese Klinge ein Schwert Wielands sein musste. Auch Hornboge und Heime waren sichtlich beeindruckt.

„Ich will zu Herrn Dietrich reiten, um mit ihm zu kämpfen. Er soll jetzt der beste Kämpe in allen Ländern sein", erklärte Witege knapp, während er betont lässig seine Sachen zurecht machte. Hildebrand zuckte zusammen. Schon wieder so ein Heißsporn, dachte er. Und Witege sah noch um einiges stärker aus, als der kleine Heime. Schon jetzt ahnte Hildebrand, dass dies ein gefährlicher

Gegner für seinen Schützling war, und dass Dietrich in ernste Gefahr kommen konnte.

„Das ist gut! Endlich findet sich einer, der es wagt, diesem Jungen seinen großen Hochmut zu dämpfen", erwiderte er sogleich betont unbeteiligt. Die beiden anderen blickten ihn fragend und verwundert an. Vorsichtig, wie er war, und voll Sorge um Dietrich verriet Hildebrand nicht seinen wirklichen Namen, sondern behauptete, er heiße Boltram, Sohn des Herzogs von Venedi. Er sagte Witege, dass sie ebenso nach Bern wollten, und dass er zusammen mit ihnen nach Bern reiten könne. „Dann sollten wir aber einen Eid schwören, dass wir uns nicht gegenseitig im Stich lassen würden auf der Fahrt." Witege willigte ein, war er doch auch erfreut, nicht weiter allein reiten zu müssen.

So schworen sie einen Eid und stiegen gleich auf ihre Rösser. Hildebrand ritt voraus, er kannte die Furt über den Fluss. Alle vier durchquerten sicher die Untiefe. Bald trennten sich zwei Wege[50] und Hildebrand hielt seinen Rappen an. Fragend blickte er sich zu seinen Begleitern um.

Da er Witeges verständnislosen Gesichtsausdruck sah, begann er zu erklären: „Beide Wege führen nach Bern, der eine ist lang und schlecht, aber der andere, viel kürzere führt über Brittan[51], wo eine

---

[50] Falls die Verortung der Furt mit dem Eder-Übergang bei Hemfurt stimmt, dürfte die kürzeste Verbindung nach Bonn über die Wasserscheide zwischen Eder, Lahn und Sieg geführt haben. Früher verliefen die Handelswege entlang von Höhenrücken, da man sich so Bachübergänge und sumpfige Niederungen ersparte. Die von Hildebrand erwähnte, längere Alternative würde vermutlich eine erneute Ederquerung, etwa bei Frankenberg und einen nördlichen Umweg über Olpe erfordern.

[51] In Mb als Brictan oder Brittan genannt. Sonst als Bitan oder Bittann (IsA) beziehungsweise Bettam oder Bittam (IsB) bezeichnet. Liegt am Rand des Lyrawaldes, in den isländischen Handschriften (IsA, IsB) an der Lippa. Ritter vermutet Lünen an der Lippe und nennt das nahegelegene Brechten. Totz der Namensähnlichkeit Brechten-Brictan ist dies unwahrscheinlich. Der

Steinbrücke ist, die aber von zwölf starken Kämpen bewacht wird. Die Anführer heißen Gramleif, Studfuß und Trella. Ihr Schloss[52] liegt mitten auf der Brücke, und selbst Dietrich konnte sie nicht besiegen und vermochte nicht es zu nehmen. Sie wollen von jedem, der hinüber will, maßlos viel Zoll, Waffen und Rosse. Und manch einer hat den Übergang mit dem Leben bezahlt. Mein Rat ist, wir reiten den längeren Weg"

„Wir reiten den kürzeren Weg", erklärte Witege. Heime schreckte hoch. „Was soll das? Hildebrand hat das viel zu schlecht erklärt", ärgerte er sich und schüttelte verständnislos den Kopf, „wir werden maßlos viel Zoll zahlen, wen sie uns am Leben lassen." Witege entgegnete, dass er nicht vorhabe irgendeinen Zoll zu zahlen. „Wie bitte sollten wir denn da zu viert sicher vorbeikommen, wenn selbst Dietrichs letzter Angriff mit einer ganzen Schar erfolglos war?" Witege lächelte ihn unbesorgt an. Hildebrand zog erstaunt die Augenbrauen hoch, aber er sagte nichts dazu, sondern ritt stumm voraus, den kürzeren Weg einschlagend. Heime und Hornboge folgten widerwillig und kopfschüttelnd, wollten aber nicht als Feiglinge gelten und schwiegen daher nun.

Lyrawald war einst zwar deutlich größer, kann sich aber kaum bis nördlich der Lippe erstreckt haben. Da kurz darauf die Wisar (mit großer Wahrscheinlichkeit die Wisser) überschritten wird, passt die Littfe, ein Bach am Oberlauf der Sieg, besser. An der Mündung der Littfe (einst Litphe) in den Ferndorfbach (einst Berentraph) könnte man sich die Burg der Sage vorstellen. Berentraph kommt von Berentr-apha (apha=Wasser). Vielleicht könnte ein Ort Berentr dem Brittan in der Sage entsprochen haben. Die Littfe ist recht klein, so dass eine Brücke kaum nötig scheint. In diesem Fall würde man eher von einer gepflasterten Furt ausgehen, was aber in der Zeit um 500 in Norddeutschland ohnehin wahrscheinlicher wäre als eine echte Steinbrücke.

[52] Unter dem Begriff „Schloss" ist hier kein spätmittelalterliches Schloss im heutigen Sinne zu verstehen, sondern eine einfache Wehranlage, die wohl einen Weg sperren oder „schließen" konnte. Ähnliches gilt für die Burgen der Sage. Lediglich die einstigen Römerstädte wie Bern (=Bonn) darf man sich um 500 n. Chr. als gemauerte Wehranlagen vorstellen.

Sie ritten lange auf einem schmalen Höhenweg durch den finsteren Lyrawald[53], der sich ringsum weithin erstreckte. Dieser Wald war uralt und dunkel. Riesige Baumriesen standen überall und nur selten kamen die Vier an einer kleineren Lichtung vorbei.

Endlich erblickten sie unter sich im Tal einen kleinen Fluss[54], der sich in einer sumpfigen Niederung hin und her wand. In der Mitte dieses Sumpfes war eine kleine Erhebung, auf der eine befestigte Holzburg stand. Diese war im dichten Nebel kaum zu sehen. Der einzige Zugang zur ihr führte über eine steinerne Brücke, die von dort auf die andere Seite des Flusses führte. Man konnte von dort aus das langgestreckte Flusstal weit überblicken, so dass niemand den Fluss hier unbemerkt überqueren konnte.

Als die vier nur noch wenige hundert Schritt entfernt waren, hielten sie ihre Rosse an und blickten auf die kleine Burg. „Das ist Brittan!", sagte Hildebrand ernst, „die Leute da mögen keine Fremden. Es sei denn sie zahlen entsprechend." Witege blickte ihn mit zugekniffenen Augen an. Dann lächelte er grimmig und trieb seinen Hengst nach vorn. Seine drei Weggefährten warteten schweigend und blickten ihm nach. Und wieder konnte Heime nur mit dem Kopf schütteln.

---

[53] Der Lürwald existiert noch heute im Sauerland. Der frühere Lürwald war allerdings größer und erstreckte sich südwärts über die Ruhr hinaus. In der Edda wird dieser Wald Myrkwid (Myrkwald) genannt.

[54] In der Thidrekssaga (IsA, IsB) als Lippa genannt. Ritter vermutete die Lippe, was aber nicht stimmig ist, auch weil der Lürwald sich mit Sicherheit nie bis nordwärts der Lippe erstreckt hat und weil die Lippe viel weiter von Bern entfernt liegt als es die Sage beschreibt. Eher dürfte die Littfe an ihrer Mündung im Bereich Kreuztal gemeint sein. Ihr Name, um 1300 als Litphe überliefert, wurde vielleicht von den Schreibern der isländischen Handschriften in Lippe verändert. Wenn Witege aus dem Eichsfeld um Seeburg kam, würde der Weg über die Littfe perfekt passen. Aber auch wenn Witege tatsächlich aus Seeland in Dänemark kam, würde ein Weg über die Littfe Sinn machen.

Die trutzige Wehranlage auf der Insel mitten im sumpfigen Schwemmland bot nicht gerade einen einladenden Anblick. Schwarze Fahnen flatterten drohend im Wind, und dichter Nebel verhüllte die Burg fast vollständig. Zwei Knochenschädel waren als Warnung auf zwei Pfählen vor dem Eingang aufgespießt.

Witege ritt mutig immer näher. Als er die Rampe, die auf die Insel im Fluss führte, fast erreicht hatte, erwarteten ihn drei bewaffnete Reiter, die ihm aus der Burg entgegenkamen. Ihre dunklen Silhouetten erhoben sich über der Niederung.

Hildebrand, Heime und Hornboge, die immer noch auf dem Hügel am Waldrand warteten, beobachteten das Geschehen mit einem unguten Gefühl. „Ich habe es gleich gewusst", fluchte Heime, „jetzt massakrieren sie ihn... So eine aberwitzige Idee!" Hornboge schnaufte beunruhigt: „Gegen so viele hat er wenig Aussicht auf Erfolg." „Ja", ergänzte Hildebrand, „er ist verrückt." Witege trabte unbeeindruckt weiter. Drei der Reiter ritten nach vorn auf Witege zu. „Willkommen Edelleute", sagte er und sah die Reiter ruhig an.

„Du sollst nicht willkommen sein", erwiderte der vorderste, der offenbar der Anführer war. Die anderen Grinsten. „Deinen Schild", sagte er dann laut und streckte die fordernd winkende Hand vor.

Witege blickte dem vordersten scharf in die Augen. „Ich kenne dich zwar nicht", sagte er ruhig, „aber du wirst wohl einen Namen haben." Verdutzt kniff das Gegenüber die Augen zusammen. „Ich bin Studfuß", knurrte er, „das solltest du wissen wenn du hier reitest. Ich wiederhole es nicht noch einmal: Deinen Schild!"

„Und dein Schwert" sagte ein anderer mit ruhiger, harter Stimme. Währenddessen kamen neun weitere Reiter über den Fluss und begannen Witege zu umstellen. „Ganz allein ist er, der junge Knabe", raunten die Krieger böse lächelnd.

Witege blickte schnelläugig von links nach rechts, ohne den Kopf zu bewegen oder eine Miene zu rühren. „Mit dem schönen Helm gehst du da auch nicht rüber, Bürschlein", meinte ein anderer der

Brückenwächter. „Und laufen wird er wohl auch", ergänzte hämisch Gramleif. „Seinen Kopf darf er behalten!", rief einer und konnte kaum an sich halten, ohne vor Lachen zu prusten." Die anderen fielen mit ein und lachten noch lauter. „...seine Hand aber nicht! Und seinen hübschen Fuß auch nicht!", grölten sie höhnisch. Witege rührte nach außen hin keine Miene. Das ließ die Krieger langsam stutzig werden.

Dann fragte er ganz gelassen: „Ihr wollt also mein Schwert, meinen Schild und meine Hand? Was soll ich dann meinem Vater antworten, wenn er fragt, wer meine Waffen nahm? Und wie soll ich mich wehren, wenn ich auf Dietrich von Bern treffe? Da werde ich meine Waffen brauchen und beide Hände." Seine Gegner schwiegen nun. Witege rührte noch immer keine Miene. „Ich zahle keinen Pfennig und reite doch über die Brücke." Alle um ihn herum, und wohl auch er selbst, waren überrascht von seiner Kaltschnäuzigkeit und blickten sich an.

Als erster überwand der Anführer seine Sprachlosigkeit, verlor aber gleich die Fassung: „Ich denke wir müssen verrückte Leute sein. Du bist einer und wir sind zwölf. Zieht eure Schwerter und zerteilt ihn in tausend Stücke." Wutentbrannt zogen die Brückenwächter ihre Schwerter und ritten auf Witege zu, der sie allein auf der Brücke stehend erwartete. Schemming wieherte laut auf und tänzelte etwas zurück.

Dann schnellte Mimung aus seiner Scheide und als Witege es gegen sie hielt, schien es als würde ihnen allen ein Stück Mut genommen. Doch der Studfuß trieb sein Ross schnell weiter vor und holte Geschwind aus. Es sang laut als das Schwert Witeges Helm traf, doch dieser zeigte keine Scharte danach. Studfuß und seine Mannen hielten verwirrt inne.

Da sprang Schemming wiehernd nach vorn und Wielands Meisterschwert begann sein blutiges Werk. Blitzartig flog es auf den ersten Gegner nieder, grub sich schneidend in dessen Schulter und glitt ungehindert bis übers Rückgrat hindurch, so dass der Leib des Gegners zur Seite herabfiel und dumpf am Erdboden aufschlug. Blut spritzte dabei aus dem geöffneten Rumpf des Opfers über Witeges Schild und besudelte auch ihn selbst und sein Pferd.

Als die Mitstreiter des Gefallenen dies sahen, wurden sie blass und schluckten trocken. Einige trugen bessere Rüstungen als der Tote, aber dieses Schwert schien nicht aus der Welt der Menschen zu stammen. Kurz zögerten sie und hielten sogar inne, gingen dann aber trotzdem weiter gegen Witege vor. Mehrmals wurde sein Kettenhemd getroffen aber nicht ein Ring zersprang dabei. Gramleif gelang wieder ein harter Schlag gegen Witeges Helm, aber schon im gleichen Augenblick fuhr Witeges Schwert von oben durch seinen ungeschützten Kopf und stand in der gespaltenen Brust. Als die anderen auch das noch mit ansehen mussten, wurde ihnen ganz bang, und sie wären auf einmal lieber daheim gewesen.

Auch Hildebrand schluckte, als er das sah: „Nun sind sie aneinandergeraten. Reiten wir besser vor, der gewinnt am Ende und dann sehen wir schlecht aus." Heime, dem der stolze Krieger von Anfang an nicht geheuer war, schüttelte den Kopf: „Warte, lass uns noch sehen, ob er wirklich den Sieg gewinnt. Dann können wir immer noch vorreiten. Und wenn nicht, dann setzen wir unser Leben nicht für einen Fremden aufs Spiel."

Hildebrand hörte kaum hin und sprengte los. Hornboge jagte gleich hinterher: "Nachdem wir ihm Treue geschworen haben, halten wir die", rief er Heime zu. Heime schüttelte wieder einmal verständnislos den Kopf und jagte widerwillig hinterdrein. Als sie Witege erreichten, hatte der sieben Feinde erschlagen und der Rest flüchtete in vollem Galopp über die Brücke auf das gegenüberliegende Ufer. In ihrer Angst hatten sie das Tor sperrangelweit offengelassen.

Kurz dachten Witege und Hildebrand daran, die Verfolgung aufzunehmen, doch sie ritten dann lieber in die Befestigung auf der Flussinsel. Sie begruben Mimungs schrecklich entstellte Opfer und legten sich für die Nacht hier nieder.

Hildebrand war in großer Sorge um Dietrich, seitdem er gesehen hatte, was diese Waffe und dieser Krieger zusammen anrichten konnten. Er konnte daher nicht schlafen. Als es Mitternacht war, erhob er sich von seinem Nachtlager und ging zu dem schlafenden Witege. Vorsichtig stupste er ihn an, um zu sehen, ob dieser fest schlief. Dann nahm er ihm das Schwert vorsichtig vom Gurt und zog es aus der Scheide. Er betrachtete die Waffe im Schein des Feuers. Dem Schwert schien eine ungeheure Macht innezuwohnen. Hildebrand fühlte sich beobachtet. Hastig drehte er sich um. Doch es war niemand zu sehen und die anderen schliefen. Er war allein mit Mimung.

Er betrachtete das Schwert prüfend und zog schließlich sein eigenes Schwert heraus. Hildebrand verglich beide Schwerter im Schein einer Fackel. Beide Schwerter waren sehr ähnlich geformt und fast gleich groß. Sein Schwert war bei weitem nicht so gut wie jenes von Witege. Aber beide Schwerter sahen einander zum Verwechseln ähnlich. Er prüfte ob sein Schwert in die Scheide von Witeges Schwert passte. Verblüfft stellte er fest, wie gut dies ging. Dann fasste er einen arglistigen Plan. Er schob Witeges Schwert in seine Schwertscheide und legte dem Schlafenden sein eigenes Schwert in dessen Scheide hin. [55]

Am nächsten Morgen brachten sie das Feuer in Gang. „Was machen wir mit dem Schloss?", fragte Witege. Darauf entgegnete Hildebrand: „Was dir gut scheint. Zwei können das Schloss bewachen und die anderen reiten zu Dietrich von Bern und fragen, ob du es behalten kannst in seinem Namen. Ich will nun aber meinen Namen nicht länger verleugnen. Ich heiße Hildebrand und bin Dietrichs Mann und meine Begleiter sind auch Dietrichs Mannen. Ich will nun ehrlich sein. Ich bin besorgt um meinen Herrn, seit ich gesehen

---

[55] Dieser Schwert-Tausch ist vermutlich Legende. In der Membrane-Handschrift tauscht Hildebrand zusätzlich die Griffe aus, damit der Tausch weniger leicht ersichtlich ist.

habe, wie du kämpfst. Ich will dir aber dennoch Treue geloben. Du hast das Schloss gewonnen, entscheide nun, was mit ihm geschieht." Witege blickte ihn kurz an. „Dieses Schoss hat genug Unheil angerichtet", sagte er. Dann nahm er eine Fackel aus dem Feuer und zündete es an. Sie luden alles von Wert auf ihre Rösser und ritten los auf Bern zu. In ihrem Rücken loderte das Schloss wie eine riesenhafte Fackel.

Nach einer Weile kamen sie an einen kleinen Fluss mit dem Namen Wisar[56], an dem die Brücke eingestürzt war. Auf der anderen Seite des Flusses stieg eine kleine Rauchsäule auf. „Ich vermute, dass sie hier zu Nacht gelagert haben", sagte Hildebrand und deutete in die Richtung der Rauchsäule. „Sehr leichtsinnig", meinte Witege und klackte erwartungsfroh mit der Zunge am Gaumen.

Witege gab Schemming die Sporen und setzte in einem mächtigen Satz sicher hinüber. Hildebrand und Hornboge, die ihm folgten, kamen zu kurz und landeten mit ihren Rossen in der Strömung. Gleichzeitig kamen aus dem nahen Waldrand die Fünf aus Brittan geritten. Heime nahm Anlauf, und Rispe sprang ebenso gut hinüber wie Schemming. Witege stellte sich den Feinden entgegen, während Heime sein Ross anhielt und auf die beiden anderen wartete, die ihre Tiere aus dem Fluss trieben. So wurde Witege alleine von den Fünfen angegriffen. Heime hielt seinen Hengst derweil hinter einem Gebüsch in der Nähe des Flussufers und beobachtete das Geschehen.

Als Hornboge es geschafft hatte, sein Pferd über die steile Böschung aus dem Fluss zu bekommen, erblickte er Witege im Kampf

---

[56] Vermutlich die Wisser, ein Nebenfluss der Sieg. Ritter nimmt an, das Witege aus nördlicher Richtung von der Lippe herkam, und vermutet daher die Emscher. Die Entfernung von dort nach Bern ist allerdings kaum in eineinhalb Tagen zu schaffen, wie es die Sage erzählt. Auch müsste man dann eine Verfolgung der Geflüchteten annehmen, da die Wisser nicht auf direktem Weg zwischen Lippe und Bonn liegt. Dies geht aber keineswegs aus der Sage hervor.

mit den Feinden. Sogleich sprengte er los und half ihm. Witege und Hornboge kämpften verbissen gegen die Fünf. Bis der unglückliche Hildebrand sein störrisches Tier aus dem Fluss brachte, hatten die beiden schon alle fünf erschlagen.

Zusammen mit Hildebrand kam auch Heime auf den Kampfplatz. Witege fragte Heime, woher sein Pferd sei: „Es muss sehr gut sein, weil du so gut über den Fluss gekommen bist." Heime verstand, worauf Witege anspielte. Witege war offenkundig nicht entgangen, das Heime sich im Gegensatz zu Hildebrand bewusst aus dem Kampf herausgehalten hatte. Da antwortete er etwas mürrisch und kleinlaut: „Rispe ist aus der Zucht Studders, meines Vaters." Witege, dessen Ross ja ebenfalls aus Studders berühmter Zucht stammte, meinte nur verächtlich: "Du reitest den Bruder meines Hengstes Schemming, aber genützt hat es mir wenig." Auch diese Bemerkung verstand Heime sehr wohl, er sagte aber weiter nichts dazu.

Am Abend erreichten sie den Hof Her[57], den König Dietmar besaß, und dem Hildebrands Frau Oda vorstand. Der Hof bestand aus einem Haus mit mehreren Stallungen, die sich hinter einem hohen Holzzaun verschanzten. Mehrere Felder und Weiden versorgten die Wachmannschaft und Odas Bedienstete mit dem Lebensnotwendigsten.

Hildebrands Frau stand im Eingang und begrüßte ihren Mann schroff: „Oh, welch seltener Gast. Lange nicht gesehen." „Suchst du ein Lager für deine müden Knochen?", fragte sie dann lächelnd. Hildebrand kratzte sich verlegen am Hals und nickte. Oda und Hildebrand waren einst auf Geheiß der Eltern verheiratet worden und hatten nie wirklich zusammengefunden, obwohl sie eine hübsche und kluge Frau war, und Hildebrand ein begehrenswerter Mann.

Oda musterte ihn von oben bis unten. Hildebrand lächelte verlegen und schenkte sich Bier aus einem Krug ein. Da kamen zwei

---

[57] Ort zwischen Wisser und Bonn. Vielleicht die spätere Burg Herrnstein.

kleine Mädchen von vielleicht fünf und drei Jahren herein. Die größere grüßte ihren Vater höflich. Hildebrand setzte beide sogleich neben sich und erzählte ihnen von seiner Fahrt. In solchen Augenblicken bedauerte er es, so weit von seiner Familie entfernt zu leben, doch Odas Platz war auf dem Hof, und sein Platz war bei Herrn Dietrich in Bern.

Die vier Helden wurden bestens mit allerlei Speisen versorgt. Sie bekamen angenehme Schlafgemächer zugewiesen und blieben die Nacht über dort. Hildebrand schlief bei seiner Frau. Sie sattelten am nächsten Morgen bald nach Sonnenaufgang die Pferde und Hildebrand war froh wieder loszukommen, da seine Frau und er nicht besonders lange zusammen sein konnten. Außerdem hatte er zu viel Tatendrang in sich, um längere Zeit an solch einem ruhigen Ort zu bleiben. Als sie vom Hof ritten, begann ein warmer Tag, und die Sonne stieg gleißend hell über dem Gutshof auf.

Nachdem sie ein Stück geritten waren, blickte Hildebrand nachdenklich zurück. Witege sah ihn zweifelnd an. Doch keiner sprach etwas. Sie zogen, der schmalen Heerstraße folgend, unentwegt durch öde Heiden und große Wälder. Nur selten kamen sie an einzelnen Hütten oder Weilern vorbei.

ZWEIKAMPF MIT WITEGE

$\mathfrak{E}$s war bereits Mittag, als sie Bern erreichten und durch das mächtige steinerne Stadttor ritten. Der König war gerade bei Tisch. Vor Dietmars Halle angekommen, kam ihnen Dietrich entgegen. Er grüßte sie freundlich, aber er beachtete Witege nicht weiter, weil er ihn nicht kannte. Bevor Hildebrand etwas sagen konnte, saß Witege von seinem Hengst ab und baute sich vor Dietrich auf. Der sah ihn verwundert an und blickte dann fragend auf Hildebrand. „Ich bin gekommen um dich zum Zweikampf zu fordern, da ich so viel über deine Tapferkeit gehört habe", trug der junge Kämpfer sein Anliegen kühn vor. „Man sagt, du seist der beste unter den jungen Kämpen weit und breit."

Dietrich war ganz erbost über diese Worte und blickte Witege mit durchdringenden Augen an: „Ich werde dich hängen lassen, damit nicht alle zwei Tage ein dahergelaufener Bauer mich zum Zweikampf fordert hier in meinem eigenen Land." Hildebrand ermahnte seinen Schüler: „Rede nicht so, du weißt nicht, wen du vor Augen hast. Mir scheint nicht unwahrscheinlich, dass du den Teil kriegst, der Unsieg heißt, wenn du dich mit ihm schlägst." „Ja, man sieht schon, dass er kein Bauer ist", zischte Dietrich. „Und trotzdem will ich nicht mit jedem kämpfen, der in einer kostbaren Rüstung daher gelaufen kommt." Witege verzog keine Miene. Man konnte sehen, dass Dietrich sich nun über seine eigenen Worte ärgerte.

Doch seine Leute verstanden ihn nur zu gut und als erster mischte sich Renald, einer von Dietrichs Mannen ein: „Das ist fürwahr eine Schande, dass nun jeder Knecht unseren Herrn einfach zum Kampf herausfordern kann." Hildebrand schlug ihm ohne Vorwarnung mit der Faust aufs Auge, dass Renald rückwärts in den Staub flog. „Niemand nennt meinen Stallbruder[58] so." Da rief Dietrich

---

[58] Alter Begriff für Kampfgenosse oder Gefährte.

Hildebrand zu: „Du bist ja ganz verliebt in den Mann! Dann lass uns sehen, wie gut er wirklich ist. Lasst uns vor die Stadt gehen und es versuchen." Dietmar erschrak, obwohl er es genauso hatte kommen sehen. Er wusste, dass sein Sohn für sein Alter außergewöhnlich gut mit dem Schwert umgehen konnte, aber er kannte eben auch die Selbstüberschätzung, die damit einherging. Und er hatte genau auf Hildebrands warnende Worte gehört. Dennoch sagte er nichts. Es war nun auch fast unmöglich, ohne Ehrverlust aus der Sache herauszukommen. Hildebrand kratzte sich verlegen am Kopf. Er hatte nun ein sichtlich schlechtes Gewissen.

Dietrich streifte sein Kettenhemd über und setzte Hildegrim auf. Er band Nagelring an die Seite und nahm Falke am Zügel. Sie gingen aus dem Tor hinaus auf jene offene Fläche vor den Mauern, wo einige Zeit zuvor auch der Kampf mit Heime stattgefunden hatte. Witege wurde nur von Hildebrand begleitet, während Dietrich in Begleitung seines besorgten Vaters und vieler Gefolgsleute war. Auch Heime ging hinter Dietrich her und erinnerte sich an seinen Zweikampf mit dem jungen Prinzen. Alle Anwesenden stellten sich nun im Kreis auf dem staubigen Platz um die Kämpfer herum auf, die sich in einigem Abstand gegenüberstanden. Als Dietrich in den Sattel sprang, bemerkte Falke sofort dessen aufgewühltes Herz und tänzelte nervös auf dem Kampfplatz. Dann stieg auch Witege auf sein Ross, das laut schnaubte.

Heime gab Dietrich eine Trinkschale und Hildebrand reichte Witege ebenfalls eine Schale. Witege winkte ab: „Gib ihm zuerst." Hildebrand bot Dietrich die Schale an. Dieser war wütend und blickte verächtlich zur Seite. Hildebrand sagte zu ihm: „Sei nicht wütend. Nun triffst du auf einen Mann, und niemals vorher."

Dann trank Witege von der Schale und gab Hildebrand einen Goldring. Hildebrand sah ihn zögerlich an, nickte aber dann und nahm den Ring an sich. Nun hatte er ein ganz und gar ungutes Gefühl. Hatte er doch die Schwerter vertauscht und den jungen Recken übel hintergangen. Aber er stand Dietrich näher und wollte auf keinen Fall, dass seinem Herrn etwas zustieß. Ihm war deshalb ganz und gar nicht mehr wohl in seiner Haut. Aber niemand sah dies, weil alle auf das Geschehen auf dem Kampfplatz blickten.

Beide Kämpfer bekamen nun eine Lanze in die Hand. Man reichte Dietrich seinen Rundschild, auf dem ein fauchender Löwe war. Witege schaute danach zu Dietrich und fragte kurz: „Bereit?" Dietrich nickte, und beide ritten ein Stück weit voneinander weg, um Anlauf zu nehmen.

Dietrich gab seinem Ross die Sporen und sprengte los. Witege tat das gleiche. So stürmten die Streiter mit nach vorn gerichteten Lanzen aufeinander los. Witeges Lanze scheiterte an Dietrichs Schild. Durch den heftigen Schlag rutschte sie ihm aus der Hand. Verächtlich und überlegen grinste Dietrich ihm zu. Doch dies schien Witege nur noch Auftrieb zu geben. Er zog sein Schwert und forderte Dietrich mit einer Kopfbewegung auf, ihn anzugreifen. Die Sonne stand tief und strahlte gleißend hell hinter Witege. Dietrich kniff die Augen zusammen. Kurz zögerte er. Dann stürmte er wütend auf seinen Gegner los und traf Witeges Schild. Der Schlag war heftig und die Lanze traf, doch Witege blieb im Sattel. Gleichzeitig fuhr Witeges Schwert herab und schlug Dietrichs Lanze die Spitze ab.

Beide sprangen nun von ihren Rossen und schlugen sich heftig mit den Schwertern. Der Kampflärm hallte von den Mauern Berns auf den Platz zurück. Dietrich kämpfte voller Zorn und wenige außer Witege hätten es wohl vermocht, gegen ihn zu bestehen. Im Verlauf des Kampfes schlug Witeges Schwert so hart auf Dietrichs Helm, dass die Waffe am Heft abbrach. Dietrich hielt inne, doch sein Helm war offenbar heil und Witege stand nun unbewaffnet vor ihm.

Witege starrte fassungslos auf den Griff in seiner Hand. „Was hast du mir da gegeben, Vater? Mit einem besseren Schwert hätte ich mich wohl wehren können." Verzweifelt warf er das Griffstück fort. Er kniete sich in den Staub und senkte das Haupt gleich einem zum Tode Verurteilten. Er schloss die Augen und erwartete mit pochendem Herzen den tödlichen Hieb. Dietrich blickte ihn eine Weile verwundert an, holte dann, noch immer rasend vor Wut und ohne nachzudenken, mit dem Schwert aus, und war daran, ihm den Kopf abzuschlagen. Das Schwert fuhr erbarmungslos herab. Im letzten Augenblick sprang Hildebrand mit seinem Schild dazwischen und fing den Schlag ab.

Dietrich sah ihn zornig und zugleich vorwurfsvoll an. Doch Hildebrand schob sein Schwert mit dem Schild beiseite und sagte: „Herr Dietrich, lasst ihm das Leben, und macht ihn zu eurem Mann. Ganz allein hat er die Steinbrücke bei Brittan erobert und alle Verteidiger vertrieben. Nie bekommt Ihr einen besseren Gefolgsmann als diesen, der hier vor Euch kniet." Dietrich schnaufte erbost: „Er soll hängen."

Hildebrand war ganz enttäuscht über den Jähzorn seines Schülers: „Tut das nicht! Er ist wie ihr aus königlichem Geschlecht. Handelt edel an ihm, und ihr habt Ehre davon." Dietrichs Augen sahen aus wie die eines wilden Tieres, als er mit zitternder, aber starker Stimme zum letzten Mal antwortete: „Geh mir nun aus den Augen, sonst schlage ich auch dir den Kopf ab." Als Hildebrand das hörte und erkannte, dass Dietrich den armen Witege trotz aller Bitten nicht verschonen würde, wurde er so zornig, wie Dietrich ihn noch nie erlebt hatte. Hildebrands Gesicht verfinsterte sich. Dann nickte er bedeutsam den Kopf. „Weil Ihr nicht einsehen wolltet, was ich Euch als guten Rat gab, soll das Kind nun haben, was es verlangt", knurrte er.

Er zog dabei Witeges Schwert, das er ja immer noch bei sich hatte, aus der Scheide und hielt es Witege hin: „Niemals soll jemand sagen können, dass ich einem Schwurbruder untreu war. Hier dein Schwert, Wehr dich nun wacker."

Witege sah Hildebrand zuerst völlig verwundert und unverständig an. Dann blickte er zuerst auf das Schwert, das Hildebrand ihm entgegen hielt, dann auf die abgebrochene Klinge, die vor ihm im Sand lag. Dann begriff er. Er packte mit einem strahlenden Lächeln den Griff, küsste die Klinge und den Knauf und erhob sich aus dem Staub.

Dann blickte er Dietrich an und sagte: „Siehst du dieses Schwert? Ich glaube das ist Mimung, die beste aller Klingen! Und jetzt will ich mich so gern mit dir schlagen, wie ein Verdurstender nach Wasser lechzt." König Dietmar und all die anderen Umstehenden erschraken dabei. Hatten sie doch alle von dieser Wunderwaffe des Wieland gehört. Wieso hatte Meister Hildebrand das nur getan?

Selbst Hildebrand schluckte nun, als ihm bewusst wurde, was er da getan hatte. Sollte das wirklich Mimung selbst sein? War dies tatsächlich jene furchtbare Waffe, die Amelias Helm im Handstreich zerteilte? Wielands Zauberschwert! Was hatte er getan? Es lief ihm heiß und kalt über den Rücken. Aber was hätte er tun sollen? Er wusste, dass er sich nie verziehen hätte, wenn Witege hier durch seinen Verrat gefallen wäre. Vorwurfsvoll und zornig blickte Dietmar auf Hildebrand. Der verzog keine Miene.

Witege ging sogleich heftig auf Dietrich los und hieb gnadenlos hart auf seinen Gegner ein, so dass dieser sich heftig wehren musste. Beide schlugen mit wütenden Hieben aufeinander ein, doch Witege gewann bald die Oberhand. Die Waffe sauste wie eine Schwalbe durch die Luft und flog mit unglaublicher Schnelligkeit immer wieder auf den überraschten Dietrich herab.

Witege konnte diese Klinge so geschwind führen, dass Dietrich bald nur noch seinen Schild entgegenhalten konnte. Jedes Mal, wenn Mimung wütend auf den Schild krachte, splitterten einige Späne am Rand ab. Und immer öfter umging Mimung auch den Schild und biss in Dietrichs Kettenbrünne. Mit unglaublicher Wucht und Schärfe durchtrennte die Waffe selbst die eisernen Ringe und drang mehrmals bis zur Haut vor. Dietrich konnte kaum einen Schlag dagegen tun. Bald blutete er stark aus mehreren Wunden, und schon begann er zu taumeln.

Dietmar sah besorgt auf das Kampfgeschehen und blickte immer wieder wütend zu Hildebrand, der das bemerkte, aber reglos auf den

Kampf starrte. Dann murmelte er verbittert: „Als ich sie trennen wollte, da wollte er es nicht und er hätte Ruhm davon gehabt. Lasst sie es nun ausfechten."

Die beiden Kämpfer hielten daraufhin kurz inne und blickten zu Hildebrand. Dietrich zitterte und schnaufte und sah seinen Meister grimmig und wütend an, als ob er ihn verraten habe. Der blickte ihn ebenso vorwurfsvoll an und meinte zu Dietrich: „Nun wirst du vielleicht noch mit Schaden schlichten, was du vorher mit Ruhm einfach haben konntest. Aber nur wenn Witege nicht das gleiche Urteil über dich spricht, wie du über ihn." Dietrich blickte seinem Meister fassungslos in die Augen. Wie konnte sein geliebter Hildebrand ihm nur diese Schmach antun. König Dietmar griff sich seinen Schild, zog sein Schwert und trat nun vor. „Willst du mich töten lassen?", fragte Witege. „Das rate ich dir nicht", fügte er hinzu: „mein Mutterbruder ist König eines starken Reiches. Er ist mächtiger als du, und er wird mich rächen."

Dietmar wiegelte ab: „Ich will nicht deinen Tod. Ich bitte dich, dass du meinem Sohn diesen Kampf erlässt. Dann gebe ich dir eine gute Burg und eine Jungfrau und mache dich zu einem mächtigen Herrn in meinem Reich." Witege antwortete schroff: „Das werde ich nicht tun. Er soll das gleiche Schicksal haben, das er mir zugedacht hat, oder ich werde von ihm erschlagen." König Dietmar sah verbittert zu Boden und fürchtete nun, seinen Sohn zu verlieren.

Die zwei begannen sich nun wieder zu schlagen. Selbst Hildebrand sah nun sehr beunruhigt aus. Immer mehr erkannte er, dass das, was er getan hatte, zum Tod seines geliebten Schülers führen würde, wenn nicht schnell etwas geschah. Witege drang hart auf Dietrich ein, und dieser wehrte sich mit Mühe. Von Dietrichs Helm riss Mimung gleich eine Wangenklappe ab und dabei ging auch ein Büschel Haare mit. Fieberhaft überlegte Hildebrand, was er tun konnte. Würde er Witege von hinten niederstrecken, könnte das einen Krieg mit Witeges Verwandten heraufbeschwören, und Dietrich stünde sein Leben lang als ehrloser Feigling da. Wie könnte er so ein starker König werden.

Immer wieder sauste Mimung erbarmungslos und mit unglaublicher Schnelligkeit auf Dietrich herab, und jedes Mal klaffte eine neue Wunde an der Stelle, wo Mimung unbarmherzig hin gebissen hatte. Nagelring schien dagegen wie eine schwere Keule ungelenk umher zu schwingen, und immer seltener konnte Dietrich damit einen ernstzunehmenden Schlag nach seinem Gegner ausführen.

Dietrichs Wunden bluteten immer heftiger, und die Umstehenden wagten kaum mehr zu atmen. Er selbst merkte nun, wie seine Sinne zu schwinden begannen und ihm schwindelig wurde. Sein Mund wurde trocken, seine Beine begannen zu zittern, und er wusste, dass er dieser Waffe gnadenlos ausgeliefert war. Der Blutverlust begann sein Augenlicht zu verdunkeln, und er konnte Witeges Hieben nichts mehr entgegensetzen. Wie benommen wankte er auf dem Kampfplatz umher.

Bald erwarteten alle Umstehenden, den letzten, tödlichen Schlag, den Dietrich selbst nun schon sehnlich herbeiwünschte. Dieser würde ihn von der Schande und den Qualen erlösen. Da sprang Hildebrand dazwischen. Mimung donnerte auf seinen Schild nieder, und jeden anderen hätte gleich eine wütende Schlagsalve erwartet. Doch Witege hielt ein.

Hildebrand sagte mit ernster Stimme: „Ich bitte euch. Werdet Herrn Dietrichs Mann. Ihr habt mehr Ruhm davon, als ihn heute zu erschlagen. Wenn ihr beide zusammen bleibt, dann besteht euch kein Kämpe." Witege blickte ihn an wie ein Löwe, den man von seinem Riss vertrieben hat. Viele fürchteten schon, dass nun auch Hildebrand Opfer dieser todbringenden Klinge werden sollte. Und einige der Männer hatten die Hand schon am Schwert, bereit dieses zu ziehen. Kurz überlegte Witege, dann senkte er sein Schwert: „Nicht um seinetwillen", dann schnaufte er durch und schluckte, „aber euch zuliebe will ich ihm das Leben schenken." Hildebrand war zutiefst erleichtert. Eine unglaubliche Last fiel von seinen Schultern, und er atmete tief durch.

Nie hätte er sich verziehen, wenn Dietrich hier gefallen wäre. Er schritt zwischen die beiden Kämpfer und legte ihre Hände zusammen. Dietrich sank gleich danach besinnungslos zu Boden und wurde auf einer Bahre in die Burg geschafft.

WIELANDS GESCHICHTE

Mehrere Tage und Nächte lag Dietrich wund im Bett. Heftiges Fieber schüttelte seinen Körper. Der stinkende Geruch eitriger Wunden lag im Raum. Doch schlimmer als alle Wunden war die erlittene Schande, die sich anfühlte, wie ein Eisennagel im Leib. Eine solch schmähliche Niederlage, verursacht nur durch seinen eigenen Hochmut! Am liebsten wäre er vor Gram gestorben. Er wollte auf Hildebrand wütend sein, doch er wusste, dass er selbst falsch gehandelt hatte, und das betrübte ihn am meisten. Wie sehr musste er seinen Meister nur enttäuscht haben, der ihn immer wieder gemahnt hatte, bescheiden und gerecht zu sein. Jetzt erkannte er dies klar, aber im Augenblick des Kampfes war er wie befallen von einem Geist, der solche Gedanken nicht zuließ.

Als seine Wunden geheilt waren, beschloss er, die erlittene Schmach zu tilgen oder dabei zu sterben. So stand er darum nachts auf und legte seine Kettenrüstung an. Er zog seinen Helm Hildegrim auf, der seit dem Kampf repariert worden war, schlüpfte in seine Stiefel und band sein Schwert Nagelring an die Seite. Dann warf er seinen Mantel über die Schultern und schlich hinaus auf den Hof, wo der Mond schwaches Licht gab.

Als er zum Stall ging, lief er Witege in die Arme, der gerade zu Bett gehen wollte. Dietrich wollte seinem Blick ausweichen und versuchte sich an ihm vorbei zu stehlen. Der fragte ganz verwundert, wohin er denn mitten in der Nacht so eilig wolle. Dietrich antwortete: „Ich werde fortreiten und ich will nie mehr wieder nach Bern zurückkommen, ehe ich nicht solch großen Ruhm gewinne, wie ich Schande erlitt." Witege wusste nicht, was er dazu sagen sollte und blickte ihn nur fragend an. Dietrich ging an ihm vorbei in den Stall, sattelte seinen Hengst Falke und sprengte durch das offene Stadttor in die Dunkelheit hinaus. Witege stand nachdenklich im Hof und blickte ihm nach. Die Wachen schliefen und bemerkten nichts.

Dietrich jagte kurz darauf zum Rheinufer und trieb sein Pferd weiter durch die Furt des finsteren Stromes. Am anderen Ufer angekommen, trieb er sein Tier in vollem Lauf immer weiter vorwärts, als wolle er einer dunklen Macht entfliehen. Speichel schäumte aus Falkes Maul, und Erde spritzte unter den Hufen. Immer wieder flogen Dietrichs Sporen in die Flanken des Rosses.

Dietrich wusste nicht wohin er ritt, es war ihm auch gleichgültig. Erst als er Bern weit hinter sich gelassen hatte, ritt er langsamer und gewährte seinem Pferd etwas Ruhe. Dennoch ritt er die ganze Nacht hindurch weiter, um die erlittene Schmach hinter sich zu lassen und das Geschehene zu vergessen.

Am nächsten Morgen suchte Hildebrand seinen Schüler in der ganzen Stadt. Nervös hielt er sein Schwert, das noch in der Scheide steckte, in seiner Rechten, als ob er damit etwas ausrichten könne. In Wahrheit hatte er vor Aufregung nur noch keine Zeit gehabt, es ordentlich umzuschnallen.

So trat er schließlich zu Witege, der beim Frühstück in der großen Halle saß, und fragte ihn, ob er wisse wo Dietrich sei. Der zuckte nur mit den Schultern und schwieg. „Sein Pferd ist weg", erklärte Hildebrand bedeutungsvoll. „Es wird sich kaum selbst gesattelt haben", entgegnete Witege trocken. Hildebrand nickte unmerklich. Er sah ein, dass es wenig Sinn machen würde, hier in der Burg weiter zu suchen, und schenkte sich mit sorgenvoller Miene einen Becher Wasser ein.

„Hat er denn niemandem etwas gesagt?", fragte Hildebrand erneut. „Ich habe ihn mitten in der Nacht gesehen, als er fortritt. Er sagte, er will seine Schmach tilgen." Witege hatte diesen Satz betont beiläufig gesprochen, doch Hildebrand fuhr herum. Er blickte ihn zornig an, wusste dann aber nicht, was er dazu sagen sollte. Eine ganze Weile stand Hildebrand so da und sagte nichts. „So ein Kindskopf!", entfuhr es ihm schließlich, als er mit der flachen Hand auf den Tisch schlug.

Er blickte auf Mimung an Witeges Seite und sagte: „Gegen diesen Dämon, den du da trägst, ist es keine Schande zu verlieren, denke ich." Witege nickte. Hildebrand strich sich über den Bart. Beide schwiegen eine Weile. Hildebrand wusste nicht, was er tun sollte, und so glitten seine Gedanken ab. Er fixierte immer noch das Schwert, als hätte es ihm die Sinne geraubt.

„Wieland hat dieses Schwert für König Nidung geschmiedet. Wie kommt es, dass du es hast?", fragte er neugierig und starrte abwesend auf die Waffe, als ob er durch sie hindurchschauen würde. Witege umfasste schützend den Griff seines Schwertes und blickte Hildebrand erschrocken an, als ob der nochmals versucht hätte, die Waffe an sich zu nehmen. Hildebrand schüttelte kurz den Kopf und blickte abwesend zur Seite.

Witege lachte kurz. „Mein Vater vertauschte die Schwerter. Er täuschte Nidung so wie du mich getäuscht hast." Dann räusperte er sich verlegen und stocherte mit dem Löffel in seinem Essen herum. „Man sagt, er erschlug alle Zwerge im Berg Ballofa?", fragte Hildebrand prüfend. Witege schnellte herum und sah Hildebrand finster an. Er blieb an den grünen, ruhigen Augen hängen, die ihn fragend musterten. Nach einer Weile kam er zum Schluss, dass es die Augen eines Wissbegierigen waren, der nichts Böses unterstellen und keinen Vorteil für sich gewinnen wollte.

Ruhig und leise begann Witege in dürren Sätzen zu erzählen: „Mein Vater diente zuerst dem Schmied Mime und dann den Zwergen in dem hohlen Berg, der Ballofa genannt wird. Von Mime und den Zwergen lernte er das Schmiedehandwerk, bis er es konnte wie keiner vor ihm. Er diente den Zwergen zwei Jahre. Am Ende erschlug er sie alle. Das ist wahr, wenn du das meinst! Aber die Zwerge hielten ihn wie einen Sklaven, und sie hätten ihn wohl getötet, wenn er ihnen nicht zuvor gekommen wäre." Hildebrand nickte verständig. „...und dann kam er zu König Nidung", vervollständigte er die Geschichte. Witege nickte.

Hildebrand kannte einige der Geschichten um Wieland, doch er war ganz begierig, alles so genau wie möglich zu erfahren. Waren alte Geschichten doch seine große Leidenschaft. Deshalb löcherte er Witege weiter.

Endlich ging der wortkarge Witege näher auf sein Fragen ein und nickte bedeutungsvoll. „Diese Geschichten kennen viele. Und nur wenige wissen, wie alles wirklich vor sich ging", begann er, „ich will es dir erzählen so gut, wie ich es weiß, da ich deiner Treue viel verdanke." Witege schob seine Schale beiseite und goss sich feierlich roten Wein in einen Zinnbecher.

Hildebrand setzte sich neben Witege und stützte seinen Kopf auf den Knauf seines auf den Boden gestemmten Schwertes, was seiner sonstigen würdevollen Haltung eigenartig zuwiderlief. Er war neugierig wie ein Fünfjähriger und spitzte die Ohren, als Witege begann:

„Mein Vater diente damals König Nidung. Eines Tages war er mit den Messern des Königs draußen am Steg, um diese zu waschen. Da fiel ihm eines hinein, und so sehr er auch danach suchte und tauchte, konnte er es am Grund des Sees nicht mehr finden. Heimlich ging er deshalb in die Werkstatt von Amelias, König Nidungs Hofschmied. Er schmiedete dort ein Messer. Das tat er dann zu den anderen. Als der König dann am Abend sein Essen zu sich nahm und sein Fleisch schnitt, drang die Klinge fast durch den Brotteller hindurch. Der König war darüber sehr verwundert und fragte, wer dieses Messer gemacht hätte, denn er wusste, dass es nicht Amelias gewesen sein konnte. Mein Vater gab zu, das Messer gemacht zu haben, und der König lobte ihn seitdem überschwänglich."

Witege hielt an dieser Stelle kurz inne und nahm einen Schluck aus dem Zinnbecher. Dann fuhr er fort: „Der eifersüchtige Amelias wollte aber nicht ein schlechterer Schmied genannt werden als Wieland, und er wollte sich unbedingt mit ihm messen. Er schlug deshalb vor, dass jeder ein Ding machen solle, um dann zu sehen, welches besser sei. Dann beschlossen sie einen tödlichen Wettstreit. Amelias sollte einen Helm und Harnisch machen und er selbst ein Schwert.

94

Mit diesem sollte er auf den Helm von Amelias hauen. Täte es Schaden, sollte Amelias sterben. Wenn es nicht darauf bisse, dann sollte Wieland sein Haupt verlieren."

Witege machte hier eine kurze Pause um sicher zu gehen, dass Hildebrand den Ernst der Abmachung begriff. Hildebrand ermunterte ihn mit einem Kopfnicken fortzufahren, was Witege auch tat: „Mein Vater schmiedete daraufhin ein Schwert, das schärfer und härter als alle Schwerter dieser Welt war. Er nannte es Mimung, weil er die Schmiedekunst dazu von Mime gelernt hatte. Er machte aber gleich noch ein zweites Schwert, das genau wie das erste aussah und versteckte es in der Schmiede. Der Ausgang des Wettstreits ist wohlbekannt und wird in vielen Hallen immer wieder erzählt."

„Wielands Schwert drang Amelias durch den Helm", warf Hildebrand ein. „Richtig. Mimung fuhr durch den Kopf wie durch einen Apfel", ergänzte Witege um langsam fortzufahren: „König Nidung war begeistert und bat Wieland, ihm das Schwert zu geben. Wieland gab vor, es sauber machen zu wollen. Dazu ging er in die Schmiede, wo er es gegen das andere Schwert tauschte. Er gab dem König das schlechtere Schwert, ohne dass dieser den Betrug bemerkte. Das bessere Schwert aber, das Mimung heißt, behielt er, und das habe ich nun bei mir."

Beide schwiegen eine Weile, bis Witege fortfuhr: „Nach dem Zweikampf der Schmiede war mein Vater hoch angesehen in der Gunst des Königs, und der versprach ihm seine Tochter zur Frau. Doch Wieland hatte sich damit viele Feinde gemacht. Damals brachte Wieland dem König unter höchster Gefahr seinen Siegstein, als der gerade auf Heerfahrt war und diesen zu Hause gelassen hatte."

Als er dies erzählte, wurde Witeges Gesicht bitter, so als hätte er immer noch unter den Folgen dieser Ereignisse zu leiden. „Der König dankte ihm dies nicht. Er glaubte anderen und bestrafte Wieland. Doch er entließ ihn nicht aus seinen Diensten. Stattdessen hielt er ihn gefangen und ließ ihm die Beinsehnen durchschneiden, damit er nicht fliehen konnte. Von da an humpelte er als unfreier Krüppel des Königs umher. Doch mein Vater rächte sich grässlich."

Witeges Augen funkelten zornig als er fortfuhr: „Ohne dass jemand das wusste, tötete er Nidungs Söhne, die damals fast noch Kinder waren. Als gerade viel Schnee lag, trug er ihnen auf rückwärts laufend in seine Werkstatt zu kommen, damit jeder sehen konnte, dass ihre Spuren ja vom Haus wegführten, und niemand Verdacht schöpfte. Er kochte ihre Knochen sauber und machte vergoldete Schalen aus ihren Schädeldecken und er machte Flöten, Messergriffe und Kerzenständer aus ihren Gebeinen. Dann gab er dem König die Hirnschalen als Suppenteller, ohne dass der das wusste. Der König aß lange Zeit aus den Schädeln seiner toten Söhne mit den Messern, deren Griffe ihre Knochen waren. Und seine Musiker spielten dazu mit den Flöten, die aus ihren Beinen gemacht waren. Und dazu brannten Kerzen, die in Ständern aus ihren Knochen standen."

Witege nahm einen großen Schluck Wein und nickte nachdenklich, als er die grausame Rache seines Vaters beschrieb. Er schien sich nicht sicher, ob der die Taten seines Vaters gutheißen oder verurteilen sollte. Er fixierte Hildebrands Augen und führte die Geschichte weiter aus: „Erst nach Wielands Flucht aus Nidungs Reich erfuhr der König, woraus er so lange gegessen hatte, und er erfuhr, dass Wieland auch bei seiner Tochter Badhild gelegen hatte..."

Dann machte Witege eine Pause und Hildebrand führte die Geschichte zu Ende: „...und sie gebar einen Sohn." Witege nickte mit einem Funkeln in den Augen. „Und der heißt Witege", ergänzte Hildebrand grinsend. Witege nickte und nahm dann noch einen Schluck Wein aus seinem Becher.

Hildebrand schenkte sich nun ebenfalls Wein ein und legte die Stirn in Runzeln. „Wie gelang Wieland die Flucht, mit seinen zerschnittenen Sehnen?" Witege setzte ein überlegenes Lächeln auf: „Die Leute in meiner Heimat erzählen, dass er sich ein Fluggerät baute und damit entkam. Ob es stimmt, weiß ich nicht. Mein Vater sagte nie etwas dazu und schmunzelte nur, wenn die Leute dies erzählten. Ich kann es mir kaum vorstellen. Aber wie sonst hätte er ohne seine Beine entkommen können?" „Hm", meinte Hildebrand, „mit einem Pferd vielleicht. Jedenfalls wenn er sich einen besonderen Sattel gebaut hätte." Witege hob die Augenbrauen und grinste dann verschmitzt.

Da platzte König Dietmar herein, der Dietrichs Abwesenheit bemerkt hatte und voll Sorge nach seinem Sohn fragte. Witege blieb sitzen und zuckte mit den Achseln. „Keiner weiß wo er ist, und sein Pferd ist auch weg", antwortete Hildebrand pflichtbewusst, nachdem er sich schnell erhoben hatte. Er fragte sich, wie er sich nur so lange unterhalten konnte, während Dietrich verschwunden war. Aber er hatte eine Schwäche für alte Geschichten, und was hätte er schon tun können?

Dietmar, der sonst selten unbesonnen war, schlug wütend den halbvollen Weinbecher vom Tisch und rief: „Ja! Sein Pferd ist auch weg! Und ihr sauft hier am frühen Morgen meinen besten Wein in euch hinein." Damit ging er hinaus. Hildebrand folgte ihm pflichtbewusst, obwohl er sich keine Hoffnung mehr machte, seinen Schützling innerhalb von Berns Mauern zu finden. Er würde dem König sagen müssen, warum Dietrich fortgeritten ist. Und das war nicht leicht, fühlte er sich doch mitverantwortlich.

DIETRICHS
RITT ZUM OSNING

Dietrich hatte die Auen des Rheins lange hinter sich gelassen und zog auf seinem Pferd Falke durch dunkle Wälder und karge Heidegebiete. Selten nur kam er durch Dörfer. Die Menschen der Höfe blickten ihm verwundert nach. Er war so froh, dass er seinen treuen Hengst bei sich hatte und er wurde ihm wie ein Freund in dieser Zeit. Er ritt sowohl tagsüber als auch des nachts. Manchmal fühlte er sich sehr einsam, und er dachte viel nach in dieser Zeit. Er war weit nach Norden gekommen. Viel weiter als jemals zuvor in seinem Leben.

Nach sieben Tagen erreichte er einen Bergwald, der Osning[59] genannt wurde. Dieser war nur wenig besiedelt und von dichten, undurchdringlichen Urwäldern bedeckt, die nicht leicht zu durchqueren waren. Dietrich beschloss den Bergwald zu überschreiten. Der Osning war kein sehr hohes Gebirge, doch es war wild und einsam dort. Es lagen dort kaum bewohnte Plätze. Jenseits des Waldes war die Burg Drecanfils[60], die Herrn Ecke gehörte. Dieser Ecke war als sehr stark und kampfsüchtig bekannt. Er ritt häufig aus, um zu jagen, wobei er seine Waffen und seine Rüstung stets mit sich führte, für den Fall, dass er auf etwas oder jemanden traf, mit dem er kämpfen konnte. Dies war nämlich sein liebster Zeitvertreib.

---

[59] Auch Esning oder Ossyen und ähnlich genannt. Der heutige Teutoburger Wald hieß im Mittelalter Osning und ist hier gemeint.
[60] In der Thidrekssaga Drecanfils oder Drecanflis (Mb). Sonst auch Drekanfil (IsA, IsB), Drakensell oder Drekafils (SvA) oder Drakasus (SvB). Diese Burg könnte Burg Limberg (Alter Name Lintberg) im Wiehengebirge sein. Das schlägt auch Oostebrink vor und fügt an, das Lint(wurm) ein altes Wort für Drache sei. Ritter vermutet die Burg im Osning selbst, doch der Sage nach stand die Burg nicht im Osning, sondern nahe dem Osning. So könnte Limberg stimmen.

Eckes Bruder Fasold, genannt „der Stolze" war ähnlich tollkühn. Er wohnte gemeinsam mit Ecke auf Drecanfils. Die Bauern, die Dietrich am Fuß des Gebirges getroffen hatte, hatten ihn vor den Beiden gewarnt. Sie sagten ihm, dass Fasold auf niemanden mehr als einen Hieb schlagen musste, um ihn zu besiegen. Ob das der Wirklichkeit entsprach, wusste Dietrich nicht zu beurteilen. Dennoch wollte er keinem dieser Beiden unbedingt begegnen, bevor er sich nicht mit einem anderen, vielleicht etwas leichteren Gegner gemessen hatte.

Witege hatte ihn nur zu schmerzhaft gelehrt, dass es in dieser Welt noch andere streitbare Männer gab, die nicht im Spaziergang zu Knie gezwungen werden konnten. Auch taten seine Wunden immer noch zu sehr weh, um sich erneut in einen solch schweren, unsicheren Kampf zu stürzen.

Nach außen hin schien Dietrich seinen Mitmenschen stets ausgeglichen, ruhig und fröhlich. Doch in seinem Inneren tobte immer wieder ein harter Kampf zwischen Hochmut und tiefem Selbstzweifel. Seit seiner Niederlage gegen Witege waren diese Zweifel gewachsen. Und gerade an diesem Tag überwogen die Zweifel an sich selbst bei weitem.

Andererseits wollte er durch diesen Wald hindurch nach Norden und trieb seinen Hengst daher den steilen Pfad empor. Er ritt erst um Mitternacht zum Wald hinauf, um nicht von Ecke gestellt zu werden. Eine ganze Weile geleitete ihn ein gluckerndes Bächlein auf seinem Weg bergan, das immer kleiner wurde, bis es schließlich ganz verschwand. Immer weiter trieb er Falke den Hang hinauf. Doch in der Dunkelheit der Nacht verirrte er sich in dem dichten Gehölz.

Er irrte stundenlang im Unterholz umher und wusste am Ende nicht einmal mehr, wo er hergekommen war. Er führte sein Pferd nun am Halfter. Dichtes Gestrüpp und kleinere Felsblöcke zwangen ihn immer wieder in eine andere Richtung. Immer wieder hielt er an und versuchte sich anhand der Sterne zurechtzufinden. Er spähte nach oben durch die Zweige, aber er konnte kaum etwas erkennen, da die meisten Sterne abwechselnd von dunklen Wolken oder dem Laub der Bäume verdeckt waren.

Nach langer Suche fand er endlich wieder einen Weg. Er saß auf und beschloss diesem zu folgen. Falke atmete stoßweise und stolperte über den steinigen, schmalen Pfad. Dietrich hielt sich mit Mühe im Sattel. Da zerriss eine raue, herrische Stimme die Stille der Nacht: „Wer reitet denn da so stattlich einher so spät am Abend?" Dietrich erschrak und fuhr herum. Er sah die Umrisse einer dunklen Gestalt auf dem Weg, die unbeweglich wie eine steinerne Statue stand. Man konnte sie nur für wenige Augenblicke gut sehen, als der Mond zwischen den ziehenden Wolken kurz frei wurde und den Weg erhellte. Ein Schild hing an der Seite herab und ein blankes Schwert stand bedrohlich zur Seite ab. Dann versteckten Wolken die Gestalt wieder schemenhaft in der Dunkelheit.

Dem erschöpften und misslaunigen Dietrich war gerade überhaupt nicht nach kämpfen zumute. Und noch weniger nach übermenschlichen oder dämonischen Gegnern, die in der Nacht im Gebirge umherstreiften. „Wer will das wissen", fragte er. „Ich bin Ecke, der Herr dieses Landes", schallte es zurück. Dietrich wollte nicht gegen Ecke kämpfen und schon gar nicht nachts. „Hier reitet Heime, Studders Sohn, mit Dietrichs Botschaft in des Vaters Land nach Bertanga[61]", antwortete er mit wackliger Stimme, „Ich suche keinen Streit und habe nichts mit dir zu schaffen." „Deine Stimme gleicht aber der Dietrichs, Dietmars Sohn! Falls du der Mann bist, von dem alle reden, dann verleugne nicht deinen Namen vor einem Einzelnen!", schallte es zurück, während die Gestalt langsam näher kam.

Dietrich wunderte sich, woher der Fremde seinen Namen kannte. Er kam zum Schluss, dass es sich entweder um Zauberei handeln konnte, oder ein Späher hatte ihn unterwegs beobachtet. Letzteres kam ihm dabei nicht weniger unheimlich vor, da er seit dem

---

[61] Nach der altschwedischen Fassung Britania. Oft mit Britannien gleichgesetzt. Ritter vermutet den Bardengau um Lüneburg.

gestrigen Tag keine Menschenseele mehr zu Gesicht bekommen hatte.

Da lenkte Dietrich ein. „Da du meinen Namen so eifrig erfragst, will ich ihn nicht länger geheim halten. Du liegst richtig, ich bin Dietrich, König Dietmars Sohn, aber ich habe kein Anliegen an dich und will hier nur meines Weges reiten." Die letzten Worte hatte er recht erschöpft herausgepresst, und nun ärgerte er sich bereits, dass er sich so wenig kämpferisch gab.

„Ich hörte, dass du unlängst Unsieg empfingst durch einen fremden Mann", rief die Stimme hämisch aus der Dunkelheit, „Kämpfe mit mir, dann kannst du deine Schande tilgen." Dietrich wollte noch immer nicht kämpfen. So fragte er: „Wie sollen wir miteinander kämpfen, wo keiner den anderen sieht? Wenn es hell wäre, könnte ich es dir kaum abschlagen..." Ecke lachte und versuchte Dietrich zu locken: „Ich habe die Waffen von neun Königstöchtern und die ihrer Mutter. Mein Helm hier ist vergoldet, und an meiner Brünne ist auch Gold, und kein Schild war jemals mit mehr Steinen und Gold besetzt als dieser hier." Gerade als Ecke dies gesagt hatte, gaben die Wolken den schmalen Mond dieser Nacht ein Stück weit frei, und man konnte Ecke stehen sehen in seiner prachtvollen Rüstung. Dietrich musste zugeben, dass Herr Ecke selbst in dieser Dunkelheit glänzte wie ein vergoldeter Kerzenleuchter.

Schief sah er den üppig geschmückten Kämpfer an und begann zu überlegen, ob er einen Angriff wagen sollte. Dann drehte er sein Pferd aber doch und war im Begriff, einfach davon zu reiten. „Du kannst fliehen, wenn du willst", brüllte Ecke wütend. „Hätte ich meinen Hengst mit mir, dann müsstest du dich mit mir schlagen, ob du gern wolltest oder nicht. Stelle dich mir, Dietrich, oder bist du kein Edelmann?"

Dietrich hielt sein Pferd an und blickte genervt zurück zu Ecke. Dieser richtete sein Schwert auf ihn und tönte weiter: „Das Schwert, das ich hier habe, wurde von Alberich geschmiedet, der auch dein gutes Schwert Nagelring schlug. Er machte es unter der Erde und suchte in neun Königreichen, bis er das Wasser fand, um es zu härten, weit weg im Treya-Fluss[62]. Es ist so scharf, dass nichts vor ihm schützt. Es heißt Eckesax, und kein Schwert, das ihm gleicht, wurde je aus der Flamme gezogen."

Dietrich wusste, dass ein solches Schwert genau das war, was er brauchte. Damit hätte er vielleicht sogar eine zweite Chance gegen Witege und Mimung. Auch wurde er langsam wütend und bekam immer mehr Lust, diesem Angeber sein Mundwerk zu stopfen. Doch nun überlegte er ernsthaft, ob man in einer solchen Dunkelheit überhaupt kämpfen könne.

Gerade verdunkelten die Wolken wieder die schlanke Mondsichel und hüllten alles in völlige Finsternis. „Wie sollen wir uns überhaupt schlagen, wo ich dich noch nicht einmal sehen kann?", fragte er ganz entnervt. Ecke sagte nichts darauf, was Dietrich noch zorniger werden ließ. „Ich habe mich verirrt und nun auch noch einen, der mir nachläuft wie ein Hündchen. Wie soll ich dir davonkommen, wo ich dich nicht sehe und nichts von dir weiß außer deinem Geschwätz. Sobald der Tag kommt, soll jeder dem anderen abnehmen was er vermag und ich meine, dass dir deine Prahlerei dann vergolten wird."

Dietrich lauschte in die Dunkelheit in der Hoffnung, dass Ecke doch einsichtig wäre, und ihn davonziehen lassen würde. „Schlag dich um der neun Königstöchter und ihrer Mutter willen mit mir. Es sind sehr hübsche darunter", tönte es aus der Finsternis. Jetzt verlor Dietrich die Fassung. Er konnte diesem Kampf auch gar nicht mehr ausweichen, ohne als absoluter Feigling dazustehen. Das wusste er. Aber das kümmerte ihn nur noch wenig, so wütend war er. Er kochte

---

[62] Unklar, welchen Fluss die Sage meint. Die altschwedische Fassung nennt ihn Troye-Fluss. Möglicherweise ist ein Fluss Namens Treisbach gemeint. Es gibt im besagten Gebiet einen Nebenfluss der Wetter und einen Nebenfluss der Eder mit diesem Namen. Nimmt man die Eder als Eidisa an (wo Hildebrand Alfrik im Wasser glaubte), dann wäre in der Nähe Alfriks Heimat und damit jedes dieser beiden Gewässer plausibel.

vor Wut, und es war, als hätte ein Dammbruch einen aufgestauten See in seinem Inneren befreit, der sich mit voller Wucht gegen alles Umstehende warf.

Und so sprang er erbost vom Pferd. Er war übergrimmig im ganzen Herzen, und es war nun nicht mehr gut, vor ihm zu stehen. Noch im Laufen zog er sein Schwert und ging auf Ecke los, obwohl er ihn kaum sehen konnte. Als Ecke das sah, war er ganz vergnügt, dass er sich nun endlich mit ihm schlagen durfte. Dietrich wäre in der Dunkelheit beinahe an Ecke vorbeigelaufen und brummte verärgert, dass er ihn ja nicht mal sehen könne. Doch dieser schlug mit voller Wucht an ihm vorbei auf einen Stein, so dass es klirrte und die Funken spritzten, und so konnte Dietrich wenigstens erahnen, wo er stand.

Aufgebracht schlug er in die Dunkelheit auf jene Stelle, wo er Ecke vermutete. Ein scheinbar unsichtbares Schwert fing seinen ersten wuchtigen Hieb mit ebenso roher Gewalt ab. Immer wieder sauste Nagelring in die Dunkelheit und krachte klirrend an unsichtbare Schneiden und Schilde.

Sie schlugen sich nun heftig. Das einzige Licht, das sie hatten, waren die Klingen die im fahlen Mondlicht schimmerten. Wenn sie auf die Schilde trafen, hallte es so durch den Wald, als ob Donar selbst donnerte. Der Kampf war heftig und lange. Er wogte hin und her, bis Eckesax Dietrichs Helm Hildegrim mit solcher Wucht traf, dass es laut in Dietrichs Ohren dröhnte und ihm taumelnd die Sinne schwanden. Er ging zu Boden, und sofort warf sich Ecke auf ihn und hielt ihn fest. Er drückte ihm mit ganzer Kraft den Hals zu. Dietrich glaubte, der Feind hätte ihm bereits die Kehle zerdrückt, so schmerzte es. Tränen schossen ihm in die Augen.

Kurz bevor sein Leben ausgehaucht war, kam Dietrich wieder zu Besinnung. Mit letzter Kraft griff er mit beiden Händen um Eckes Hals und drückte fest zu, so dass dieser seinen eisernen Griff etwas nachlassen musste. So rangen sie einige Zeit am Boden. Doch immer mehr spürte Dietrich, dass er der rohen Kraft Eckes auf Dauer wenig entgegenzusetzen hatte. Seine Arme wurden immer weicher, und er merkte, dass sich sein Griff um Eckes Hals immer mehr löste. Schon wurden Dietrichs Sinne nebelig und das Dunkel kam von den Seiten seines Blickfeldes, um sein Augenlicht langsam zu verengen. Dietrich begann bereits leise zu röcheln und fühlte, wie die Nägel von Eckes Händen sich in seinen Hals zu schieben begannen.

Er war sicher, dass Eckes feistes Grinsen das letzte sein würde, was er in seinem Leben sah. Am meisten ärgerte ihn nun, als er fast keinen Schmerz mehr spürte, dass er dem Kampf mit Witege so ruhmlos entschlüpft war, und nun doch in diesem dunklen Wald sein Leben aushauchen sollte.

Dietrich hatte sich schon in sein Schicksal ergeben, da brüllte Ecke vor Schmerz auf und warf sich auf die Seite. Dietrich blickte sich nach dem unverhofften Helfer um. Verblüfft stellte er fest, dass es sein treuer Hengst Falke war, der sich während des Kampfes losgerissen und seine Vorderläufe mit solcher Wucht in Eckes Rücken getreten hatte, dass dieser beinahe darunter durchbrach. Der getroffene Ecke krümmte sich mit schmerzverzerrtem Gesicht nach hinten durch und ließ gleich von seinem Opfer ab. Winselnd wand sich der Getroffene am Boden. Dietrich griff sich noch im Liegen blitzartig das Schwert und schlug Ecke, ohne auch nur zu überlegen, den Hals durch, so dass der Kopf absprang.

Ein Strom aus Blut ergoss sich über den Kampfplatz, und die warme Flüssigkeit quoll unter ihm hindurch und durchnässte seine Kleidung am Rücken. Dietrich fühlte, wie das Leben in seinen Leib zurückkehrte, bewegte sich jedoch nicht. So lag der junge Held eine Weile in der Dunkelheit, während Falke seinem Herrn freundschaftlich das Gesicht abschleckte. Dietrich sank in tiefen Schlaf.

Erst als es hell wurde, wuchtete sich Dietrich auf. Noch immer taumelnd nahm er Eckes Schwert aus dessen blutiger Hand, die den Griff noch immer umklammerte. Eckesax war fürwahr eine herrliche Waffe. Es war ohne Zweifel eines der besten Schwerter, die je geschmiedet worden waren. Der Griff war aus Rotgold und das Blatt war von zahlreichen Lagen Eisen, die übereinander geschmiedet waren, wurmbunt[63] gemustert.

Dietrich senkte das Schwert zur Erde. Dabei sah es aus, als liefe eine Schlange am Schwertblatt hinauf zum Griff. Als er die Spitze dann nach oben hielt, kroch die Feuerschlange vom Griff zur Spitze Richtung Himmel. Andächtig schob er das Schwert in die prächtige Scheide. Er legte seine vom Blut verklebten Kleider ab und zog sich Eckes Kettenrüstung und dessen prachtvoll verzierten Gürtel an. Schließlich nahm er Eckes Helm und Schild und band sich Eckesax an die Seite. Seinen eigenen Schild, der arg zerhauen war, ließ er zurück. Nagelring und Hildegrimm band er an seinem Sattel fest.

Er stieg auf sein Ross und ritt einigermaßen gut gelaunt weiter. Als er endlich aus dem Wald kam, war es bereits heller Tag. Da erblickte er auf einem Hügel einige riedgedeckte Häuser, die von einem starken Erdwall umgeben waren. Er wusste sogleich, dass dies Drecanfils sein musste. Er folgte dem Weg in Richtung der Burg und scheute sich nun nicht mehr, sie bei Tage zu passieren.

In seiner neuen Rüstung sah er von weitem aus wie Herr Ecke. Eckes Frau, Königin Birkhild konnte nicht wissen, dass ihr Mann tot war. So dachte sie, es sei Ecke selbst, der ein Pferd von einem anderen Recken erbeutet habe, als Dietrich auf die Burg zugeritten kam. Freudig ging sie ihm entgegen und wartete im Toreingang. Zwei ihrer Töchter begleiteten sie. Dietrich näherte sich ganz so, als wäre er Ecke selbst. Doch als Birkhild und ihre Töchter erkannten, dass nicht Herr Ecke geritten kam, froren ihre Gesichter ein. Dennoch erwarteten sie den Fremden standhaft.

Die Königin und noch mehr ihre Töchter waren wunderschön, und Dietrich war völlig benommen, als er ihre lieblichen Gesichter

---

[63] Als wurmbunt wurden damaszierte Schwerter beschrieben, die im Frühmittelalter in Europa verbreitet waren. Daran erinnert die nachfolgende Beschreibung des Schwertes Eckesax in der Sage.

erblickte. Ihre Töchter gefielen ihm so gut, dass er sie unentwegt ansehen musste. Die Königin wusste genau, dass Ecke seine Waffen nie lebend aus der Hand gegeben hätte, aber sie wirkte gefasst. „Ihr habt meinen Mann getötet", sagte sie. Dietrich stammelte los: „Er wollte... ich meine... ich wollte. Also ich konnte... äh, ...gar nicht anders." Dabei musste er immer wieder zu ihren hübschen Töchtern blicken, die ihn verwundert anblickten. Er war doch sonst viel wortgewandter, ärgerte er sich. Die Königin sah in scharf an. „Ihr lügt!", zischte sie scharf.

„Dein Mann hat mich zum Kampf gezwungen", verteidigte sich Dietrich. Dann blieb sein Blick wieder an einer der schönen Königstochter hängen. Sie blickte ihn nun auch kurz an, und Dietrich fragte sich, ob sie gelächelt hatte. Für einen Augenblick vergaß er völlig seine brenzlige Lage. „Ecke war so stark. Ihr hättet es nie vermocht ihn im Zweikampf zu töten. Ihr habt ihn im Schlaf erschlagen. Das werdet ihr büßen und ihr werdet euch wünschen, niemals in dieses Land gekommen zu sein!" Mit diesen Worten riss Eckes Frau ihn aus seinen Gedanken.

Auf ein Zeichen von ihr wurde ein Horn geblasen. Die bewaffneten Dienstmannen gingen nun gegen Dietrich vor und versuchten sein Pferd zu umstellen. Falke stieg wiehernd auf, was die Angreifer einen Augenblick aufhielt und Dietrich die Gelegenheit zur Flucht gab. Er riss die Zügel herum und jagte davon. Pfeile flogen ihm zischend um die Ohren, doch keiner traf. Drei der Dienstmannen stiegen geschwind auf ihre Pferde und folgten ihm. Falke jagte in gestrecktem Galopp den Weg entlang und konnte die Verfolger in einem kleinen Wäldchen abschütteln. Zwar hatten Birkhilds Dienstmannen seine Spur verloren, doch hatte er sich erneut verirrt. Wieder ritt er lange umher, ohne die Richtung zu kennen, und begann sich einige Sorgen zu machen. Schließlich war er in einem fremden Land und er hatte den Herrn des Landes erschlagen.

Als er gerade aus dem Wald heraus kam, da erblickte er in einiger Entfernung einen gewappneten Reiter. Auf seinem goldenen

Schild stand ein roter Löwe. Ein solcher Löwe bedeutete damals, dass sein Träger lieber sterben würde als zu fliehen. Der Fremde kam näher und begrüßte Dietrich schon von einiger Entfernung mit „Ich grüße dich, Bruder", worauf Dietrich sogleich wusste, dass dies Eckes Bruder Fasold der Stolze sein musste. Der Fremde kam arglos näher, und bald konnte Dietrich auch dessen Gesicht schemenhaft erkennen. Mit seinen blonden glatten Haaren, dem breiten Gesicht und dem rötlichen Bart sah er für Dietrich aus wie ein lebendes Spiegelbild des toten Ecke.

Dietrich sah Fasold kopfschüttelnd an und sagte ruhig: „Ich bin nicht Ecke". Da kniff Fasold prüfend die Augen zusammen und erschrak. Völlig außer sich vor Wut brüllte er: „Du übler Hund. Du Mörder hast ihn im Schlaf erschlagen, sonst hättest du ihn sicher nicht besiegt. Mein Bruder war von allen Kämpfern der Beste." Dietrich versuchte sich zu verteidigen. „Das ist unwahr! Er war durchaus wach und er wollte um jeden Preis mit mir kämpfen. Er forderte mich heraus und nur deshalb stieg ich von meinem Hengst und schlug ihn zur Hel." Dann fügte er noch hinzu: „Hätte ich aber gewusst, dass er so ein mannhafter Kämpfer ist, wäre ich lieber geflohen."

Fasold war auf seinem Ross inzwischen sehr nah herangekommen. „Du erschlugst ihn im Schlaf!", brummte er laut. Dabei zog er blitzschnell sein Schwert und schlug dem überraschten Dietrich mit donnernder Wucht auf den Helm, dass dieser glaubte, ein Stadttor bräche über ihm zusammen. Um ihn wurde es schwarz und er stürzte besinnungslos zu Boden, wo er reglos liegen blieb. Fasold blickte auf ihn herab. Blut schoss aus Dietrichs Nase und Mund und sein Kopf war unnatürlich zur Seite verdreht. So beschloss Fasold, dass er tot sein müsse, und ritt davon. Er wollte auch schnell seinen toten Bruder finden.

Fasold liebte es, Gegner mit einem Schlag niederzustrecken, und prahlte oft damit. Diese überhebliche Eigenart war Dietrichs Glück. Und Eckes Helm hatte ihn vor einem tödlichen Treffer bewahrt. Der

Helm hatte zwar eine tiefe Scharte, aber das Schwert war nur unwesentlich zum Kopf vorgedrungen. Dietrich erwachte mit einem brummenden Schädel und einem eisernen Blutgeschmack im Mund. „Schon wieder", murmelte er und rieb sich den Kopf. Als er wieder etwas bei Sinnen war, nahm er den Helm ab und betrachtete die tiefe Hiebspur, die auf der Helmkalotte klaffte. Er fasste sich an die blutende Wunde und spuckte Blut aus. Damit stand er auf, sprang eilig auf sein Ross und stürmte Fasold hinterher.

Die Landschaft war hier von offenem Weideland geprägt. So konnte Dietrich weit sehen, und holte Fasold schließlich ein. Als Fasold dies bemerkte, riss er sein Pferd herum und saß ab. Dietrich hielt sein Pferd auch sogleich an und stieg herunter. Dann traten sie zu Fuß einander gegenüber. Wortlos gingen sie aufeinander los. Sie kämpften hart und schlugen sich heftig. Nach kurzer Zeit blutete Dietrich bereits stark aus mehreren Wunden. Aber Fasold hatte noch mehr große Wunden, die alle schwer waren und heftig bluteten. Eckesax war eine gute Waffe, schnell und brutal.

Das Schwert im Verbund mit Dietrichs Kraft und Geschick wurden in diesem Kampf eine furchtbare Einheit. Wie von Geisterhand geführt schien es fast immer zu treffen. Fasold fürchtete nun sehr um sein Leben und gab sich bereitwillig in Dietrichs Gewalt. „Lass uns den Kampf einstellen", sagte er und warf sein Schwert beiseite. „Ich sehe nun, dass du meinen Bruder wohl in ehrlichem Kampf besiegt haben kannst, und ich werde mich daher in deine Hände begeben. Es ist fürwahr keine Schande, dir zu unterliegen und zu dienen."

Dietrich nickte. „Dein Leben will ich dir gerne schenken, aber deine Dienste will ich nicht haben. Ich traue dir nicht, bis ich den Tod deines Bruders gebüßt habe. Wir können uns aber einen Eid schwören, dass jeder des Anderen Geselle sei." Damit begnügte sich Fasold und beide schworen sich einen Eid. „Wir können den Eid bekräftigen", meinte Fasold, „unweit von hier liegt eine heilige Stelle. Eide, die dort geschworen werden, kann man niemals ungestraft brechen." Dietrich stimmte zu.

Sie ritten los und am Abend kamen sie zu jener Stelle, die Aldin-sela[64] hieß. Die heilige Stätte lag in einem lichten Eichenhain. Riesige Eichen, die hunderte von Jahren alt waren, so dass niemand sich erinnerte, wann sie ausgekeimt waren, umrahmten den Platz. Dieser bestand aus einer Lichtung, auf der mehrere Pferdeschädel an einige durch Schnitzereien verzierte Holzpfähle geschlagen waren. Hier wurden zu besonderen Anlässen große Opferfeste abgehalten, doch an diesem Tag war der Ort verwaist.

Andächtig schritten die zwei Kämpfer zwischen die Pfähle. Unweigerlich fühlten sie sich beobachtet. Die Leute sagten, die Götter selbst hätten stets ihre Wächter an diesem Platz. Dietrich und Fasold bekräftigten dort ihren Eid und lagerten etwas abseits davon zur Nacht im Freien. „Diese Stelle ist heilig", murmelte Fasold, als sie nebeneinander unter dem Sternenhimmel lagerten. „Einen hier geschworenen Eid bricht man besser nicht." „Ich sehe keinen Grund, diesen Eid zu brechen", sagte Dietrich. „Ich kann mir auch keinen vorstellen", meinte Fasold, „außer vielleicht einen saftigen Braten zusammen mit einem Humpen Bier." Damit lachte er herzhaft und auch Dietrich lachte.

Dietrich erzählte Fasold, weshalb er in die Fremde geritten war. „Dann hast du deine Schande getilgt würde ich sagen. Einen stärkeren Gegner als meinen Bruder wirst du kaum mehr finden", meinte Fasold. „Außer vielleicht einen Drachen", lachte er. „Wenn es die noch gäbe", nickte Dietrich. „Ich weiß, wo es vor nicht allzu langer

---

[64] Wahrscheinlich handelt es sich hier um eine alte Gerichtsstätte. Vielleicht trafen sie dort einen Zeugen an, der den Schwur bezeugte. Die Sage beschreibt dazu nichts. Vermutlich ist Ohlenselen (1244 als Aldensele erwähnt) bei Uchte gemeint. Ritter vermutet dagegen eine Richtstätte (die Seelhofe) bei Altenmelle, da er die Burg Drecanfils im Osning vermutet. Drecanfils lag aber der Sage nach nahe dem Osning, nicht im Osning. Oldenzaal (vermutlich einst eine ähnliche Gerichtsstätte) in den Niederlanden (ab dem 9. Jahrhundert als Aldensela erwähnt) ist in jedem Fall zu weit entfernt und in der falschen Richtung. Der Ursprung des Namens ist aber derselbe.

Zeit noch welche gab", erklärte Fasold daraufhin, „in einem Wald nahebei sieht man noch ihre Spuren. Gut denkbar, dass dort noch welche sind."

Dietrich wollte das gerne sehen und so ritten sie am nächsten Morgen in den nahebei liegenden Rimslowald[65]. Der Rimslowald schien uralt zu sein. Riesige, knorrige Eichen kündeten von fernen Zeiten. Wenn sie zusammenbrachen verrotteten sie am Waldboden. So war es nicht immer leicht vorwärts zu kommen.

Nach einiger Zeit kamen sie an eine Felswand. Fasold wies mit stolzgeschwellter Brust nach oben und freute sich wie ein kleines Kind. Als Dietrich die Spuren der gewaltigen Klauen sah, wollte er seinen Augen nicht trauen. Mächtige Krallenabdrücke hatten sich in großer Höhe in die harte Felswand gebohrt und tiefe Spuren hinterlassen.[66] Es war nicht zu Leugnen. Die krallenbewehrten Spuren eines gewaltigen Tieres prangten dort über ihnen in der Felswand. Eine ganze Weile starrte Dietrich ungläubig auf die Abdrücke im Felsen. „Was für ein starkes Tier muss das wohl gewesen sein", fragte er erstaunt, „dass es seine Fänge so tief wie ein Pflugeisen in den harten Stein schlagen konnte. Und so hoch über dem Boden. Es muss dabei geflogen sein."

Fasold grinste und genoss den erstaunten Blick seines Gefährten. „Gibt es noch Drachen hier?" fragte Dietrich verwundert. „Ich weiß es nicht, aber immer wieder wird erzählt, dass einer gesehen wurde, meist weit oben um die Kuppen des Osning kreisend", erklärte Fasold. „Aber diese Abdrücke hier müssen schon alt sein, die kannte schon mein Großvater." Sie betrachteten die Spuren eine Weile, und

---

[65] Wald beim heutigen Ort Riemsloh (Stadtteil von Melle in Niedersachsen).
[66] Hier dürften die berühmten Dinosaurierfährten von Barkhausen beschrieben sein. Diese erinnern an die von Drachen und Elefanten. Die Fußspuren haben wohl die Fantasie des Erzählers, vielleicht bereits die der Helden, bei der folgenden legendenhaften Geschichte befeuert.

Dietrich versuchte sich auszumalen, ob sie mit ihren Schwertern gegen solch ein gewaltiges Tier bestehen könnten.

Danach beschlossen sie gemeinsam nach Bern zu reiten. Fasold wollte seinen Eid erfüllen und folgte deshalb Dietrich. Das Land über das vorher sein Bruder Ecke herrschte, würde er solange von Eckes Witwe Birkhild verwalten lassen. Auf dem Weg nach Bern machten sie deshalb in Drecanfils halt. [67]

Fasold versorgte seinen Gefährten mit köstlichen Speisen und Wein. Birkhild schien Dietrich verziehen zu haben und trauerte offenbar nicht mehr als nötig. Dietrich erfuhr, dass sie nicht Eckes erste Frau war, sondern einst mit König Drocian verheiratet war, der vor Ecke die Burg Drecanfils besessen hatte. Und er erfuhr auch, dass die hübschen Töchter Birkhilds in Wahrheit König Drocians Töchter waren. Alle seine Töchter war sehr hübsch, aber am besten gefiel ihm jene, die Gotelinde[68] hieß und zugleich die älteste der Prinzessinnen war. Ihre langen hellbraune Haare fielen glatt herab und zierten ein schlankes, helles Gesicht, aus dem grüne Augen funkelten. Sie hatte einen großen, schönen Mund und ihr Lachen kam Dietrich vor, als würde der Frühling nach einem dunklen Winter ins Land ziehen.

Immer wieder schielte Dietrich beim Abendessen zu Gotelinde, die ihm schräg gegenüber saß. Ganz selten ließ auch sie ihren Blick kurz in seine Richtung huschen, um sich dann jedes Mal schnell abzuwenden, sobald er das bemerkte. Lange Zeit sah er sie an und überlegte, was er wohl sagen sollte, um sie anzusprechen.

Als er sich einigen Mut angetrunken hatte, ging er zu ihr hin und fragte geradewegs: „Glaubt ihr mir, dass ich Ecke aus Notwehr im Kampf getötet habe?" Sie lächelte und sagte: „Ja, ich glaube euch.

---

[67] Von diesem Halt in Drecanfils berichtet die Thidrekssaga nichts.
[68] In der Thidrekssaga Gotelinde, Godelinda oder Gudlind. In der altschwedischen Didrikschronik ist der Name nicht überliefert. Im fragmentarischen Heldengedicht Goldemar heißt Dietrichs erste Frau Hertlin.

Ecke war ein untadeliger Mann, aber er hätte auf keinen Kampf verzichtet." „Er hat mir neun Königstöchter als Preis angeboten", erzählte Dietrich, „wenn ich sie vorher gesehen hätte, dann hätte ich mich nicht so lange geziert zu kämpfen." Kurz überlegte er ob das unpassend war. „Also eine hätte mir schon gereicht", schob er berichtigend hinterher und fragte sich gleich ob das nun wieder unpassend war. Mit dem Schwert war er doch wesentlich geschickter als mit der Zunge. Aber Gotelinde lachte.

„Hast du Ecke gemocht?", fragte Dietrich. „Ich glaube es war kein ungleicher Kampf, den du gegen Ecke austrugst und du sollst wissen, dass keiner meine Feindschaft gewinnt, der meinen Stiefvater erschlug", antwortete sie. „Er war nie schlecht zu mir, aber auch nicht immer gut und er redete davon mich mit einem seiner Krieger zu vermählen. Einem stets ungewaschenen, groben Kerl, dessen Namen ich nun nicht nennen will."

„Das freut mich zu hören", sagte Dietrich. „Äh, also dass du ihn nun vielleicht nicht heiraten musst." "Ich hätte ihn nicht genommen", entgegnete Gotelinde todernst. „Ich bin viel zu hochmütig. Ich bin schließlich eine Königstochter." Dann lachte sie.

Sie redeten noch lange an diesem Abend und Dietrich konnte seine Augen nicht mehr von ihr lassen. Zu später Stunde verabschiedete sie sich und ging auf ihr Zimmer. „Sie gefällt dir wohl?", fragte Fasold, der sich neben ihn gesetzt hatte. Dietrich nickte schmunzelnd. „Nehmt sie doch einfach mit, wenn sie euch so gut gefällt", lachte Fasold. Dann verabschiedete er sich gähnend und ging zu Bett. Dietrich saß noch eine Weile und ging dann auch schlafen. Schon am nächsten Morgen brachen sie auf. Aber Gotelinde blieb in Drecanfils.

Dann ritten sie gen Bern durch offenes und bebautes Land und wilde Heiden. Schließlich kamen sie wieder in verwunschene, alte Wälder. Dietrich dachte auf diesem Ritt immer wieder an die Krallenspuren. Er hätte nur zu gerne einen Drachen gesehen. Mit einem Mal hörten sie ein brüllendes, markerschütterndes, grunzendes

Ächzen. „Ein Drache?", fragte Dietrich und griff an sein Schwert. Fasold sah ihn ungläubig an. Gleichzeitig drangen menschliche Schreie aus dem Wald hervor. „Es scheint, als hat er jemanden in den Fängen", rief Dietrich. Sie trieben ihre Pferde ins Unterholz.

Nicht weit weg vom Weg auf einer kleinen Lichtung sahen sie einen Mann, der tatsächlich von einem Ungetüm gepackt worden war. Nur nicht von einem Drachen. Stattdessen hing er in einem mächtigen, umgestürzten Baumkadaver[69] fest, und strampelte um sein Leben.

Es war kein einfacher Mann, vielmehr war er edel gekleidet, und trug auch ein Schwert. Doch steckte er fast bis zum Hals unter dem hölzernen Ungeheuer, und beide Arme waren eingeklemmt, weshalb er völlig hilflos war. Als er die beiden Recken erblickte, strahlte er vor Freude und rief: "Gute Burschen, helft mir. Das Ding hat mich ahnungslos überrascht als ich ruhen wollte. Macht aber schnell! Meine Muskeln geben nach! Es beginnt, mich zu zerquetschen!"

Dietrich und Fasold sahen sich verwirrt an, sprangen dann von ihren Pferden und versuchten den Stamm beiseite zu hieven. Doch bald mussten sie erkennen, dass dies zwecklos war. Der Baum rührte sich keinen Fingerbreit, und das Vorderende umschloss den Leib des Recken wie ein mächtiger Kiefer. Es war nichts zu machen, im Gegenteil, das Monstrum senkte sich immer weiter und drohte den Mann zu zerquetschen. „Ihr müsst die unteren Teile kappen, dann gibt er mich frei", röchelte der Kerl unter dem Baum. Dabei rann bereits Blut aus seiner Nase.

Da zog Fasold sein Schwert und schlug wie toll auf die Baumleiche ein. Dietrich tat sogleich dasselbe. „Gebt auf meine Beine acht", rief der Eingeklemmte voller Angst, als er die beiden wie wild auf den Rumpf einschlagen sah. „Also, schlimmer kann ein Drache auch

---

[69] In der Sage steckt der Mann im Maul eines Drachen. Dieser fliegt dicht über dem Boden und hinterlässt dort tiefe Spuren.

nicht gepanzert sein", japste Fasold und schlug immer heftiger zu. „Es scheint mir einer zu sein", meinte Dietrich, ebenfalls völlig außer Atem. Dann brach der Baum schließlich unter einem lauten Ächzen auseinander und gab sein Opfer frei.

Der unglückliche Recke krabbelte schwer atmend aus dem Schlund des Ungetüms. Dietrich und Fasold mussten lachen, als sie sahen, dass der Fremde die Hosen unten hatte. „Ach, Ihr wolltet ein Geschäft verrichten", meinte Fasold amüsiert, „das war natürlich fies." Sein Gegenüber zog sich hastig die Hosen hoch und sagte: „Nein, ich wollte dem Ding meinen nur Allerwertesten zeigen." Dabei blickte er auf den Baum. Fasold und Dietrich lachten.

Nach einer Pause blickte der Fremde Fasold scharf an, der noch immer grinste. „Die Einzelheiten meines Unglücks behaltet ihr doch für euch, oder?" Dietrich und Fasold nickten, konnten sich aber ein letztes Grinsen nicht verkneifen. „Versprecht es," mahnte er. Dietrich und Fasold nickten erneut.

Dietrich betrachtete den Mann nun genauer. Er trug hellblondes, gelocktes Haar. Sein Gesicht und sein Körper waren lang und schlank und er besaß ein freundliches Lächeln. „Wer bist du und aus welchem Geschlecht?", fragte Dietrich. „Meine Wenigkeit heißt Sintram und mein Vater ist Reginbald, der Herzog von Venedi. Ich zog aus, um Dietrich von Bern, den Herrn meines Oheims Hildebrand zu finden. Ich bin elf Tage geritten und wollte mich zum Schlafen im Wald niederlegen. Da packte mich das Monster hier."

„Beim Klogang", unterbrach Fasold. Sintram schürzte verlegen die Lippen. „Du hast es glücklich getroffen, denn du hast nun mich, Dietrich, gefunden hier vor dir. Folge mir nach Bern, da wirst du wohl empfangen." Mit diesen Worten klopfte Dietrich Sintram freundschaftlich auf den Rücken.

Sintram grinste über beide Ohren, als er das hörte. „Ihr seid Dietrich! Na, was für ein Glück, dass ich euch gefunden habe. Sonst wäre euch womöglich noch was passiert." Sintram lachte herzhaft, schloss seinen Gürtel und klopfte sich den Dreck aus dem Kittel. „Habt Dank aber dafür. Auf dass mir so etwas nie wieder geschehe."

Dann suchten sie zwei Tage lang Sintrams Pferd. Schließlich trennten sie sich. Da fand es Dietrich auf einer Burg mit dem Namen Aldinfils[70]. Zuerst wollte der Graf es ihm nicht herausgeben, doch als Dietrich ihm drohte, überließ er es ihm gerne. Er brachte das Pferd zu Sintram und Fasold und alle drei zogen nach Bern.

Als sie wieder in Bern einzogen, ritt Dietrich stolz mit seiner erbeuteten Rüstung und dem prächtigen Schwert Eckesax durch das Stadttor, Fasold und Sintram an seiner Seite. Er grüßte auch Witege erhobenen Hauptes, und Hildebrand war froh zu sehen, dass sein Schützling offenkundig wieder genug Selbstvertrauen gefunden hatte.

In den folgenden Tagen war Dietrich sehr ausgelassen, und die Berner Helden waren vergnügt und feierten. Keiner von ihnen wollte daran denken, dass diese glücklichen Tage nur allzu schnell vorbei sein konnten.

Dietrich saß neben seinem Vater. Zusammen mit Hildebrand, Heime, Witege, Fasold, Sintram und anderen Helden saßen sie beim Essen. Der redselige Sintram trank einen Krug Bier nach dem anderen und erzählte ein ums andere Mal die Geschichte, wie er von Dietrich und Fasold aus dem Stamm befreit wurde, und jedes Mal wurden die Geschichte und das Monstrum lebendiger. Schon beim ersten Mal hatte es sich zu einem leibhaftigen Drachen gewandelt. Heute hatte Sintram genug getrunken, so dass der Drache sogar mit

---

[70] Vermutlich Burg Altenfils bei Brilon. In der Thidrekssaga findet der Drachenkampf im Rimslowald statt, also nahe den Sauerierspuren. Altenfils ist allerdings hundert Kilometer von Riemsloh und diesen Spuren entfernt. Kaum vorstellbar, dass Dietrich das Pferd in so weitem Umkreis gefunden hätte. Da der Drachenkampf eine legendenhafte Zutat sein muss, ist wahrscheinlicher, dass die Begegnung mit Sintram sich tatsächlich viel weiter Südlich in der Nähe von Altenfils zugetragen hat und mit den Fußspuren nur indirekt zu tun hat.

ihm durch die Luft geflogen war. Sintram lachte dabei laut und klopfte sich dabei selbst auf die Schenkel. Bald wusste niemand mehr, ob er die Geschichte mit dem Drachen ernst meinte oder im Spaß redete. Witege und Hildebrand saßen still dabei und lächelten ungläubig.

Heime schenkte Dietrich freundschaftlich ein. Da stand Dietrich feierlich auf, zog sein Schwert Nagelring und überreichte es an Heime: „Dies ist Nagelring. Nimm dieses gute Schwert als Dank für deine Dienste. Es war in schwerer Prüfung, als ich jüngst von Bern fortritt. Doch jetzt habe ich ein noch besseres Schwert." Dabei umschloss er fest den Griff des Schwertes Eckesax, das nun an seiner Seite hing. Heime dankte Dietrich, und alle Edelleute hoben zustimmend ihre Becher. Nur Witege unterbrach die feierliche Stimmung: „Nun ist Nagelring schlecht angekommen, es hätte einem untadeligen Mann gebührt." Es war totenstill geworden. Alle im Saal horchten auf und blickten verständnislos auf Witege. Der wandte sich mit lauter, knurrender Stimme zu Heime: „Ich hätte ebenso gern ein Weib als Hilfe wie dich. Wir schlugen uns zwei gegen fünf, und du hast zugesehen und wolltest nicht helfen. Wenn ich dazu komme, das zu vergelten, werde ich es nicht versäumen."

Ein Raunen ging da durch Dietmars Halle, und Dietrich sah zweifelnd auf Witege. Dann kniff er die Augen zusammen und blickte ernst in Heimes Gesicht. „Das wäre eine Schande", fing er ganz grimmig an, „wenn du deinem Stallbruder nicht helfen wolltest, während er in Not stand. Du wärst es wert, dass ich dich hängen lasse, draußen vor Bern." Wütend wie ein bissiger Hund sah Heime auf seinen Herrn und dann auf Witege. „Verteidige dich, oder geh aus meinen Augen und lass dich nie mehr hier sehen!", fügte Dietrich grimmig hinzu. Heime antwortete nicht. Er ging schweigend aus der Halle und nahm seine Waffen. Wenig später galoppierte er auf seinem grauen Hengst aus dem Stadttor. Wie ein Herbststurm jagte Heime immer weiter nach Norden, bis er am Horizont verschwand.

ERMENRICHS HOFTAG

Ein heftiger Winter brach über die Rheinlande herein. Lange lag alles unter einer dicken Schneedecke und heulende Winde jagten über die dunklen Wälder des Aumlungalandes. An diesem Tag kämpfte sich ein einzelner Reiter mühsam durch die weiße Ödnis und trieb sein Pferd immer weiter Richtung Bern.

Erst als er fast die Stadt erreicht hatte, konnte man ihn von der Mauerkrone aus im Schneegestöber erkennen. Wie ein Sack Mehl hing der Reiter auf seinem Tier, und die Wache erkannte bald, wer das war, der da kam. Ein weißes Pferd sprang in seinem Schild. Daran erkannte man Heime.

Dietrich war gleich benachrichtigt worden und wartete bereits, in einen dicken Fellmantel gehüllt, auf der Mauerkrone. Er blickte nach unten auf den Reiter, der in die Stadt ritt. Witege stand hinter ihm und blickte finster: „Das ist Heime, der feige Wurm", meinte er verächtlich und zog dabei rümpfend die Nase hoch, „ich hätte nicht gedacht, dass er so schnell angekrochen kommt." Auch Hildebrand stand neben Dietrich, sagte aber nichts.

Sie verließen die Mauer und erwarteten Heime auf der verschneiten Straße. Auch Dietrichs Vater Dietmar kam hinzu, doch er hielt sich zurück und beobachtete das Geschehen aus dem Hintergrund. Heime, der inzwischen das Tor passiert hatte, kam immer näher und je näher er kam, desto ausgemergelter erschien er. Sein sonst feistes Gesicht war bleich und völlig eingefallen. Er blickte müde aus hohlen, dunklen Augenhöhlen auf Dietrich. Wie ein untoter Krieger schien er direkt aus der Unterwelt geritten zu kommen.

„Schon wieder da? Das war aber ein kurzer Ausritt", spottete Witege. Hildebrand gab ihm einen Knuff in die Seite. „Was willst du?", fragte Dietrich unfreundlich. „Herr Dietrich!", schnaufte

Heime und rieb sich zitternd die eiskalten Hände aneinander, mit denen er gleichzeitig die eingefrorenen Zügel umklammerte, „Ich bitte dich, mir zu vergeben. Ich werde nie mehr feige handeln an meinen Stallburschen." Frierend blies er in seine beiden zur Hohlkugel geformten Hände und blickte Dietrich bettelnd an.

Dann stieg er vom Pferd, griff Dietrichs Hand und kniete sich demütig vor ihm in den Schnee. „Bitte, Herr! Gebt mir noch eine zweite Bewährungsprobe." Dann wandte er sich noch immer kniend an Witege: „Ich weiß, ich habe falsch gehandelt. Aber ich möchte auch dich bitten, mich erneut zu prüfen." Witege sagte nichts und blickte stumm auf ihn herab. Heime richtete sich auf und sah Dietrich und Witege bettelnd an. Dietrich seufzte: „Steh auf, Heime. Du hast mir einst meinen guten Hengst Falke gegeben und du bist ein guter Kämpfer. Deshalb will ich dich noch einmal als Schwertgesellen aufnehmen. Dann kannst du ja deinen wirklichen Mut und deine Treue unter Beweis stellen."

Heime strahlte über beide Ohren und sprang freudig auf. Er umarmte Dietrich so überschwänglich, dass der ihn sich nur mit Mühe halbwegs von der Brust drücken konnte. „Ich weiß, es ist schon spät, aber gibt es noch was zu essen?", fragte Heime dann ganz unverblümt. Dietrich lachte und nickte dann. Witege schüttelte nur ungläubig den Kopf.

Die drei gingen zu Dietrichs Halle. Sie setzten sich, und Heime wurde ein großes Stück Fleisch mit viel Brot gebracht. Als er es laut schmatzend hinunterschlang, begann Heime zu erzählen, und all seine Unterwürfigkeit war wie weggeblasen. Er erzählte, dass er in einem Wald im Norden gelegen hatte und dass er dort einem Räuber namens Ingram gedient habe. „Wir überfielen große Kaufmannszüge", prahlte er, „bis wir besiegt wurden von wenigen Männern aus dem Norden[71]. Da bin ich geflohen, so schnell ich konnte..." „Das

---

[71] Der Sage nach wurde er von Dänen besiegt. Vielleicht stammten die besagten Männer in Wirklichkeit aber aus dem Norden Deutschlands.

hättest du nicht hinzufügen müssen", unterbrach ihn Witege spöttisch. Fasold, der gerade von einem Stück Brot abgebissen hatte, prustete laut, weil er versuchte, sein Lachen zu unterdrücken.

Heime zuckte kurz, tat dann aber so, als hätte er die Bemerkung überhört. Witege ging kopfschüttelnd davon. Heime erzählte seine Erlebnisse noch drei Mal und jedes Mal trank er mindestens einen Bierkrug leer, während draußen der Schneefall anhielt und das ganze Aumlungaland in tiefem Schnee versank.

Aber auch dieser harte, kalte Winter musste einem Frühling weichen, und bald stand alles in frischem Grün. In Dietrichs Halle waren an diesen Tagen Gäste aus allen Ecken seines Reiches, darunter auch Hildebrands Frau, die sonst außerhalb von Bern wohnte. Es gab Fleisch von erlegten Tieren und Wein aus dem Süden. Dazu wurden alte Heldensagen von fahrenden Sängern vorgetragen, die am Tag zuvor in Bern eingetroffen waren. Sie sangen von den Taten großer Könige ferner Länder. Aber sie sangen auch von Dietrichs Vorfahren, vor allem von Samsons Taten, etwa wie er die Jarlstochter entführte und sich mit ihr im Wald versteckte, und wie er König wurde. Und sie sangen auch von den Taten König Ermenrichs, vor allem davon, wie er die Stadt der Römer erobert hatte.

König Ermenrich war König Dietmars Bruder und damit Dietrichs Oheim. Er war ein mächtiger Herrscher, und viele Herzöge und auch andere Könige überall südlich des Mundia-gebirges [72] mussten ihm Abgaben leisten. Dietrich hatte ihn seit Jahren nicht mehr getroffen. Er konnte sich kaum mehr an sein Aussehen

---

[72] Nach Ritter das Rheinische Schiefergebirge. Dass es damals einen Namen für ein so komplexes, geologisch definiertes Gebirgssystem gab, erscheint höchst zweifelhaft. Zudem geht aus der Sage nicht hervor, dass sich Ermenrichs Reich weit nach Osten über den Rhein ausdehnte. Vermutlich ist also nur die Osteifel gemeint. Dies ist auch Oostebrinks Einschätzung. Er erwähnt hier den Ort Mendig (einst vielleicht Mendiacum bzw. Mundiacum) als Namensgeber des Gebietes. Ermenrichs Einflusszone läge dann vor allem im unteren Moselgebiet.

erinnern. Nur an die kalten Augen, die die eines Fisches waren, erinnerte sich Dietrich noch gut.

Während Dietrich den Sängern zuhörte, fragte er sich ob sie einst auch nach seinem Tod Heldenlieder über ihn singen würden. Neben ihm saß wie immer Hildebrand, der an diesem Abend schon einige Krüge Bier gelehrt hatte und nicht mehr ganz so beherrscht war wie sonst. „Ja, Ermenrich war damals ein großer Krieger", knurrte er, „aber heute sitzt er nur noch faul und feige in seinen Thronsaal und lässt andere für sich kämpfen. Na ja, du wirst es ja bald selbst sehen. Bald ist ja der große Hoftag in Romaborg. [73]"

Da begann der Sänger ein Lied über Dietrichs Kampf mit dem Riesen Grim. Im Lied wurde Grim noch eine ganze Spur größer als er tatsächlich war, dachte Dietrich. Aber er genoss die staunenden Blicke der Anwesenden, vor allem die der jungen Frauen.

Am folgenden Tag reisten die Gäste ab und es wurde eine Zeit lang ruhig in Bern. Doch bald darauf war der Hoftag Ermenrichs nahe. Dietrich und seine Getreuen waffneten sich am Tag der Abreise und ließen einige Packpferde bereit machen, um zu Ermenrichs Hof zu reiten. Dietrichs Vater Dietmar blieb in Bern zurück, da er keinen Gefallen an den Hoftagen mehr hatte, und er befand, dass Hildebrand und Dietrich das Reich gut in seinem Namen vertreten würden.

Noch vor Mittag ritten der junge Prinz und sein kleines Gefolge aus dem Berner Südtor heraus gen Romaborg. Zahlreiche Menschen hatten sich hier versammelt, um ihn zu verabschieden. Die Bewohner Berns hatten den jungen Königssohn in ihr Herz geschlossen. Wohl fast alle der Buben und mancher der Männer wäre zu gerne mit ihm geritten und die jungen Mädchen sahen ihn mit großen,

---

[73] Hier kann nicht Rom in Italien gemeint sein, wenn die Sage auf historischer Grundlage steht. Vermutlich ist Trier gemeint, das „Rom des Nordens".

strahlenden Augen an. Die Frauen wehten mit kleinen, bunten Stoff-
fahnen.

Insgesamt etwa ein Dutzend Reiter folgten der alten Straße nach
Süden, ihre Wimpel flatterten im leichten Wind, die Helme blitzten
in der Sonne. Dietrich genoss die Wärme des Frühlings, und er war
neugierig, das Reich zu sehen, das sein Onkel einst erobert hatte.
Aufmerksam hatte er als Kind den alten Geschichten gelauscht, die
ihm Hildebrand immer wieder erzählt hatte. So wusste Dietrich
mehr über seinen Oheim und dessen Reich, als das was die Sänger
in ihren Liedern vortrugen.

So wusste Dietrich, dass Romaborg in grauer Vorzeit dem römischen Kaiser gehört hatte, dessen Herrschaftsbereich sich damals un-
ermesslich weithin erstreckt hatte. Jahrelang lag Ermenrich einst im
Kampf mit den Römern, die sich erbittert wehrten und ihre Stadt bis
zum äußersten verteidigt hatten. Er eroberte den Großteil des Landes
um Romaborg und Greken[74] und den größten Teil des Landes.
Doch schließlich schlug er die Feinde vernichtend und zog als Sieger
in Romaborg ein. Dietrich war sehr neugierig auf diese immer noch
prächtige Stadt und auf seinen mächtigen Oheim.

Auf dem Weg nach Romaborg machten Dietrich und sein Gefolge in Brisach[75] halt, über das Herzog Ake herrschte. Dieser war
Dietmars und Ermenrichs Bruder.

---

[74]Auch Graechenborg oder Grekin genannt (Ritter vermutet Graach an der
Mosel). Offenbar handelt es sich um einen Ort und das Umland dazu. Ein
Greken erscheint auch als Teil des Rytzelandes. Möglicherweise handelt es
sich dabei um östliche Teile des Landes um Graach.
[75] In der Thidrekssaga eigentlich Fritila, Fritalea, Fritilia oder Fertila genannt.
Die Burg von Dietrichs Onkel Ake. Hier scheint, wie Oostebrink überzeugend dargelegt hat, in der Thidrekssaga eine Namensverschiebung passiert
zu sein. In anderen sagenverwandten Texten (Widsith, Quedlinburger Annalen) ist Fridla bzw. Fritla der Name eines der Neffen Ermenrichs. In der
deutschen Heldenepik wird er Fritele genannt. Die Burg heißt hier dagegen
Brisach. Meist wird Brisach mit Breisach im Breisgau identifiziert. Setzt man

Brisach saß hoch über dem Rhein auf einem Hügel. Es war eine kleine trutzige Burg mit einem uralten, gemauerten Steinturm, mehreren Holzgebäuden und einem Wall darum, gerade groß genug um Dietrichs Trupp aufzunehmen und ihnen Allen Herberge zu bieten. Dietrich freute sich, Herzog Ake nach langer Zeit wieder zu sehen. Er fiel seinem Oheim um den Hals und drückte ihn wie einen Vater. Dann ließ Ake große Speisen auffahren und sie saßen im Hof der Burg, um ausgiebig zu essen.

Während sie aßen, kam ein einzelner Reiter den Weg hinauf nach Brisach geritten. Keiner kannte ihn. Er war gut gerüstet und ritt ein prächtiges Pferd. Er war stark gewachsen. Sein Haar war kurz und von rotbrauner Farbe. Am Tor, das offenstand, wurde ihm Einlass gewährt, da ein einzelner Reiter kaum eine Gefahr darstellte.

Ake, Dietrich, Hildebrand, Heime und Witege standen vom Esstisch auf und erwarteten neugierig, was der Fremde wollte. Als Ake ihn nach seinem Namen fragte, antwortete der fremde Reiter, dass er Wildenrik hieße. Und dass er einem mächtigen Fürsten wie Dietrich von Bern dienen wolle und gern dessen Gefährte wäre. Der Name war aber gelogen und in Wahrheit hieß der Fremde Dietleib, Sohn des Biterulf[76]. Er sagte diesen Namen, weil er Heime unter

---

aber Bern mit Bonn gleich, dann wird sicher (Bad) Breisig gemeint sein. Bad Breisig (einst Briseche) liegt genau zwischen Bonn und Trier. Der Ort war während der Völkerwanderungszeit bedeutend. Auf dem nahen Hügel, auf dem die spätere Burg Rheineck lag, war vermutlich bis in die spätantike ein römischer Wachposten. Genau hier stellen uns im Folgenden die Burg Brisach der Sage (das Fritila der Thidrekssaga) vor.
[76] In der Sage ist er ein Däne und kommt auch aus Dänemark (Danaveldi bzw. Danmark). Seine Geschichten sind Spielmannsmäßig aufgeblasen, dürften aber ebenfalls einen wahren Kern enthalten. Der Name Dänemark existiert vermutlich erst seit dem 8. Jahrhundert. Wenn die Erzählung älter ist, stand in der ursprünglichen Version wohl eher Dänenland. Ob aber ursprünglich tatsächlich das Land der Dänen gemeint war, ist ebenfalls zweifelhaft. Vielleicht kam der besagte Held in Wahrheit aus dem Gebiet des Dün, einem Höhenzug um Deune im Eichsfeld. Dies würde zu der ebenfalls

Dietrichs Männern erkannte und nicht von ihm erkannt werden wollte.

Heime starrte den Fremden unentwegt an und überlegte, wo er ihn schon einmal gesehen haben mochte. Der Fremde machte einen Schritt auf Ake zu. „Du bist sicher Ake, dem die Burg gehört, aber welcher von euch ist Dietrich von Bern?", fragte er dann. „Wie kommst du darauf, dass er hier ist", fragte Ake verwundert. „Ich war in Marstein[77] beim Borgawald[78] und dann in Sassen[79]. Dort sagte man mir, das Dietrich in Romaborg ist. Unterwegs traf ich Reiter, die mir erzählten, Dietrich würde auf dem Weg sicher hier halt machen", erklärte er. Dann blickte er Dietrich eine Weile in die Augen, als ahnte er, wer sein Gegenüber war.

„Also, wie sind eure Namen und wer ist euer Anführer?", fragte er schließlich. Heime und Witege, die bei Dietrich standen, mussten grinsen, und Witege zeigte auf Dietrich: „Das hier ist Dietrich von Bern. Willst du ihm dienen, dann wirst du ihn fragen müssen." Dietrich nickte und lachte freundlich.

---

vermuteten Herkunft Heimes am Seeburger See passen. Aus dem „Deunen" könnten die skandinavischen Schreiber leicht einen Dänen gemacht haben.
[77]Auch Marcstein genannt. Es ist unklar, wo dieser Ort lag. Möglicherweise ist Marburg gemeint, das einst auch als Marcburg (Grenzburg) bezeichnet wurde. Dies schlug bereits von der Hagen vor.
[78]Borga skog, vielleicht der heutige Burgwald nördlich von Marburg. Der Wald wird an einer Stelle der Thidrekssaga als Wald bei Marstein genannt. An anderer Stelle wird der Falsterwald bei Marstein genannt. Der Zusammenhang ist unklar.
[79]In der Membrane und den isländischen Handschriften Saxland genannt, in der altschwedischen Didrikschronik Sassen genannt. Ort, an dem Dietleibs Muttervater Jarl ist. Meist mit Sachsen identifiziert, was möglich ist. Vielleicht ist aber der Ort Saasen (1249 Sassen genannt) bei Gießen gemeint. Direkt daneben liegt Burg Wirberg. Dies würde damit zusammenpassen, dass dort ein Mann angeblich genau weiß, wo Dietrich gerade ist. Bis der von Bonn aus Niedersachsen erreicht hätte, wäre Dietrich bereits ganz woanders gewesen.

Kurz zuckte der Fremde mit den Augenbrauen, schien aber nicht sonderlich überrascht. Dann stellte er sich vor Dietrich hin und bot ihm seine Dienste nochmals in aller Förmlichkeit an. Dietrich willigte ein und befahl ihm sogleich, auf die Rosse und Rüstungen aufzupassen. Zwei Tage später brachen Dietrich und seine Männer nach Romaborg auf. Auch Herzog Ake begleitete sie mit einigen Reitern.

Nach drei Tagen im Sattel gaben die Hügel den Blick auf das liebliche Flusstal[80] frei, das vor ihnen lag. Ruhig floss das blaugrün schimmernde Wasser in dem lieblichen Tal dahin. Unter ihnen lag direkt am Strom die prächtige Pfalz[81] König Ermenrichs.

Dahinter, auf der anderen Seite des Flusses konnten die Recken die Mauern und das Häusermeer Romaborgs erkennen, welches die Römer selbst Treveris nannten. Selbst aus der Ferne sah das riesige Nordtor[82] gewaltig aus, als hätten Riesen es errichtet. Dietrich rieb sich verwundert die Augen. Noch nie hatte er eine vergleichbar große Stadt gesehen. Ake freute sich, dass Dietrich der Anblick beeindruckt hatte. „Wartet nur bis ihr Ermenrichs Halle seht", meinte er und trieb seinen Hengst an. Dietrich und die Männer folgten ihm ins Tal.

Auf halbem Wege kam ihnen ein gewappneter Reiter mit Ermenrichs Banner entgegen. Er hieß sie Willkommen und führte sie auf das mächtige westliche Stadttor [83] und die dahinter liegende

---

[80] Die Mosel wird anderswo, nicht aber an dieser Stelle in der Sage erwähnt. Wenn das Rom der Sage Trier ist, kamen die Helden aber an diesem Fluss vorbei.

[81] In der Sage wird eine Pfalz nicht erwähnt. Allerdings könnte Ermenrich das Palatiolum in Trier-Pfalzel als Pfalz genutzt haben: Ein einstiger römischer Palast, fünf Kilometer von Trier entfernt. Hier wurde einst eine Münze aus frühmerowingischer Zeit mit der Aufschrift PALATIOLO UOMERIGE gefunden, was an einen König Ermenrich denken lässt.

[82] Die Porta Nigra, das Schwarze Tor. Nicht in der Sage erwähnt. Noch heute zu bestaunen.

[83] Die Porta Inclyta. Nicht in der Sage erwähnt. Heute verschwunden.

Steinbrücke zu, die den Fluss überspannte. Hildebrand und Ake kannten die Stadt von früheren Hoftagen. Aber Dietrich, Heime und Witege und die meisten anderen hatten derartiges nie zuvor gesehen. Als sie die mächtigen Steinpfeiler der Brücke sahen, die mitten in der Strömung standen, trauten sie ihren Augen kaum.

Je näher sie kamen, desto gewaltiger erhoben sich die senkrechten Steinwände des Tores wie Felsklippen gegen den blauen Himmel über dem Musalafluss. Das Torgemäuer glich eher den Felsen in den Gebirgen ihrer Heimat als den Häusern. In Bern gab es nichts Vergleichbares. „Die Baumeister, die dies hier errichtet haben, müssen Riesen zu Hilfe genommen haben", staunte Dietrich als sie durch das Tor auf die mächtige Brücke ritten. „Nein, nein", lachte Hildebrand. „Das waren hunderte von gewöhnlichen Arbeitern und riesige Lastenkräne." „Das alte Reich verfügte über Wissen, das heute fehlt." Und wie zum Beweis sahen sie nun geradewegs auf die Stadtmauer auf der gegenüberliegenden Flussseite, die in großen Teilen eingestürzt war.

Als sie das zweite Tor auf der anderen Seite der Brücke durchschritten, sahen sie zu ihrer linken eine große unbewohnte Fläche, auf der zahlreiche Schlachtrösser weideten. Dahinter lag ein verfallener Tempel. Daran schlossen sich zahleiche Häuser an. Viele davon waren verlassen und dem Verfall nahe. Überall lagen Steintrümmer herum und vieles glich einer Ruine, denn nur ein kleiner Teil der alten Stadt war noch bewohnt. Und dennoch strahlte der Ort eine Pracht aus, die Dietrich erschaudern ließ.

Die Hauptstraße war voll von Menschen, darunter befanden sich neben einfachen Leuten auch zahlreiche Krieger aus Ermenrichs Reich. Der Begleiter führte Dietrich und seine Männer jedoch gleich von der Hauptstraße weg und geleitete sie in einen Gutshof mit zahlreichen Stallungen. Dieser lag am Rande der einstigen Stadt in der Nähe der Mauer. Der Gutshof war kein römisches Haus, sondern nach Sitte der Nordvölker aus Fachwerk mit einem Strohdach erbaut. Im Gutshof stellten sie ihre Pferde und ihr Gepäck unter und verbrachten dort die Nacht.

Dietrich, Hildebrand und Ake sowie ihre engsten Getreuen, darunter Heime und Witege, gingen am nächsten Morgen zu Ermenrichs Halle, während die einfachen Gefolgsleute unten im Gutshof blieben. Dietrichs neuer Gefolgsmann sollte ebenfalls dort bleiben um über die Pferde und Rüstungen zu wachen.

Dietrich und seine Leute blickten sich neugierig um und staunten sehr, als sie durch die Straßen der riesigen Stadt zu Ermenrichs Halle liefen. Als sie die riesige Halle[84] erreichten übertraf das alles was Dietrich bisher gesehen hatte. Nie hatte er sich jemals zuvor eine so große Halle vorstellen können. Aber auch Ake und Hildebrand waren von dem Anblick erneut überwältigt.

Die Halle war mindestens dreißig Schritt hoch und sehr breit. Zwei übereinander liegende Reihen großer Bogenfenster waren weit oben angebracht und ließen viel Licht nach innen kommen. Der Saal war gewaltig hoch und auch recht lang und wurde vom goldenen Licht der Abendsonne durchflutet. Andächtig und etwas unsicher betraten Dietrich und seine Männer die mächtige Anlage.

Zahlreiche Krieger Ermenrichs waren hier versammelt. Viele blickten neugierig auf die hereinkommenden. Dietrich war von der Pracht überwältigt und blickte staunend um sich. Die Halle war im Inneren mit Marmor verkleidet und mit prächtigen Mosaiken verziert. In den Nischen standen meisterhaft gearbeitete Statuen aus Marmor und Bronze. An den Wänden loderten einige Fackeln. Die Krieger aus Bern schwiegen, während sie durch die Halle schritten und ihre Blicke umherstreifen ließen. Man hätte ohnehin nur offenkundige Dinge aussprechen können.

---

[84] Die gewaltige Konstantinbasilika in Trier könnte Ermenrichs Thronsaal gewesen sein.

Am Ende der riesigen Halle erwartete sie Ermenrich, umringt von zahlreichen Kriegern, Frauen und Dienern, und hieß sie willkommen. Der König hatte langes zerzaustes Haar und ein abgekämpftes, faltiges Gesicht, doch in seinen hellblauen Augen schien schien ein lebhafter Geist und große Macht zu liegen. „Nur rein mit euch, ihr Ömlinge[85], seid gegrüßt und lasst euch einen Krug Bier geben", empfing er sie laut schallend. Dietrich und seine Männer lächelten verlegen und grüßten dann freundlich. „Wo hast du denn deinen Vater gelassen?", fragte Ermenrich. „Er ist zuhause und freut sich, dass er mal seine Ruhe hat, wo wir alle weg sind", entgegnete Dietrich forsch, „da kann er seine Burg und sein Reich in Ordnung bringen." „Na schön", nickte Ermenrich, „er hat ja immerhin den künftigen Erben geschickt." Dietrich nickte pflichtbewusst, aber er bemerkte schon jetzt, dass er Ermenrich nicht besonders mochte. „Wir reden später noch", sagte Ermenrich und wandte sich anderen Gästen zu. Dietrich und die Seinen mischten sich unter die anderen Edelleute.

Bald nahmen alle auf den Bänken Platz und lauschten mehr oder weniger aufmerksam Ermenrichs Ansprache. Dietrich und Hildebrand saßen neben Etzel[86], dem König des Hunalandes, dessen Sitz

---

[85] Anderes Wort für Aumlungen.

[86] Etzel (auch Atala, Atli, Attila, Aktilius und ähnlich) wird meist mit dem Hunnenfürsten Attila gleichgesetzt. Tatsächlich ist Etzel auch die hochdeutsche Entsprechung des Namens Attila. In der Thidrekssaga erscheint er aber keineswegs als fremdländischer Steppenreiter. Wenn die Sage direkt auf reale Geschehnisse zurückgeht, dann war Etzel am ehesten ein germanischer König friesischer Abstammung, der im Hunaland, im heutigen Westfalen lebte. Ähnlich zur Schilderung der Thidrekssaga, die Attala als friesischen Königssohn beschreibt, erzählt die Friesenchronik des Suffridus Petrus (gedruckt in Köln im Jahr 1590) von der Eroberung Soests durch einen Friesenkönig Odilbald mit Hilfe eines Heerführers Yglo Lascon. Odilbald war vielleicht der ursprüngliche Name des Königs, abgekürzt Atala bzw. Odilo. Hier wird der geläufige Name Etzel verwendet.

das mächtige Susat[87] war. Dieser hatte ein feistes, breites Gesicht, das hart und freundlich zugleich war. Die Nase war breit und groß, die rosigen Wangen mit den kleinen Äderchen standen auffällig hervor. Sein braunes, langes Haar wand sich in leichten Locken über seine Schultern und sein dichter Schnauzbart verbarg seinen Mund fast vollständig.

„Ach, diese nichtssagenden Worthülsen!", stöhnte er, „wie sie mich langweilen." Dietrich blickte sich vorsichtig um und stimmte ihm dann grinsend zu, als er bemerkte, dass auch Hildebrand mit einem Kopfnicken beipflichtete. Etzel lachte und reckte ihm seinen Krug entgegen. Dietrich stieß mit seinem Krug an. Dann nahm er einen großen Schluck. Er war Bier noch nicht gewohnt und spürte die Wirkung schon nach wenigen Schlucken. Aber auch Etzel und Hildebrand spürten das starke Bier bald.

„Du bist also Dietmars Sohn?", fragte Etzel und blickte Dietrich prüfend an. „Du scheinst deinem Großvater nachzuschlagen. Man hört schon allerlei Heldentaten über dich. Aber jetzt, da ich dich sehe, glaube ich sie gerne", rief er und lachte. Dabei reckte er Dietrich seinen Krug entgegen. Dietrich war erstaunt, dass sich die Geschichten über seine Abenteuer offenbar schon bis in Etzels Reich verbreitet hatten. „Dann hat es sich ja wenigstens gelohnt mit dem Riesen zu kämpfen", lachte Dietrich und stieß mit Etzel an. „Na ja, einige Male ist mir bei seinen Heldentaten schon etwas mulmig gewesen", fügte Hildebrand ebenfalls lachend hinzu und stieß wiederum mit Etzel und Dietrich an.

Sie tranken und lachten viel und hatten einen ausgelassenen Abend. Etzel freundete sich an diesem Tag mit Dietrich an. Diese

---

[87] Susat ist unzweifelhaft Soest im heutigen Westfalen. Im Nibelungenlied und im Waltharius liegt Etzels Heimat im heutigen Ungarn, was unmöglich ist, falls die Sage auf einem historischen Kern (und nicht nur aus zusammengewürfelten historischen Körnchen) beruht.

128

Freundschaft sollte eines Tages das Leben beider verändern. Etzel und Dietrich stießen nun auf Dietrichs Vater an.

Dietrich und seine Gesellen feierten ausgiebig und fröhlich. Als der Hoftag vorbei war, schickte Dietrich einen Boten zu Wildenrik, der ja im Gutshof warten musste, mit der Aufgabe, die Pferde fertig zu machen. Wildenrik ließ den Boten stehen, ging gleich zu Dietrich und fragte ihn, ob er zahlen wolle, was er in der Zeit verspeist habe. „Mir war es zu mühsam jeden Tag zur Königshalle zu laufen und nach Essen zu betteln." Dietrich nickte und fragte beiläufig, wie viel es denn wäre.

Wildenrik begann aufzuzählen: „Also, außer den dreißig Goldmark, die ich selbst hatte und die du nicht zahlen sollst, sind es sechzig Mark Goldes." Dietrich blieb der Unterkiefer offen stehen, als er das hörte. Er kniff ungläubig die Augen zusammen und blickte ihn schief an. Wildenrik erklärte weiter, ohne eine Miene zu rühren: „Das bezahle, wenn du willst, denn darauf stehen Heimes und Witeges Rösser und Schwerter zu Pfand. Dazu gab ich dem Spielmann deine Kleider und den Goldring meiner Mutter."

Dietrich glaubte nicht richtig zu hören. Hatte dieser Kerl tatsächlich sechzig Goldmark verfressen und ihre Sachen verpfändet? Er war kurz davor mit der Faust auszuholen, doch er beherrschte sich. Und sein neuer Gefolgsmann war noch gar nicht fertig und fuhr unbekümmert fort: „...und gerade jetzt, als ich zu dir wollte, schlug der Wächter mir die Türe vor der Nase zu. Ich brach sie auf und sogleich kamen Knappen, und die Köche wollten mich schlagen. Ich schlug zwei von ihnen zur Hel, die anderen rannten davon. Nun glaube ich, dass König Ermenrich zornig sein wird, wenn er das erfährt."

„Ja, allerdings, das kannst du glauben", fuhr Dietrich ihn an, worauf sein Gegenüber schlicht ergänzte: „Daher sollst du auch hierfür einstehen, Herr." Dietrich wusste gar nicht, was er sagen sollte zu so viel Dreistigkeit. Auch Hildebrand sparte sich die Worte. Er blickte Wildenrik nur prüfend an.

In diesem Augenblick erkannte Heime den Mann, der sich Wildenrik nannte, wieder, den er bereits vorher kennengelernt hatte. Er rief ganz aufgeregt: „Ich kenne den Kerl. Das ist ein gnadenloser Draufgänger und ein teuflisch guter Kämpfer! Ich kämpfte gegen ihn, als ich mich Ingrams Räubern angeschlossen hatte. Wenn er alle unsere Waffen vor unseren Augen in den Dreck würfe, müssten wir das wohl dulden." Wildenrik grinste verwegen. Er hatte Heime von Anfang an erkannt.

Dietrich überlegte kurz. Seine Ehre hätte ihm nun geboten, diese Behauptung zu widerlegen und Wildenrik außerdem für seine Taten zu bestrafen. Er hatte nur gerade keine Lust, sich mit dem Stallknecht zu schlagen. Dietrich griff an sein Schwert und sah dann zu Hildebrand. Der schüttelte kaum merklich mit dem Kopf. Dietrich und Hildebrand verstanden sich oft ohne Worte. Beide wussten, dass es sein Fehler war, den Mann schlecht versorgt zu haben. Vor allem aber konnten sie einen ausgezeichneten Kämpfer immer an ihrer Seite gebrauchen.

Hildebrand trat zu Dietrich und flüsterte ihm etwas ins Ohr, das niemand sonst hören konnte. Dietrich nickte, drehte sich um und bedeutete seinem neuen Gefolgsmann, ihm zu folgen. Zusammen gingen sie zu Ermenrich: „Willst du bezahlen, was unsere Rossknechte verzehrt haben?", fragte Dietrich selbst den König. Der blickte Dietrich zunächst mürrisch an, rief dann sogleich nach Sibich, seinem Schatzmeister, und antwortete: „Gewiss will ich das zahlen, wieviel ist es denn?"

Wildenrik antwortete unbekümmert: „Herr, das lässt sich leicht überschlagen! Das waren zuerst dreißig Mark die ich selbst besaß, bezahle das, wenn du willst. Darüber hinaus verzehrte ich sechzig Mark Gold. Dafür stehen Herrn Dietrichs, Witeges und Heimes Rosse, Rüstungen und ..."

Ermenrichs Gesichtszüge entgleisten. Das freundliche aufgesetzte Lächeln schlug um in ein ungläubiges Staunen und schließlich in blanken Zorn. Erbost unterbrach er ihn: „Du elender Narr, warum hast du so teuer gegessen in den paar Tagen? Oder welche Mannestat kannst du leisten, dass du so teuer speisen musst?" „...Kleider", vervollständigte Wildenrik seinen Satz. Ermenrich sah ihn kurz verwundert an. Witege musste schmunzeln und auch Hildebrand schien in seinen Bart zu grinsen. Wildenrik fuhr ruhig fort: „Überall, wo ich sonst gewesen bin, kannten alle Herren den guten Brauch, einen fremden Mann zu Tische zu laden, falls er hungrig war."

Bevor Ermenrich antworten konnte, trat Walter von Vaskasten[88], der Schwestersohn Ermenrichs, einen Schritt vor. Er war bereits voll gewappnet, trug ein prächtiges Kettenhemd und einen roten Seidenumhang. Unter den Arm geklemmt hatte er einen kostbaren Spangenhelm mit einem Schweif aus Rosshaar. Walter war der stärkste Kämpe am Hof Ermenrichs. Er war es, der einst dem dunklen Hagen ein Auge ausschlug, als beide bei König Etzel lebten und Walter die hübsche Hildegund entführte.[89] Daher genoss er großes Ansehen.

Walter zog verächtlich die Oberlippe hoch: „Kann dieser Mann nichts anderes als essen und trinken und Geld ausgeben?" Dann wandte er sich direkt an Wildenrik: „Kannst du auch etwas Sinnvolles wie Schaftschießen und Steinstoßen?" Hildebrands Gesicht wurde ernst. Wildenrik blieb gelassen: „Ich glaube, ich kann es in solch sinnvollen Dingen mit jedem von euch hier aufnehmen, der sich traut, es mit mir zu versuchen."

Der aufgebrachte Walter bekam einen hochroten Kopf und forderte ihn sofort heraus: „Dann komm mit raus und beweise es. Um den Kopf des Verlierers. Wenn ich gewinne, sollst du niemals mehr so viel verzehren und einem König solche Schande antun. Das Volk

---

[88] In der Thidrekssaga Waldsken oder Vaskasten genannt. Gemäß dem Walthari-Lied als Burg Wasigenstein im Elsas gedeutet. Ritter vermutet den Ort Forst in der Eifel, der 1178 Vosca genannt wird.
[89] Dieser Teil der Sage findet sich auch im lateinischen Walthari-Lied und im angelsächsischen Waldere in abgewandelter Form.

sagt, dein Mahl wäre teurer gewesen, als das des Königs." Ein kurzes Raunen ging durch die Reihe der umstehenden Krieger. Eine der Frauen konnte ihren Schreck nicht verbergen. Ihr entfuhr ein spitzer Schrei.

Heime und Dietrich kratzten sich verlegen am Kopf. „Na, hoffentlich bereut er das nicht", murmelte Heime. Walter blickte streng auf Wildenrik und erwartete dessen Antwort. „Ich habe nichts zu verlieren", erklärte dieser ruhig und stand auf. Walter legte seinen Helm auf den Tisch, und nahm Mantel und Schwertgurt ab. Beide gingen hinaus auf einen offenen Platz vor der Königshalle. Heime wollte Walter noch warnen, doch der schob ihn wütend beiseite und hob sogleich einen riesigen Steinbrocken auf.

Walter wuchtete den Brocken hoch und warf ihn neun Fuß weit. Wildenrik nahm den gleichen Stein auf und warf in noch ein Stück weiter. „Das war aber wirklich gut geworfen!", raunte Fasold erstaunt, und Heime pflichtete ihm kopfnickend bei.

Als Walter das sah, war er völlig erbost und schleuderte den Stein mit aller Macht von sich. Er warf ihn nun ein ganzes Stück weiter als beim ersten Wurf und grinste freudig. Doch Wildenrik nahm den Stein unbeeindruckt und warf nun wieder ein ganzes Stück weiter als Walter. Erneut ging ein Raunen durch die Menge, und Walter sah langsam nicht mehr so zuversichtlich aus wie am Anfang. Zweifel standen ihm jetzt im Gesicht.

Da griff Walter sich voller Wut König Etzels Bannerstange, die größte und schwerste von allen Speerstangen, die da war, und ging in die Halle des Königs hinein. Er schoss sie quer durch die Halle an einen mit Holz verkleideten Pfosten in ihrer Mitte, und alle stimmten überein, dass das gut geschossen war. Wildenrik zog die Stange heraus und schoss sie bis ans andere Eck des Saales, so dass sie in der Tür gegenüber stecken blieb. Wiederum ging ein Raunen durch den Saal. „Guter Wurf", nickte Heime, befand es aber dann selbst für unpassend und räusperte sich verlegen. Danach schwiegen alle und blickten auf die beiden Gegner. Ein jeder musste anerkennen, dass der neue Stallknecht beide Spiele und damit auch Walters Kopf gewonnen hatte. Der schluckte nun laut hörbar und sah unsicher zu Boden. Ein kalter Schweißtropfen rann ihm von der Stirn.

Ermenrich fürchtete nun sehr um Walter, einen seiner besten Männer, und bat Wildenrik: „Fremder Held, erlaube mir meines Neffen Haupt auszulösen. Ich will dir Gold und Kleinode dafür geben, soviel du willst." Dieser antwortete gönnerhaft: „Mir geht es nicht um deines Neffen Haupt. Ich will dir sein Haupt so geben – und lohne mir das, wie du selber willst, doch wirst du meines Herrn Waffen und Pferde einlösen und die seiner Gesellen? Du sollst mich nicht anders zahlen als du selber willst." Ermenrich war erleichtert, als er das vernahm. „Hab Dank dafür, das werde ich dir wohl lohnen." Ermenrich löste nun ihre Rosse und Rüstungen, gab Wildenrik kostbare Kleidung und gab ihm auch seine dreißig Goldmark wieder. Er kaufte ihm auch den Ring seiner Mutter zurück. Sein Blick war aber finster dabei.

Danach machten die Berner ihre Pferde bereit und zogen nach Hause. Als sie die Stadt verließen, bedeckte Ermenrich sie mit wütenden Blicken. Doch Dietrich kümmerte es nicht. Er fand, es war ein lustiges Erlebnis, von dem man lange Zeit erzählen konnte, und er hatte allen gezeigt, dass er wahrlich tapfere, starke Männer bei sich hatte, die von solcher Art waren, dass es nicht gut scheinen konnte, ihn anzugreifen.

Er nahm Wildenrik seitdem zum vollen Gesellen auf, und der nannte ihm jetzt auch seinen wirklichen Namen, nämlich, dass er in Wirklichkeit Dietleib, Sohn des Biterulf, sei. Dietrich und seine Mannen ritten noch am selben Tage heim nach Bern, und Dietleib begleitete sie als neuer Gefolgsmann.

KÖNIG DIETMARS
TOD

Kurz nachdem sie wieder zuhause in Bern angekommen waren, kam ein junger Mann mit Namen Amlung[90] aus Vindland dort an, dessen Vater Hornboge schon länger in Dietrichs engster Gefolgschaft war. Der neue Kämpfer war Dietrich willkommen und so waren sie seither neun Gesellen in Bern. Die anderen sieben waren neben Dietrich selbst, Meister Hildebrand, Heim der Grimme, Witege und Fasold der Stolze, Sintram und Dietleib. Dies war die glücklichste Zeit in Dietrichs Leben. Mit seinen Getreuen ritt er oft in die Wälder, um zu jagen. Sie jagten Tiere und Räuber, und niemand widerstand ihnen. Oft feierten sie und lachten viel. Niemand ahnte, dass sich in naher Zukunft dunkle Schatten über dem kleinen Reich erheben sollten.

Diese Schatten begannen mit einem traurigen Geschehen aufzusteigen. Wenige Monde nach dem großen Hoftag wurde König Dietmar krank und lag siechend in seinem Bett. Dietrich trat in das dunkle Zimmer, in das ein fahler Sonnenstrahl durch ein kleines Fenster hineinfiel. Die Luft war schwer und bleiern wie die einer Gruft. Der Sohn blickte erschrocken in das blassgelbe, schmerzvolle Gesicht, seines sonst so unbeschwerten Vaters. Auch Hildebrand war hereingekommen, blieb aber an der Tür stehen. Dietmar blickte zu Dietrich empor und griff mit knochigen, ausgemergelten Fingern nach dessen Hand.

„Du hast viel von deinem Großvater", sagte Dietmar mit heißerer Stimme. Dietrich schluckte laut hörbar. „Mein Junge, du musst jetzt stark sein. Stärker als ich es je war. Alte Frauen, die die Zukunft

---

[90] Vielleicht herrschte ein Vorfahre Amlungs einst über das Aumlungaland (auch Amelungaland genannt). Darauf deutet der Name hin.

sehen können, und auch erfahrene Krieger sagen, dass dunkle Schatten sich erheben werden über dem Land, und mächtige Heere werden sich gegen uns wenden. Und ich werde nicht mehr lange leben und bin dir schon jetzt keine Hilfe mehr. Du wirst ein starker König sein." „Nein", rief Dietrich und riss seine Hand weg. „Ich werde niemals König. Du wirst wieder gesund!" Dann fiel er seinem Vater um den Hals und drückte ihn. „Du musst, deine Neffen[91] sind zu jung und dein Bruder ist noch nicht geboren", röchelte Dietmar mit einem Lächeln auf dem Gesicht. Nach einer Weile richtete Dietrich sich wieder auf und schniefte. Dietmar blickte sorgenvoll zu Hildebrand, der am Ende des Raumes stand und ihm zuversichtlich zunickte. Dann begann der König ins Leere zu starren und atmete nicht mehr.

Dietrich wurde von einer großen Furcht ergriffen. Er würde niemals König sein können über ein ganzes Reich und über so viele Menschen, deren Schicksal dann in seinen Händen lag. Woher sollte er wissen, was richtig war und was zu tun war, um ein Königreich zu lenken. Wie abwesend starrte Dietrich zum Fenster hinaus. Als hätte er seine Gedanken erraten, trat Hildebrand neben ihn und legte ihm die Hand auf die Schulter. „Du wirst es lernen", sagte er ruhig.

Welch ein Glück, dass er diesen treuen Diener an seiner Seite hatte, dachte der zukünftige König, sonst hätte er nicht gewusst, wie er es hätte schaffen können. „Von welchem Bruder hat mein Vater gesprochen?", fragte Dietrich verwirrt, „Bekommt Mutter noch ein Kind?" Hildebrand nickte. Dietrich lächelte. Irgendwie schien ihm selbst ein ungeborener Bruder wie eine Stütze, die ihm etwas von der Last der großen Verantwortung nahm.

---

[91] Die Söhne von Dietrichs Schwester Isold, die vermutlich deutlich älter war als Dietrich und möglicherweise eine andere Mutter hatte. Dietrich scheint jedenfalls recht bald nach der Heirat seines Vaters mit der Elsungtocher Odilia geboren worden zu sein. Seine Neffen waren dagegen offenbar nur wenig jünger als er selbst.

Lange dachte Dietrich über die letzten Worte seines Vaters nach. Zwei Tage aß er kaum, sprach nicht und blickte von den Mauern Berns herab in eine ungewisse Zukunft. „Was hat mein Vater gemeint? Welche Heere könnten sich gegen uns erheben", fragte Dietrich als er mit Hildebrand einmal allein war. „Hm, es gibt viele Feinde. Überall um uns herum lauern Könige, die ihre kleinen Reiche vergrößern wollen. Auch Elsungs Erben sinnen noch immer auf Rache." „Aber was soll ich dagegen tun?", fragte Dietrich ungläubig. Hildebrand schüttelte den Kopf: „Ich weiß es nicht. Ich weiß nur, dass du stark bist. Mindestens so stark wie dein Großvater. Wir werden Bern schon schützen, bei Wodan. Und dann gibt es ja noch deinen Oheim, den starken Ermenrich." Dann blickten sie eine Weile in die Ferne. „Erzähle mir von meinem Großvater", bat Dietrich.

Hildebrand ließ sich nicht lange bitten und begann zu erzählen: „Dein Großvater Samson war einer der kühnsten Helden, von denen man zu sagen weiß, und ihm verdankte dein Vater das Berner Reich. Sein Haar war schwarz wie die Nacht, seine Augenbrauen waren wie zwei schwarze Krähen, die über den Augen saßen, und seine Arme waren wie Baumstämme. Dein Großvater zog einst mit einem großen Heer aus dem Westen gegen Bern. Vorher hatte er ein Reich um Salerna[92], welches in Appolij[93] liegt und eroberte Hispania[94]. Auch dieses Reich hatte er sich selbst erkämpft. Dann verließ er sein altes

---

[92] Herkömmlich als Salerno in Apulien gedacht. Dies ist nicht möglich, wenn die Sage auf historischen Geschehnissen fußt. Ritter vermutet Sauvenière (einst Salvenerias) in Belgien. Oostebrink schlägt Liernoux vor (ab dem 7. Jahrhundert als Lernou, Lerno, Lernau, Lerna bezeugt). Auch der nahebei liegende Ort Samson erinnert an Dietrichs Großvater. Dort wurden zudem Kriegergräber aus der Völkerwanderungszeit gefunden.

[93] In der Thidrekssaga auch Puli genannt. Oostebrink vermutet die Eifel (Lautverschiebung p->f). Herkömmlich als Apulien in Italien gedeutet.

[94] Im Text eigentlich Yspanie, Hispana, Spanland und ähnlich, was oft mit Spanien gleichgesetzt wurde. Wahrscheinlich ist mit Yspanie die belgische Hesbaye (der Haspengau) gemeint, ab dem 8. Jahrhundert als Hasbania bekannt.

Reich und zog gegen Bern. Auf dem Kriegszug fällte er im Kampf eigenhändig den alten Elsung, der damals über Bern herrschte. So hat Samson die Stadt zusammen mit dem ganzen Aumlungaland für deinen Vater gewonnen. Odilia, die Tochter Elsungs, bekam dein Vater zur Frau, und später wurde sie deine Mutter."

Dietrich hielt inne. Seine Mutter war also die Tochter des alten Elsung gewesen, dessen Erben ihn, den jungen König Dietrich, nun in seinem Königreich bedrohten. Seine Gedanken kreisten umher und begannen wirr zu werden. Hildebrand schien dies zu bemerken und erzählte erst nach einer kurzen Pause weiter: „Kurz nach dem Kampf um Bern zogen Samson und dein Oheim Ermenrich gegen Romaborg. Aber dein Großvater erreichte die Stadt nie. In den Bergen zwischen Bern und Romaborg raffte ihn eine böse Krankheit dahin. Dort liegt er noch heute begraben. Als du klein warst, waren wir einige Male dort." Dietrich seufzte laut hörbar, während er über all das nachdachte.

„Erzähle mir, wie Ermenrich dann doch noch Romaborg gewann, Meister Hildebrand", fragte er. Hildebrand fuhr fort: „Ermenrich war stark und eroberte sich ohne Samsons Hilfe sein Reich. Er besiegte die Römer in langen Kämpfen. Die Stadt Romaborg selbst fiel allerdings erst nach heftiger Gegenwehr und vielen Jahren Krieg. Der Kaiser der Römer hatte in den Ländern des Nordens damals bereits keine Macht mehr. Aber ein äußerst tapferer Mann namens Arbogast[95] führte sie an und gab ihnen einige Zeitlang den Mut, sich zu wehren. Doch am Ende mussten sie sich geschlagen geben. Ermenrich hat viel von Samsons Kampfkraft, doch am meisten davon hast du, wie es mir scheint. Ihr werdet gemeinsam sein Erbe fortführen." Hildebrand nickte dabei ernst. Nachdenklich blickte Dietrich in die Ferne.

---

[95] Arbogast der Jüngere verteidigte Trier im 5. Jahrhundert gegen expandierende Germanen. Er tritt in der Sage nicht auf.

Am Tag von Dietmars Begräbnis wurde der junge Dietrich von den Edlen des Reiches zum König gewählt. Dietrich wäre am liebsten in die Wälder geritten, um der großen Verantwortung zu entfliehen, aber er ließ sich nichts anmerken. Er trat vor sein Volk, das sich zu hunderten in Bern versammelt hatte. Es waren die edelsten Männer, einfache Bauern, Frauen und Kinder auf dem großen Platz in der Mitte Berns versammelt. Begeistert jubelten sie ihm zu und winkten mit bunten Tüchlein. „Volk des Aumlungalandes", rief er laut, „ich schwöre, dass ich jeden einzelnen von euch schützen werde, vor Unrecht und Unfreiheit! Ob reich oder arm. Kein fremder Herrscher soll uns je zu Knechten machen, solange ich lebe. Wir werden unsere Schilde erheben gegen alle Feinde des Aumlungalandes und wir werden sie zerschmettern mit unseren Schwertern." Damit streckte der junge König sein Schwert gen Himmel. Die Männer Berns schlugen daraufhin ihre Schwerter laut krachend auf die Schilde, um ihre Zustimmung kundzutun. Die Frauen und Kinder jubelten noch lauter. Hell strahlte die Sonne über dem jungen Heldenkönig und schien ihm eine große Zukunft zu verheißen.

SCHLACHT
IM WILCINALAND

$\mathfrak{D}$ietrich stand alleine auf den windumstürmten Mauern seines alten Kastells. Schwer wog die Last der Verantwortung auf seinen Schultern, seit sein Vater tot war. Er war nun König über die Stadt Bern und das umliegende Aumlungaland. Nachdenklich blickte er auf sein Reich und hoffte inständig, dass er es verteidigen und seinem Volk Schutz und Schirm bieten könnte. Er wusste damals nicht, welch schwere Zeiten ihm bevorstanden, aber es war, als hätte er eine Vorahnung gehabt. Auch wusste er nur zu gut, dass mächtige Feinde nicht weit entfernt im Norden und Westen lauerten und jedes Zeichen der Schwäche ausnutzen würden. Vor allem Jarl Elsung, der Erbe des alten Elsung, den Dietrichs Großvater einst erschlug, war ihm alles andere als wohl gesonnen. Elsung hatte seinen Sitz im mächtigen Babilonia[96], das nicht weit von Bern entfernt lag

Auch hatte Hlodwech[97], der Sohn des Childerich im Westen ein großes Reich geerbt und streckte die Finger immer weiter in Richtung Rhein aus. Vor allem der kluge Hildebrand warnte ihn früh vor der neuen Macht. Zum Glück, dachte Dietrich, habe ich mächtige Verwandte, wie Onkel Ermenrich.

---

[96] Mit dem Babilonia der Sage dürfte Köln gemeint sein, Hier herrschte damals möglicherweise (ca. 490 n. Chr.) Sigibert der Lahme, der aber in der Sage nicht genannt wird. Ein Regierungssitz ist nach Gregor von Tours Colonia, das meist mit Köln identifiziert wird. Oostebrink belegt allerdings überzeugend, dass jener Sigibert auch in Xanten (ebenfalls Colonia genannt) geherrscht haben könnte. Falls Sigibert in Köln saß, war Elsung sein Mann.

[97] Chlodwig I. Er wird in der Sage nicht erwähnt. Anfangs noch ein Kleinkönig in Tournai, begann sein kometenhafter Aufstieg in dieser Zeit.

Unten im Hof sah Dietrich Herbrand gehen, den Weitgereisten. Er hatte ein hageres Gesicht, recht dunkle Haut, dunkles Krauses Haar und einen dunkelbraunen, zweigeteilten Kinnbart. Er war stark und ein guter Reiter. Aber er war kein schöner Mensch und sah immer verschlagen und durchtrieben aus. Er war einst Dietmars engster Vertrauter gewesen, aber seit Dietrich König war, hatte er Hildebrand zu seinem ersten Mann ernannt. Dietrich überlegte, ob er Herbrand damit sehr verärgert hatte, und ob er ihm trauen konnte. Manchmal glaubte er förmlich zu spüren, dass Herbrand etwas gegen ihn im Schilde führte.

Auch Wildefer war dort unten im Hof, ein tapferer Mann aus dem Aumlungaland, den Dietrich seit kurzem in seine engste Gefolgschaft aufgenommen hatte. Er hatte dunkles Haar, helle Haut und wache Augen. Er war ein starker Kämpfer. Wildefer unterhielt sich mit Witege und immer wieder lachten beide laut auf. Witege und Wildefer waren damals so gute Freunde, dass Dietrich manchmal fast neidisch wurde. Aber er hatte ja seinen treuen Hildebrand, der ihm Lehrmeister und Freund zugleich war und der ihm niemals von der Seite wich.

Als Dietrich seinen Blick über das Land schweifen ließ, stob aus der Ferne ein einzelner Reiter heran. Der war eilig unterwegs und so vermutete Dietrich, dass er wichtige Neuigkeiten brachte. Er stieg schnell von der Mauerkrone nach unten und empfing den Boten vor dem Eingang seiner Halle.

Witege und Wildefer kamen neugierig herbei und stellten sich zu ihrem König. Hildebrand war ebenfalls hinzugekommen. Der Bote grüßte Dietrich und trug seine Botschaft vor: „Heil dir, König Dietrich, mich sendet Etzel, König von Hunaland. Er ist in Streit mit König Oserich von Wilcinaland [98] geraten. Jenem Land, das

---

[98] Das Land der Wilcinen (vermutlich Wilkinen gesprochen). Wer die Wilcinen der Thidrekssaga waren, ist schwer zu deuten. Der slawische Volksstamm der Wilzen, der seit dem 7. oder 8. Jahrhundert in Mecklenburg,

Suidiod[99], Sialand[100], Vindland und weitere Länder[101] umfasst und das einst König Wilkinus besaß, nach dem es benannt wurde. Mein König bittet um Waffenhilfe gegen den Feind. Er wird es dir großzügig danken und dir im Gegenzug dereinst Schutz und Schirm bieten. Das Heer soll sich aber schon in zwölf Tagen vor Susat sammeln." Dietrich überlegte nur kurz: „Reite zurück nach Hause und richte Etzel aus, dass ich ihn mit einem starken Aufgebot unterstützen werde. Fünfhundert meiner besten Männer werden in zwölf Tagen vor Susat stehen." Der Bote war sehr erleichtert, und er wurde in die Halle geführt, wo ihm Speisen und Trank gebracht wurden. Tags darauf ritt er zurück nach Susat, um die gute Nachricht zu überbringen.

Vorpommern und Nord-Brandenburg siedelte, kommt aus chronologischen Gründen nicht in Betracht. Allerdings könnte eine germanische Vorbevölkerung den späteren Slawen den Namen vererbt haben. Die innere Sagengeografie deutet allerdings darauf hin, dass es sich um ein überschaubares Reich in Mitteldeutschland handelte. So liegt es der Sage zufolge unweit vom Ort Wilcina, der zugleich benachbart zum Hunaland und zum Ermenrichs Reich liegen muss. Ermenrichs Sohn fordert Schatzung und fällt dort.

[99]In der schwedischen Fassung Suerige, Ssuaerike oder ähnlich genannt, in Mb, IsA, IsB dagegen Suidiod, Suithiod. Meist mit Schweden gleichgesetzt. Vielleicht ist das heutige Sauerland (ursprünglich Suderland=Südland, später Suerland) und angrenzende hessische Gebiete gemeint. Möglicherweise bezieht sich das Suidiod der Thidrekssaga auf die Suduodi, einen (hessischen?) Teilstamm, der im 8. Jahrhundert erwähnt wird, und im Sauerland gesessen haben könnte. Suidthiod (thiod=Volk, Land), und Ssuaerike (rike=Reich) könnten demnach Varianten beziehungsweise Fehlübersetzungen von Suderland sein. In engem Zusammenhang dazu könnte das Suava der Sage stehen.

[100]Meist mit Seeland in Dänemark gleichgesetzt. Setzt man Suidiod mit dem Sauerland gleich, muss es dazu benachbart gelegen haben. Vielleicht ist das Gebiet um Brünhilds Burg Segard gemeint.

[101]Als späterer Zusatz gekennzeichnet, werden auch Jütland, Schonen und Gotland zum Wilcinaland dazugerechnet. Bereits Schmoeckel weist darauf hin, dass die skandinavischen Bearbeiter oder Kopisten der Thidrekssaga hier aktuelle Namen an die Stelle nicht mehr verstandener Ortsnamen gesetzt haben dürften.

Wenige Tage später zog Dietrich mit seinen engsten Waffenbrüdern durch das Stadttor, um das versammelte Heer zu empfangen, das vor den Toren der Stadt lagerte. Dietrich hatte ein Kettenhemd über der gewöhnlichen Volkstracht, darüber einen roten Mantel, am Gürtel war sein Schwert Eckesax und auf dem Kopf saß der schimmernde Helm Hildegrim.

So ritt er auf Falke die Reihen entlang und stimmte seine Leute auf den Krieg ein: „Wir reiten in einen Krieg, der nicht unserer ist. Doch werden wir im Wilcinaland zeigen, welche Art Männer im Aumlungaland gemacht werden. Helfen wir Etzel, so hilft er uns auch eines Tages zu schützen unser Reich." Als hätte er es verstanden begann Falke laut zu wiehern. Aber das Wiehern klang zornig, nicht ängstlich und so machte es den Männern Mut.

Donnernd schlugen die mit ihren Speeren und Schwertern auf ihre Schilde, um ihre Zustimmung zu dem Unternehmen zu zeigen. Danach machte sich das Heer auf nach Norden. Schwarze Wolken zogen auf und der Donner grollte über ihnen, als ob Donar selbst ihnen ein Marschlied spielte.

Als sie nach Tagen in Susat ankamen, war Dietrich erstaunt über das Aussehen der Stadt. Die Stadt war gewaltig groß und prächtig, doch im Aussehen ganz anders als Bern oder Romaborg. Eine düstere Mauer aus Holzstämmen umgab die riedgedeckten Häuser. Dazwischen erhoben sich gewaltige, dunkle Türme.[102] Um das Land lag eine Ebene aus fruchtbaren Äckern und Weiden. Hier hatte Etzel bereits ein großes Heer versammelt. Zwischen den Zelten, Fahnen und Wimpeln lagerten zahlreiche Krieger. Viele trafen letzte Vorbereitungen. Sie schärften die Schwerter und bemalten die Schilde.

---

[102] Es dürfte sich am ehesten um massive Holztürme gehandelt haben, da Mörtelmauerwerk im rechtsrheinischen Deutschland erst ab etwa 650 n. Chr. bekannt ist. Da Soest im Frühmittelalter nachweislich eine der wichtigsten Siedlungen Norddeutschlands war, sind Steintürme um 500 n. Chr. aber wohl nicht ganz auszuschließen.

Andere tranken oder würfelten. Um das Lager herum weideten zahlreiche Pferde.

Etzel selbst, nur in Begleitung zweier Reiter, kam Dietrichs Aufgebot entgegengeritten. Er begrüßte sie freudig. „Folgt mir in meine Halle!", lud er die Helden ein. Dietrich wies seine Männer an, das Lager aufzubauen, und folgte Etzel mit wenigen Getreuen nach Susat hinein. Susat war die größte Stadt östlich des Rheins. Gewaltige, hölzerne Wohntürme standen überall verteilt zwischen den einfachen riedgedeckten Häusern. Ringsherum war eine Mauer aus mächtigen Eichenstämmen. In der Mitte befand sich ein Apfelgarten, der von einer großen Steinmauer eingefriedet war. Dietrich bewunderte die Mauer, ohne zu ahnen, dass er in diesem Apfelgarten dereinst Zeuge eines Ereignisses sein sollte, das die Welt noch Jahrtausende später erschaudern ließ.

Doch damals ahnte noch keiner der Krieger, wie verhängnisvoll sich die Schicksalsfäden um sie zu weben begannen. Sie speisten köstlich und tranken Wein und Bier in großen Mengen. Erst spät gingen sie zu Bett. Etzel schwankte bereits und seine Frau Helche[103] führte ihn in das gemeinsame Gemach. Sie war sehr schön und klug. Ihre grünen Augen schillerten aus ihrem hellen Gesicht, das von rotblondem, langem Haar eingerahmt war und Dietrich wäre ihr an diesem Abend ebenso gerne gefolgt, wie Etzel es tat.

Tags darauf zogen sie los ins Wilcinaland. Dietrich ritt ganz vorne zusammen mit Hildebrand neben Etzel, und genoss es sichtlich, an der Spitze eines so großen Heeres weit in ein fremdes Land zu ziehen. Etwas weiter hinten waren Witege, Heime und die anderen aus

---

[103] Helche wird in den nordischen Fassungen auch Ercha oder Erka genannt. Dies erinnert an Kreka, den Namen der Hauptfrau Attilas des Hunnen und stellt eine der wenigen auffälligen Übereinstimmungen zwischen Attila dem Hunnen und dem Atala der Thidrekssaga dar. Falls die Sage zu wesentlichen Teilen auf Geschehnissen in Norddeutschland beruht, dürfte der Name Ercha wohl eine nachträgliche Abänderung sein.

Dietrichs engster Gefolgschaft. Dieser Marsch war Dietrichs erster Kriegszug, und er war begierig darauf. Die nächsten Tage versprachen ein großes Abenteuer zu werden, und er hoffte, dass er seinen Mut und seine Tapferkeit vor aller Augen unter Beweis stellen könnte.

Nachdem sie eine Weile schweigend nebeneinander geritten waren, fragte Dietrich: „Warum liegst du im Streit mit Oserich?" Etzel antwortete: „Ich raubte seine Tochter und nahm sie ungefragt zu Frau. Das hat er mir wohl übel genommen." Etzel schmunzelte dabei verschmitzt. „Das kann man dir kaum verdenken, wenn man diese Frau sieht, König Etzel", meinte Hildebrand lachend. Da lachte auch Etzel.

„Nun ja, jedenfalls müssen wir ihn nun in seinem eigenen Land schlagen", erklärte Etzel, „andernfalls wird Oserich bald angreifen, so denke ich. Und das kann eine große Gefahr für unser Hunaland werden. Unser Unternehmen ist also von allergrößter Wichtigkeit."

An ihrer Seite ritt auch Rüdiger, ein Gefolgsmann Etzels. Rüdiger war tapfer, klug und treu. Seine grauen Augen blickten wach aus einem hellen Gesicht. Die hellbraunen Haare wehten über seinen Nacken. „Hier sieht es aus wie bei mir zuhause", sagte er, als er über die bewaldeten Hänge blickte. „Wo wohnst du", wollte Dietrich wissen. „Mir gehört die Burg Bakalar[104], an der Grenzmark des Hunalandes. Du bist bestimmt dran vorbeigekommen, als du von Bern aus nach Susat gezogen bist." Dietrich nickte, woraufhin Rüdiger sagte: „Auf dem Rückweg müsst ihr dort halt machen, damit wir auf

---

[104] In der altschwedischen Fassung auch Paeclar genannt. Nach der Thidrekssaga eine Burg im Raum Leverkusen unweit der Dhünn. Ritter vermutete Altenberg und nennt hier das Dorf Blecher. Oostebrink (2017) vermutet dagegen Steinbüchel. Beide Orte würden passen. Im Nibelungenlied wird die Burg Rüdigers als Bechelaren (Pöchlarn) in Österreich beschrieben. Falls die Sage direkt auf historische Vorgänge zurückgeht, muss aber die Angabe der Thidrekssaga nahe der Dhünn stimmen.

unseren Sieg anstoßen können. Es sei denn wir stoßen dann schon in Walhall an." Dabei grinste er verschmitzt. Dietrich grinste zurück und nickte abermals. Rüdiger und Dietrich verband seit diesem Feldzug eine tiefe Freundschaft.

Dietrich blickte über die dunklen Wälder, die sich ringsum erhoben und das Heer in eine lange Marschform zwangen. „Vielleicht will Oserich, dass wir so weit in sein Land eindringen. Vielleicht gehen wir in eine Falle?", fragte Dietrich. „Das werden wir wissen, wenn wir tot auf dem Felde liegen", sagte Hildebrand und lachte dann. Dietrich und Rüdiger mussten auch lachen, obwohl das eigentlich gar nicht lustig war.

Sie zogen immer tiefer in Oserichs Reich, trafen aber auf nur geringen Widerstand. Das Land war dicht mit dunklen Wäldern und großen Mooren durchzogen und wenig besiedelt. Bald erreichten sie eine Burg, die nur schlecht von einigen tapferen Wilcinen verteidigt wurde. Etzels Männer fielen wie Heuschrecken über die umliegenden Dörfer her, und nahmen sich, was ihnen nützlich schien. Dietrich hasste es, mit anzusehen, wie den Bauern die Tiere und das Getreide für den Winter genommen wurden. Hildebrand sah das. Er legte ihm den Arm auf die Schulter. „Das ist der Krieg", sagte er, „wir müssen das Heer versorgen. Oserich tut dasselbe und alle anderen Krieger im Felde auch."

Nachmittags stürmten sie die Burg mit Leitern und Brandgeschossen. Schon am Abend stand sie in Flammen und die Feinde waren tot oder gefangen.

Die Nacht lagerte das Heer an einem kleinen Flüsschen. „Das scheint ja ein Spaziergang zu werden", meinte Heime, als er genüsslich von seiner Lammkeule abbiss. „Wir müssen auf der Hut sein", erklärte Etzel, „Oserich ist ein Fuchs. Er zieht sich weit in sein Land zurück, aber mich würde nicht wundern, wenn er uns aus dem Hinterhalt überfällt und uns den Rückzug abschneidet. Auch besitzt er ein starkes Heer und kühne Recken, und er muss die offene

Feldschlacht nicht scheuen." „Ganz zu schweigen von den Riesen, die er jederzeit loslassen kann", warf Witege ein.

Sein Gesicht war durch das helle Licht des Lagerfeuers und die Dunkelheit der Nacht von bedrohlich wirkenden Schatten gezeichnet. Etzel nickte. Dietrich blickte ihn zweifelnd an und versuchte, sich die Riesen des Oserich vorzustellen. Ein ganzes Stück größer als Witege mussten sie wohl sein, dachte er sich. „Ja ja, die Riesen", krächzte ein älterer Krieger mit Reibeisenstimme. „Vor allem Widulf mit der Stange vermag ein halbes Heer zu zermalmen!" Dann lachte er heiser.

In diesem Augenblick kam ein Späher in vollem Galopp ins Lager gesprengt und berichtete aufgeregt von einem großen Heer, das in der Nähe lagerte. „Aha, da zeigt sich der Fuchs", murmelte Etzel, „dann wird es morgen wohl zum Kampf kommen. Geht eilig zu Bett, damit wir morgen wach sind, und lasst die Wachen verstärken."

Dietrich legte sich in sein Zelt, doch er schlief kaum in dieser Nacht. Er war zu aufgeregt vor der ersten großen Schlacht seines Lebens. Immer wieder hörte er den warnenden Ruf einer Eule, und er fragte sich, ob diese Warnung ihm galt. Obwohl er nicht viel von Göttern hielt, bat er in dieser Nacht Wodan, dass er ihm Tapferkeit und Glück schenken möge. Er nahm sich fest vor tapfer und kühn zu kämpfen.

Am frühen Morgen erst fiel er in tiefen Schlaf. Wenig später riss ihn ein Weckruf wach. Als er noch schlaftrunken aus dem Zelt kroch, war das ganze Lager bereits von hektischem Treiben erfüllt. Eilig wurde alles für den bevorstehenden Abmarsch bereit gemacht. Nach dem Frühstück zogen sie los in die Richtung, wo sie das Wilcinenheer vermuteten.

Bald kamen Späher zum Heer geritten und berichteten, dass Oserichs Männer im Anmarsch waren. Etzel ließ seine Männer auf einer flachen Anhöhe in Stellung bringen. Da sahen sie schon in der Ferne das gewaltige Heer des Wilcinenkönigs in der Talsohle anrücken. Dieses machte nicht halt, sondern ging unbeirrt vorwärts, bis

146

es den Fuß der Anhöhe erreicht hatte. Das Gefälle war an dieser Stelle nicht groß, aber es bot den Hunen einen klaren Vorteil. „Er lässt es offenbar nicht auf eine Belagerung ankommen, sondern versucht, uns direkt anzugreifen", freute sich Etzel, „aber wir werden ihn überraschen und uns ihnen entgegenwerfen, sobald sie vorrücken! Und dann wird all sein Gold das unsere sein." Dabei bekam Etzel ganz glasige Augen, und beim letzten Satz gluckste er ganz eigenartig vor Überschwang.

Erst am Fuß des Hangs machte das feindliche Heer halt und hielt inne. Nun konnten sie Oserich selbst sehen, dessen goldener Helm in der aufgehenden Sonne aufblitzte. Sein blondes Haar wehte im Wind. Links und rechts des Königs schritten zwei Riesen, die alle anderen Krieger des Heeres um mehr als einen Kopf überragten. „Das sind Widulf und Awindrot, des Königs Leibgarde", erklärte Hildebrand.

Mit einigem Unbehagen blickten die Hunenmänner auf die Riesen. Doch keiner zeigte seine Angst und die meisten glaubten, dass jene nach Walhall geholt würden, denen es bestimmt war, an diesem Tag zu fallen.

Schon flog die erste Pfeilsalve zischend von unten auf die Hunen nach oben. Fast ebenso viele Pfeile wurden auch aus Etzels Heer nach unten gefeuert. Direkt neben Dietrich wurde ein Krieger von einem Pfeil durchbohrt. Sein Todesschrei war wie eine letzte Warnung. Dietrich hatte sich auf den Kampf gefreut. Dennoch spürte er nun, wie ihm etwas die Kehle zuschnürte. Sein Herz schlug wie ein Schmiedehammer und er war nicht mehr so zuversichtlich. Ihm wurde klar, dies war etwas anderes als ein Zweikampf. Viel unberechenbarer und viel brutaler.

„Männer!", rief Etzel mit donnernder Stimme, „bereitmachen zum Angriff! Zeigt ihnen, was Hunenkrieger wert sind!" Dann schlugen die Hunen und die Aumlungen auf ihre Schilde. Kriegshörner wurden geblasen. Ein ohrenbetäubender Lärm erklang über dem Tal. Dann wurde es kurz still.

Etzels Heer erwartete das Zeichen zum Sturm. Dietrichs Nerven waren bis zum Bersten angespannt. Der Griff seiner Lanze war ganz feucht unter seiner schwitzenden Hand, und sein Herz raste. Da endlich kam das Signal zum Angriff. Das Horn zerriss die gespannte Stille des Morgens. Dann ertönten die Kampfrufe beider Seiten.

Etzels Reiter stürmten hinter den Fußkämpfern hervor den Hang hinab. Auch Hildebrand, der Dietrichs Banner führte, trieb seinen Hengst vorwärts, und Dietrich und alle Aumlungen folgten ihm. Seite an Seite flogen die beiden Reiterschwärme auf die Kriegerreihen des Feindes zu. Zahlreiche Krieger folgten zu Fuß mit grölenden Kriegsrufen. Dietrichs Angst verflog, als er in vollem Galopp auf die speergespickten Reihen der Gegner zuritt. Viele Feinde ergriff die nackte Angst. Einige wichen zurück oder flohen gleich. Die Reihen wurden durchlässig. Der Schildwall war an vielen Stellen in Auflösung, und die lose Schlachtreihe bot nun genug Angriffsfläche für einen Reiterangriff.

Berstend und krachend, und von schrecklichen Schreien begleitet, schlug die Angriffswelle gegen die Feinde. Während die Masse des Hunenheeres sich am Schildwall der Wilcinen brach, sprengten Dietrichs Reiter mit der Wucht ihrer Lanzen eine Bresche in die feindlichen Linien.

So waren Dietrichs Männer nun auf einmal mitten im Schlachtgetümmel und schlugen nach allen Seiten. Dietrichs Lanze war im Leib eines Feindes abgebrochen. Schnell zog er sein Schwert und schlug um sich. Dabei ritt er hinter Witege. Dann kamen gleich Witeges guter Freund Wildefer sowie Hildebrand und Heime der Grimme. Dietrich und Witege waren wie im Kampfrausch, und Witege erschien besonders tollkühn. Wie ein Kriegsgott fuhr er in ihre Reihen. Immer wieder ließ er Mimung auf die verstörten Wilcinen herabsausen. Aber auch Eckesax wütete fürchterlich unter den Kämpfern des feindlichen Heeres.

Dietrich war nun nicht mehr Herr seiner Gefühle. Gleich einem wilden Tier, dessen Geist von einer höheren Macht befallen war, kannte er weder Furcht noch Mitleid. Viele Kämpfer des Gegners fielen unter den erbarmungslosen Schlägen von Dietrichs Mannen. Die engste Gefolgschaft des Oserich setzte nun zum Gegenangriff auf diese Einbruchstelle und drängte mit aller Macht gegen Dietrichs Aumlungen vor. Zuerst erreichte sie der grässliche Widulf, der eine große Eisenstange schwang. Sein aufgequollenes, zerfurchtes Gesicht war allein schon beängstigend. Seine riesige Gestalt mit den gewaltigen Armen tat ein Übriges.

Wie der Hammer Donars brach seine eiserne Stange immer wieder vernichtend über die Aumlungenkrieger herein und schonte auch die eigenen nicht immer.

Schon hatte der Koloss den vorne streitenden Witege erreicht und ließ seine Eisenstange mit erbarmungsloser Härte auf den Reiter fallen. Der fiel wie ein Sack von seinem Ross und landete im Schlamm der Schlacht. Blut schoss aus seinem Kopf, der dumpf auf dem feuchten Grund aufschlug. Mimung flog in weitem Bogen von ihm und landete ebenfalls im Schlamm. Wildefer war umringt von Speermännern, in harte Kämpfe verstrickt und konnte seinem guten Freund nicht helfen. So lag die stärkste aller Waffen allein und unbehütet im blutigen Dreck dieser Schlacht.

Mimung lag nur wenige Armlängen von Widulf entfernt, und einige Krieger der Wilcinen traten beinahe darauf, doch keiner von ihnen sah es oder wusste um seine Stärke. Nur Heime sah das Schwert liegen im blutigen Morast des Schlachtfelds. Er hatte Witeges Fall gesehen und sah auch, wie dieser Mimung verloren hatte. Er sprang geschwind von seinem Pferd. Er half aber nicht Witege, sondern griff rasch nach dem Griff der Wunderwaffe. Er nahm sie an sich, drückte sich durch die Reihen der Feinde, und beide entkamen dem Kampfgetümmel.

Witege blieb dagegen reglos liegen. Dietrichs Männer mieden nun Widulf in der Schlacht. Der Kampf wogte noch eine Weile hin und her, doch zogen sich immer mehr Männer zurück, und schließlich verlor sich alles in einzelnen Scharmützeln. Beide Könige mussten schließlich erkennen, dass hier kein Sieg zu gewinnen war und zogen ihre Truppen zurück. Etzel ließ zum Rückzug blasen, und damit zogen sich alle seine Männer langsam auf die Anhöhe zurück.

Erschöpft sahen Dietrich und Etzel von der Anhöhe herab und beobachteten, wie sich die Feinde an den Waldrand zurückzogen. Ihre eigenen Verluste waren aber zu hoch, um die Verfolgung aufzunehmen. Sie schlugen ein Lager auf und ruhten für die Nacht auf der Anhöhe. Einzelne Krieger schlichen sich nachts auf das Schlachtfeld, um Verwundete zu bergen. Aber Witege fanden sie nicht.

Dietrich war zutiefst betrübt als er erfuhr, dass Witege entweder gefallen, oder in die Hände des Feindes geraten war. Vor allem Rüdiger war äußerst unzufrieden über den Ausgang der Schlacht. „Ich befürchte, dieser Kampf hat uns eher geschadet als genützt. Oserich weiß nun, dass wir zu schlagen sind." Etzel sah ihn unwirsch an und winkte dann ab: „Ach, soll er nur kommen. An Susats Türmen beißt er sich die Zähne aus." Er versuchte zuversichtlich zu lächeln, was ihm nur mäßig gelang.

Am nächsten Morgen zogen sie zurück nach Susat. Es war allen klar, dass sie gegen dieses Heer keinen Sieg mehr erringen konnten. Unbehelligt verließen sie das Reich des Oserich und erreichten schließlich erschöpft die schützenden Türme von Susat.

Etzel ließ mehrere Rinder und Schweine schlachten und richtete ein großes Essen für die Krieger aus. Am Esstisch hob Etzel sein Glas und sagte: „Auch wenn wir keinen Sieg errungen haben, werde ich dir deine Hilfe nie vergessen, Dietrich. Wenn du in Not kommst, dann biete ich dir immer Schutz und Schirm." Er nahm damit einen großen Schluck und lächelte, so dass die roten Äderchen auf seinen Backen stark hervortraten. „Versprich nicht zu viel. Wir könnten schneller wieder vor deinen Toren stehen, als dir lieb ist!" Dietrich lachte, als er das sagte und stieß mit Etzel an. Der lachte lauthals. „So ein Unfug", rief er, während Hildebrand nachdenklich seinen Becher schwenkte und die Wellen darin betrachtete.

Nach dem ausgiebigen Mahl gingen sie zu Bett, und Dietrich lagerte die Nacht in Susat. Am nächsten Morgen machte sich Dietrich mit seinem Heer Richtung Bern auf. Wildefer wollte aber nicht mitfahren. Er erklärte Dietrich, dass er so lange im Hunaland bleiben wolle, bis er wüsste, ob Witege noch lebt oder tot sei. Dietrich gab ihm die Erlaubnis und zog mit dem Rest des Heeres nach Süden.

ZUG GEGEN
JARL RIMSTEIN

Das müde Heer erreichte nach einigen Tagen die Mauern von Bern. Unter freudigem Jubel wurden die Krieger empfangen. Aber bald war auch das Wehklagen groß, denn so mach einer war nicht aus der Ferne zurückgekehrt. Und die im Wilcinaland gefallenen Söhne und Männer hatten Mütter und Frauen hinterlassen, die in Bern die Ankunft des Heeres erwartet hatten. Selbst viele starke Helden waren von der großen Trauer berührt und sagten wenig an diesem Tag.

Doch die Menschen des Aumlungalandes liebten ihren jungen Heldenkönig und gaben ihm nicht die Schuld für das Unheil. Sie nahmen sich vielmehr ein Beispiel an seiner Tapferkeit. Die jungen Mädchen freuten sich, einen seiner Blicke zu erhaschen und die Knaben waren begierig darauf, ihn so bald wie möglich selbst auf einem Kriegszug begleiten zu dürfen. Mit großer Achtung sahen auch die älteren, kampferprobten Recken zu ihm auf, wie er auf seinem Streitross in die Stadt einzog. Es war diese ihm zu eigene Mischung aus jugendlicher Freundlichkeit und unbezwingbarer Kampfkraft, die alle in ihren Bann zog.

Einige suchten in den folgenden Tagen Trost bei den wenigen christlichen Priestern, die noch in der Stadt lebten. Dietrich wusste nicht allzu viel von diesen Christen. Er wunderte sich nur, wie ein Gott, der sich nicht wehren konnte, als man ihn an ein Kreuz schlug, dazu taugen sollte, einem in der Not zu helfen. Aber irgendetwas fanden die Leute an der frohen Botschaft dieses schwachen Königs aus dem fernen Morgenland.

Bald setzte wieder der gewohnte Gang in der Stadt ein und die Sonne des Frühsommers strahlte über Bern. Dietrichs Stimmung war jedoch düster. Er stand häufig auf den Mauern und blickte nach Norden. Er hatte Witege, seinen einstigen Feind, stark ins Herz geschlossen und bedauerte seinen Verlust zutiefst. Auch war es gut gewesen, einen so starken Kämpen an seiner Seite zu wissen.

Als Dietrich an diesen Tagen wieder einmal auf der steinernen Mauer der Stadt stand und in die Ferne blickte, kamen drei Reiter durch das Stadttor geritten. Als er sie erkannte, stürmte der junge König wie ein kleines Kind nach unten und rannte in Richtung Tor. Auch Hildebrand und Heime kamen neugierig herbei, als sie das Horn der Wachen hörten. Die Anwesenden trauten ihren Augen kaum, als sie sahen, wer da vor dem Saal stand. Es waren Wildefer und Witege, die dort standen, als kämen sie von einem kurzen Ausritt zurück. Dietrich war beim Anblick seines Gefährten so freudig, dass er sich beherrschen musste, um nicht wässrige Augen zu bekommen.

An Witeges und Wildefers Seite war ein Mann, den Dietrich nicht kannte. Wildefer stellte ihn sogleich vor. „Dies ist Isung, der Spielmann. Der Mann, der Witege befreite und Oserich fällte". Dietrich konnte es kaum glauben, was er da hörte, und die drei genossen sein verwundertes Staunen sichtlich. „König Oserich! Gefallen?", fragte er ungläubig nach.

Und sie erzählten eine Geschichte, die so ungewöhnlich war, dass Dietrich und Hildebrand lange überlegten, ob es sich wirklich so zugetragen haben konnte. Da aber Witege kein Mann war, der sich mit erfundenen Taten schmücken musste, beschlossen sie, die Geschichte zu glauben, in der Wildefer sich als Bär verkleidete und zusammen mit dem Spielmann Isung einen solchen Tumult in Oserichs Burg veranstaltete, dass der König mit zweien seiner Riesen fiel. In all dem Durcheinander konnten Isung und Wildefer zusammen mit Witege entkommen. So erzählten sie es jedenfalls.

Während sie die Geschichte ein ums andere Mal erzählten, brach ein ums andere Mal lautes Gelächter oder erstauntes, ungläubiges Raunen am Hofe Berns aus. Viele fragten, wie reich Etzel sie dafür belohnt hatte, doch alle drei schwiegen dazu. „Nur über eines werde ich nie mehr froh werden", unterbrach Witege schließlich die ausgelassene Stimmung.

Fragend sahen Dietrich, Wildefer und Hildebrand ihn an. Auch Heime lauschte und setzte den Becher vom Mund ab. „Mein gutes Schwert Mimung habe ich verloren, als der Riese Widulf mich niederschlug. Wenn ich jemals erfahre, wer es besitzt, werde ich entweder mein Leben lassen oder es wieder gewinnen."

Da lachte Dietrich freudig auf, weil er sich schon seit Witeges Ankunft auf diesen Moment gefreut hatte: „Du kannst beruhigt sein! Mimung ist hier an meinem Hof. Das Schwert hat Heime der Kleine. Er hat es nach deinem Fall in der Schlacht an sich genommen." Da stand Heime auf, und zog Mimung stolz unter seinem Mantel hervor. Witege blickte ihn wütend an. Doch bevor er etwas sagen konnte, zerriss ein Wachthorn die angespannte Stille. Dietrich und Hildebrand fuhren herum. Die beiden und viele der Männer gingen auf die Straße, um zu sehen wer da angekündigt wurde.

Da jagten erneut drei bewaffnete Männer zum Tor herein. Sie wünschten Dietrich Heil, stiegen von den Rossen und forderten den jungen König auf, seinen Oheim Ermenrich auf einem Kriegszug gegen Jarl Rimstein[105] zu helfen. „Weshalb will Ermenrich den Jarl bekriegen?", wollte Dietrich wissen. Einer der Boten erklärte knapp: „Jarl Rimstein glaubt, er sei so mächtig, dass er Ermenrich keine Schatzung mehr leisten müsse". Dietrich nickte und antwortete: „Morgen wird unser Heer ausrücken. Stärkt euch, lasst eure Rösser gut versorgen und reitet gleich Morgen los nach Romaborg und berichtet Ermenrich, dass ich in Kürze mit fünfhundert Männern erscheine."

Sobald die drei Boten weggetreten waren, trat Witege vor Heime und forderte: „Gib mir nun mein Schwert wieder!" Der kratzte sich

---

[105] In der altschwedischen Fassung eigentlich Runstein=Runenstein. In der Membrane heißt der Jarl aber Rimstein. Dieser Name wird hier verwendet.

verlegen am Kopf und antwortete knapp: „Leihe es mir für diese Fahrt! Wenn wir wieder heimkommen, soll es deines sein." Witege sah ihn grimmig an und zögerte. Dietrich nickte ihm zuversichtlich zu, und so rang Witege sich schließlich widerstrebend zu einem kaum erkennbaren Nicken durch und ging in sein Quartier.

Und so rückte das kleine Heer zwei Tage darauf erneut aus und zog diesmal gen Süden. Es vereinigte sich mit dem großen Heer Ermenrichs, das Tausende zählte, und rückte gegen Jarl Rimstein vor.

Zwei Monde lagen sie vor dessen Burg Gerimsheim[106] und konnten sie nicht einnehmen. Dietrich und seine Männer wurden sehr ungeduldig, und die Langeweile sowie die Ungewissheit nagte an ihren Nerven. Dies ging so lange, bis Witege eines Nachts, während er Wache hielt, auf den Jarl traf, der mit fünf Männern auf einem Erkundungsritt war.

Witege zögerte nicht und griff an. Er hätte ihnen ohnehin nicht mehr ausweichen können. Auch war er damals so tollkühn, dass man glauben konnte, er sei unbedarft wie ein Kleinkind, das die Gefahren der Welt noch nicht kennt. Und nun konnte man sehen, dass Witeges Mut und sein Geschick nicht allein Mimung zuzuschreiben waren. Er tötete den Jarl und zwei seiner Wachen in einem schnellen Kampf und ritt in vollem Galopp durch die Nacht zu Dietrichs Zelt.

Dort standen Dietrich und seine Männer vor dem Zelt, da sie Kampflärm gehört hatten und nachsehen wollten, was los war. „Der Jarl ist tot!", rief Witege triumphierend, „und wir brauchen hier nicht länger zu liegen." Als Dietrich ihn fragte, wer den Jarl getötet hätte, erklärte er voller Stolz: „Ich bin es, der ihn fällte!"

Während Witege von seinem schweißnassen Ross absaß, brummte Heime: „Dessen brauchst du dich nicht zu rühmen! Der Jarl war ein alter Mann. Sogar ein Weib hätte ihn wohl zur Hel

---

[106] Auch Greminsten genannt. Es ist schwer zu klären, an welchem heutigen Ort diese Burg gelegen haben könnte. Ritter vermutet Gernsheim am Rhein.

schlagen können." Da fuhr Witege blitzschnell herum, packte mit der linken Hand Heimes Hals und mit der rechten Mimungs Griff, das in der Scheide an Heimes Gürtel steckte. Er entriss ihm das Schwert und warf ihn zu Boden. Dann nahm er den Gürtel mit dem Schwert Nagelring ab und warf ihn vor Heimes Füße: „Wehr dich jetzt und sei nicht mehr so vorlaut, wie du es warst, als du Mimung noch hattest." Heime blickte ihm erschrocken in die Augen. Dann sah er ängstlich zu Dietrich, der jedoch keine Miene verzog.

Langsam und mit zitternder Hand streckte Heime seinen Arm nach dem Schwert aus, das vor ihm auf der Erde lag. Er umfasste den Griff mit einer Hand, die Scheide mit der anderen, richtete sich auf und zog es langsam und zitternd heraus. „Ich bin bereit", entgegnete er und schluckte gleich danach, als ob er selbst von der Zuversicht in seiner Stimme überrascht war.

Dieser Kampf würde unzweifelhaft sein Tod werden. Er wusste das, und die Umstehenden wussten das auch. Beide Schwerter, Nagelring und Mimung, schienen fahl im hellen Mondschein, als die beiden Helden sich gegenüberstanden. Man hätte eine Nadel fallen hören können, wenn Heime nicht so angstvoll geschnauft hätte.

Bevor Mimung sein Werk beginnen konnte, ging Dietrich dazwischen, um sie zu trennen. Witege aber war voller Wut: „Niemals soll Mimung in seine Scheide kommen, bevor er ihm nicht den Kopf vom Rumpf getrennt hat. Deshalb, weil er mich oft feindselig behandelt hat, wie auch damals im Wilcinaland, als ich zu Boden geschlagen war. Er hätte mir damals helfen können, so dass ich nicht ergriffen worden wäre. Stattdessen hat er mein Schwert geraubt wie ein Feind."

Dietrich sprach nun mit Heime und hieß ihn, sich zu entschuldigen. Und er solle einen Eid schwören, dass das, was er gesagt hatte, im Scherz gesagt war und nicht im Ernst oder aus Hohn. Heime tat dies, wenn auch unwillig und nicht sehr überzeugend. Witege blickte ihn ernst an. „Es wird dir keinen Ruhm in den Liedern bringen, wenn du Heime hier tötest", sagte Hildebrand mit ruhiger Stimme zu

156

Witege. Heime sah ihn erleichtert an. Aber Witege verzog noch immer keine Miene. Erst nach einiger Zeit ließ er widerwillig sein Schwert sinken. Man konnte Heime laut durchatmen hören, als Mimung in seine Scheide zurückkehrte. Dietrich lobte Witege für seine Tapferkeit und versprach ihm großen Lohn für seine Tat. Der sagte nichts und ging in sein Zelt.

Am nächsten Morgen brachten sie die Botschaft zu Ermenrich, der sogleich die Burg angriff und bald danach einnahm. Nur wenige der Verteidiger wehrten sich noch, als sie erfuhren, dass ihr Herr tot war. Ermenrich ließ sich den jungen Helden zeigen, der ihm allein zu diesem Sieg verholfen hatte.

Der König ging langsam um den Helden herum und beäugte ihn scharf mit seinen kalten Augen. Sein Ratgeber Sibich schlich in einigem Abstand auch um Witege herum und beäugte ihn ebenso scharf. Er sah furchtsam aus aber auch gefährlich. Seine roten Haare fielen in Strähnen herab und umrahmten ein blasses, listiges Gesicht.

Witege blickte nur geradeaus. Der König blickte ihm nun tief in die Augen und setzte ein ernstes Lächeln auf. „Soso, dies ist also der tapfere Krieger, der meinen Feind samt Leibwache besiegt hat." Witege nickte. „Für welchen Sold würdest du wohl einem anderen König dienen? Einem mächtigeren?", fragte er. Dietrich blickte Ermenrich wütend an, aber der beachtete ihn nicht. Bevor Witege antworten konnte, lachte Ermenrich heftig los. „Keine Angst, König Dietrich", sagte er dann, „ich habe genügend starke Krieger in meinem Reich. Dennoch beglückwünsche ich dich zu einem solchen Gefolgsmann."

Dann wandte Ermenrich sich an Walter von Vaskasten, der ebenfalls dabeistand. „Knie nieder", befahl er. Walter gehorchte. Dietrichs Männer beäugten die Zeremonie misstrauisch. Sie mussten niemals knien vor ihrem Herrn. Mit einer feierlichen Geste setzte Ermenrich seinen Gefolgsmann als neuen Herrn der eroberten Burg ein. Walter erhob sich und schwor ihm erneut Gefolgschaft. Die Männer jubelten.

Schon bald wurden die Männer aber abgelenkt, weil nun die Vorkehrungen für ein großes Festmahl begannen. Den ganzen Nachmittag über war ein aufgeregtes Treiben auf dem Feld des Sieges. Das Durcheinander wäre beinahe so groß wie das der Schlacht, sagte Hildebrand im Scherz. Es erhob sich eine große Ausgelassenheit, als dann am Abend endlich die großen Bierfässer angestochen wurden und die brutzelnden Schweine von den Bratspießen genommen wurden. Nach einem ausgiebigen Festmahl kehrten König Dietrich und seine Männer wohlbehalten und ruhmvoll nach Hause.

Wenige Tage, nachdem sie vom Kriegszug nach Bern zurückgekehrt waren, lag Dietrichs Mutter Odilia in den Wehen. Voll Sorge ging Dietrich in der großen Halle auf und ab. Als er endlich die Nachricht bekam, dass sein Bruder geboren war, war er überglücklich und stürmte in das Geburtszimmer. Das lange Warten, während dessen er immer wieder Schreie hören musste, ohne etwas tun zu können, hatte ihn ganz verrückt gemacht. Dietrich strahlte über beide Ohren, als er den kleinen Schreihals in den Händen hielt, und dieser schrie so laut, dass man den Sturmwind nicht mehr hörte, der unablässig an Berns Dächern rüttelte.

„Wie wird er denn heißen", fragte Hildebrand, der als einziger der Krieger ins Zimmer gekommen war und den Kleinen neugierig beäugte. „Er soll Diether[107] heißen", sagte Dietrich voller Stolz und hielt ihn hoch vor sein Gesicht. Der brüllte aus Leibeskräften und lief rot an. „Ha, ganz wie der Bruder, wenn er grimmig wird", lachte Hildebrand. Auch Odilia, Dietrichs Mutter lachte trotz ihrer Erschöpfung. Dietrich blickte seinen Meister einen Augenblick fragend an und musste dann kurz lachen. Damit gab er den kleinen Schreihals der Amme, die ihn sogleich an die Brust legte.

---

[107] In der Sage ist Diether als Dietrichs jüngerer Bruder beschrieben. Ritter vermutete, dass Diether möglicherweise in Wahrheit Dietrichs Sohn war. Möglicherweise wurde dies in Anlehnung an Theoderich den Großen geändert, der bekanntermaßen keinen Sohn hatte. Ob Dietrich Töchter hatte muss offen bleiben. Die Sage berichtet dazu nichts.

Dietrich war in diesen Tagen glücklich und zufrieden. Er galt nun vielen als starker König, der seinem Reich Schutz und Schirm bieten konnte. Auch seines Vaters Blutlinie schien nun gesichert, selbst wenn ihm, den jungen König, ein baldiger Tod drohen sollte.

ZUG INS
BERTANGALAND

Einige Zeit nach den Kämpfen ließ König Dietrich ein großes Gastmahl in Bern ausrichten, zu dem er alle Obersten seines Reiches einlud. Auch lud er Gunther ein, den König der Nibelungen[108], sowie dessen Brüder Gernot und Hagen. Dietrich kannte die Nibelungen seit einiger Zeit, denn das Reich der Nibelungen lag nicht weit vom Aumlungaland entfernt.

Die drei Nibelungenfürsten erregten viel Aufsehen, als sie in Bern eintrafen. Sie ritten einem kleinen Trupp berittener Kämpfer voraus, der aus ihrer engsten Gefolgschaft bestand. Viel Volk war zusammengelaufen, um die Recken zu bestaunen, die da nach Bern kamen. Gunthers blondes, lockiges Haar lugte unter einem goldenen Helm hervor. Sein kurz geschorener Bart war ebenfalls blond. In seinem Schild stand ein gekrönter Adler als Zeichen seiner Königswürde. Gunther hatte einen heiteren, ruhigen Blick, der allerdings von Zeit zu Zeit durch naive, ja manchmal auch durch beinahe ängstlich anmutende Zuckungen gestört wurde.

Dicht neben ihm ritt der finstere Hagen, der einen ungekrönten Adler im Schild führte und wenig Goldschmuck trug, aber mit seiner erhabenen Finsternis all die königliche Pracht Gunthers ausstach. Er saß auf einem dunkelbraunen, großen Hengst und blickte mit kaltem Blick nach vorn.

Man konnte sein starkes Herz fast schlagen hören, wenn man vor ihm stand und in sein dunkles Auge sah. Das andere Auge fehlte seit

---

[108] In der Thidrekssaga werden die Nibelungen stets Niflungen genannt. Dieser Name dürfte auch der ursprüngliche sein. Dennoch wird hier die im Hochdeutschen übliche Form verwendet, da dieser Name geläufiger ist.

seinem Kampf mit dem wackeren Walter, Ermenrichs Schwester-sohn, der nun Herr von Gerimsheim war.

Hagen hatte schwarzes Haar und ein aschebleiches Gesicht. Seine Nase war groß, die Augenbrauen tief und schwarz. Auch in seiner Art war er ganz anders als Gunther. Er hatte ein kampfstarkes Herz, das noch mitten in der schlimmsten Schlacht ruhig und gleich-mäßig schlug, während das von Gunther bereits vor der Schlacht schnell und unruhig klopfte. Während Gunther oft aufbrausend und unbesonnen war, handelte Hagen meistens wohlüberlegt und klug.

Nur selten wurde Hagen so zornig, dass er fast aus der eigenen Haut fuhr. Dann aber war er nicht mehr von dieser Welt und schlug alles zu Tode, was sich ihm in den Weg stellte, als entlüde sich seine sonst immer beherrscht wirkende Kraft in einem einzigen Augen-schlag.

Hagen war der älteste der Brüder. Dennoch erhielten Gunther und Gernot die Königswürde, während Hagen keinen Anteil bekam am väterlichen Nibelungenreich. Der Vater, König Aldrian [109], schloss ihn von der Nachfolge aus, weil Hagens Mutter ihn betrogen hatte, als sie vom Wein berauscht bei einem Fremden lag. Aus dem Schmerz, nicht als seines Vaters leiblicher Sohn anerkannt zu sein, erwuchs Hagens Bitterkeit, aber auch ein Teil seiner unbeugsamen Stärke.

So ritten die Nibelungen in Bern ein an diesem Tag. Auch viele andere geladene Edelleute hatten Gefolgschaft bei sich. Deshalb wa-ren bald zahlreiche Krieger und Pferde in den alten Mauern Berns versammelt. Dazu zog die große Menge an edlen Recken viel

---

[109] Der Vater Gunthers (vermutlich auch Krimhilds und Gernots) heißt in der Thidrekssaga Aldrian. Hagen hatte der Thidrekssaga zufolge dagegen einen „Alben" zum Vater. Im Waltharius heißt der Vater Gunthers allerdings Gibich, in der älteren Edda Gjuki, im Nibelungenlied dagegen Dankrat. Der Name Gibich erinnert an Gibica, einen im Burgunderrecht überlieferten bur-gundischen König.

einfaches Volk an, die allerlei Waren feilboten oder einfach nur neugierig waren. Und so war den ganzen Tag überall große Betriebsamkeit in den Straßen und Gassen Berns.

Am Abend saßen Dietrich und seine Getreuen in der großen, steinernen Halle beisammen und tranken und aßen, so viel sie konnten. Dietrichs beste Männer saßen an seinem Tisch, Meister Hildebrand, der starke Witege, Fasold der Stolze, Heime der Kleine, Dietleib, Wildefer und Sintram von Venedi, dessen Mundwerk beinahe so groß war, wie sein Schwert scharf. Auch Hagen und Gunther und der weitgereiste Herbrand, der ja schon zu König Dietmars Gefolgschaft gehört hatte, saßen am Tisch.

Je mehr getrunken wurde, umso mehr waren sich alle bald einig, dass niemals vorher so viele starke Recken in einer Halle versammelt waren. Spät in der Nacht erhob sich König Dietrich weintrunken von der hölzernen Metbank und erklärte durchaus großspurig: „Eine große Macht ist hier zusammengekommen. Welcher Mann wäre so kühn, dass er es wagte, dagegen anzugehen?" Dabei taumelte er leicht nach hinten, fing sich aber wieder und fuhr mit schwerer Zunge fort: „Hier sitzt ein Dutzend Männer, die könnten wohl zusammen durch die ganze Welt reiten, ohne dass sich jemand trauen würde, den Spieß gegen sie zu erheben!" Dabei grinste er gewitzt, so dass niemand sagen konnte ob er im Ernst sprach oder scherzte. Dann setzte er hinzu: „Und wenn sich einer fände, der nicht unsere scharfen Schwerter und unsere harten Helme und unsere Schilde fürchtete... ...der würde sicher nicht lange leben." Seine Männer, die nicht weniger getrunken hatten, grölten und schlugen die Klingen ihrer Kampfmesser laut auf den Tisch, um ihre Zustimmung kundzutun.

Hildebrand überlegte kurz, ob er seinen Zögling vorsichtig ermahnen sollte, den Mund nicht zu voll zu nehmen, aber er beschloss lieber noch einen Schluck Wein zu nehmen. Da erhob sich Herbrand, der Weitgereiste, der am hintersten Ende des Tisches saß. Mit starker Stimme widersprach er: "Halt! Rede nicht so, Herr. Du weißt ja nicht, was du da sagst. Du bist noch jung und redest mehr aus Übermut als aus Erfahrung. Er gibt starke Kämpfer in vielen Ländern, und derer gibt es viele." Dietrich blickte Herbrand scharf an, der weiter ausholte: „Ihr kennt wohl das Bertangaland[110]. Heute sitzt dort König Isung, der ist einer der tapfersten und stärksten Kämpen, die auf dieser Erde gehen. Er hat elf große Söhne, die ihm in nichts nachstehen."

Schweigen machte sich breit in der Halle, während Herbrand fortfuhr: „Dazu hat er einen Bannerträger, der Siegfried heißt. Dieser ist der stärkste aller Helden. Er kommt von Hunaland. Seine Haut ist hart wie Horn, sein Schwert Gram ist nicht schlechter als deines, Herr, und er hat solche Kräfte, dass er uns wohl alle zusammen schlüge, wie wir hier sitzen."

Dietrich blickte zu Herbrand, als hätte er in etwas Bitteres gebissen. Dann sah er zu Hildebrand, der die Großspurigkeit seines Zöglings ebenfalls nur mit Missbilligung ertragen hatte, und bei diesen Worten nickte. Eine Weile schwiegen alle, dann fügte Herbrand noch hinzu: „Und das glaube mir, Herr, kommst du mit ihm in Kampf, dann wirst du selber sehen, dass du niemals in größere Not kamst, und auch keiner deiner Männer."

Dietrich knallte seinen Becher auf den Tisch. Roter Wein spritzte über das Holz, wie Blut über trockenen Boden. „Ist es so, wie du sagst, dann waffne dich, nimm mein Banner in die Hand und reite mir voran ins Bertangaland. Ich werde nicht mehr in mein Bett gehen, bevor wir nicht erprobt haben, wer stärker ist, jene oder wir."

---

[110] Ritter vermutet es im späteren Bardengau um Lüneburg. Mit großer Sicherheit ist nicht Britannien gemeint. Warum die Thidrekssaga an anderer Stelle einen König Artus als ehemaligen König von Bertanga nennt, ist unklar. Ein König Artus ist im Frühmittelalter Britanniens historisch nicht unmöglich aber auch nicht belegbar. Vielleicht stammt die Legende um Artus aus einer angelsächsischen Version der Ur-Thidrekssaga. Zumindest war die Sage um Dietrich von Bern bei den Angelsachsen bekannt.

„Wie, jetzt gleich", fragte Heime ungläubig. „Natürlich gleich!", fuhr Dietrich ihn an, „aber wenn du zu feige oder zu faul bist, kannst du hier bleiben."

Als die anderen diese Ansage vernommen hatten, verstummten sie. Witege kratzte sich verlegen am Hals und blickte skeptisch zur Seite. Er sah Herbrand vorwurfsvoll an. Dann sah er fragend zu Hildebrand, der ebenfalls nur mit den Schultern zuckte. Sintram klatschte sich mit der flachen Hand auf die Stirn, und Hagen spuckte genervt aus. So sehr Dietrichs Männer ihn sonst für seinen Mut und seine Entschlossenheit bewunderten, dies war zu viel. Ungläubig blickten sie sich an.

Da war Dietrich auch schon aufgesprungen und nahm seine Waffen von der Wand. Heime schüttelte nur ungläubig den Kopf. Als Dietrich in die Dunkelheit hinauslief, um sein Pferd zu holen, wagte keiner im Saal zu bleiben. Widerwillig waffneten sich alle und machten ihre Pferde bereit. Müde und angetrunken vom Wein warfen sie sich auf die Rösser und zogen los. Nur Witege schien beinahe froh zu sein, dass bald wieder ein großer Kampf bevorstand. Sie nahmen nur wenige Packpferde und eine Handvoll Trossknechte mit. Auch Hagen und Gunther zogen mit, um nicht als Feiglinge dazustehen.

Kurze Zeit später ritten die Helden durch das Stadttor hinaus in die schwarze Nacht. Herbrand ritt immer voran. Nach kurzer Zeit beschlossen sie zu nächtigen. „Na, das hat sich ja gelohnt", stöhnte Fasold, „ich könnte glatt noch einmal heim in mein Bett und dann morgen wieder hier sein." „Wir können auch noch ein Stück weiterziehen, wenn es dir hier nicht weit genug ist", fuhr Dietrich ihn an. „Nein, nein", wiegelte Fasold müde ab, „wunderschön hier!" Sintram kicherte belustigt und fügte hinzu: „Herrlich!"

Sie legten sich nieder und zogen am nächsten Morgen weiter. Dietrich bereute nun seine Worte von letzter Nacht. Er ärgerte sich, dass er im Weinrausch so großspurig mit seiner Stärke geprahlt hatte. Nicht weil er Angst vor einem Kampf mit Isung hatte, sondern weil er sich gar nicht gerne als Prahlhans sah. Und was würde geschehen,

164

wenn Isung wirklich so stark war, wie Herbrand es beschrieben hatte. Dietrichs Kopf hämmerte von der durchzechten Nacht aber er ließ sich nichts anmerken. Lange ritten sie durch die sommerliche Landschaft Richtung Osning. Sie bogen schließlich vom bekannten Weg ab und zogen viele Tage durch Gegenden, in denen Dietrich nie vorher gewesen war. Nahe einem Waldrand hielt Herbrand dann endlich sein Ross an und sagte: „Dies ist der Bertangawald[111]. Darin liegt der Riese Edger, Bruder Widulfs und Asplians. König Oserich schickte ihn einst hierher. Er bewacht die Straße zu Isungs Reich, der wir folgen müssen. Reite voraus, wer will, ich reite nicht hinein, außer wir reiten alle zusammen."

Witege trieb sein Pferd nach vorn: "Man sagt, wir seien verwandt, ich und Edger. Ich werde fragen, ob wir weiterziehen können. Außerdem habe ich ja schon Bekanntschaft mit Widulf gemacht." „Das nenne ich mal ein Angebot", warf Sintram erleichtert ein und nickte ihm aufmunternd zu. Die anderen nickten ebenfalls. Witege trieb sein Ross in den Wald und verschwand bald zwischen den Bäumen. Lange warteten die übrigen Helden gespannt. Dann hörten sie Waffengeklirr und markerschütternde, grelle Schreie aus dem Wald.

Kurz darauf galoppierte Witege blutbespritzt mit gezogenem Schwert aus dem Wald heraus und rief, als wäre der Leibhaftige hinter ihm her: „Flieht Freunde, der Riese hat mich übel verletzt! So macht er es auch mit euch, wenn ihr bleibt." Voller Angst wendeten alle ihre Rösser und sprengten in wilder Flucht davon. Nur Falke blieb stehen. Dietrich hielt die Zügel fest, zog sein Schwert und erwartete den Riesen mit kaltem Blick.

Dann bemerkte er, dass Witege nicht weiter ritt, sondern an seiner Seite anhielt. Witege grinste schelmisch als er sein blutiges Schwert an seinem Mantel abwischte. Dietrich sah ihn verwundert an

---

[111] Vermutlich die heutige Lüneburger Heide.

und musste dann auch grinsen. Die anderen hatten ebenfalls schnell bemerkt, dass Witege nicht hinterher floh, und kamen rasch zurück.

Als sie bei Witege und Dietrich ankamen, sahen sie recht angesäuert aus, da sie bemerkt hatten, dass Witege sie hereingelegt hatte. Witege, der sich sein Grinsen noch immer verkneifen musste, bat sie: „Nehmt mir das nicht übel, ich will es euch auch mit Gold und Silber büßen, dass ich das getan habe."

„Ach", raunte Fasold, „ich glaube, wir bezahlen besser dich, damit du den Mund hältst und die Geschichte nicht herumerzählst." Die anderen blickten eine Weile sehr missmutig drein und ärgerten sich, dass sie sich so leicht hatten hereinlegen lassen. Da meinte zuerst Gunther: „Es war mehr unsere Schuld als deine, dass wir geflohen sind." Die anderen nickten zustimmend, obwohl sie immer noch etwas mürrisch waren. Nur Heime behielt ein finsteres Gesicht.

Dann ritten sie gemeinsam durch den Wald hindurch und sahen den erschlagenen Riesen in seiner Blutlache liegen. Alle mussten anerkennen, das Widulf ein echter Riese war, und dass es eine große Heldentat war, ihn zu töten. Dank Witeges Tat fühlten sie sich stark und waren voller Zuversicht. Als sie aus dem Wald herauskamen, erblickten sie die Burg Isungs, die man Bratingaburg[112] nannte, auf einer Anhöhe[113]. Das Land um die Anhöhe war flach und offen. Kaum ein Baum stand darin. Es war vielmehr mit bleichen, gelbgrauen Grashalmen bedeckt und sah für die Krieger auf eigenartige Weise ungastlich aus.

Auf dem Burgwall stand ein blonder Krieger, der die herannahenden Männer in der Ebene bereits seit längerem beobachtete. Seine Locken wehten im Wind, fast so wie Isungs Fahne über dem Wall wehte. Sein Haar und sein Bart waren goldblond und leicht

---

[112] Ritter vermutet das heutige Lüneburg.
[113] Vermutlich der ehemalige Kalkberg.

gelockt. Sein Körper war stark gebaut. Seine Augen waren blau, sein Gesicht ebenmäßig, stark und friedlich. Sein Name war Siegfried.

Aufmerksam sah er zu, wie die fremden Kämpfer ihre Zelte aufschlugen. Er rief König Isung zu sich auf die Mauer und zeigte ihm die Neuankömmlinge. Isung war kaum weniger kräftig als Siegfried. Er hatte braunes Haar und einen leicht vorstehenden Unterkiefer, der ihm etwas Grimmiges verlieh. „Was für Krieger sind das? Erkennst du welche von den Schilden, Siegfried", fragte der König. „Ich meine ja", antwortete der und blickte angestrengt in Richtung der Zelte. „Da ist ein blauer Schild und es steht ein Hengst darin. Ich meine, das ist Heime der Hochmütige. Auf einem sieht man einen goldenen Falken und zwei Vögel, die vor ihm fliehen. Das ist einer meiner Verwandten, ich vermute Hornboge Jarl." Der König fiel ihm ins Wort: „Der gekrönte Löwe gehört Dietrich von Bern und der Schild mit der Burg ist der seines Meisters Hildebrand. Er ist nie weit von seinem Schüler zu finden." Siegfried nickte zustimmend.

„Lasst mich reiten und nachsehen, was die Männer wollen", bat Siegfried den König. „Nein", entgegnete dieser, „es soll ein geringer Mann reiten und Schatzung von ihnen verlangen, so wie es Brauch ist." „Dahin soll keiner reiten als ich", bekam er als Antwort, und sogleich drückte ihm Siegfried sein kostbares Schwert in die Hand. Der König sah ihn ungläubig an. „Willst du denn etwa ohne Waffen reiten?" Siegfried verließ eilig die Mauer, warf sich einen alten Umhang über, dann nahm er sich einen einfachen Schild, einen Spieß und schwang sich auf eines der ungesattelten Pferde im Hof. So einfach gekleidet trabte er aus der Burg, den Weg hinab in die offene Ebene.

Dietrichs Männer sahen den Reiter schon von weitem aus der Burg kommen und erwarteten ihn neugierig. Witege ging rasch in Dietrichs Zelt und berichtete König Dietrich, der dort auf einem faltbaren Stuhl saß und speiste. „Er soll vor das Zelt kommen", befahl Dietrich, „und ihr anderen am besten auch. Mal sehen, was er will." Damit stand er auf und gürtete sich ein Schwert um.

Vor Dietrichs Zelt erwarteten Dietrich, Hildebrand und Herbrand den Reiter. Die anderen Krieger Dietrichs bildeten einen Kreis um den Boten. Dietrich musterte den Fremden genau. Er war gekleidet wie ein einfacher Knecht, und doch strahlte er den Stolz eines Königs aus. Sein Blick war gerade und ohne Zweifel.

„Ich heiße euch Willkommen, ihr guten Helden", begann Isungs Reiter, „wenn ich noch wüsste, wie ihr heißt, dann könnte ich euch auch noch mit Namen begrüßen." Die Helden grüßten zurück, sagten ihre Namen aber nicht. Daraufhin fragte der Bote die Ankömmlinge ohne Umschweife und mit weniger freundlicher Stimme: „Wollt ihr dem König Schatzung zollen, wie es hier altes Recht ist? Wenn nicht, verliert ihr darüber Leben und Gut und alles, was ihr mit euch führt." Sogleich ging ein Raunen durch die Mannschaft.

Empört antwortete Dietrich: „Wir kommen nicht deshalb her, um eurem König Schatzung zu geben. Mein Anliegen ist, mit ihm zu kämpfen. Und bevor wir gehen, soll er sagen, Helden haben ihn heimgesucht."

Der Bote hob erstaunt die Augenbrauen, musterte die Fremden und schien dann eher amüsiert. „Ha", lachte er unbeeindruckt, „das hat sich zuvor keiner getraut, meinem Herrn Kampf zu bieten in seinem eigenen Land. Habt ihr nie gehört, was für ein mächtiger Kämpe er ist? Aber wer immer ihr seid, der König wird sicher erfreut sein, mit euch zu kämpfen."

Witege, der erbost war, dass dieser vermeintliche Bauer offenbar nicht einmal wusste, wer sie waren, platzte hervor: „Unser Anführer ist König Dietrich von Bern! Ihm folgen König Gunther und Hagen aus Niflungaland[114] und noch andere rasche Helden. Werden König Isung und sein Bannerträger es wagen, mit uns zu kämpfen?"

---

[114] Das Land der Nibelungen. Während die Namen der Helden und Völker in ihrer hochdeutschen Form genannt sind, werden bei den Ortsnamen konsequent die ursprünglichen Namen der Thidrekssaga verwendet. Daher die Diskrepanz im Text zwischen Nibelungen (=Niflungen) und Niflungaland.

„Nein", lachte der Fremde, „nicht der König und auch nicht Siegfried werden weichen vor euch in ihrem eigenen Land. Aber wie das auch gehen mag, gebt dem König seine Schatzung, wie er es fordert nach altem Brauch. Es ist euch keine Schande und ihm eine Ehre." Am Ende des Satzes lachte er nicht mehr. Er sah Witege eine ganze Weile geradewegs in die Augen. Es lag etwas wildes und zugleich etwas mächtiges in diesen Augen und selbst der tapfere Witege schien für einen Augenblick verwundert. Dann erwiderte er den Blick mit seinen kalten Augen und fasste an Mimungs Griff.

Da ging König Dietrich dazwischen: „Weil du deinen Auftrag so wacker vorgetragen hast, werden wir Schatzung entrichten. Der König soll eins unserer Steitrosse haben."

„Aber welches", wandte Heime gleich besorgt ein und blickte dabei auf sein prächtiges Pferd. König Dietrich folgte seinem Blick nicht, sondern blickte streng in die Runde: „Wir würfeln!" Alle befanden, dass dies ein gerechter Befehl und ein vernünftiger Einfall war, und sie begannen zu würfeln. Dazu wurde ein Tisch aufgebaut, um den sich alle herum scharten. Alle blickten gespannt auf die Würfel und mehrmals hörte man die Männer grölen und dann wieder erleichtert Schnaufen. Vor allem Heime schwitzte und bangte.

Es dauerte eine Weile, bis die Würfel entschieden hatten. Es traf am Ende Amlung. Der war sehr unglücklich darüber, beugte sich aber, ohne zu murren, dem Los. Erst als es bereits dunkel wurde, ritt Siegfried mit dem Pferd zu Isungs Burg hinauf. [115] Die Berner verbrachten die Nacht in ihren Zelten.

---

[115] Der Sage nach reitet Amlung hinterher und bekommt sein Pferd wieder, weil er mit Siegfried blutsverwandt ist. Die hervorgehobene Rolle, die Amlung in dieser Episode spielt, könnte aber auf eine spätere Zufügung hindeuten.

DIE ZWEIKÄMPFE

$\mathbf{S}$chwer bewaffnet ritten Isung und seine Söhne am nächsten Morgen aus der Burg heraus zu Dietrichs Lager. Alle Söhne Isungs sahen ihrem Vater ähnlich. Alle hatten den gleichen grimmig vorspringenden Unterkiefer und alle waren kräftig gebaut. Siegfried ritt der Schar mit dem Banner Isungs voran. Diesmal in voller Rüstung. Hinter Isungs Söhnen ritten weitere bewaffnete Krieger. Die Reiter Isungs waren ein großartiger Anblick. Ihre Helme schimmerten in der Sonne, die Kettenhemden klirrten bei jedem Hufschlag und die spitzen Lanzen ragten steil in den Himmel und wippten mit dem Trab ihrer Rösser. Dazu flatterten ihre Fahnen im Wind.

Dietrich und seine Männer erwarteten ihre Widersacher im Halbkreis aufgestellt. Auch Dietrichs Männer waren in vollen Waffen. Der Wind peitschte über die karge Ebene und trug den Staub, den Isungs Pferde aufwirbelten weit über das Land.

Als Isungs Krieger vor Dietrich anhielten, erkannten die Berner auch, dass der Bote, den sie am Tag zuvor empfangen hatten, in Wahrheit Siegfried gewesen sein musste, der legendäre Bannerträger. Er hatte nun die armselige Kutte gegen seine Kampfrüstung getauscht und gab einen prächtigen Anblick ab. Er trug einen vergoldeten Helm, unter dem sein goldblondes langes Haar hervorragte, das durch den Wind angepeitscht über seinem geschwärzten Kettenhemd tanzte. In seinem roten Schild stand ein brauner Drache. Siegfrieds Augen blickten unbeugsam und stark. Vor allem Witege dachte eine Weile darüber nach, was er am Vortag zu dem Boten gesagt haben mochte, befand aber dann, dass er es ja nicht besser wissen konnte, und es Siegfrieds eigene Schuld war, falls er etwas Unpassendes gesagt haben sollte.

Nach einer kurzen, formlosen Begrüßung begann Siegfried: „Dies ist König Dietrich mit seinen Männern, und er fordert uns zum

Kampf." Isung lachte amüsiert und konnte es offenbar noch immer kaum glauben.

Isung wandte sich gleich an Dietrich: „Du forderst uns zum Kampf? Mit dem Häuflein? Wie soll das gehen?" „Mann gegen Mann", sagte Dietrich, ohne eine äußere Regung zu zeigen. Isung blickte ihn eine Weile prüfend an und schnaufte dann durch, als müsste er eine unangenehme Aufgabe erledigen. „Wie auch immer. Wenn du ein so untadeliger Kämpe bist, wie man sagt, dann waffne dich und lass uns erproben, wer die besseren Helden sind." „Zweifle nicht daran", entgegnete Dietrich schroff, „deshalb sind wir ja solch weiten Weg geritten, weil wir erproben wollten, ob ihr schärfere Schwerter und härtere Helme habt oder wir."

Isungs Männer stiegen von ihren Rossen. „Wie sollen wir das machen?", fragte der König, „wer kämpft gegen wen?" Alle blickten gespannt zu Dietrich, auch dessen eigene Leute, die sich offenbar noch gar keine genauen Gedanken über den Ablauf gemacht hatten. Dietrich sagte: „Wir lassen die Krieger nach ihrem Können gestaffelt in Paaren gegeneinander kämpfen." Die Männer nickten zustimmend. Alle Männer grüßten sich nun mit Handschlag und nach einer längeren Unterredung stand fest, wer gegen wen antreten solle.

Alle Anwesenden formten einen Kreis von etwa zehn Schritt um den Kampfplatz, in dem sich die beiden ersten Kämpfer gewappnet gegenüber standen. Ein toter Baum stand am Rande des Kampfplatzes gleich einem stillen Beobachter. Keiner sagte mehr etwas. Nur der Wind fuhr stetig durch die Fahnen und ließ sie laut flattern. Den ersten Kampf beging Heime der Grimme gegen den jüngsten Königssohn. Noch waren die Krieger aus Bern zuversichtlich.

Mit einem Hornstoß begann der Kampf. Die Schwerter klirrten aufeinander. Der jüngste Königssohn gewann sofort die Überhand. Heime wehrte zunächst alle Schläge seines jungen, ungestümen Gegners ab. Im Verlauf des Kampfes begann er stark zu schwitzen, und Dietrich spürte bereits jetzt, dass diese Kämpfe sicher kein Spaziergang werden würden. Denn selbst dieser vermeintlich schwache

Isungsohn war allem Anschein nach ein ausgezeichneter und mutiger Kämpfer. Heime wehrte viele Schläge des Gegners ab und versuchte ihn aus der Deckung zu locken. Doch der Isungsohn war stärker. Heime konnte bald nur noch abwehren. Schließlich traf ein harter Schlag Heimes Helm, so dass er strauchelte und im Dreck des Kampfplatzes liegen blieb.

Dietrichs Männer blickten missmutig auf den am Boden liegenden Gefährten. Heime war gewiss nicht ihr bester Mann, aber er war ein guter Kämpfer, und dies war ja erst der jüngste der Söhne Isungs. „Willst du leben, so liege hier still, bis ich dich gebunden habe", mahnte ihn der Königssohn. Der grimmige Heime stemmte sich dagegen und bekam gleich noch einen Schlag mit der Faust verpasst, so dass ihm das Blut aus der Nase schoss und er fast die Besinnung verlor. Dann wurde er mit den Händen an einen im Boden steckenden Spießschaft gebunden. Die Berner schluckten und waren sichtlich verunsichert, verbissen sich jedoch jede Bemerkung.

Dann begann der zweite Kampf. Herbrand, der Weitgereiste, kämpfte gegen den zweitjüngsten Königssohn. Der Kampf war kurz und nicht sehr heftig. Herbrand verlor und wurde gefesselt. Dietrich kratzte sich nervös am Kopf. Er hoffte, dass Herbrand absichtlich so rasch verloren hatte, um die von ihm vielbeschworene Gefährlichkeit von Isungs Söhnen herauszustellen.

Nun war Wildefer an der Reihe, von dem alle wussten, dass er ein wirklich guter Kämpfer war. Doch auch Wildefer verlor seinen Kampf recht schnell und musste aufgeben, weil er aus zu vielen Wunden blutete. Auch Sintram ging es nicht anders. Beide waren an einen Spießschaft gebunden. „Wollen wir uns im Trinken messen, da nehme ich es mit euch allen auf!", schimpfte Sintram. Dietrich konnte über diesen Scherz nicht einmal Schmunzeln. Denn mittlerweile war allen Bernern klar, dass Isungs Söhne weit stärkere Kämpen waren, als sie je vermutet hätten. Am meisten ärgerten Dietrich Herbrands überlegene Blicke. Als ob er sagen wolle: Sieh her, ich hab es doch gleich gesagt!

Als nächstes war Fasold der Stolze an der Reihe. „Warum kriege ich immer die schwächsten Gegner", brüllte er wütend, „komm her, du Bohnenstange." Sein Feind, der schlank, aber keineswegs schmächtig war, schien für einen Augenblick unsicher zu werden. Dann spuckte er auf den Boden und ging grimmig auf Fasold los. Der schluckte und ging ebenfalls nach vorn.

Der Kampf war von Anfang an heftig und schonungslos. Der Sohn Isungs drang kühn vor, aber Fasold wehrte sich erbittert und die Gegner schlugen sich große Wunden. Dietrich war nun sehr aufgeregt und biss auf seinem Zeigefinger herum. Am liebsten wäre er in den Kampfplatz gerannt und hätte es mit allen Isungsöhnen nacheinander aufgenommen.

Fasold schlug etwas ungestüm nach seinem Feind, verfehlte ihn jedoch. Darauf traf ihn ein heftiger Schlag am Helm, so dass er stürzte und ohnmächtig liegen blieb.

Sie hatten alle Kämpfe bisher verloren und auch der stolze Fasold war nun bezwungen. Dietrich begann nun auch an seiner eigenen Stärke zu zweifeln. Er selbst hatte es damals nicht leicht gehabt, als er gegen Fasold kämpfen musste. Wie stark mussten dann erst die Isungsöhne sein? Auch Hildebrands Gesicht war angespannt und spiegelte die Sorge der Helden wider. Gunther blickte genauso besorgt drein, nur war er mehr um sich besorgt, während Hildebrand am meisten um Dietrich besorgt war.

Er wusste, dass sein junger Schüler wohl nicht einmal gegen den stärksten Krieger Isungs aufgeben würde, auch wenn es sein sicherer Tod wäre. Zudem konnte eine totale Niederlage das Selbstbewusstsein des jungen Königs zerstören. Nur Witege schien mehr wütend als besorgt zu sein. Man konnte sehen, dass er begierig auf seinen Kampf war und nicht daran dachte, dass er verlieren könnte. Er stand wie ein Jagdhund vor der Hatz bereit und blickte auf den Kampfplatz.

Hornboge setzte seinem Sohn Amlung den Helm auf und überreichte ihm den Schild. Der stellte sich dem schwächsten der Isungsöhne. Er ging kühn vor und gewann seinen Kampf zur Erleichterung aller. Dietrich, der zuerst gar nicht mehr hinsehen wollte, hob die Augenbrauen und schöpfte wieder neuen Mut. Schon vor dem Kampf hatte Isung zugegeben, dass dieser Sohn der leichteste Gegner wäre, weshalb man ihm den unerfahrenen Amlung zugeteilt hatte. Der Sieg war daher ein Hoffnungsschimmer, mehr aber auch nicht.

Amlung ließ Herbrand und Fasold im Tausch gegen seinen Gegner vom Spießschaft lösen, was Isung ihm großzügig gewährte. Isung klopfte seinem Sohn, der enttäuscht den Kopf hängenließ, aufmunternd auf die Schulter. Nach Amlung war dessen Vater, Hornboge an der Reihe. Anders als sein Sohn verlor der alte Hornboge seinen Kampf recht schnell und gab nach einer heftigen Hiebsalve entkräftet auf.

Danach war Hagen an der Reihe. Zuerst schien sein Gegner verunsichert von Hagens düsterer Ruhe. Nur langsam gingen sie aufeinander los. Immer heftiger schlugen sie einander und beide Gegner stellten sich als gleichstark heraus. Einige Zeit wogte der Kampf hin und her, bis Hagen einen üblen Treffer einstecken musste. Von da an geriet er in Unterlegenheit. Mehrmals wurde er in kurzem Abstand getroffen und bekam drei größere Wunden. Er wurde da ganz blass und begann zu taumeln. Um nicht zu verbluten, ergab er sich schließlich, und so verlor auch der große Hagen seinen Kampf gegen einen Sohn Isungs. Auch er wurde an einen Spießschaft gebunden, nachdem seine Wunden notdürftig versorgt waren. Wortlos ertrug er die Schmach.

Der Tag neigte sich dem Ende als Dietleib sich seinem Kampf stellte. Der drittälteste Königssohn trat gegen ihn an. Beide gingen sogleich wild aufeinander los und schlugen sich heftig, so dass man kaum ihre Schwerter fliegen sehen konnte. Keiner der beiden konnte einen wirklichen Treffer landen und bald standen sie sich schnaufend gegenüber. Sie schlugen sich, bis die Sonne unterging. Dietrich und König Isung gingen jetzt dazwischen und trennten die

Streitenden mit ihren Schilden. Es wurde beschlossen, den Kampf am nächsten Tag fortzusetzen.

Als Isung und seine Männer abends gingen, erklärte der König: „Die Nacht scheidet uns jetzt in unseren Kämpfen und wir sehen nicht mehr genug. Darum wollen wir in unsere Burg reiten und deine Mannen sollen die ganze Nacht gebunden bleiben, bis morgen. Dann wollen wir es aufs Neue versuchen."

Dann sah er Dietrich in die Augen: „Und morgen Abend sollst auch du gebunden liegen am gleichen Platz. Dann hast du deine Aufgabe in meinem Land erfüllt." So zog Isung mit seinen starken Söhnen nach Hause. Dietrich stand vor seinem Zelt und sagte nichts. Er sah nur zu, wie Isung mit seinen Männern in der Dunkelheit verschwand. Er ärgerte sich zutiefst, hielt sich aber zurück, da sie bisher viele Niederlagen einstecken mussten. Auch dachte er sich, dass er bald genug Gelegenheit haben sollte, die Schmach zu tilgen, falls das gegen diese Kämpfer überhaupt möglich war.

„Was geschieht mit uns?", rief Heime genervt, der am Spießschaft gebunden war. „Am besten wäre es, wir machen die fünf los und wir fliehen nach Hause", meinte Herbrand, „ich habe es dir gleich gesagt, dass Isungs Söhne uns überlegen sind." „Das kommt nicht in Frage", rief Dietrich wütend und äffte Herbrand kaum hörbar nach: „...habe es gleich gesagt." Dann blies er verächtlich durch die Lippen und ging in sein Zelt. „Kopf hoch, König Dietrich", sagte Hildebrand, „es ist noch keiner gefallen." Dabei strahlte Hildebrand alles andere als Zuversicht aus, und man hörte förmlich, dass er dem nächsten Tag mit großer Sorge entgegen blickte.

Heime, Wildefer, Sintram, Hornboge und Hagen verbrachten eine sehr ungemütliche Nacht unter freiem Himmel. Dietrich machte sich unterdessen große Sorgen, was Isung verlangen würde, so viele starke Männer freizulassen. Möglicherweise würden einige gar für immer bei Isung bleiben müssen. Je mehr er nachdachte, desto ärgerlicher wurde er. Schließlich wichen die Sorgen einer Wut und kurz bevor er einschlief ersehnte er nur noch seinen eigenen Kampf. Diesen durfte er nicht verlieren.

Am nächsten Morgen erschienen Isung, seine Söhne und Siegfried ausgeruht und fröhlich am Kampfplatz. Die Berner waren dagegen sehr missmutig, und kaum einer hatte gut geschlafen. Dietleib und der dritte Sohn des Königs begannen sogleich damit, den Kampf vom Vortag fortzusetzen, der immer verbissener wurde. Nach und nach geriet Dietleib immer mehr in Überlegenheit und schubste seinen Gegner schließlich mit einem Schildstoß zu Boden. Gleich stand er über ihm und hielt ihm die Klinge an den Hals.

So gewann Dietleib den Sieg nach zweitägigem Kampf. Er sagte: „Ich werde dich nun töten, wenn du nicht Hagen freigibst, meinen guten Freund!" Der Königssohn blickte seinen Vater an. Der nickte. Hagen wurde daraufhin losgebunden und Dietleib verschonte den Gegner. Dietrich atmete erleichtert durch. Sie würden nun wenigstens nicht als völlige Verlierer das Feld räumen müssen. Isungs Miene verriet keine Zweifel. Er schien damit gerechnet zu haben, dass dieser seiner Söhne den Kampf verlieren konnte.

Hildebrand kämpfte nun gegen den zweitältesten Königssohn. Dietrich war in großer Sorge und hoffte auf einen guten Ausgang des Kampfes. Der alte Hildebrand wehrte sich wacker, und sein Gegenüber hatte bald drei Wunden, so dass auch König Isung unruhig wurde. Dies sah Dietrich mit einiger Genugtuung. Aber ihm war auch bang um seinen Meister.

Hildebrand begann seinen Gegner mit immer stärkeren Hieben einzudecken, bis sein Schwert mit voller Wucht auf den Helm des Gegners traf, so dass Isungs Mann strauchelte. Dietrich war für einen Augenblick erleichtert und ballte die Faust. Doch er hatte sich zu früh gefreut. Durch den Treffer brach Hildebrands Schwert am Heft ab. „Verflixtes Trum", rief Hildebrand voller Schreck. Sein Gegenüber sprang dem überraschten Hildebrand nun mit beiden Händen an den Hals, überwältigte ihn und band ihn fest. Als Dietrich seinen Meister so gefesselt sah, ärgerte es ihn, dass er so leichtsinnig war, diese Kämpfe zu suchen. Gleichzeitig war er aber so wütend, dass er begierig auf seinen Kampf war.

Doch vorerst war Gunther, der König der Nibelungen, am Zug. König Gunther stritt gegen König Isung selbst. Er sah nicht sehr zuversichtlich aus, doch stellte er sich tapfer. Nach unglücklichem Kampf verlor er gegen den stärkeren Isung.

Der vorletzte Kampf stand nun bevor. Alle wussten, dass dies ein heftiger Kampf werden musste. Witege schien erleichtert, nun endlich kämpfen zu dürfen. Er zog sein Schwert Mimung und betrat als erster den Kampfplatz. Dann stellte sich der Gegner. Es war der älteste Sohn des Königs und vermutlich der stärkste. Er strahlte ebenfalls große Zuversicht aus. Sein Vater nickte ihm erwartungsvoll zu. Die beiden Gegner tasteten sich kurz ab und gingen dann mit schnellen harten Schlägen böse aufeinander los.

Dies war bis dahin der bei weitem härteste Kampf. Zuerst schien der Kampf ausgeglichen. Doch bald erkannten alle, die zusahen, was für eine Waffe Mimung war. Die Klinge flog mit blitzartiger Geschwindigkeit immer wieder am Schild vorbei und traf genau die Schwachstellen des Gegners. Aber auch schlechtere Treffer waren verheerend und zerschnitten die Kettenringe der Rüstung, als wären diese aus weichem Kupfer.

Als Mimung den Helm des Gegners traf, platzte gleich eine Spange ab, kurz darauf, als es wieder in das Kettenhemd biss, sprangen mehrere Ringe auf und hinterließen eine blutende Wunde. Der Königssohn blickte entsetzt auf den großen Schnitt. König Isung selbst schluckte und kniff ungläubig die Augen zusammen. Was hatte Witege für ein grauenvolles Teufelswerk in seiner Hand? Sorgenvoll starrte Isung auf die Scharten, die Mimung auf der Rüstung seines Sohnes hinterlassen hatte. Und wieder sauste Mimung gnadenlos herab und traf den Königssohn. Diesmal am Schenkel, so dass es erneut heftig blutete.

Dietrichs Miene hellte sich zusehends auf. König Isung blickte mit versteinerter Miene auf das schwirrende Schwert. Beim nächsten

Schlag biss es erneut ein Stück Rüstung ab, und es war nur eine Frage der Zeit, bis es seinen Sohn zerfleischt haben würde. Ängstlich und verwirrt wich der starke Isung-Sohn zurück. Er war bleich und sah aus, als hätte er einen leibhaftigen Dämon gesehen.

Witege hielt nun ein und sprach zu Isung: „Binde alle meine Stallbrüder los, oder ich töte deinen ältesten Sohn hier vor deinen Augen!" Isung antwortete streng: „Ich binde sie nicht los, ehe mein Sohn nicht überwunden ist. Seine Rüstung ist gewiss zerhauen, doch ich denke, er selbst hat noch nicht viel Schaden genommen." Alle waren erstaunt, als sie das hörten, und viele ahnten, dass sie bald das erste Todesopfer der Kämpfe zu sehen bekämen. Da rief ihm sein Sohn zu: „Tu seinen Willen, Vater, oder es kostet mein Leben! Er hat einen wahren Teufel in seinen Händen! Es muss irgendein Zauberschwert sein! Kein Kämpe kann gegen dieses bestehen!"

Isung wusste, dass er nachgeben musste, wenn er seinen Sohn behalten wollte: „Ich werde einen deiner Freunde lösen." „Löst du nicht alle aus, dann werde ich erst deinem Sohn das Haupt abschlagen und dann dir selbst. Nicht soll Mimung jemals wieder in die Scheide kommen, bevor nicht alle unsere Mannen los sind."

Isungs Söhne sahen ihren Vater erschrocken an und erwarteten das Zeichen zum Angriff. Auch die Berner glaubten nun, es käme zum offenen Kampf. Die, die noch nicht gebunden waren, griffen sorgenvoll an ihre Schwertgriffe, standen sie doch einer Übermacht gegenüber.

Isung sagte nichts und blickte mit versteinerter Miene zu Boden. Er blickte seine Söhne an und schüttelte mit dem Kopf. Die meisten schnauften erleichtert durch. Kaum einer hätte ein solches Schlachtfeld wohl lebend verlassen. Daraufhin ging Witege zu seinen gebundenen Gefährten und durchschlug die Seile, mit denen sie gefesselt waren. Danach wandte er sich wieder seinem Gegner zu. Der umklammerte bereits todesverachtend sein Schwert und erwartete ihn. Da liefen König Isung und Dietrich mit ihren Schilden dazwischen und beendeten den Kampf.

Die Schande der Berner war damit weitgehend getilgt. Bei Isungs Männern blieb jedoch ein schaler Beigeschmack zurück, da sie Zauberei als Grund für Witeges Sieg witterten und die Auslösung aller Gefangenen für ungerecht hielten.

Nach einer einfachen Mahlzeit aus Wurst, Brot und Bier stand nun der letzte und größte Kampf bevor. Dietrich von Bern stritt gegen Siegfried, den Drachentöter. Vielleicht standen sich niemals zwei größere Helden im Zweikampf gegenüber.

„Sei auf der Hut, Dietrich", warnte Heime, „Isungs Bannerträger besitzt eine Haut, die so hart ist, wie die Schuppen eines Drachen. Nur am Rücken soll eine dünnhäutige Stelle sein, sagt man." „Ich werd' ihm sagen, dass er sich umdrehen soll", entgegnete Dietrich und band seinen Helm auf den Kopf. Dann nahm er seinen Schild zur Hand und zog Eckesax aus der Scheide. Siegfried nahm sich ebenfalls Schild und Helm und zog sein Schwert Gram. So betraten beide wortlos den Kampfplatz, den alle schon neugierig umringten, um zu sehen wie es vor sich gehen würde.

Siegfried hatte vor dem Kampf allerdings eine Forderung an Dietrich: „Schwöre mir einen Eid, dass du nicht Witeges Schwert Mimung führst", verlangte er, „gegen dieses Schwert werde ich nicht kämpfen" Daraufhin schwor Dietrich ihm einen Eid, dass er Mimung nicht in seiner Hand hielte. Dann gingen beide ohne Umschweife aufeinander los, kühn und schonungslos. Gram und Eckesax schwirrten umher und schlugen heftig auf die Schilde.

Der Kampf der gleichstarken Gegner zog sich in die Länge. Dietrich versuchte immer wieder, einen Treffer zu Landen, aber Siegfried war schnell und seine Rüstung zu gut. Und seine Haut schien tatsächlich wie Drachenhaut. Die Streiter schlugen sich den ganzen restlichen Tag, bis es dämmerte.

Keiner von beiden wollte aufhören, und so gingen Isung und Witege mit ihren Schilden dazwischen und trennten sie. Dann ritt Isung mit seinen Mannen heim. Dietrich ging in sein Zelt und legte sich nieder. Er war erleichtert, dass keiner seiner Gefährten mehr am Schaft gebunden war. Doch musste er zugeben, dass Siegfried ebenso stark war wie er, und dass es nur höheren Mächten zukam, diesen Kampf zu entscheiden. Eine Unachtsamkeit konnte schnell den Sieg oder gar das Leben kosten. Dies alles ging sehr schnell durch seinen Kopf. Müde vom Kampf schlief er ein.

Am nächsten Morgen stand Dietrich grübelnd vor den Zelten. Da trat Witege zu ihm und fragte: „Wie ist dir zu Mute? Du hast einen untadeligen Mann zum Gegner. Und noch kann keiner sehen, wer von euch Beiden gewinnen mag." Dietrich antwortete: „Ich verstehe gar nicht, was da vor sich geht. Er hat eine solch harte Haut, dass mein Schwert nicht darauf beißt. Sie scheint noch härter zu sein als die Brünne darüber. Die Männer sagen, er hätte diese Haut von einem Bad im Drachenblut."

Dann sah er Witege mit durchdringenden Augen an: „Leih mir dein Schwert, Witege! Ich meine, das beißt in seine Haut, und er fürchtet sich vor dieser Waffe. Heute früh musste ich ihm einen Eid schwören, dass ich Mimung nicht in meiner Hand halte." „Darum darfst du mich nicht bitten, Herr", erklärte Witege und sah ihn vorwurfsvoll an, „Mimung war noch nie von mir fort, außer als Heime es mir wegnahm, und das soll nie wieder geschehen."

Dietrich wurde auf diese Antwort sehr zornig: „Du hältst mich für nicht besser als meinen Stallburschen?", fuhr er ihn an, „nun werden wir niemals mehr Freunde." Damit blickte er grimmig zu Boden und schwieg. Witege dachte zunächst, dass dies nur Spaß war, doch er spürte den Zorn seines Königs und er wusste, wie jähzornig er sein konnte. Selbst wenn er es im Spaß gesagt haben sollte, so meinte er es doch todernst. Nach einigem Zögern antwortete er deshalb: „Habe ich etwas Übles gesagt, so will ich es damit büßen, dass ich dir das Schwert leihe. Und niemand soll es erfahren außer uns zweien."

Dietrich war überglücklich. Wie ein kleines Kind umarmte er Witege und drückte ihn fest. „Ich frage mich nur, was du machst, wenn er dich wieder einen Eid schwören lässt", meinte Witege. „Das lass meine Sorge sein", grinste Dietrich. Der Wind wehte nicht so stark wie am Vortag, aber es waren tiefschwarze Wolken am Himmel aufgezogen und in der Ferne hörte man Donner grollen.

Bald kam Isung mit seinen Männern auf den Kampfplatz geritten. Er kam wie am Vortag mit seinen Söhnen und Siegfried allein und nahm keine weiteren Krieger mit sich. Dietrich stand bereits mit gezogenem Schwert auf dem staubigen Kampfplatz und grüßte seinen Widersacher. Dieser stieg ab und grüßte ihn freundlich. Er zog sein Schwert und sagte: „Schwöre mir den Eid, dass du nicht Witeges Schwert Mimung führst." Daraufhin schwor Dietrich ihm einen Eid. Den gleichen Eid, wie er ihn schon am Vortag schwor. Nur diesmal hatte er Wielands Wunderwaffe. Er hatte das Schwert dazu gegen seinen Rücken gestellt, so dass die Spitze in der Erde steckte. Die linke Hand beließ er hinter seinem Rücken, so dass Siegfried denken konnte, er hielte das Schwert hinter sich in der Hand. In Wahrheit umfasste er aber den Griff nicht. Er hob dazu die Schwurhand und sagte: „Ich weiß Mimungs Spitze nicht über der Erde und seinen Griff nicht in meiner Hand." Nur die Berner konnten den Betrug sehen, da Isungs Männer gegenüber von Dietrich standen.

Siegfried war damit zufrieden, und gleich gingen beide aufeinander los. Ein heftiger Wind kam auf und wirbelte Staub auf. Lauter als am Vortag flatterten die Fahnen im Wind. Abermals krachten die Schwerter aufeinander und wieder klirrten die Kettenhemden, aber Siegfried spürte gleich, dass etwas anderes geschah als am Vortag. Es war als wäre eine höhere Macht in den Kampf eingetreten.

Siegfried wehrte sich tapfer aber immer wieder traf Dietrichs Schwert auf Siegfrieds Brünne, und fast jedes Mal ging ein Stück ab. Auch vom Schild spritzen gewaltige Späne. Immer wieder flog Dietrichs Schwert auf Siegfried herab und biss schließlich sogar in seine Hornhaut. Erschrocken blickte er auf die Stellen, an denen seine Drachenhaut durchbissen worden war. Blut tropfte unter seinem Kettenhemd hervor. Es kam ihm in den Sinn, dass Dietrich den Eid in falscher Weise geschworen haben könnte.

Auch Isung erkannte dies und fluchte. Er spuckte zum Zeichen seines Unmutes auf dem Kampfplatz aus und war nahe daran, sein Schwert zu ziehen. Als er aber sah wie Mimung den besten seiner Söhne förmlich zerfleischte, wusste er, dass er einen Kampf gegen dieses Schwert leicht verlieren könnte. Er hatte zu wenige Männer dabei.

Siegfried biss die Zähne zusammen, doch er wurde schon blass vom Blutverlust und begann leicht zu taumeln. Schnaufend wischte er sich einige Schweißperlen von der Stirn. Im selben Augenblick trug er eine weitere Wunde davon, die ihm durch Rüstung und Haut hinzugefügt wurde. Da hielt er inne und sagte: „Ich will dir meine Waffen übergeben, denn du bist ein vortrefflicher Streiter. Ich habe keine Schande davon, einem solchen Herren zu dienen, ehe ich mein Leben verliere." Damit übergab Siegfried seine Waffen an Dietrich, und er schien auch dabei kein bisschen seiner Würde einzubüßen. Dietrich konnte man das schlechte Gewissen dagegen förmlich ansehen. Er kostete den Sieg auch nicht besonders aus, sondern schüttelte Siegfried freundschaftlich die Hand.

Dietrich sagte einige Zeit nicht viel. Es war ihm nun doch sehr unwohl, einen solchen Sieg errungen zu haben, der vielleicht Mimung, kaum aber ihm selbst echten Ruhm einbringen würde. Dietrichs Männer waren dennoch vergnügt, während Isung und seine Söhne sichtlich zerknirscht waren, weil ihr bester Kämpe Unsieg empfangen hatte. Auch dachten sie über den genauen Wortlaut von Dietrichs Schwur nach und empfanden seinen Sieg als Betrug. Besonders der Verlust seines Bannerträgers, der nun Dietrich unterstand, schmerzte Isung.

Dietrich ging zu Isung und sagte: „Deine Söhne sind wahrhaft so stark, wie man sagt, und wir waren euch in diesen Kämpfen nicht überlegen, sondern nur ebenbürtig. Wenn wir unsere Schwerter nicht mehr gegeneinander richten, sind wir beide unbesiegbar." Daraufhin schlossen Dietrich und König Isung Freundschaft. Sie beschlossen einen Bund. Dieser sollte mit einer Hochzeit besiegelt

182

werden. Der junge Amlung bekam daher Isungs schöne Tochter Wallburg zur Frau.

Die Hochzeit wurde ein ausgelassenes Fest, und sie tranken Brautlauf fünf Tage lang. Auch das Wetter hatte sich gebessert und gelegentlich kamen helle Sonnenstrahlen durch die graue Wolkendecke hindurch. Amlung bekam gute Geschenke von König Isung, darunter ein prächtiges Schlachtross mit vergoldetem Zaumzeug.

Dann ritten Dietrich und die Seinen zurück nach Bern und Jungherr Siegfried ritt mit ihnen. Unterwegs machten sie in Drecanfils halt, wo Dietrich einst Herrn Ecke erschlagen hatte. Dietrich freute sich auf dem ganzen Weg dorthin, da er dort Gotelinde wieder sehen würde, das Mädchen, das ihm beim letzten Mal gut gefallen hatte.

In Drecanfils angekommen, sah Dietrich zuerst nach ihr. Als er sie zwischen den anderen im Hof erblickte, befand er, dass sie noch schöner war, als in seiner Erinnerung. Nach dem Essen stellte er sich neben sie hin. Sie blickten sich an aber keiner von Beiden sagte etwas.

Dann fragte Dietrich, ob sie den ungewaschenen Grobling nun heiraten müsse. Gotelinde lachte: „Meine Mutter hat zu viel zu tun seit ihr Mann verstorben ist. Auch wäre ihr ein Mann von höherem Stand lieber für ihre älteste Tochter." „Wäre denn wohl ein König ausreichend?", fragte Dietrich. „Für meine Mutter vielleicht schon, aber ich würde nicht irgendeinen König nehmen." Sie lachte. Dann blickte sie scheu zu Boden. „Ich sehe schon. Dein zukünftiger Mann muss sich ganz schön anstrengen. Erst mal um dich zu bekommen und dann um es mit deiner scharfen Zunge aufnehmen zu können." Sie sah ihn an und nickte dabei beipflichtend.

An den folgenden Tagen verbrachte Dietrich viel Zeit mit Gotelinde. Einige Tage blieben die Helden in Drecanfils, ehe sie schließlich nach Bern aufbrachen. Dem jungen Fräulein standen die Tränen in den Augen, als der König aus dem Burgtor hinausritt.

In Bern wurden die Helden jubelnd empfangen und ihr Ruhm war größer denn je. Das Volk liebte seinen tapferen König, der so freundlich und gleichzeitig so stark und unbezwingbar erschien. Niemand wagte es in dieser Zeit, Dietrich zum Kampf zu fordern, und so konnte er ruhig in seinem Reich sitzen. Zumindest für einige Zeit.

HEIRAT

„Uns ist in alten mæren wunders vil geseit
von helden lobebæren, von grôzer arebeit."
(Aus dem Nibelungenlied)

ꝛach wenigen Tagen, die sie gemeinsam in Bern verbrachten, ritt mancher zurück in sein Heimatland. Hornboge-Jarl ritt heim nach Vindland, Sintram, Amlung und dessen Frau zogen mit ihm. Sintram wurde Herzog in Venedi. Herbrand, der Weitgereiste, zog ebenfalls nach Hause und wurde Herzog. Dietrich, Gunther und ihre engsten Getreuen machten sich bald ebenfalls auf und ritten ins Niflungaland. Siegfried ritt mit ihnen.

Dietrich und Gunther ritten eine Weile schweigend neben Siegfried, als Dietrich ihm unvermittelt einen Vorschlag machte: „Ich werde dich aus meinen Diensten entlassen, wenn du willst. Ich kann dir anbieten Krimhild[116], die Schwester König Gunthers zu heiraten. Du würdest viel Ehre und auch Reichtum davon haben." Gunther hatte bereits vorher eingewilligt und nickte Siegfried aufmunternd zu: „Sie bringt das halbe Reich der Nibelungen mit in die Ehe."

Zu Dietrichs Überraschung sagte Siegfried nicht gleich ja. Er wurde sehr still und nachdenklich und wollte einige Nächte Bedenkzeit. Stumm ging Siegfried an diesem Abend in sein Lager, als ahnte er, welch böses Schicksal eine solche Heirat heraufbeschwören

---

[116] Auch Kriemhild. In der isländischen Thidrekssaga-Handschrift A, sowie in der Edda wird sie Gudrun genannt. Dies dürfte wohl ihr wirklicher Name gewesen sein falls die Sage auf Vorgänge in Norddeutschland zurückzuführen ist. Der Name Krimhild bzw. Kriemhild könnte eine spätere Änderung in Anlehnung an Ildiko (Hildchen), die letzte Frau Attilas des Hunnen sein.

konnte. Dietrich wunderte sich sehr darüber und grübelte eine ganze Weile. Auch der kluge Hildebrand konnte ihm keine Erklärung für Siegfrieds Zurückhaltung sagen.

Wenige Tage später erreichten sie Vernica[117], die Burg der Nibelungen. Die Burg lag friedlich in einer flachen Ebene. Um sie herum lagen fruchtbare Äcker und Weiden, in einiger Entfernung lagen auch wildreiche Berge und Wälder, in denen es Hirsche und Wildtiere gab. Die Burg selbst bestand aus einigen gemauerten Wohngebäuden und Ställen, die von riedgedeckten Fachwerkhäusern und einem Holzwall umgeben waren. Als die Helden durch das Tor ritten, stand Krimhild im Hof der Burg. Siegfried war sichtlich erfreut, als er sie zum ersten Mal sah. Sie war sehr hübsch. Ihre dunklen, glatten Haare umrahmten ein helles, scharf geschnittenes Gesicht. Beide wechselten nur wenige Worte, doch Krimhild schien wie verzaubert von dem fremden Helden. Sie ließ ihn nicht mehr aus den Augen.

---

[117] In der Thidrekssaga auch Verniza oder Wermintza genannt. Ritter vermutet vor allem aus sprachlichen Gründen Burg Virnich (lateinisch vermutlich Virnica) in der Nähe von Zülpich. Hier fließt auch die Neffel, von der sich der Name der Nibelungen (ursprünglich vielleicht Neffelungen) herleiten ließe. Demnach hätte sicher auch die Stadt Zülpich zum Nibelungereich gehört. In diesem Fall ist möglich, dass die Nibelungen in der Alemannenschlacht, die dort im späten 5. Jahrhundert stattfand, auf Seiten Sigiberts des Lahmen mitkämpften, der dort am Knie verwundet wurde. Diese Schlacht kann allerdings gut einige Jahrzehnte vor den Geschehnissen der Sage stattgefunden haben. Sie muss zudem keinesfalls mit Chlodwigs Bekehrungsschlacht um 496 n. Chr. identisch sein.
Eine weitere plausible Möglichkeit zur Verortung von Vernica/Wermintza wäre Borgworm/Waremme in Belgien. Worms am Rhein, das aufgrund des Nibelungenlieds traditionell als Heimat der Nibelungen gilt, ist kaum haltbar, unter anderem, weil die Nibelungen später auf ihrem Weg nach Soest in Richtung Rhein ziehen und diesen Fluss viel weiter nördlich (an der Dhünn-Mündung) queren. In der hier gewählten Darstellung wird die Heimat der Nibelungen gemäß Ritters Vorstellung im Neffelgebiet bei Zülpich gedacht.

Am Abend verkündete Siegfried fröhlich, dass er Krimhild sehr gerne zur Frau nehmen würde, und dass er überaus froh wäre, wenn die Nibelungen seine Schwäger würden. Dabei gab er sich froh, aber an seiner Stimme hätte man erahnen können, dass er wohl eher spielte, als dass er die Wahrheit sprach.

Als Hagen und Gunther gute Nachricht von Siegfried hatten, fragten sie Krimhild selbst. Diese willigte sofort ein und so wurde die Hochzeit beschlossen. Daraufhin tranken sie Brautlauf fünf Tage lang. Es war ein gewaltiges Fest, bei dem dutzende Fässer Bier, zahlreiche Schweine und mehrere Ochsen verzehrt wurden. Sänger und Musikanten spielten auf und Tanzbären tanzten im Hof der Nibelungenburg. Nur Siegfrieds Niederlage gegen Mimung hatte diese Hochzeit ermöglicht. Alles war gut verlaufen, und der Verrat an Siegfried schien sich zum Guten zu wenden.

Doch in Wahrheit webte das Schicksal weiter an dem todbringenden Netz, das eines Tages zum Verhängnis so vieler werden sollte. Doch niemand ahnte das an jenen Tagen der Hochzeit, und alle waren ausgelassen und fröhlich. Nur Siegfried war tieftraurig an diesem Tag. Er versuchte sich dies aber nicht anmerken zu lassen.

Während des Festes, als die meisten schon viel getrunken hatten, sprach Siegfried vertraulich zu Gunther König. „Ihr seid noch ohne Frau, König Gunther." Gunther nickte und biss von einem Brotstück, ohne Siegfried viel Aufmerksamkeit zu schenken. „Ich weiß um eine Jungfrau, die ist die schönste und klügste, die jetzt auf der Welt geht", fuhr Siegfried fort. „Tatsache?", antwortete Gunther und blickte ihn in gespannter Erwartung an. „Sie heißt Brünhild, und sie ist fürwahr eine der schönsten und edelsten Frauen, die ich jemals getroffen habe. Sie hat jene Burg, die Segard genannt wird. Willst du dich entscheiden, um sie zu werben, dann zeige ich dir den Weg dorthin und helfe dir, so gut ich kann."

König Gunther ließ sich die Frau noch einige Male genau beschreiben, und Siegfried lobte sie in immer höheren Tönen. Gunther schwelgte dahin und sah sie bereits in seinen Armen liegen. Er dankte Siegfried dann und sagte, das wäre ein recht guter Rat. Als sie schon einige Becher Wein getrunken hatten, erzählte Gunther Dietrich vollmundig von seiner neuen Braut. „Ich werde mit euch reiten und dir helfen, sie zu gewinnen", erklärte Dietrich ganz begeistert, endlich wieder ein Abenteuer in Aussicht zu haben.

Gunther überlegte kurz und nickte dann zustimmend: „Gut, so soll es gemacht werden. Siegfried wird uns führen und Hagen soll auch mitkommen, wenn er will." Dietrich nickte zustimmend. Sie stießen an diesem Abend immer wieder auf Gunthers zukünftige Frau an, bis alle schweren Kopfes in die Betten sanken.

Wenige Tage nach den Feierlichkeiten machten sich die vier Helden auf nach Segard, der Heimstatt Brünhilds[118]. Ein kleiner Tross aus einfachen Kriegern und Packpferden begleitete sie auf dem langen Ritt. Siegfried schwärmte erneut in höchsten Tönen von Brünhild, bis Hagen genervt fragte, warum er sie denn nicht selbst geheiratet habe. Siegfried schwieg von da an.

Als sie Segard erreicht hatten, hielten sie ihre Rosse an und blickten einen Augenblick auf das Anwesen. Brünhilds Hof lag immer noch so prachtvoll da, wie damals als Siegfried zum ersten Mal hier ankam. Zahlreiche edle Rosse weideten in den Hainen um das Gestüt, das von einer Holzmauer umgeben war. „Ein schöner Hof", sagte Gunther zuversichtlich. „Hm", machte Dietrich zustimmend. „Also dann", meinte Siegfried bedeutsam und trieb sein Pferd vorwärts. Die anderen folgten ihm.

Am Tor angekommen wurden sie von den Knechten hereingelassen. König Gunther und seine Begleiter stiegen von ihren Pferden und wurden im Hof von Brünhild empfangen. Diese wurde von zwei

---

[118]Im Nibelungenlied liegt Brünhilds Heimat in Island, was historisch völlig unmöglich ist, da Island um 500 n. Chr. noch unbesiedelt war. In den Liedern der Edda und der Völsungasaga müssen die Helden zunächst einen mythischen Flammenring, die Waberlohe durchreiten. Dieser kommt in der Thidrekssaga nicht vor.

bewaffneten Kriegern begleitet. Sie war anmutiger, als Siegfried sie zu beschreiben vermocht hatte, und Gunther stand der Mund offen, als er sie sah. Auch Hagen und Dietrich schienen ganz gefangen von ihrer Schönheit. Ihr schlanker Körper war von einem weißen Kleid verhüllt, dass dennoch ihren zarten, wohlgeformten Leib darunter erahnen ließ. Ihr goldblondes, leicht gewelltes Haar wehte um ihr liebliches, ebenmäßig geformtes Gesicht, in dem große Augen funkelten. Zum Erstaunen aller, mit Ausnahme von Siegfried, prangte ein mächtiges Schwert in einer prachtvollen, goldbeschlagenen Scheide an ihrer Seite.

Sie empfing die Helden wohl und lächelte Dietrich, Gunther und Hagen so an, dass sie alle weiche Knie bekamen. Nur Siegfried würdigte sie keines Blickes. Gunther war darüber zunächst am meisten verwirrt, da er doch wusste, dass beide sich kannten, und er hoffte, Siegfried würde ihm helfen können, die stolze Frau zu gewinnen. Gleich aber verflog seine Verwirrung, weil er völlig angetan war von der Schönheit dieses fast göttlichen Wesens. Sie stand vor ihm wie eine Verheißung, unschuldig wie ein Schwan und zugleich wild und gefährlich wie eine Kriegsgöttin.

Brünhild ließ die müden, hungrigen Recken mit köstlichen Speisen versorgen. Sie plauderten eine ganze Weile über belangloses, tranken nicht wenig, dann gingen alle zu Bett. Gunther war sehr vergnügt, als er zu Bett ging, denn nie hatte er ein schöneres Wesen zu Gesicht bekommen. Er konnte es kaum fassen, dass sie bald sein Weib werden könnte. Er lag einige Zeit wach, schlief dann aber ein, erschöpft vom langen Ritt der vergangenen Tage. Dietrich und Hagen schliefen ebenfalls bald ein.

Als die drei schliefen und die Nacht sich über Segard gesenkt hatte, stand Siegfried auf und ging alleine zu Brünhild, die nachdenklich auf dem Wall stand und in die Ferne blickte. Nur der Mond gab ihr Licht, und ihre Haare schimmerten wie eine Verheißung im fahlen Licht.

Als Siegfried auf sie zuging, sah sie ihn wütend und freudig zugleich an. Dann küssten sie einander, ohne ein Wort zu sprechen, lang und leidenschaftlich. Schließlich riss sie sich los und blickte ihn vorwurfsvoll an. „Du kommst nicht, um deinen Schwur einzulösen", zischte sie wütend. Siegfried sah betrübt zu Boden, dann blickte er ihr tief in die Augen „Willst du König Gunther heiraten und mit uns Vieren ins Niflungaland ziehen?", fragte Siegfried mit ernster Stimme, „wir können uns dann jeden Tag sehen, aber es darf nicht sein, dass mehr zwischen uns ist". Der stolzen Frau rann eine dünne, schnelle Träne die Wange herab. „Warum hast du dein Wort nicht gehalten? Ich wollte keinen Mann als nur dich allein auf der Welt." Dann begann sie zu weinen und schmiegte sich an seine Brust.

Der stets besonnene Siegfried blieb auch jetzt ruhig: „Das wird nun niemals mehr geschehen. Du bist schön und klug. Deshalb kam ich mit Gunther König, damit er dich erhält. Er ist ein guter Held und ein wackerer König. Und ich nahm seine Schwester zur Frau, weil sie so wackere Brüder hat. Wir haben uns Bruderschaft geschworen für immer." Siegfried waren diese Worte so schwer gefallen wie nichts zuvor in seinem Leben. Er schluckte trocken, doch schien sein Hals wie zugeschnürt. Er kämpfte, um sich seine Traurigkeit nicht anmerken zu lassen.

Brünhild rannen die Tränen immer schneller die Wangen herunter, und sie konnte lange Zeit nichts sagen. Dann wischte sie sich das Gesicht mit ihrem Kleid ab und fuhr mit der Hand über die feuchte Nasenspitze. Sie schluckte. Ihre Antwort kam gefasst, aber mit zittriger Stimme: „Da ich dich, den ich am liebsten habe von allen Menschen, nicht haben kann, so will ich deinem Rat folgen." [119] Dann rannte sie davon. Siegfried blieb am Wall stehen und blickte starr auf die in Dunkelheit gehüllte Landschaft unter ihm.

---

[119] Im Nibelungenlied muss Brünhild erst durch Gunter bezwungen werden, der Hilfe durch Siegfried bekommt, welcher unsichtbar unter seiner Tarnkappe verborgen ist. Diese sagenhaften Elemente fehlen der Thidrekssaga.

Am nächsten Tag wurde der Vertrag über die Heirat gemacht, und wenige Tage darauf wurde Brautlauf gehalten. Die kleine Gesellschaft trank und feierte bis spät in die Nacht. Dann gingen Gunther und Brünhild in ihr Schlafgemach. Siegfried sah ihnen mit schwerem Herzen und zweifelndem Blick hinterher. Im Zimmer legte sich Brünhild auf den Rücken und sah nicht links und nicht rechts. Ihre Kleider hatte sie anbehalten. So lag sie wie versteinert da und blickte mit leeren Augen zur Decke empor. Gunther wollte sie in die Arme nehmen und legte sich unbeholfen auf sie. Sie wollte das aber keineswegs und drängte ihn immer wieder herunter. Lange Zeit rangen sie, bis Gunther entnervt aufgab und schließlich einschlief. Er sagte aber keinem Menschen, was ihm geschehen war. In der zweiten und dritten Hochzeitsnacht erging es ihm nicht besser, doch ließ er sich nach außen hin nichts anmerken.

Ganz verzweifelt ging Gunther schließlich zu Siegfried und erzählte ihm von seiner Schmach. Ihm traute er und er hoffte, dass Siegfried ihm helfen könne. Außerdem hatten sie einander Eide geschworen. Siegfried reagierte gefasst. Er lächelte: „Brünhild ist keine gewöhnliche Frau", begann er. „Sie hat in Wahrheit seherische Fähigkeiten und verfügt über Kräfte, denen normal Sterbliche nicht gewachsen sind. Sie ist aber nur so stark, so lange sie Jungfrau ist. Wenn Ihr erst ihre Jungfräulichkeit genommen hättet, dann wäre sie nicht mehr stärker als andere Frauen."[120]

Gunther legte die Stirn in Falten und dachte über die vergangenen Nächte nach. Er musste zugeben, dass sie für ein so zartes Wesen nahezu übermenschliche Kräfte hatte. Auch gefiel ihm der Gedanke, dass er nicht an dem Willen einer Frau, sondern an übermächtigen Kräften gescheitert war. Deshalb war er ganz glücklich, dies zu hören und fasste Siegfried bettelnd am Arm: „Ich traue

---

[120] Falls diese Episode auf wahren Begebenheiten fußt, dann will Brünhild offenbar nur Siegfried an sich heranlassen und wehrt sich heftig gegen Gunther, mit dem sie auf keinen Fall das Lager teilen will.

keinem Mann mehr als dir. Ich weiß auch, dass du so stark bist, dass du sie bezwingen kannst, wenn überhaupt irgendein Mann das vermag. Vor allem aber traue ich dir, dass du darüber schweigen wirst für immer und gegen Jedermann." Siegfried blickte ihn überrascht an. Doch schien er die Bitte erwartet zu haben und antwortete gleich: „Ich will Euren Willen gern tun, doch tragt mir deshalb keine Feindschaft nach!" Gunther versicherte ihm, dass dies niemals geschehen solle, dass er ihm deshalb Feindschaft nachtrüge.

Ohne dass einer von Gunthers Männern es bemerkte, ging Gunther in der folgenden Nacht heimlich aus dem Brauthaus und Siegfried betrat es in Gunthers Mantel. Dann schloss er die Tür zu und legte sich zu Brünhild. Dann nahm er die Braut in seine Arme und sie wehrte sich nicht.

Am frühen Morgen, als alle Wachen noch schliefen, nahm Siegfried ihr den Ring Andwaris ab, und steckte einen anderen Ring an ihren Finger. Eine ganze Weile betrachtete er den Ring, den er ihr einst als Liebesbeweis geschenkt hatte und den Fafnir einst hatte.

Als Siegfried ihr vor langer Zeit den kostbaren Ring Andwaris schenkte, tat er das als Beweis seiner Liebe. Aber er war damals auch froh, den Ring loszuwerden, schien es ihm doch, als habe der ein Eigenleben entwickelt. Doch immer wieder dachte er später an den Ring. Und er fühlte ein starkes Verlangen nach ihm. Und nun hatte er ihn zurück, als hätte der Ring dies gewollt. Siegfried betrachtete ihn staunend. Er fühlte eine große Macht in dem Kleinod innewohnen. Auf eigenartige Weise machte es der Ring ihm einfacher, Brünhild zu verlassen.

Siegfried stand in der Tür und blickte sie lange an. Sie wachte auf und sah ihn zuerst sehnsüchtig, dann grimmig an. Schweigend verließ Siegfried das Brauthaus, und Gunther ging an seiner statt herein. Danach tranken sie noch acht Tage lang Brautlauf und ritten danach zusammen heim. Dietrich ritt nach Bern, die übrigen ritten ins Niflungaland. Brünhild begleitete Gunther nun als seine Frau. Stolz ritt sie neben ihm. Ihr Gesicht verriet nicht ihre innere Stimmung.

Als Dietrich wieder daheim in Bern war, musste er immer wieder an Gotelinde denken. Er überlegte ob es gut wäre, sie für immer an seiner Seite zu haben. Anfangs war er nicht überzeugt, aber je mehr er darüber nachdachte, umso besser gefiel ihm der Gedanke. Außerdem wurde in letzter Zeit immer öfter gefragt, ob er schon wisse, wen er heiraten wolle. Wenn dann auch noch Vorschläge gemacht wurden, wie es neulich seine Mutter tat, gruselte es Dietrich. Die meisten Mädchen, die in Frage kamen, waren nicht gerade bekannt für ihre Schönheit und viele obendrein zänkisch. Er fand es daher viel besser, die hübsche Gotelinde zu heiraten. Als Königstochter war Gotelinde von hohem Stand, so dass niemand an einer Heirat mit ihr etwas aussetzen konnte.

Schließlich fragte er Hildebrand, ob der das für einen guten Einfall befand. Der hielt es für einen guten Einfall und so beschloss Dietrich sie baldmöglichst zu fragen. Er erzählte Fasold und Dietleib von seinem Vorhaben und Beide wollten gleich mit ihm ziehen. Vor allem Fasold war Feuer und Flamme, allein schon, weil er seine Heimat zu vermissen begann. Auch hätte er sich selbst eine Heirat mit jeder der neun Töchter Drocians vorstellen können, so gut gefielen sie ihm.

Bald darauf zogen Dietrich und seine Begleiter in Richtung Osning. Als sie nach Drecanfils kamen, standen Mutter und Töchter im Burghof. Man sah Gotelinde an, wie sie sich freute, als sie Dietrich sah. Sie war noch schöner, als Dietrich sie in Erinnerung hatte. Als Dietleib sah, wie schön auch die anderen Königstöchter waren, beschloss er, auch eine von ihnen zu fragen.

Die drei Helden verbrachten einige Tage in Drecanfils, und ein jeder warb um eine der neun Töchter. Dietrich umwarb von Anfang an Gotelinde, und auch ihr gefiel der junge König immer besser. Sie war unbeschwert, freundlich und klug. Dietrich und Gotelinde lachten viel, wenn sie sich unterhielten. Gelegentlich gelang es ihnen, sich von der Gesellschaft davonzustehlen und sich heimlich zu treffen.

Sie ritten dann lange in die Wälder oder machten ausgedehnte Spaziergänge. Beide waren bald sicher, dass sie einander haben wollten.

Auch Fasold und Dietleib waren erfolgreich in ihrem Werben, und als alle drei Helden gute Antwort erhielten, wurde acht Tage Brautlauf gehalten. Im Verlauf des Festes entband Dietrich Fasold von seinem Eid, den dieser einst nach dem Zweikampf leistete und der ihn zu Dietrichs Gesellen machte. Fasold und Dietleib blieben von da an in Drecanfils und herrschten über das Land, das einst König Drocian und später Fasolds Bruder Ecke gehört hatte. Frohen Herzens ritt Dietrich mit seiner neuen Frau nach Hause.

Schon in den ersten Tagen der Ehe musste Dietrich erkennen, dass es mit Gotelinde nicht immer einfach war einer Meinung zu sein. In vielen Dingen hatte sie ihren eigenen Kopf, den sie oft auch durchsetzte. Aber sie gefiel ihm so gut, dass er darüber hinwegsah. Nur wenn es um Regierungsgeschäfte ging, ließ Dietrich sich nicht von Gotelinde hineinreden. Da beratschlagte er sich lieber mit Hildebrand.

Nach Wochen, in denen wenig geschah, brach Dietrich auf, um an einem neuerlichen Hoftag von König Ermenrich teilzunehmen. Nur Witege und Heime, die sich inzwischen besser zu verstehen schienen, begleiteten ihn diesmal auf seinem Weg. Dietrich wollte wie beim letzten Mal zuerst zu Herzog Ake nach Brisach ziehen.

Als sie Akes Burg fast erreicht hatten, durchquerten sie einen lichten Wald. Inmitten des Waldes sahen sie einen toten Mann auf dem Weg liegen. Sein Pferd stand über ihm, sein Schwert lag neben ihm. Als sie näherkamen, erkannten sie wer das war. „Das ist Jarl Iron von Brandenborg[121]", entfuhr es Witege. „Wer könnte das

---

[121] Dieser Ortsname ist schwer zu klären. Der Sage nach liegt die Burg am Rande des Hunalandes. Die Burg Brandenburg im gleichnamigen Bundesland ist sicher zu jung und zu weit entfernt. Die Ruine Brandenburg im heutigen Thüringen war frühgeschichtlicher Zeit besiedelt, liegt aber wohl

getan haben?", fragte Dietrich. „Er war ein guter Recke", meinte Heime anerkennend, „er war sicher auf dem Weg zum Hoftag." „Und jetzt liegt er tot neben seinem Pferd", fügte Witege hinzu.

Da Iron bereits begann zu verwesen und übel zu riechen, beschlossen sie ihn an Ort und Stelle zu begraben. Sie beerdigten ihn mit den Waffen, die er bei sich hatte, und legten auch seinen Helm und seinen Schild neben ihn. Sie bedeckten das Grab mit Steinen, damit ihn nicht die Wölfe fressen konnten.

Als sie gerade fertig waren, kam Herzog Ake daher geritten. Er sah nicht sehr erstaunt aus. Dietrich wischte sich den Schweiß von der Stirn. „Da liegt Jarl Iron von Brandenborg unter der Erde. Weißt du, wer dies getan hat?", fragte er seinen Oheim. „Das kann ich dir sagen, das tat ich", antwortete Ake. Alle blickten ihn entgeistert an. „Er wollte in meinem Wald das Tier jagen, das zwei Füße hat, wider meinen Willen. Dafür schlug ich ihn zur Hel." Dietrich, Heime und Witege schauten ihn immer noch ungläubig an, da Jarl Iron ein starker und ehrlicher Kämpe war, den sie alle drei gut gekannt hatten.

So erklärte Ake weiter: „Ich nahm ihn in Freundschaft auf, als er mit König Etzel hier auftauchte, und gewährte ihm Herberge. Dann begehrte er meine Frau Bolferiana, statt mit Etzel nach Romaborg weiter zu reiten. Nun liegt er unter der Erde." Herzog Ake blickte dabei geringschätzig auf den Steinhaufen, unter dem sich Irons Grab befand. Sein Pferd schnaubte und schüttelte den Kopf. „Wie dem auch sei, ich grüße euch." Die drei grüßten verlegen zurück.

Keiner sagte noch etwas. Dann stiegen sie auf ihre Pferde und ritten zu Akes Burg. Akes Frau Bolferiana begrüßte die Recken. Witege betrachtete sie und verstand nun, warum Iron dieses zweibeinige Tier jagen wollte. Er ließ sich aber nichts anmerken und vermied

---

ebenfalls zu weit vom Hunaland entfernt. Oostebrink schlägt den Brandenberg bei Meschede (etwa 25 km südlich von Soest) vor.

es, sie länger anzusehen. Wenig später brachen sie auf nach Romaborg.

Ermenrichs Stadt lag noch immer in ihrer alten Pracht am Ufer der Musala, umschlossen von der alten Mauer. Sie trabten durch das gierig starrende Maul des steinernen Tores und banden ihre Pferde im Hof an. Als sie Ermenrichs Halle betraten, sah vieles aus wie beim letzten Mal, und doch war der Saal dunkler und weniger gastfreundlich. Die untere Fensterreihe des steinernen Gebäudes war seit ihrem letzten Besuch zugemauert worden um einen besseren Schutz gegen Angreifer zu haben. Auch Ermenrich hatte sich verändert. Er saß wie ein morscher Stamm auf seinem prächtigen steinernen Thron und starrte regungslos auf seine Besucher. Seine Augen waren fahl, sein Gesicht ausdruckslos. Seine knochigen Finger umklammerten den vergoldeten Knauf eines Schwertes.

Ermenrichs Berater Sibich saß an seiner Seite und musterte Dietrich und seine Gesellen geringschätzig. Seine Augenhöhlen waren noch tiefer als die des Königs, aber im Gegensatz zu diesen waren Sibichs Augen voll Feuer und ließen einen tiefen, dunklen Geist dahinter erkennen. Sibich sagte nichts. „Willkommen! Mischt euch unter die Leute", befahl der König mürrisch. Dietrich und seine Leute taten dies und sie waren froh, nach langer Zeit wieder zahlreiche alte Bekannte zu treffen. Unter den Anwesenden waren auch König Etzel und sein Neffe Osid, denen Dietrich besonders zugetan war. So vergingen die Tage am Hof Ermenrichs sehr unterhaltsam, aber ohne große Vorkommnisse.

Nur einmal trat Ermenrich zu Dietrich, Sibich stand dabei dicht bei ihm. „Sag mir, wie gefällt dir deine neue Rolle als König von Bern? Ist dir die Last auf deinen Schultern nicht zu schwer?" Ermenrich grinste danach mit einem eingefrorenen Lächeln. „Keineswegs. Alles gut", antwortete Dietrich kurz und schüttelte mit dem Kopf. „Ich kann dir einen Berater an die Seite stellen", sagte der König düster lächelnd. „Danke", lachte Dietrich, „ich habe den besten

Berater den es gibt an meiner Seite." Damit klopfte er Hildebrand auf die Schulter, der neben ihm stand und verkrampft lächelte.

Wenige Tage, nachdem König Dietrich vom Hoftag in Romaborg nach Bern zurückgekehrt war, starb Herzog Ake. Keiner wusste den genauen Grund für seinen Tod. Manch einer glaubte, Jarl Irons Männer hätten ihren Herrn gerächt. Andere behaupteten, Ermenrich und Sibich stünden hinter Akes Tod. Niemand hatte je seinen Leichnam gefunden.

Nur wenige Wochen später trat Witege zu Dietrich. „Dein Oheim Ake ist nun schon eine Weile tot", begann Witege völlig unvermittelt, „Willst du mein Fürsprecher sein bei König Ermenrich, dass ich Bolferiana als Frau bekäme?" Dietrich sah ihn erschrocken an. „Ake ist gerade unter der Erde, und du willst schon sein Weib?" Dietrich war ganz erbost und für einen Moment funkelten seine Augen mit der gleichen Glut, die sie durchdrangen, wenn er in hartem Kampf mit einem wilden Feind stand. Witege wich dem Blick aus.

Dann dachte Dietrich an Gotelinde und wie sehr er sie ebenfalls gewollt hatte. Vor allem aber wusste er, was er der Treue und Tapferkeit Witeges zu verdanken hatte. Dann wich das Feuer aus seinen Augen und sein Gesicht bekam die Milde, die so viele an ihrem Herrn schätzten. Nach einer Weile fragte er, ob denn Bolferiana auch die Heirat wolle.

Witege erzählte ihm, wie er sie gefragt hatte, seine Frau zu werden, und er beschrieb ihre Schönheit ganz aufgeregt und voller Eifer, obwohl Dietrich ja wusste, wie sie aussah. Dietrich hörte dabei nicht richtig hin, denn er überlegte bereits, ob Witege mit Bolferiana auch das Land seines Oheims Ake erhalten würde. Insgeheim hoffte er, dass Ermenrich ihm das Land vielleicht mit Witege als Herrn überlassen würde. Schließlich hatte er seinen Oheim ja beim letzten Kriegszug gegen Jarl Rimstein mit vielen Männern geholfen und ihm dank Witege den Sieg erkämpft. Hätte er in die Zukunft blicken können, hätte er sich für diese einfältigen Gedanken wohl geohrfeigt.

Denn mit Witeges Entscheidung, Bolferiana zu heiraten, begann die Dunkelheit über Dietrichs Leben heraufzuziehen.

Schon am Tag darauf ritten Witege und Dietrich erneut zu Ermenrich. Dietrich ahnte nicht, wie schwarz dieser Tag für ihn enden würde. Auf dem langen Weg schwärmte der sonst so wortkarge Witege immer wieder von der Schönheit Bolferianas, so dass Dietrich es schon gar nicht mehr hören wollte. Als sie Romaborg erreicht hatten, traten sie vor Ermenrichs Thron und trugen ihm das Anliegen Witeges gemeinsam vor.

Ein Grinsen setzte sich in das starre Gesicht Ermenrichs und schien ihm beinahe völlig zu entgleiten, so sehr freute er sich offenbar. Reglos blickte er den verwunderten Witege und den noch mehr verwunderten Dietrich eine Weile an. Dann erst antwortete er langsam: „Will Witege mir Gefolgschaft leisten und mir so treu sein, wie er es dir gewesen ist, dann will ich tun, was er fordert." Dietrich zuckte zusammen. Das konnte nicht sein. Das durfte Ermenrich nicht fordern. Seinen liebsten Gefährten und zugleich besten Schwertgenossen. Fassungslos blickte er in die eisigen, blassen Augen seines Oheims, der ihm auf einmal wie besessen erschien, besessen von etwas Bösem. Als sein Blick zu Sibich schweifte, der neben dem König saß, wusste er, woher dieses Böse kam. Sibichs Gesicht blieb jedoch eiskalt und ausdruckslos.

Dietrichs Blick wanderte weiter zu Witege, der betroffen zu Boden sah. Dann hob er den Blick. Zum ersten Mal seit Dietrich ihn kannte, sah Witege nicht stolz und überlegen aus. Vielmehr konnte man ihm sein schlechtes Gewissen ansehen. „Ich werde nicht aus der Welt sein", versuchte er ihn zu beschwichtigen. „Du kannst jederzeit nach Brisach kommen und wenn du in Not stehst, eile ich schnell nach Bern." „Mit Ermenrichs Banner", schnaubte Dietrich und drehte sich grimmig um, bereit den Saal zu verlassen. „Hüte dich, Berner, so stark ist deine Burg nicht, dass du dir deine Beschützer und Schwertmänner vergraulen darfst", schallte es vom Thron herüber.

Dietrich fuhr herum. Ermenrich hatte noch nie Derartiges gefordert. Er war immer eine starke Macht im Rücken des kleinen Aumlungareiches gewesen. Nun erschien er ihm wie eine dunkle Bedrohung. Dietrich blickte erneut in Ermenrichs giftige, eiskalte, trübe Augen. Und als ob er Gedanken lesen könne, erklärte Ermenrich: „Seit langem schütze ich dein Reich. Ich kann dir nicht Akes Burg geben, und Bolferiana hat Anspruch darauf. Nur wenn Witege in meine Dienste tritt, wird er sie bekommen." Dietrich blickte fragend, traurig und zornig zugleich in Witeges Gesicht. Der blickte ihn verlegen und bittend an.

Dann senkte Dietrich seinen Blick zur Erde: „Witege ist dein Mann, Ermenrich." Damit drehte er sich um und verließ den Raum. Im Hals saß ihm ein Kloß, der so groß war, dass er fast glaubte, daran ersticken zu müssen. Zum ersten Mal seit dem Tod seines Vaters fühlte der junge Berner König in diesem Augenblick, dass sich seine Augen vor Trauer mit Tränen füllten. Bevor eine Träne aus seinen Augen kam, hatte er sich gefasst und war aus der Tür. Witege blickte ihm einen Augenblick voll Sorge nach und schwor Ermenrich anschließend Gefolgschaft. Der versprach ihm die Herzogin Bolferiana, Akes Land und seine Burg.

„Aber fragen musst du sie schon selbst", erklärte Ermenrich lachend. „Das habe ich längst getan", grinste Witege. Ermenrich grinste auch, aber ein teuflischer Zug entstellte sein Grinsen zu einer fiesen Grimasse, und er riss den Mund derartig verkrampft auf, dass er das Antlitz eines Wahnsinnigen bekam. Seine gelben spitzen Eckzähne und die nach vorne ragende, bleiche Zunge ließen sein Lachen wie ein gefletschtes Hundemaul erscheinen. Doch Witege sah das nicht. Er war glückselig und dachte nur an seine zukünftige Frau. Froh verließ er die Halle Ermenrichs.

Dietrich hatte draußen bei den Pferden auf seinen Freund gewartet und beglückwünschte ihn schweren Herzens. Er umarmte ihn voller Trauer, obwohl er sich inständig für seinen Freund freute. Als Dietrich und Witege Richtung Brisach ritten, begannen dunkle

Wolkentürme den Himmel zu verfinstern. Laut stießen die Aaskrähen ihre Unheilsschreie über dem Land aus, als ob sie ahnten, welch tödliche Bedrohung dieser Tag bringen würde. Als sie Brisach erreichten, tranken sie Brautlauf, und Witege heiratete Bolferiana.

Als das Fest vorüber war, sattelte Dietrich seinen Hengst und trat vor Witege. „Gehab dich wohl, Witege. Hier werden sich unsere Wege nun trennen." Witege sagte nichts. Stattdessen drückte er Herrn Dietrich fest an seine Brust. Dann schwang sich Dietrich auf Falkes Rücken und ritt schweren Herzens nach Hause.

Wildefer, der bis dahin Witeges bester Freund war, verübelte diesem die Treulosigkeit gegen Dietrich und wollte nicht verstehen, weshalb Witege diese Freundschaft gegen eine Frau eintauschte. Er blieb deshalb bei Dietrich und stand ihm lange treu zur Seite.

Zur gleichen Zeit ereignete sich etwas Böses in Ermenrichs Reich. In dieser Nacht lag tiefe Dunkelheit über dem Land. Ein heulender Wind fuhr durch die Ritzen der Gebäude von Ermenrichs Palast. Ermenrichs erster Diener Sibich war nicht zu Hause, und so ging der König ins Gemach von dessen Frau. Sie war sehr schön, und dem König verlangte nach ihr. So bedrängte er sie. Als sie ihn abwies, wurde er zudringlicher. Er riss ihr das Kleid vom Leib. Sie wehrte sich verbissen, doch er nahm sie auf dem Bett. „Wenn du deinem Mann davon erzählst, dann bringe ich dich um", drohte der König, „und ihn dazu." Schluchzend blieb die Frau zurück. Einige Zeit verging, es wurde ein kalter, nasser Frühsommer. Immer wieder regnete es tage- und nächtelang.

SIBICHS RACHE

Ein wilder Sturm wütete in der Nacht über dem Aumlungaland, als ein einzelner Reiter auf seinem Hengst auf das südliche Stadttor Berns zustob. Sein Mantel war nass, dicke Tropfen rannen von seinem Schild herab, das ihm über dem Rücken hing. Vor dem Tor hielt der durchnässte Reiter. Er pochte an das Tor und rief: „Lasst mich rein. Ich bringe wichtige Nachricht." „Das ist Witege!", rief eine der Wachen. Knarrend öffnete sich das Tor. Witeges Pferd sprengte in vollem Galopp durch den Regen zur Königshalle. Dietrich war noch wach und empfing seinen alten Gefährten voller Freude, aber er war zugleich besorgt über dessen nächtliches Erscheinen.

Als Witege seinen tropfnassen Mantel abgelegt hatte, bemerkten alle Umstehenden gleich sein aufgewühltes Herz. „Du bringst schlechtes Wetter", sagte Dietrich von Bern. Witege atmete schwer. „Nicht nur schlechtes Wetter", keuchte er, „Ermenrich kam über den Fluss und hat Drecanfil[122], angegriffen und verbrannt. Embrica und Fritla[123], meine Stiefsöhne und ihr Ziehvater Eckehart[124] hängen davor an einem Baum." Dabei schüttelte er den Kopf, als ob er selbst nicht glaubte, was er erzählte.

---

[122] Nicht zu verwechseln mit der gleichnamigen Burg Drecanfils am Osning. Die Burg ist nur in den altnordischen Handschriften der Thidrekssaga genannt. Sie wird Drecanfil, Trelinn borg (Mb), Greings (IsB) oder Gregen (IsA) genannt und muss rechtsrheinisch liegen. Sie ist daher nicht mit der anderen Harlungenburg Brisach (Bad Breisig) identisch. Vermutlich der Drachenfels bei Königswinter.
[123] Die Namen der Neffen Dietrichs lauten in der Thidrekssaga eigentlich Eggerd und Ake. Allerdings scheint die Thidrekssaga hier die Namen verschoben zu haben. Die Burg Brisach heißt hier fälschlicherweise Fritila.
[124] In der Thidrekssaga heißt er Fritila. In anderen Sagen heißt er Eckehart. Hier scheint in der Thidrekssaga eine Namensverschiebung passiert zu sein.

Ungläubig starrte Dietrich ihn an. Ein kalter Schauer durchfuhr ihn. „Wie konnte das geschehen?", fragte er, „warum hat er das getan?" „Sibich, der üble Wurm hat ihn dazu aufgestachelt", zischte Witege verächtlich. „Er hat ihn verhext. Ermenrich ist nicht mehr er selbst. Sibich ließ ihn glauben, meine Stiefsöhne wollten seiner Frau beiliegen." Witege blies laut hörbar durch die Nase und blickte Dietrich an. Der strich sich angespannt übers Gesicht und ließ seine Hand eine Weile nachdenklich vor seinem Mund. Hildebrand stand schweigend daneben.

Nach einer Weile gingen sie gemeinsam in die Königshalle und ein Diener brachte Rauchfleisch, Brot und Bier. Witege setzte sich und schlang gierig die Speisen herunter. Auch Dietrich und Hildebrand setzten sich bei einem Krug Bier.

Nun erzählte Witege ausführlicher, was ihm geschehen war. „Ermenrich ist nicht mehr er selbst. Seine Söhne sind alle gefallen. Zwei durch seine eigene Schuld", erklärte er. „Ich hörte davon", nickte Dietrich. „Ermenrich sandte sie Schatzung zu fordern. Friedrich[125] fiel in Wilcina[126] und Reginbald ertrank auf dem Weg nach Aengland[127]. Den dritten Sohn, den jungen Samson, erschlug er selbst im Zorn. Und jedes Mal hatte Sibich seine Finger im Spiel", raunte Witege: „Vor zwei Tagen kam Ermenrich mit einem Heer vor meine Burg. Ich war nicht zu Hause. Meine Stiefsöhne, Eggert und Ake wollten nicht flüchten, obwohl sie gewarnt wurden. So blieben sie dort mit wenigen Getreuen. Ermenrichs Heer legte Feuer, und als

---

[125] In der Thidrekssaga Fridrec oder Frederik genannt.
[126] Diese Stadt muss in räumlicher Nähe zum Wilcinaland und zu Ermenrichs Reich, aber auch im Grenzbereich zwischen Hunaland und Palernaland liegen. Vielleicht der Wilzenberg im Sauerland.
[127] Wird meist mit Angeln auf der jütischen Halbinsel identifiziert, da es zu Land und zu Schiff erreichbar sein soll. Es erscheint aber völlig unglaubwürdig, dass ein König aus dem Moselraum dort Schatzung verlangen würde. Möglicherweise ist in Wahrheit das Land um die Angelburg in Hessen gemeint. Über Mosel und Lahn wäre das Gebiet mit dem Schiff zu erreichen.

die Beiden herauskamen, weil der Rauch zu schlimm wurde, wurden sie gefasst und gehängt. Als ich kam, fand ich nur noch mein weinendes Weib und einige verstörte Knechte vor einem Haufen Asche vor." Dietrich schwieg und nahm noch einen Schluck aus seinem Becher. Dabei starrte er unentwegt auf die Tischplatte.

Hildebrand meldete sich nun zu Wort: „Ermenrich steht seit langem unter dem Einfluss Sibichs. Aber bisher beriet Sibich den König im Dienst des Reiches und zu dessen Vorteil. Dass er ihn so in sein eigenes Verderben führt, ist neu. Vielleicht will Sibich den Thron!" Dietrich sah ihn ungläubig an. Er wusste aber nicht, was er dazu sagen sollte, und so ballte er nur die Faust und schwieg.

Am nächsten Morgen sattelten Dietrich, Hildebrand und Witege ihre Pferde und ritten nach Romaborg zu König Ermenrich. Als sie die große Halle, in der Ermenrich saß, betraten, überkam sie eine düstere Stimmung. Ermenrichs Halle hatte sich seit ihrem letzten Besuch sehr verändert. Dicke Teppiche verhüllten nun einen Großteil der oberen Fensterreihe, die einstmals viel helles Tageslicht hereinließ. Die Luft war rauchig und schwer. Dafür loderte eine Reihe Fackeln an den Wänden des Saales. Neben der Leibwache hatte Ermenrich offenbar kaum mehr Bedienstete. In den Ecken breiteten sich staubige Spinnweben aus.

Der König sah müde und erschöpft aus. Seine Augen hatten jeglichen Glanz verloren und strahlten nur noch trübe Kälte aus. Sibich stand an der Seite des Königs und beäugte die Recken misstrauisch. Dann flüsterte er dem König etwas ins Ohr.

„Ihr kommt wegen den Harlungen[128]", begann Ermenrich. Dietrich nickte und fragte ohne Umschweife, was Witeges Schuld war. Der König seufzte und holte dann erneut Luft, bevor er antwortete:

---

[128] So werden Ermenrichs Neffen Embrica und Fritla in der Sage (nicht allerdings in der Thidrekssaga) genannt. Der Name dürfte vom Flüsschen Ahr herkommen, der nur knapp über Bad Breisig (dem Brisach der Sage) in den Rhein mündet. Demnach wären sie die Ahr-lungen.

„Witege trifft keine Schuld. Ich werde da schon mit ihm einig werden. Dazu hätten wir deine Hilfe nicht gebraucht, Berner." Sibich, der neben Ermenrich stand, grinste verächtlich. „Er hat dich dazu gebracht deine Brudersöhne zu töten", rief Dietrich erbost und zeigte auf Sibich. „Die feige Schlange! Wie ein giftiger Wurm schlängelt er um den Thron."

Dietrich griff an seinen Schwertgriff und war drauf und dran, Eckesax in Ermenrichs Halle aus der Scheide fahren zu lassen. Hildebrand hielt seinen Arm fest und sah seinem Herrn streng in die Augen. Dabei schüttelte er bestimmt mit dem Kopf.

„Sie wollten zu viel, die Harlungen, die Gierigen", rief Ermenrich, „Sie wollten des Königs Frau! Und der Herr von Bern streckt auch schon die Hände nach Romaborg aus. Wie die Wölfe schart ihr euch um den siechenden Elch." „Ich will dein Reich nicht" beteuerte Dietrich. „Das haben viele gesagt", krächzte Ermenrich, „raus mit euch jetzt, ihr Aaswölfe. Der Elch hält noch eine Weile durch!" Dabei lachte Ermenrich halb boshaft und halb verzweifelt. Dann wurde sein Gelächter von einem Husten abgelöst, das schließlich in ein heiseres Röcheln überging. Dietrich und Hildebrand drehten sich um und gingen hinaus. Sie verabschiedeten sich von Witege, der etwas verloren und nachdenklich zurück blieb. Traurig stieg Dietrich auf sein Pferd, und ritt heim nach Bern.

Das Aumlungaland wurde bald darauf lange Zeit von dunklen Wolken eingehüllt, und ein wütender Nordostwind blies unerbittlich über das Land. Er war ein Vorbote einer schlimmen Zeit. Immer öfter stand Dietrich nun auf den Mauern Berns und blickte voll Sorge nach Süden in Richtung Romaborg. Der sonst so schützende Schirm aus der mächtigen Stadt hatte sich in eine dunkle, ungewisse Gefahr gewandelt. Auch Hildebrand sagte in diesen Tagen nicht viel. Drei Tage lang regnete es ohne Unterlass.

Dann erhielt Dietrich Botschaft, dass Ermenrich seine Männer aussandte um im Aumlungaland Schatzung zu fordern. Der Anführer der Eindringlinge hieß Ragnall. Wütend brach Dietrich mit einiger kleinen, berittenen Streitmacht zu besagtem Ort auf, um Ragnall zu treffen. Es war nicht schwierig ihn zu finden, da in den Dörfern im Grenzland zu Ermenrichs Reich überall große Aufregung herrschte. Man wollte hier nämlich nicht zwei Herren Abgaben leisten. So musste Dietrich in allen Dörfern, die er betrat, zuerst die aufgebrachten Menschen beruhigen, bevor er die Richtung erfuhr, in die Ragnall gezogen war.

Sie fanden Ragnalls Trupp schließlich in einem kleinen Dorf in dem er gerade Schatzung forderte. Dietrichs Männer ritten auf Ragnalls Leute zu. Sogleich bauten sich die Gegner in zwei Doppelreihen in der Mitte des Dorfes gegeneinander auf. Vorne standen auf der einen Seite Ragnall und seine besten Männer, auf der anderen Seite Hildebrand, Dietrich und dessen engste Gefolgschaft. Dahinter standen die Krieger. Staub stieg über der Dorfstraße auf. Einige der Rösser schnaubten aufgeregt. Die Dorfbewohner beobachteten den Ausgang des Kräftemessens aus sicherer Entfernung.

Dietrich kannte Ragnall. Freundlich aber bestimmt rief er ihm zu: „Ermenrich bekommt keine Schatzung von meinem Land! Und du Ragnall, sage ihm großen Undank für diese Forderung!" Einige von Ragnalls Männern umfassten daraufhin ihre Schwertgriffe. Ein übereifriger Krieger zog sein Schwert aus der Scheide. Daraufhin griffen auch die Berner nach ihren Schwertern.

Ragnall blickte seine Männer streng an und schüttelte mit dem Kopf. Die meisten ließen daraufhin die Hände von ihren Schwertern. Damit wandte sich Ragnall wieder zu Dietrich. „Tut das nicht Herr Dietrich", warnte er ihn, „verzichtet auf die Schatzung einiger Orte, sonst wird Ermenrich euch zermalmen." Dietrich schüttelte wütend und immer noch fassungslos den Kopf. „Mein Reich ist ohnehin klein und ich bin kein König mehr, wenn ich nicht die Schatzung dieser Orte erhalte. Eher verliere ich mein ganzes Reich." Ragnall nickte verständig und ritt mit seinen Mannen davon.

Schweren Herzens ritt auch Dietrich nach Hause. Ein heftiger Wind blies die letzten Blätter von den Bäumen, als sie die Straße

Richtung Bern entlang trabten. Der Wind heulte in den kahlen Astkronen. Nackt und kalt lag die Landschaft vor ihnen. „Warum tut Ermenrich das?" fragte Dietrich. „Ich meine, das ist Sibich", raunte Hildebrand, „aber das, was heute geschehen ist, wird unser Feind nicht auf sich sitzen lassen. Egal wer es ist. Und er ist mächtig. Wir werden um unser Reich kämpfen müssen", schnaufte er, „und niemals standen wir einem mächtigeren Feind gegenüber." Dann legte er die Stirn in Falten. „Ich weiß nicht, ob wir diesen Kampf überhaupt gewinnen können, selbst wenn wir dreimal so gut kämpften als jemals zuvor."

Noch nie hatte Dietrich seinen Meister so besorgt erlebt. Trotzig sagte er: „Dann werden wir bald größten Heldenrum haben oder tot sein". Dietrich versuchte das möglichst unbekümmert und kraftvoll zu sagen. Hildebrand schwieg.

Drohende Wolken verdunkelten nun erneut den Himmel, und sie schienen noch viel schwärzer als an den Tagen zuvor. Als sie Bern erreicht hatten, tobte ein wilder Sturm die ganze Nacht hindurch über das Land, und der Himmel bebte unter dem Donner. Danach ergoss sich wiederum zwei Tage lang ein sintflutartiger Regen über dem Aumlungaland.

Der Wind rüttelte an den Fenstern der Königshalle in Bern, in der Hildebrand und Dietrich an dem großen Holztisch saßen. Regen prasselte auf das Dach. Und wieder jagte ein einzelner Reiter in gestrecktem Galopp auf Berns Mauern zu. Und wieder war es Witege der schlimme Kunde brachte. Dort angekommen, saß er ab und trommelte laut rufend ans Burgtor. „Macht das Tor auf. Hier ist Witege mit dringender Nachricht für Herrn Dietrich." Eine Wache blies laut in das Horn. Dietrich ahnte Schlimmes. Schnell warf er sich einen Mantel über die Schultern und blickte aus seinem Wohnturm. „Es ist Witege, Wielands Sohn", schallte es von der Mauer. „Lasst ihn herein", rief Dietrich und stürmte in die Nacht hinaus. Er rannte voller Sorge Richtung Stadttor. Der Regen prasselte so stark nieder, dass er bald ganz durchnässt war. Mit donnerndem Hufschlag flog da schon Witeges Hengst den schlammigen Weg entlang. Prustend hielt das Tier vor Dietrich an und Witege stieg herab. Er trat vor Dietrich und blickte seinem früheren Herrn finster in die Augen.

„Du bringst wieder schlechtes Wetter mit", sagte Dietrich. Witege nickte: „Meine Botschaft ist schlimmer und es bleibt nicht viel Zeit. Wartest du den Tag ab, so wird Ermenrich mit einem mächtigen Heer vor deinen Mauern stehen. Er will dich hängen sehen hier vor Bern." Dietrich nickte gefasst. Er hatte einen Krieg erwartet und Hildebrand hatte ihm dies vorhergesagt. „Lasst die Hörner blasen", befahl er der Wache. „Wir reiten ihm entgegen und schlagen uns mit ihm so gut wir können." „Nein Dietrich, tu das nicht", warf Witege ein, "Ermenrich will dein Leben und Land. Sein Heer ist zu groß. Er hat eine riesige Streitmacht zusammengezogen. Ihr könnt ihm niemals widerstehen, auch wenn ihr dreimal besser kämpft als jemals zuvor. Und er wird ganz sicher nicht mit sich verhandeln lassen."

Unentschlossen und fragend blickte Dietrich zu Hildebrand, der hinzugekommen war. Der nickte mit eiskalter Miene. „Verlass das Reich mit deinen engsten Getreuen und übergebe Bern an den Feind", sagte er knapp. Dietrich erschrak bei diesen Worten. Insgeheim hatte er sich im Inneren oft dabei überrascht, diesen Gedanken zu verfolgen, doch im Grunde hatte er sich inzwischen bereits damit abgefunden, einen baldigen, ruhmvollen Schlachtentod zu sterben. Seine anfängliche Hoffnung, Ermenrich vielleicht doch schlagen zu können, hatte Hildebrand in den letzten Tagen zunichte gemacht.

Witege stieg auf sein Ross. Mit finsterer Miene blickte Wildefer ihn an. „Kämpfst du nicht auf unserer Seite?", fragte er. „Nein", erklärte Witege „ich habe Ermenrich Gefolgschaft geschworen. Es tut mir leid! Vielleicht verlässt Dietrich sein Reich. Dann werden wir nicht gegeneinander kämpfen müssen." „Der Tag wird kommen, auch wenn wir jetzt fliehen", sagte Wildefer traurig, „du weißt es auch." Witege blickte kurz zu Boden. Damit jagte er davon in die Dunkelheit des Sturms. Bitter blickte Wildefer ihm nach.

Sie gingen nun in die Königshalle, und Dietrich lief eine ganze Zeit schweigend auf und ab, während die anderen ihn beobachteten. Er ging zum Fenster und blickte nach Osten, wo ein heller Schimmer bereits die aufgehende Sonne ankündigte. Der Regen hatte aufgehört. Traurig blickte er auf die Türme seiner Stadt und die Häuser der Bewohner, denen er versuchte ein guter Herrscher zu sein. Gotelinde trat herein und an ihrem Blick konnte Dietrich sehen, dass sie die schlechte Kunde schon gehört hatte. Eine Weile stand sie an seiner Seite und sagte nichts. Dann sah sie ihm tief in die Augen: „Liebster Dietrich, es scheint mir, es ist das beste, wenn wir Bern verlassen. Wenn wir aus Aumlungaland weichen müssen, werde ich mit dir gehen, wohin du auch ziehst."

Als es hell wurde, waren Dietrichs edelste Recken eingetroffen und in der Halle versammelt. Davor hatte sich das Volk versammelt. Frauen, Alte, kleine Kinder aber auch bewaffnete Krieger standen da zuhauf umher.

Ein Kloß formte sich in seinem Hals, der ihm das Sprechen schwer machte. „Ein mächtiges Heer ist auf dem Marsch nach Bern, dem wir nicht widerstehen können", begann er. „Es ist Ermenrich, mein Oheim selbst. Wir haben keine Wahl außer den zweien. Die eine ist, wir kämpfen bis wir fallen und nehmen eine Menge von Ermenrichs Kriegern mit. Die andere ist, dass wir ihm die Stadt und das ganze Humlungaland übergeben und dahin reiten wo man unsere Schwerter brauchen kann. Ich bin für diese zweite Wahl, auf dass ich Bern eines Tages zurückgewinne. Wer nicht mitkommt, den wird Ermenrich womöglich schonen. Er will nur meinen Kopf." Ein empörtes Raunen ging abermals durch die Reihen.

Da baute sich Hildebrand neben ihm auf: „Ich folge meinem Herrn, und wer von euch den Mut hat, der möge uns folgen. Wir werden eines Tages wieder kommen und uns Bern zurückholen. Das schwören wir. Wir werden dann aber niemanden strafen, der heute hierbleibt. Es ist eure freie Wahl."

Zuerst war es ganz still im Saal. Dann ging erneut ein Raunen durch die Menge, das sich schnell in ein aufgeregtes Geschnatter verwandelte. Die meisten Edelleute stimmten Dietrich zu und wollten ihm folgen.

Schließlich begann ein reges Treiben, das sich über die ganze Stadt ausbreitete, denn zahlreiche Krieger waren bereit, ihrem König in sein ungewisses Schicksal zu folgen. Unter diesen war auch Wolfhardt, Ermenrichs Schwestersohn. Dieser war jünger als Dietrich und lebte da erst seit wenigen Tagen in Bern. Sein Haar war blond, seine Augen waren dunkelbraun, wie die Samsons, seines Muttervaters. Sein Gesicht war schön, seine Augen wild und listig. Er war kein Freund langer Worte und wenn man ihn reizte war er aufbrausend wie ein Sturm. „Ich folge dir Dietrich, egal wohin du ziehst!", erklärte er stolz. Dazu kamen Wildefer und andere tapfere Recken.

Überall in Bern hörte man nun Waffengeklirr, Rossgewieher und Kindergejammer. Einige hundert Mann zu Pferd und in Begleitung ihrer Familien standen bereit im Hof, als ein zweiter Reiter in wildem Galopp durch das Stadttor preschte. Es war Heime. Er begriff sofort, dass er nicht der erste Überbringer der schlimmen Nachricht war und war darüber zuerst offenbar etwas enttäuscht. Dann blickte er sich verwundert um und trat vor Dietrich: „Ermenrichs Heer umfasst mehr als viertausend Mann. Ihr wollt nicht dagegen reiten mit diesem Häuflein? Das sind nicht viel mehr als fünfhundert." „Es sind siebenhundert!" entgegnete Dietrich gereizt, „und nein, wir überlassen ihm die Stadt und ziehen fort." Heime atmete erleichtert durch.

Dietrich stieg auf sein Ross und sah sich ein letztes Mal um. Er wurde sehr traurig als er zurückblickte nach seiner großen Halle, in der er so viel Zeit verbracht hatte. In der sie so oft gezecht und gefeiert hatten. Er sah auch die junge Linde, die seit seiner Kindheit vor der Halle in die Höhe strebte und nun schon fast Haushoch war. Er würde all dies wohl nie wieder sehen, und nie erleben, wie groß sie an seinem Lebensabend sein würde. Falls dieser nicht ohnehin bald bevorstand.

Als der kleine Heereszug aus dem Tor ritt, begann bereits eine gleißende Sonne über dem Horizont aufzusteigen. Witege und Heime wünschten Dietrich und seinen Männern viel Glück und machten sich auf zum Heer Ermenrichs. Von seinen früheren Kampfgenossen hatte Dietrich außer Hildebrand nur noch den treuen Wildefer an seiner Seite. Dietrich, Wildefer und Hildebrand blickten ein letztes Mal zurück.

Warm stand die Morgensonne über der herbstlichen Landschaft. Auch Dietrichs engste Familie befand sich im Zug. Darunter waren Gotelinde, sowie Dietrichs Mutter Odilia und sein Bruder Diether, ein kleines Kind, das so laut schrie, wie Dietrich es am liebsten auch getan hätte. Man konnte es bis zu dem Hügel hinauf hören, wo Dietrich und Meister Hillebrand auf ihren Rössern saßen. „Ich bin froh, dass mein Vater dies nicht mehr miterleben muss", meinte Dietrich, „es hätte ihm das Herz gebrochen."

Dietrich war wütend und schwieg nun, und auch Hildebrand sagte nichts, als sie auf die trutzigen Mauern blickten, zu deren Füßen der Fluss lieblich und grün glitzernd dahinströmte. Die Weiden und Äcker des Umlandes lagen noch immer so friedlich vor den waldigen Hügeln wie eh und je. Dünne Nebelschlieren hingen in den Bäumen am Fluss. Als wollten sie die Vergänglichkeit versinnbildlichen, begannen sie sich in der Sonne aufzulösen. Ein Schwarm Tauben flog über dem fruchtbaren Land dahin. „Dann auf in ein neues Abenteuer", sagte Hildebrand mit gequält zuversichtlicher Stimme und nickte mit einem wölfischen Grinsen. Dietrich lachte. Allerdings nicht weniger gequält. Überall stiegen nun dunkle Rauchschwaden über den Dächern der Bauernhäuser auf. Dietrich ließ nämlich viele Häuser des Umlandes verbrennen und hieß ihre Bewohner, sich dem Tross anzuschließen, der so bald auf über tausend Menschen anschwoll. Dietrich drehte seinen Hengst nach Norden und Hildebrand folgte ihm.

Das Heer bewegte sich ins Mundia-Land hinein, zu einer Feste, die Bakalar hieß, nahe am Rhein. Hier war das Heer sicher vor

Ermenrichs Truppen, denn Bakalar lag bereits in der Grenzmark des großen Hunalandes, über das der mächtige König Etzel herrschte und das einst nach König Hunding benannt wurde. Der Herr der Burg Bakalar, Markgraf Rüdiger, empfing Dietrich und seine Schar sehr herzlich. Boten hatten ihm von der Ankunft berichtet. Während der Hauptteil des kleinen Heeres vor der Burg lagerte, gingen Dietrich und seine engsten Getreuen hinein. Der Markgraf und seine Frau versorgten sie mit Speisen und Getränken und überreichten ihnen kostbare Geschenke. Darunter war eine prächtige Kriegslanze, die Rüdiger höchstpersönlich an Dietrich überreichte.

An Rüdigers Hof wurde Dietrichs ganzes Heer gut versorgt und lagerte die Nacht über angenehm. Am Abend erzählten sie in kleiner Runde dem Markgrafen, was genau geschehen war. „Ich bin mir sicher, dass Etzel euch aufnehmen wird", erklärte Rüdiger, „tapfere Krieger sind ihm stets willkommen. Ich werde in jedem Fall ein gutes Wort für euch einlegen." Am nächsten Morgen ritt Dietrichs Heer in Begleitung Rüdigers Richtung Susat, zu jener sagenumwobenen, mächtigen Stadt, die sie aus glücklicheren Tagen kannten.

Als sie Susat fast erreicht hatten, kamen ihnen Etzel und seine Frau Helche mit einem prächtig geschmückten Aufgebot an Kriegern entgegen, um sie zu empfangen. Die Banner wehten über Etzels Mannen im Wind, die Kettenhemden blitzten in der Sonne.

„Ich grüße dich Berner!", erklärte Etzel feierlich, „sei willkommen in meinem Reich." Helche nickte freundlich und hieß die Helden ebenfalls willkommen. Helche war von solcher Art, dass sie einen Ort gleich mit Leben und Freundlichkeit erfüllte, sobald sie nur Anwesend war. Zugleich war sie klug und schön. Fast alle an Etzels Hof hatten sie gern, obwohl sie ihre Meinung fast immer ehrlich kund tat und niemals log um zu gefallen. Auch Dietrich begrüßte die beiden froh und alle Krieger, die er noch kannte von seinen früheren Kriegszügen. So ritten Dietrich und Etzel zusammen in die Stadt. Etzel bat Dietrich, solange zu bleiben, wie es ihm beliebe und Dietrich blieb sehr lange in Etzels Land.

DIE RYTZENKÄMPFE

„Kühn kämpften wir, wir sitzen auf Leichen,
Von uns gefällten, wie Adler auf Zweigen.
Haben Ruhm erworben, sterben heut oder morgen."
(Aus dem Hamdirlied der älteren Edda.)

Etzel war damals einer der mächtigsten Könige jenseits des Rheins. Er war Herr über ein großes Reich und ein starkes Heer. Er lag zu dieser Zeit immer noch im Streit mit dem Herrn des Wilcinalandes. Dieser war ein enger Verwandter des toten Königs Oserich, der einst über das Wilcinaland herrschte, und so hatte er die Feindschaft zu Etzel mit der Königswürde übernommen.[129]

Als dieser neue König der Wilcinen eines Tages in die Grenzmarken von Etzels Reich einfiel, zog Etzel ihm mit einem Heer entgegen. Dietrich folgte seinem neuen Herrn mit seiner erlesenen Schar.[130] Die meisten von Dietrichs einstigen Waffenbrüdern dienten inzwischen anderen Herren. Aber immer noch standen starke Recken an seiner Seite. Hildebrand ritt mit dem Löwenbanner vor

---

[129] So genau werden die Verhältnisse in der Thidrekssaga nicht geschildert. Man gewinnt eher den Eindruck, als ob Oserich (auch Osantrix), nach seinem Tod bei Witeges Befreiung, weiter herrscht und später erneut fällt. Der Grund für diesen „doppelten Tod" könnten mehrere unterschiedliche Überlieferungen zum Tod des Osantrix sein oder einfach fehlende Überlieferung des Namens eines Übergangsherrschers in der Sage.

[130] In Deors Klage, einem altenglischen Gedicht aus dem 10. Jahrhundert, wird erzählt, dass ein Dietrich 30 Winter auf der „Märingaburg" saß. Es ist möglich, dass hier Dietrich von Bern gemeint ist und die Angabe sich auf sein jahrzehntelanges Exil bezieht. Vielleicht wies Etzel ihm eine Burg irgendwo im Hunaland zu. Die Märingaburg ist allerdings kaum lokalisierbar und wird in der Thidrekssaga nicht erwähnt. Wer die Märinger waren, die oft in alten Texten erwähnt werden, ist ebenso rätselhaft.

seinem Herrn, dahinter kamen gleich der stürmische Wolfhardt und der tapfere Wildefer. Aber auch in Etzels eigener Streitmacht waren gute Freunde Dietrichs. Darunter Herzog Naudung und der gute Markgraf Rüdiger mit ihren Mannen.

Nahe einer Burg namens Brandenborg trafen die Heere aufeinander und lieferten sich eine wilde Schlacht. In dieser Schlacht fiel der König der Wilcinen, den diese erst kurz vorher erhoben hatten. Auch verloren sie viele ihrer besten Krieger. So zogen sich die Wilcinen zurück und die Hunen gewannen den Sieg. Aber auch Etzel hatte große Verluste zu beklagen. In seinem Heer waren fünfhundert Männer gefallen.

Dietrich blickte nachdenklich über das Schlachtfeld, auf dem die Krähen sich in Scharen um das Fleisch der Toten stritten. Dann sah er auf einen toten Krieger der Wilcinen herab, der mit klaffender Wunde im Gras lag. Der fremde Krieger war jung. Sein blondes Haar war verkrustet von trockenem Blut. Irgendetwas bewog Dietrich, sich herabzubeugen und ihm die Augen zu schließen. Als er dies tat, umklammerte ihn ein Gefühl der Sinnlosigkeit.

„Glaubst du wir werden ihn im Himmel der Krieger wiedersehen?", fragte er Hildebrand, der nahebei stand, "vielleicht ist der neue Gott der Christen im Recht, der den Kampf um seiner selbst willen nicht gutheißt." „Ich weiß nicht viel über die Götter und noch weniger über diesen neuen Christengott, aber wir werden es irgendwann wohl erfahren", sagte der. Nachdenklich wischte Dietrich sein blutiges Schwert im feuchten Gras ab.

Etzels Männer zogen nach der Schlacht wieder nach Hause und wurden feierlich in Susat empfangen. Etzel wusste, dass er den schnellen Sieg zu großen Teilen auch Dietrich und seinen Männern zu verdanken hatte, und er war froh, die kampfkräftigen Recken an seinem Hof zu haben. In Susat wurde ein großes Fest gehalten und der Sieg ausgiebig mit Bier begossen. Im Wilcinaland wählten die

Großen des Reiches bald darauf Herding[131] zum neuen König. Der war ein Brudersohn des früheren Königs Oserich und galt als fähig und stark.

Wenig später gebar Gotelinde Dietrich ein Kind. Es war ein Mädchen. Voller Stolz trug er den schreienden Säugling überall in Etzels Hallen umher.[132] Wenig geschah in dieser Zeit und zwei Jahre später gebar Dietrichs Frau ein weiteres Mädchen.

Dietrich liebte seine Töchter über alles. Und er vermisste im Grunde keinen eigenen Sohn, da ihm sein jüngerer Bruder Diether wie ein Sohn war. In ihm hatte er auch einen geeigneten Nachfolger für das verlorene Reich, sollten sie dieses eines glücklichen Tages wieder gewinnen. Seit Diether ihn immer öfter begleiten konnte, schloss er ihn immer mehr in sein Herz. Diether war schlau, geschickt und mutig, manchmal vielleicht zu mutig, dachte Dietrich.

Dietrichs Glück sollte nicht lange währen. Gotelinde wurde bald nach der zweiten Geburt sehr krank. Sie wurde immer schmaler und konnte nichts essen. Binnen weniger Tage war sie so ausgemergelt, dass sie dahinschied.[133] Dietrich war tieftraurig, als sie gestorben war. Er stand über ihrem Bett und blickte in ihr kaltes, blasses Gesicht. Sie war immer noch so schön wie damals als er sie das erste Mal sah. Seine Augen wurden feucht und einige Tränen rannen seine Wangen herab.

---

[131] Auch Hernid, Erdhink, Herdindh.

[132] In der Sage sind keine Kinder Dietrichs überliefert. Dass Dietrich kinderlos blieb, ist aber nicht gesagt. Die Erzählung hier folgt der Annahme, dass er Töchter hatte, die aber für die Sagenüberlieferung zu unwichtig waren um erwähnt zu werden. Dietrichs Schwester Isold wird auch nur am Rande erwähnt.

[133] Dies wird nicht in der Sage erzählt. Dietrichs erste Frau scheint allerdings nicht mit Dietrichs späterer Frau Herat identisch zu sein. Möglicherweise hatte Dietrich auch mehrere Frauen gleichzeitig, wie dies bei Herrschern der Völkerwanderungszeit üblich war. Dies wurde womöglich in späterer Zeit aus der Sagenüberlieferung als Makel getilgt.

Gotelinde wurde vor Susats Mauern beigesetzt. Der Himmel war grau und die Blätter hatten ihr Laub ganz verloren. Junge Mädchen sangen Trauerlieder, die selbst Meister Hildebrand das Wasser in die Augen trieben. Dietrich verbrachte eine ganze Nacht beim Grab, und er sagte an den folgenden Tagen fast nichts. Er erlaubte sich aber nicht, in Trauer zu versinken. Das Leben musste gelebt werden und Kämpfe mussten gekämpft werden. Und er wollte seinem jungen Bruder Diether ein starkes Vorbild sein. Aber lange Zeit sah er sich nicht nach einer anderen Frau um.

Bald starb auch Dietrichs Mutter, die sich bis dahin um die Mädchen gekümmert hatte. Dietrichs Töchter wurden nun von Helche und ihren Dienstmädchen in Susat großgezogen und gut behandelt. Dietrichs Bruder Diether wuchs zusammen mit Erp und Ortwin, den Söhnen Etzels auf. Und so war Helche dem jungen Diether beinahe wie eine leibliche Mutter. Helche behandelte ihn auch wie einen eigenen Sohn. Erp, Ortwin und Diether waren fast gleich alt, und sie waren wie Brüder.

Einige Zeit danach stand Dietrich alleine auf einem der Türme Susats. Er blickte voller Sehnsucht in Richtung Süden, wo sich die dunkelgrünen Berge erhoben, hinter denen sein geliebtes Aumlungaland lag. Eine Weile sah er so in die Ferne und wurde ganz wehmütig. Doch mit einem Mal zog etwas anderes seine Aufmerksamkeit in seinen Bann. Weit draußen in Etzels Reich sah er dunklen Rauch aufsteigen. Gleich an mehreren Stellen stiegen schwarze Säulen zum Himmel empor.

Er lief sogleich zu Etzel, um ihm davon zu berichten, doch der hatte da bereits von dem Vorfall erfahren. Er war außer sich und schäumte vor Wut. „Wer wagt es, mich mitten in meinem eigenen Land anzugreifen!", rief er erbost, „wenn dies Herding ist, werde ich ihn zerstampfen wie einen Wurm und seine Herrschaft vernichten!"

Etzel ließ auf der Stelle ein Heer ausrüsten. Während der Vorbereitungen trafen Boten ein, die berichteten, dass nicht der

Wilcinenkönig Herding, sondern Waldemar, der König der Rytzen,[134] mit einem großen Heer ins Hunaland eingefallen war, und bereits mehrere Dörfer und Wehrbauten verbrannt hatte. Das Rytzenland war ein großes Königreich zu dem auch Ungaria[135] und Greken[136] gehörten. Aber Etzel fürchtete Waldemar nicht, denn das Hunaland war ebenfalls mächtig. Am folgenden Tag brach das Heer Etzels auf. Als sie die niedergebrannten Dörfer erreichten, sahen sie viel Leid und Wehklagen.

Das feindliche Heer hatte sich allerdings wieder tief ins Rytzenland zurückgezogen, als Etzels Herr herannahte. Etzel und Dietrich folgten dem Feind nun weit in dessen eigenes Land hinein. Das Land der Rytzen war nicht so fruchtbar und offen wie das Hunaland. Vielerorts wurde es von Bergen, engen Tälern und Wäldern beherrscht. Doch immer wieder trafen sie auf bebautes Land dazwischen. Dort verheerte nun auch Etzel viele Häuser und Gehöfte. Sie nahmen sich die Vorräte der Bewohner, töteten das Vieh und brachten nun auch viel Leid über das Volk. „Ha", freute sich Etzel, als er das Elend sah, „das wird Waldemar hart treffen!"

---

[134] In der Sage auch Ryssen oder Reußen genannt. Oft mit Russen gleichgesetzt. Falls die Sage auf wahren Begebenheiten fußt, dann kämen laut Oostebrink auch Rugier an der Ostseeküste in Betracht. Das Rytzenland (auch Ruzcialand, Ruziland, Rutsia land, Ryseland und ähnlich) ist in der Thidrekssaga nicht weit vom Wilcinaland entfernt, allerdings auch benachbart zum Hunaland und vermutlich nahe am Aumlungaland. Daher könnte es sich eher um hessische Volksgruppen handeln. Vielleicht verbergen sich dahinter die im Jahr 738 erwähnten Teilstämme der Wedrecii (demnach vielleicht eigentlich Wed-Rytzen) und Nistresi (demnach Nist-Rytzen), die vermutlich an Wetter und Nister im heutigen Hessen siedelten.
[135] Nicht Ungarn, sondern der Engersgau dürfte hier gemeint sein. Oostebrink und Ritter vermuten das Rytzeland weiter im Norden. Daher vermuten sie die Landschaft Engern.
[136] Vermutlich handelt es sich um ein Gebiet um Graach an der Mosel, das Ermenrich der Sage nach zum Teil eroberte. Zumindest Teile scheinen zeitweise die Rytzenkönige besessen zu haben.

Dietrich zweifelte in solchen Augenblicken am Sinn seines Lebens als Krieger. Seitdem er selbst vertrieben worden war, kamen ihm häufiger derartig zweifelnde Gedanken. Wenn Dietrich das Gefühl hatte, dass er zu lange grübelte, besann er sich auf das, was ihm Meister Hildebrand immer gesagt hatte: was nach dem Tod kommt, wissen wir nicht. Aber das, was Bestand hat in der Welt, sind die Taten großer Helden, die bei den Menschen besungen werden. Er fragte sich, wie lange seine Taten einst wohl besungen werden würden.

Erst am Abend schlugen sie ein Lager auf. Vor Einbruch der Dunkelheit kamen die Späher zurück, die berichteten, dass Waldemars Lager nur wenige tausend Schritte entfernt lag. Zwischen den Heeren lag eine moorige Lichtung. Die Heerlager befanden sich beide im Wald. Am nächsten Tag ging Waldemar in aller Frühe zum Angriff über. Etzels Männer waren durch Späher vorbereitet, und so trafen die Reihen gut gerüstet und hellwach aufeinander. Die Schlacht tobte heftig, und zahlreiche Männer fielen auf beiden Seiten. Im unübersichtlichen Wald- und Sumpfgelände zersplitterte sich die Schlacht bald in zahlreiche Einzelgefechte, und es gelang den Heerführern kaum noch, die Übersicht über das Kampfgeschehen zu behalten.

In König Waldemars Heer kämpfte auch dessen Sohn, der ebenfalls Dietrich hieß. Er kämpfte in vorderster Reihe. Er war mutig, schnell und stark. Im Verlauf der Schlacht geriet Dietrich von Bern gegen diesen Sohn Waldemars. Dieser zeigte sich als sehr guter Kämpfer und forderte seinem Namensvetter alles ab. Die zwei Krieger kämpften erbittert, bis beide aus mehreren tiefen Wunden bluteten. Schließlich überwältigte der Berner aber seinen Feind und nahm ihn gefangen.

Er freute sich wie ein kleines Kind über diesen Einzelsieg im Gefecht, doch als er sich umsah, musste er mit ansehen, wie Etzels Männer das Schlachtfeld verließen und flohen. Offenbar hatten die Rytzen an einem anderen Abschnitt der Schlachtlinie die Oberhand gewonnen. Dietrich, der zusammen mit seinen Aumlungen weit vorgerückt war, bemerkte dies erst jetzt, doch war es zu spät. Der Rückzug war versperrt. Aus den Wäldern ringsum drangen immer mehr Rytzen auf sie ein. Schnell ließ er Waldemars Sohn von einem seiner Kampfgefährten fesseln.

Durch Etzels Rückzug waren sie nun allein in vorderster Front und wurden hart bedrängt. Sie wehrten sich nach allen Seiten und waren bald von den Rytzen eingekesselt. Viele von Dietrichs Mannen saßen von den Pferden ab und versuchten die Feinde mit einem Schildwall aufzuhalten. Die Rytzen versuchten sie nun vollständig von Etzels Hauptheer abzuschneiden. Etzels Hunen drängten allerdings daraufhin von der anderen Seite wieder gegen sie vor, und so mussten die Rytzen immer mehr Männer gegen sie werfen.

Hildebrand erkannte als erster, dass dadurch die eigentliche Frontlinie hinter den Reihen der Rytzen nur noch schwach besetzt war: „Die Reihen im Osten sind schwach, weil die Rytzen alles gegen Etzel nach vorne werfen. Wenn wir jetzt den Durchbruch wagen, könnten wir zumindest nach vorne aus dem Kessel kommen und uns hinter das Heer der Rytzen setzen." Um seinen Vorschlag zu untermauern, zeichnete er mit einem Ast einige Linien in die Erde.

„Glaubst du, das ist ein guter Einfall?", fragte Dietrich seinen Meister. „Keine Ahnung", entgegnete der schulterzuckend, „aber es ist leider mein einziger. Außerdem ist es unsere einzige Möglichkeit, hier noch heil rauszukommen. Wir werden es wissen, wenn wir tot auf dem Felde liegen", fügte Hildebrand hinzu. Doch dieses Mal lachte er nicht. Dietrich, der aus mehreren Wunden stark blutete und schon ganz blass war, nickte wenig überzeugt. Doch er wusste, dass es nicht gut stand, und sie kaum eine Wahl hatten. Er war einfach zu schnell vorgestoßen, und dies konnte sie nun alle das Leben kosten. „Männer", rief er, „wir treten die Flucht nach vorn an. Auf drei sitzen alle, die noch ein Tier haben, auf, dann brechen wir durch. Die, die kein Pferd haben, laufen so schnell sie können." Dietrich zählte runter und die Aumlungen sprengten los.

Die umstehenden Rytzen, die damit nicht gerechnet hatten, suchten das Weite oder versuchten verzweifelt Widerstand zu leisten. Sie waren aber zu wenige, um den Ausbruch zu vereiteln. So brachen die Berner in eine Flanke der Rytzen ein und kämpften sich unter Verlusten einen Weg frei. Sie waren noch über fünfhundert Mann und nur wenige Rytzen folgten ihnen. So konnten sie dem tödlichen Kessel schließlich entkommen. Doch bevor sich Erleichterung breit machen konnte, setzte Waldemars Vorhut ihnen nach. Kurz bevor sie eingeholt wurden, erblickten sie zwischen Bäumen und Büschen einen halb verfallenen Ringwall aus Holz und Steinbrocken, in dem sie sich verschanzten.

Nach und nach erschienen um sie herum immer mehr Rytzen, die begannen, sie einzuschließen. Die Wälle machten es den Rytzen aber unmöglich, ohne gewaltige Verluste anzugreifen.

Das große Rytzenheer belagerte sie nun viele Tage, und Waldemar versuchte mehrmals, den Ringwall einzunehmen, doch die Rytzenkrieger scheiterten immer wieder am erbitterten Widerstand der Aumlungen. „Ihr solltet aufgeben, mein Vater wird nicht aufgeben", meinte Waldemars gefesselter Sohn, als Dietrich an ihm vorbei ging, „Er wird so lange angreifen, bis ihr aufgebt oder alle tot seid und mich dann befreien." Dietrich, der durch seine entzündeten Wunden immer schwächer wurde, blickte auf den jungen Rytzenprinz herab, der an einem Pfosten gefesselt am Boden saß. Er sagte nichts und ging weiter.

Immer wieder griffen einzelne Rytzengruppen heftig an, und immer wieder wurden sie unter hohen Verlusten zurückgeworfen. Die Aumlungen kämpften tapfer. Auch sicherte eine Quelle im Inneren der alten Burg die Trinkwasserversorgung. Allerdings ging Dietrichs Männern die Nahrung aus. Bald begannen sie ihre kostbaren Streitrösser zu schlachten, da sie nicht mehr genug zu essen hatten. Dietrichs Wunden hatten sich zu allem Übel entzündet. Er wurde immer schwächer. In der kleinen Schanze stank es bald entsetzlich nach Innereien von den geschlachteten Tieren und nach den Fäkalien der

Eingeschlossenen. In der Kampfzone um die Burg herum begannen Krieger zu verwesen. Grell brannte die Sonne hernieder und heizte den unerträglichen Gestank an.

„Wenn es so weiter geht, verhungern wir hier jämmerlich oder erliegen unseren Wunden", meinte Dietrich voller Sorge. Er saß geschwächt am Boden an einen hölzernen Sattel gelehnt. „Verzage noch nicht, Dietrich! Noch haben wir Pferde und noch haben wir kampffähige Männer", meinte Hildebrand, „und deine Wunden wirst du auch noch eine Weile überleben."

Aber auch Hildebrand wusste, dass sie früher oder später aufgeben oder den Heldentod sterben mussten. Nach weiteren langen, entbehrungsreichen Tagen, beschlossen sie, dass einer reiten müsse um Hilfe zu holen. „Wir müssen es zumindest versuchen", ermutigte Dietrich seine Männer. Nach einigem Überreden erklärte sich Dietrichs Vetter, der junge Wolfhardt, bereit, die Gefahr auf sich zu nehmen, aber nur falls er Dietrichs Pferd Falke dazu bekommen würde. Dietrich stimmte schweren Herzens zu. Als Falke gesattelt vor ihm stand, redete Dietrich mit ihm und sagte er sollte so schnell reiten wie niemals zu vor. Und es schien als ob Falke nickte. „Kluges Tier", sagte Hildebrand zustimmend und tätschelte den Hengst freundschaftlich.

Noch in derselben Nacht stürmte Wolfhardt auf Dietrichs Ross in die Dunkelheit. Bald sahen die Aumlungen im Lager der Rytzen Flammen aufgehen und erkannten, dass einige der Zelte lichterloh brannten. Sie wussten da aber nicht, was dies zu bedeuten hatte. „Mir scheint er ist in ein Kampfgetümmel geraten", sagte einer von Dietrichs Männern. „Dann sieht es übel für uns aus", sagte ein anderer. Dietrich war sehr besorgt um Wolfhardt und er wurde sehr traurig als er daran dachte, dass er Wolfhardt und Falke wohl nie wieder sehen würde.

Wenige Tage später waren die eingeschlossenen Aumlungen so hungrig und erschöpft, dass sie aufgeben wollten. Nur wenige der Pferde waren noch am Leben, und immer wieder erlagen einzelne

Krieger ihren starken Verletzungen. Da erschallte in einiger Ferne ein Hunen-Horn. Ein Ruck ging durch die Männer. Viele schöpften Hoffnung, einige wagten zu lächeln. Sie blickten über die Mauer und erkannten voller Freude, dass die Rytzen in wilder Angst auseinanderstoben. Bald sahen sie den Grund dafür. Es waren die Reiter Etzels, die über sie herfielen. Viele Rytzen ließen an diesem Tag ihr Leben.

Nach dem kurzen Gefecht begrüßten Dietrichs Männer die Hunen voller Freude und Erleichterung. „Noch nie stand ich in solcher Not in all meinen hundert Wintern und Sommern[137]. Wir aßen fünfhundert Pferde auf, und nur sieben von denen, die wir mitbrachten, haben überlebt", meinte Hildebrand. Wolfhardt erzählte voller Stolz gleich mehrmals die Geschichte, wie er durch das Lager der Rytzen kam und gleich noch einige Zelte ansteckte, bevor er in die dunkle Nacht verschwand und nach Susat jagte. Falke begrüßte Dietrich freudig und schien zu spüren, dass die Rettung sein Verdienst war. Als Belohnung bekam er Hafer und Rüben im Überfluss. Auch Dietrichs Männer aßen sich an den Vorräten satt, die Etzel mitgebracht hatte. Am folgenden Morgen zogen sie nach Hause. Sie nahmen Dietrich, den Sohn Waldemars mit sich ins Hunaland.

Wenige Tage darauf zog Etzel mit einem gewaltigen Heer aus sechstausend Kriegern erneut gegen Waldemar. Dietrich war zu sehr wund und konnte ihn nicht begleiten. Er blieb in Susat zurück. Die meisten seiner Männer folgten Etzel unter Hildebrands Führung.

Helche, Etzels Frau, bat ihren Mann, sich um Waldemars Sohn, der ja ihr Vetter war, kümmern zu dürfen. Dazu wollte sie ihn aus dem Turm nehmen. Etzel schüttelte nur den Kopf: „Wenn er gesund wird, während ich weg bin, dann kann er doch reiten, wohin er will und ich sehe ihn nie wieder." Helche redete allerdings weiter auf

---

[137] Hildebrand scheint sein Alter nicht in Jahren, sondern in Halbjahren (Sommern und Wintern) zu zählen. Demnach sagt er also verschlüsselt, dass er fünfzig Jahre alt ist.

ihn ein: „Wenn er tot ist, dann hast du auch nichts von ihm. Du sollst mir das Haupt abschlagen, falls er weg ist, wenn du zurückkommst." Etzel war nun ganz außer sich: „Du willst meinen größten Feind aus dem Turm nehmen und ihn heilen? Dann ist er gesund und reitet heim ins Rytzenland! Und dafür willst du auch noch deinen Kopf zum Pfand setzen! Du bist ja verrückt! Keine Widerrede, er bleibt im Turm." Dann fügte er hinzu: „Bilde dir nichts ein, ich werde dich beim Wort nehmen, wenn er flüchtet wegen deiner Dummheit!"

So ritt Etzel mit seinem Heer aus der Stadt. Trotz des Verbots nahm Helche ihren Vetter am gleichen Tag aus dem Turm und pflegte ihn gut, während die Wunden Dietrichs von Bern in der Zeit immer schlimmer wurden, weil sich nur eine Magd um ihn kümmerte, die jede Nacht bei einem Knecht lag. Helche bat ihren Vetter Dietrich, dass er nicht zu fliehen versuchen solle, sobald er gesund sei. „Etzel wird mich töten, wenn du fliehst durch meine Schuld", erklärte sie. Als Waldemars Sohn dann nach einigen Tagen wieder aufstehen konnte, waffnete er sich, nahm sich ein Ross und ritt davon Richtung Rytzenland.

Als Helche dessen gewahr wurde, rannte sie zu Dietrich von Bern, der sich kaum rühren konnte, weil seine Wunden so eitrig und entzündet waren, dass sie bereits übel rochen. „Liebster Herr Dietrich, ihr seid der stärkste Kämpe, von dem ich weiß. Und er einzige dem ich vertraue. Könnt ihr nicht Dietrich, Waldemars Sohn einholen und ihn zurück bringen? Wenn ich es den Wachen sage, dann wird Etzel es erfahren", schluchzte sie, „und dann wird Etzel mir den Kopf abschlagen". Dietrich glaubte nicht, dass Etzel dies wirklich tun würde, aber eine schlimme Strafe stand ihr sicher bevor. Etzel war oft gütig, aber er konnte auch sehr hart sein. Und Dietrich mochte Helche sehr. Manchmal ertappte er sich dabei, dass er stärkere Gefühle für sie hatte, als es gut war.

Wohl auch deshalb ließ Dietrich sich überreden und folgte dem Sohn Waldemars alleine. So trabte er aus Susat hinaus. Seine Wunden waren noch so schlimm, dass sein Ross ganz eitrig und blutig

222

war, weil ihm das Blut unter der Rüstung hindurch rann. Er hielt sich mit großer Mühe im Sattel und folgte dem Weg ins Rytzenland. Er kam durch die Stadt Wilcina, wo einst Friedrich, der Sohn Ermenrichs gefallen war, als er dort Schatzung forderte. In Wilcina erkundigte er sich, ob jemand vor kurzem einen einzelnen, gerüsteten Reiter durchkommen sah. Nach einiger Zeit sagte ihm ein Mädchen von dem Reiter und wies ihm den Weg. Als sie erkannte, dass er ihm offenbar Böses wollte, bereute sie es, doch da ritt Dietrich schon auf der Fährte seines Feindes.

Bald darauf kam er in einen Wald namens Borga[138] und kurz bevor er das Palernaland[139] erreichte, das an der Grenze zum Rytzenland lag, stellte er den Flüchtigen. Dietrich fühlte sich schwach und zum ersten Mal seit langem fühlte er die nackte Angst. Er wusste, wie stark sein Gegner war, und er war durch eitrige Wunden und großes Kopfweh gepeinigt. Er hatte eine böse Vorahnung, dass dies sein letzter Kampf sein könnte.

„Sei nicht dumm und reite nach Hause", rief der rytzische Dietrich, „du bist ja nicht einmal ganz zusammengeflickt. Ich kann deine Wunden bis hierher riechen". Dietrich antwortete nicht. Er nahm seinen Schild vom Rücken und packte ihn mit zittriger Hand. Die Lanze senkte er nach vorne. Der Rytze schüttelte den Kopf und tat es ihm notgedrungen gleich. „Reite nach Hause Dietrich", rief er abermals. „Ich muss dies tun, und wenn es mein Leben kostet", antwortete Dietrich.

Beide ritten gegeneinander an und schlugen heftig aufeinander ein. Dietrich kämpfte wie im Traum. Sein Kopf tat weh und sein Hirn schien von innen durch die Schädeldecke springen zu wollen. Jede Bewegung schmerzte, doch je länger der Kampf dauerte, desto

---

[138] Borga skog oder Borgar skog genannt. Noch heute heißt ein Waldgebiet südöstlich des Wilzenbergs Burgwald.
[139] Auch Pulinaland genannt. Land zwischen Rytzeland und Wilcinaland. Vielleicht gebiete zwischen Oberer Lahn, Schwalm und unterer Fulda.

weniger spürte Dietrich dies. Schmerz und Furcht waren am Ende verflogen. Er schien eins zu werden mit seinem Schwert, und alles um ihn herum verschwand. Einige Male glaubte er bereits die Männer an Wodans Tafel feiern zu hören.

Die beiden Streiter kämpften lange, bis Waldemars Sohn unvorsichtig wurde. Eine unbesorgte Angriffsbewegung führte zu einem ungedeckten Hals. Diesen durchtrennte sofort das Schwert des Berners. Kopf und Leib stürzten getrennt zu Boden.

Der Boden färbte sich blutrot. Dietrich blickte einige Zeit auf den Toten und schien dabei ins Diesseits zurückzukehren. Mit letzter Kraft band er den Kopf des Rytzen an seinen Sattelbogen und ritt zurück. Als er in Susat eintraf, taumelte er in die große Halle und warf den Kopf Helche vor die Füße. Helche brach in Tränen aus und warf sich auf den Boden. Dietrich schwieg, ging an ihr vorbei in sein Gemach und brach erschöpft auf seinem Lager zusammen.

Einige Tage später kamen Etzel und Hildebrand und das ganze Heer zurück. Doch sie waren besiegt worden, und Hildebrand erzählte, dass ihn Waldemars Bruder, der Jarl von Greken, vom Pferd geholt hatte, und er ohne die Hilfe von Markgraf Rüdiger jetzt tot wäre. „Erzähl mir nichts mehr von eurer Fahrt", meinte Dietrich, „mir scheint, sie taugte nicht viel." „Ja, du hast oft gesagt, Etzel wäre ein tapferer Kämpe, aber auf dieser Fahrt schien er mir furchtsam wie ein Häschen." Noch immer wütend biss sich Hildebrand auf die Lippe. Dann drehte er sich vorsichtig um, und spähte zur Tür, ob jemand seinen letzten Satz gehört haben könnte. Niemand war zu sehen. Dietrich grinste, als er Hildebrands Erleichterung bemerkte, und ließ sich dann erschöpft aufs Bett fallen.

Als Dietrich wieder gesund war, sprach er mit König Etzel. Er fragte ihn ohne Umschweife, wann er denn die Schande rächen wollte, die ihm im Rytzenland widerfahren ist. Etzel war froh, dass Dietrich von sich aus fragte, und die beiden Könige beschlossen, dass sie einen neuen großen Feldzug wagen würden. So zogen sie ein weiteres Mal gegen Waldemar. Diesmal wurde ein gewaltiges Volksheer aufgestellt. Keiner, der über zwanzig Jahre alt war, durfte zu Hause bleiben.

Waldemar ahnte nichts, als sich der gewaltige Heerwurm nach Osten vorschob. Über waldige Hügel und fahle Heiden bahnte sich das Heer der Krieger seinen Weg, bis Etzel an einer befestigten Burg aufgehalten wurde. Dietrich zog daher mit einem kleinen Teil des Heeres voraus, tief hinein ins Rytzenland[140], und schlug die Rytzen in mehreren Schlachten. In einer dieser Schlachten fiel auch König Waldemar selbst.

Dietrich kämpfte stets in vorderster Reihe und fuhr wie ein Löwe in das Heer der Feinde. An seiner Seite kämpften Hildebrand, der tapfere Wolfhardt und Wildefer. Jarl Iron, der Bruder Waldemars ergab sich schließlich der Übermacht. Barfuß und ohne Waffen trat er vor Dietrich und König Etzel. Dieser verschonte seinen Gegner und bot ihm an, dass er sein Gefolgsmann werden dürfe. Iron stimmte zu und verwaltete von da an das Rytzenland für Etzel, und die Hunen und Aumlungen zogen zurück ins Hunaland. Sie erbeuteten große Schätze und führten sie ins Hunareich.

Etzel war danach so glücklich, wie Dietrich ihn noch nie zuvor gesehen hatte. Es war aber weniger der Ruhm, sondern vielmehr das Gold, das ihn berührte. Seine Augen waren wässrig, als er die

---

[140] Im Text werden hier Orte, wie Palteskia, Smaldenska und Smaland genannt. Möglicherweise stellen diese Ortsnamen spätere Änderungen mit Bezug auf die russischen Städte Polozk und Smolensk sowie das baltische Samland dar. Ein Rytzenreich, das sich bis ins Baltikum erstreckt und gleichzeitig mit einem Königreich in Westfalen Krieg führt, scheint hier in der Sage beschrieben, ist aber historisch praktisch unmöglich. Vermutlich liegen die Schauplätze der Kämpfe in Wahrheit im heutigen Hessen. Die Orte dieser Region dürften als eine spätere Änderungen in den Sagentext eingeführt worden sein, als man das Reich der Rytzen bereits mit dem der Russen gleichsetzte. Umgekehrt könnten auch skandinavische Siedler im Mittelalter diese Namen aus der Thidrekssaga nach Osteuropa mitgebracht und für Neugründungen verwendet haben.

goldenen und silbernen Schmuckstücke erblickte. Etzel selbst führte auf dem Heimweg ein goldbeladenes Pferd an der Spitze des Zuges. Ohne Zwischenfälle erreichten die glücklichen Sieger Susat. Dietrich war seit diesen Tagen hoch angesehen im Hunaland, und er stand noch höher in der Gunst Etzels. Und auch Helche wusste, dass sie ihm viel zu verdanken hatte.

In diesen Tagen traf Dietrich zum ersten Mal auf Herat, die Nichte Helches. Sie glich Helche stark und sah wohl ähnlich aus wie Helche in ihrer Jugend ausgesehen haben muss. Sie war schlank und zierlich, von schöner Gestalt, hatte dunkle Augen, helle Haut und braunes Haar. Sie lebte ebenfalls am Hofe Etzels. An diesem Tage trat sie zu Dietrich: „Ich danke dir so für das was du für Helche getan hast. Ich habe sie sehr gern und ich fürchte, dass König Etzel ihr böses angetan hätte, falls der Rytzenprinz entkommen wäre." Sie war einige Jahre jünger als Dietrich und obwohl er sie seit seinen ersten Tagen in Susat kannte, war sie ihm vorher noch nie als Frau aufgefallen. Sie glich Helche nicht nur im Aussehen, sondern auch in Art und Wesen. „Ich fürchtete das auch", sagte Dietrich, nickte freundlich und ging dann.

DIE SCHLACHT
BEI GRÄNSPORT

Dietrich und seine Aumlungen weilten nun schon viele Jahre[141] im Hunaland. Das letzte Laub war gerade von den Bäumen gefallen, die nun kahl und dunkel dastanden wie die Türme Susats. Ein grauer, trüber Himmel überzog das ganze Hunaland.

Dietrich war an diesen Tagen bei Etzel in Susat. Wie er es oft tat, stand er in einen langen Mantel gehüllt auf einem der großen Eichenholztürme und blickte wehmütig nach Süden. Dabei dachte er an seine alte Heimat Bern und die unbeschwerten Tage im Aumlungaland. Und er dachte an Ermenrich und Sibich und wünschte sich, sie für ihre üblen Taten zur Rechenschaft zu ziehen. Einige Krähen kreisten über der Stadt und ließen ihre krächzenden Schreie über das Land streichen.

In den letzten Tagen waren des Öfteren Händler aus dem Aumlungaland in Susat gewesen. Sie erzählten, dass Hlodwech[142], der mächtige Herr der Salfranken gestorben war, aber seine Söhne das Reich weiterführten. Und sie erzählten, dass die Menschen des Aumlungalandes große Not litten, weil Ermenrich ihnen das letzte Hemd abpresste, um seine Schatzkammern zu füllen. Sie erzählten auch, das Ermenrich nicht mehr bei voller Stärke zu sein schien. Auch aus einiger Entfernung hätte man sehen können, dass er sich immer öfter abstützen musste, um nicht zu schwanken.

Dietrich überlegte seitdem, ob er diese Schwäche Ermenrichs für einen Gegenschlag nutzen könnte. Je länger er darüber nachdachte umso besser gefiel ihm der Einfall und umso grimmiger wurde er, dass er nicht genug Männer hatte, um etwas tun zu können. Als der

---

[141] Nach der Thidrekssaga 20 Jahre.
[142] Chlodwig I.

Wind immer heftiger wehte und erste Schneeflocken herabfielen, verließ er den Turm und ging in Helches Halle, um sich Ablenkung zu verschaffen. Im Haus der Königin saßen einige Frauen und Mädchen um ein wärmendes Feuer. Aufwendig verzierte Teppiche mit eingestickten Tieren und verschlungenen Mustern hingen an den Wänden, einfachere bedeckten den Boden.

Helche forderte Dietrich gleich auf, sich zu setzen und bot ihm eine Schale Wein an. Dietrich setze sich wortlos und nahm die Schale, konnte seine betrübte Stimmung allerdings nicht verbergen. Ohne etwas zu sagen, starrte er in die verwirrenden Muster auf den Wandteppichen.

Nach einer Weile fragte die Königin ihn, was ihm am Herzen läge. Dietrich saß weiterhin da und schwieg. Helche legte ihre Hand auf seine Schulter und sah ihn nun voll Mitgefühl an, ohne selbst noch etwas zu sagen. Nach einem Räuspern begann Dietrich: „Ich denke in letzter Zeit viel daran, wie ich mein Reich verlor und meine gute Burg Bern. Nun bin ich hier seit vielen Jahren wie ein Bettler, und früher war ich König über ein stolzes Reich. Und ich glaube auch nicht, dass Ermenrich mein Volk und mein Land gut regiert. Jeden Tag schmerzt mich das wie ein Pfeil in meiner Seite."

Verständnisvoll lächelte ihn die Königin an: „Es ist kein Wunder, dass ihr betrübt seid, Herr Dietrich. Ihr habt uns so gut gedient und unserem Reich viel Gutes gebracht. Und für euch selbst habt ihr nichts gewonnen." Dann machte sie eine Pause und strahlte ihn an: „Wenn ihr aufbrechen wollt, um euer Land wieder zu gewinnen, dann werde ich euch Erp und Ortwin mitgeben, und tausend Krieger meines Volkes." „Vielen Dank", sagte Dietrich lächelnd, „aber das wird nichts nützen gegen Ermenrich. Wir bräuchten mehrere Tausend."

Geschwind stand Helche auf, ging einen Schritt in Richtung Tür und rief ihm zu: „Kommt sogleich mit mir mit. Ich werde König Etzel bitten, dass er euch hilft." Sie nahm ihn bei der Hand, und Dietrich folgte, wenn auch widerwillig. So traten sie vor Etzel, der gerade einen

228

Sack seiner Silbermünzen zählte. Er empfing sie beide, fragte beiläufig nach ihrem Ansinnen. Helche setzte sich neben Etzel und antwortete: „Herr Dietrich hat mir erzählt, wie er sein Reich verloren hat, und er ist nun lange in der Fremde gewesen. Er würde nun gerne versuchen, sein Aumlungaland wieder zu gewinnen. Du weißt selbst, welch tapfere Taten er zum Wohle des Hunenreiches vollbracht hat. Darum bitte ich dich, leihe ihm ein Heer der Hunen, auf dass er sein Land wieder gewinnen kann."

Etzels Miene wurde mit jedem Wort, das Helche sprach, finsterer. Dann antwortete er zornig: „Wenn Dietrich Hilfe haben will, sein Land wieder zu gewinnen, so soll er selbst zu mir reden! Ist er etwa so hochmütig geworden, dass er meint, ich solle ihm von selbst ein Heer anbieten?" Dietrich stießen diese Worte auf, heiße Wut stieg in ihm auf. Sein Kopf begann rot zu werden. Ein jeder im Saal wusste, was geschehen konnte, wenn Dietrich wütend wurde. Er begann Luft zu holen, um etwas zu entgegnen. Doch die Königin kam ihm zuvor. Sie schüttelte energisch den Kopf: „Dietrich bat mich nicht, sein Fürsprecher zu sein. Ich überzeugte ihn, dass er es tun sollte. Dann dachte er, ich fände besser Gehör. Sonst spräche er gern selbst mit dir." Nach einer Pause fuhr sie fort: „Ich will ihm meine beiden Söhne und tausend Männer geben, und du hilfst ihm, wie es dir gut dünkt."

Etzel schwieg. Nach einer Weile, die Dietrich vorkam wie eine halbe Ewigkeit, räusperte sich der König bedächtig, strich sich dann bedeutungsvoll mit der Hand durch den Bart und holte etwas hochtrabend aus: „Frau, du sprichst wahr, König Dietrich ist nun lange bei uns gewesen, und gewaltig hat er unser Reich gestärkt, seit er in unser Land kam. Es geziemt uns wohl, ihm das angemessen zu lohnen. Und ich werde ihm um deinet- und seinetwillen helfen, so viel ich vermag. Zu unseren Söhnen und den tausend Kriegern, die du ihm versprachst, werde ich ihm Markgraf Rüdiger und zweitausend gute Krieger geben." Dietrich strahlte über beide Ohren: „Ich wusste, dass ihr so antworten würdet. Dank sei euch dafür, Etzel!" Er umarmte

Etzel ungestüm und dankte ihm noch vielmals und bat ihn darum, möglichst bald aufbrechen zu dürfen.

Und so wurden den ganzen Winter über im Hunaland Helme, Brünnen und Schwerter geschmiedet. Im Frühling darauf sammelte sich ein großes Heer in Susat.

Die Sonne stand hell am Himmel. Vor Susat warteten nun über dreieinhalbtausend gewappnete Krieger auf den Aufbruch. Man konnte zahlreiche verschiedene Feldzeichen erkennen, die den größten Kriegsherren des Hunalandes gehörten. Auch Markgraf Rüdiger war inzwischen mit seinen Leuten aus Bakalar eingetroffen.

Überall in der Stadt aber auch auf den Weiden vor der Stadt war reges Treiben, Waffengeklirr und Rossgewieher, als sich das Heer zum Aufbruch bereit machte. Zahlreiche prächtig gerüstete, kampferprobte Recken waren darunter. Die prächtigsten Rüstungen aber hatten Erp und Ortwin, die beide goldene Schuppenpanzer trugen und vergoldete Schilde hatten.

Sie waren in den letzten Jahren von jungen Knaben zu stattlichen jungen Männern gereift und saßen auf zwei prächtigen Rossen. So blickten sie stolz auf ihre Mutter herunter, die voller Tränen und doch voller Stolz dastand und sich in ein Tuch schnäuzte. Unter Tränen brachte sie hervor: „Ich habe euch nun so gut rüsten lassen, dass ich glaube, man wird kaum zwei Königssöhne besser ausgerüstet finden und mit so guten Waffen. Wehrt euch nun so mannhaft und wacker, wie die Waffen, die ich euch gab, es zulassen! Und lasst mich lieber hören, dass ihr mannhaft gefallen seid, als dass ihr lebt und in Verruf gerietet."

Nach diesen Worten rief sie ihren Pflegesohn Diether zu sich, der ebenfalls prächtig gewaffnet war und ein edles Kriegsross am Halfter führte. Er trug ein Kettenhemd, einen vergoldeten Spangenhelm und auf dem Schild den goldenen Löwen Dietrichs. Helche umarmte und küsste den jungen Krieger. „Ich habe nun meine Söhne edel rüsten lassen, damit sie deinem Bruder folgen können, wenn er sein Reich wieder gewinnen will." Der junge Diether blickte ihr entschlossen in die Augen und nickte. Als alle drei vor ihr standen, mahnte sie inständig: „Ihr drei jungen Krieger sollt nun ziehen und einer auf den anderen achten! Noch keiner von euch kam bisher in einen echten Kampf. So zeigt euch tapfer."

„Erp und Ortwin sind wahrlich wohlgerüstet", erklärte der junge Diether: „Ich werde sehen, dass ich dir beide wieder heil heimbringe! Oder du wirst hören, dass ich auch nicht mehr lebe, wenn sie erschlagen werden." Helche lächelte und dankte ihm sehr. König Dietrich wurde bei diesen Worten ganz besorgt und nahm sich vor, besonders gut auf die Jungen aufzupassen. Etzel stand oben auf einem seiner Türme und blickte auf das zum Abmarsch bereite Heer herab. Er begann eine kurze Rede, damit niemand vergaß, wer der eigentliche Herr dieses Heeres war: „Mir scheint, dass hier ein mächtiges Heer zusammengekommen ist und manch tüchtiger Held! Herr Dietrich soll mit seinem Banner seine Männer führen. Mein Volk soll Markgraf Rüdiger führen. Alle anderen und die tausend Krieger meiner Königin sollen meinen Söhnen und dem jungen Diether folgen."

Zustimmend nickten die Anführer. Rüdiger, Diether, Erp und Ortwin stiegen auf ihre Pferde und in einer riesigen Staubwolke machte sich der erste Teil des großen Heeres mit Rüdiger an der Spitze auf nach Süden. Helche trat in diesem Augenblick zu einem ihrer treusten Ritter, der Hjalprek hieß: „Guter Hjalprek, ich vertraue dir meine Söhne an. Halte dich bei ihnen, wenn es zum Kampf kommt." Hjalprek antwortete: „Das will ich hier schwören, dass ich niemals lebend zurück kommen werde, wenn wir deine Söhne verlieren." Helche dankte ihm, und sogleich machte er sich auf, da das Heer der Königssöhne aufbrach. Da ritten die drei Königssöhne, gefolgt von Hjalprek, aus dem Tor und schlossen sich dem Heerwurm an. Herzog Naudung trug Diethers Bannerstange.

Dietrich verabschiedete sich nun von seinen beiden kleinen Töchtern, die ihren Vater kaum mehr loslassen wollten. Er versprach ihnen, dass alles gut gehen werde, und dass er ihnen etwas mitbringen werde. „Helche wird gut für euch sorgen", sagte er und nickte Etzels

Frau zu. Damit stieg auch Dietrich auf sein Ross und setzte es in Bewegung. Hildebrand, der sein Banner hielt, folgte ihm, und dahinter ritten Wildefer und andere von Dietrichs Männern.

Da sich noch einige Hunenmänner angeschlossen hatten, waren nun über viertausend Männer im gesamten Heer. Als Dietrich das Tor erreicht hatte, winkte er zwei seiner Männer zu sich und befahl: „Reitet Tag und Nacht, bis ihr Ermenrich findet und sagt ihm dies: Mein Sohn Diether und ich werden nun heim in unser Reich reiten. Wenn er das Land vor uns schützen will, dann soll er uns in Gränsport[143] begegnen mit seinem Heer. Wenn er aber das Land von selbst übergibt, werden wir ihn schonen." Die beiden sprengten los, um die Botschaft zu überbringen.

Das Heer zog in langer Reihe über die Höhenwege und Heerstraßen in Richtung Süden. Viele Bäume waren noch kahl, doch die Sonne hatte bereits genug Kraft, um erste Blumen und Knospen sprießen zu lassen. Als der vordere Teil des Heeres sich bereits in einer Talsenke befand, waren Dietrich, Hildebrand und Diether, der ans Ende des Zuges geritten war, noch weit oben auf einer Kuppe. Während er sein Auge über das Heer schweifen ließ, meinte Dietrich: „Werden wir siegen und das Aumlungaland gewinnen? Was glaubt ihr, Meister Hildebrand?" „Nun ja", warf Hildebrand ein: „wir werden Ermenrich zumindest eine Schlacht liefern, die er nicht so schnell vergessen wird. Und dann werden wir vielleicht wieder in Bern schmausen und trinken, wenn uns dieses Schicksal zugedacht ist."

---

[143] Auch Gransport. Der Sage nach ein Ort an der Mosel. Ritter vermutet das „Gänsfürtchen", eine kleine Steinfurt an der Moselmündung im Rauental, hinter dem Namen. Falls die Sage auf einem historischen Kern in Nordwestdeutschland beruht, dann wurde die Schlacht bei Gränsport später fälschlicherweise mit der Rabenschlacht gleichgesetzt, bei der Theoderich der Große Odoaker in Ravenna (deutsch: Raben) belagerte.

Nach einer Weile fügte er hinzu: „Wir haben über viertausend Speere, aber ich glaube Ermenrich wird sicher ein halb Mal mehr aufbringen. Und sie haben gute Männer, wie den tapferen Witege. Und wir haben Mimung nun erstmals gegen uns." Den letzten Satz hatte er sehr leise und zögerlich ausgesprochen. Dann schien er eine Weile nachzudenken, um schließlich mit ernstem Ton fortzufahren: „Aber wenn es uns bestimmt ist, zu fallen, dann werden wir dieser Bestimmung als mutige Helden folgen."

Der junge Diether blickte Hildebrand nachdenklich an. Er hatte bisher nicht wirklich darüber nachgedacht, was sein würde, wenn sie den Kampf verlieren würden. Dietrich antwortete: „Es ist besser im Kampf um das eigene Land zu fallen, als für immer wie ein Bettler an fremdem Hofe zu leben. Diether ist ein tapferer Junge und er soll einmal ein eigenes Reich besitzen. Und sollten wir fallen, wird man unsere Taten in den Hallen großer Könige besingen." Diether dachte lange über diesen Satz nach, während der Kloß sich langsam löste, der sich bei dem Gespräch in seinem Hals geformt hatte. Tagelang wand sich der Heerwurm durch Täler und über Höhen, bis er Gränsport an den Ufern des Flusses Musala erreichte. Das glutrote Abendlicht erfüllte den ganzen Himmel und schien alles gleich einer bösen Vorahnung in Blut zu ertränken.

Dietrich rechnete damit, die kommende Schlacht zu verlieren, und er rechnete auch damit, im Kampf zu fallen, doch wenn er gewusst hätte, welch schlimmes Schicksal hier im Tal der Musala auf sie wartete, dann wäre er wohl umgekehrt und kampflos zurück nach Susat geritten.

Das Heer lagerte am nördlichen Flussufer. Spät am Abend hörten sie das Heer Ermenrichs eintreffen, das ein Lager am südlichen Flussufer aufschlug. Um Mitternacht brach Hildebrand, der um diese Zeit Wache hielt, auf und ritt an der Furt über den Fluss. Als er die dunklen Fluten gerade durchschritten hatte, erblickte er einen Reiter am feindlichen Ufer. In der Dunkelheit konnte er nur dessen Umrisse erkennen. Der Fremde wartete reglos ab und rief: „Wer bist du?" Hildebrand antwortete rufend: „Ich darf dir nicht meinen Namen nennen; denn du bist allein und ich bin allein." Er sagte dies, weil man in den alten Zeiten glaubte, dass das Wort eines todgeweihten Mannes viel bewirken konnte, wenn er seinen Feind mit dessen Namen verfluchte.[144] Deshalb verriet man einem Fremden den Namen nicht immer gleich.

„Vor zwanzig Jahren aber wusste ich deinen Namen", schallte es freudig herüber: „Du heißt Meister Hildebrand!" Hildebrand erkannte nun die Stimme: „Das ist wahr, was du sagst, aber ich kenne auch dich wohl. Du heißt Renald und du bist ein tüchtiger Ritter. Komm hier herüber, alter Freund und sag mir Kunde aus deinem Land."

Hildebrand lachte erfreut. Renald kam sogleich herbei geritten und sagte: „Ich grüße dich, Hildebrand. Schön, dich nach so langer Zeit wieder zu sehen, wenn ich es auch unter anderen Umständen bevorzugt hätte." „Ich grüße dich auch", sagte Hildebrand freundlich, „Wie geht es dir, und was gibt es Neues zu berichten, guter Renald?" „Nun ja", begann Renald, „viele Neuigkeiten gibt es nicht, die du nicht schon wüsstest. Ermenrich ist nicht bei uns. Witege, Wielands Sohn, Herrn Dietrichs guter Freund, ist einer der Anführer unseres Heeres. Der andere ist Sibich, euer Erzfeind. Ich bin heimlich vom Heer geritten, weil ich hoffte, König Dietrich zu finden. Gott lass es ihm gut ergehen. Doch werde ich meinem Herrn folgen und gegen Dietrichs Heer kämpfen."

Hildebrand hörte aufmerksam zu. Ihm war nicht entgangen, dass Renald offenbar Christ geworden war und an den einen Gott glaubte. Aber er fragte nicht weiter nach. Stattdessen erzählte er noch einige Neuigkeiten aus dem Hunaland.

Sie ritten ein Stück flussaufwärts und hielten ihre Rosse auf einem Hügel an, von dem aus sie beide Heere überblicken konnten.

---

[144] Dies ist im Fafnirlied der älteren Edda zu lesen.

Hildebrand staunte, als er das gewaltige Heer Ermenrichs sah, und war gleichzeitig sehr besorgt. Unzählige Pferde standen unten am Flussufer, und eine große Menge von Zelten strahlte im hellen Mondschein neben dem glitzernden Fluss. Er schätzte das Heer mehr als doppelt so groß, wie Dietrichs Heer, konnte aber nicht erkennen, wo es endete, und ob es in Wahrheit nicht noch viel größer war. „Wo ist Sibichs Banner und Zelt?", fragte er, „Ich täte ihm gern Übles." Renald lachte: „Na ja, viele Zähne hat er ja nicht mehr, die du ihm ausschlagen könntest." Als Hildebrand ihn verständnislos anblickte, fügte Renald hinzu: „Ha, Heime schlug ihm fünf Zähne aus, weil er König Ermenrich zu solchen Taten gegen Dietrich brachte." Hildebrand lachte herzhaft, als er das hörte. Renald wurde wieder etwas ernster und fuhr fort: „Heime konnte damals nur mit Witeges Hilfe flüchten, der seinen Verfolgern den Weg durchs Tor verstellte. Seitdem liegt Heime mit einigen Getreuen in den Wäldern bei Romaborg, und Sibich traut sich nur noch mit großer Gefolgschaft auszureiten." Dabei schwang eine gewisse Schadenfreude in seiner Stimme mit.

„Ach ja, zu deiner Frage", meinte er dann und zeigte mit dem Finger nach unten: „Dort steht ein Zelt mit drei Goldknäufen oben darauf. Dies ist Ermenrichs Zelt, in dem Sibich liegt und schläft. Du kannst ihm nichts antun, auch wenn du es wolltest. Zu gewaltig ist das Heer, das rings um sein Zelt lagert." Renald zeigte Hildebrand auch Witeges Zelt und sein eigenes. Hildebrand stieß sein Pferd an und forderte Renald auf ihm zu folgen: „Folge mir, dann will ich dir unsere Zelte zeigen."

So ritten sie ein Stück flussaufwärts. Der Mond schien hell über dem Fluss, und grau lagen die Wiesen unter ihnen. Bevor sie die Stelle erreichten, die Hildebrand anpeilte, wurden sie von fünf Reitern überrascht. „Halt! Wer da?", rief einer der Fünf. Geschwind zogen die Reiter ihre Schwerter. Auch Hildebrand zog sein Schwert und sprengte einige Meter nach vorn. Renald rief den fünfen zu: „Was wollt ihr von uns? Dieser Mann begleitet mich hier."

„Das muss Hildebrand sein!", rief einer der Fünf, und sogleich sprengten sie nach vorn. Während Renald noch mit Rufen die Reiter zur Besonnenheit zu ermahnen versuchte, schlugen die ersten Beiden schon auf Hildebrand ein, der sich beherzt zur Wehr setzte. Renald blickte voll Sorge auf Hildebrand, dem bereits der zweite Schlag auf den Helm krachte. Doch Hildebrand wirbelte herum, und sein Schwert fuhr einem der Angreifer durch den Hals, so dass der Kopf herabfiel und auf den Boden plumpste. Der Rumpf hielt sich noch einige Schritte auf dem davon stürmenden Pferd, bis er ebenfalls dumpf herabklatschte. Dann zögerten die vier übrigen, und nach einer Weile jagten sie davon in Richtung von Ermenrichs Heerlager.

Renald war erleichtert. Aber sogleich füllte sich sein Gesicht mit Sorge: „Sie werden Sibich warnen. Nun zeige mir schnell eure Zelte, Hildebrand, dann will ich zurückkehren um zu verhindern, dass sie dich greifen." Schnell zeigte Hildebrand auf die Zelte, die Renald in der Dunkelheit kaum sehen konnte. Er nickte dennoch verständig um das Ganze abzukürzen. „Na ja, wie auch immer", fügte er hinzu. Beide schüttelten sich danach die Hand, und jeder ritt zu seinen Mannen.

Hildebrand ritt schnell zurück ins Lager und band sein Pferd vor Dietrichs Zelt an. Der war wach und kam gleich herausgestürmt, als er Hildebrands Pferd hörte. Hildebrand erzählte, was vorgefallen war. Dieser musste lächeln und schüttelte etwas vorwurfsvoll den Kopf: „Immer geht es dir gut aus, Meister Hildebrand." Hildebrand ging nicht weiter darauf ein, sondern setzte eine sehr nachdenkliche Miene auf: „Das Heer, das da unten liegt, ist gewaltig, Herr. Ich weiß nicht, ob wir den Sieg überhaupt gewinnen können. Renald und Witege wollen nicht gerne gegen uns kämpfen, aber sie werden Ermenrichs Bannern folgen." Er machte eine Pause. „Vielleicht geht es diesmal nicht gut aus." Dietrich blickte Hildebrand scharf an: „Das werden wir wissen, wenn wir tot auf dem Felde liegen", entgegnete Dietrich. Beide mussten kurz lachen. Dann wurden sie wieder ernst. „Morgen werden wir gesiegt haben oder tot sein!", fügte Dietrich hinzu und kniff entschlossen die Augen zusammen. Hildebrand grinste teuflisch und nickte dann. Damit gingen sie zu Bett.

Bei Sonnenaufgang stand Dietrich auf und wappnete sich. Als er über das Tal blickte, sah er einer blutroten Sonne ins Angesicht. Wie ein böses Vorzeichen schwebte der Feuerball über dem jungfräulichen Schlachtfeld. Dietrich ließ die Bläser das Heer wecken. Die Männer waffneten sich und sammelten sich im Lager. Fest umarmte er Diether und wünschte ihm Glück und Mut, bevor beide auf ihre Rosse stiegen. „Wenn es schlecht ausgeht, dann sehen wir uns in Walhall", sagte Dietrich, und gab seinem kleinen Bruder dabei einen Klaps auf die Schulter. Der nickte zumindest pflichtbewusst. Hildebrand saß schon im Sattel. Er trug Dietrichs Banner, das aus weißem Stoff war und einen goldenen Löwen mit goldenen Glocken zeigte. So ritt er voraus und durchschritt die Furt, die er bereits in der Nacht zuvor durchquert hatte, und das ganze Heer folgte ihm. Weit am Ende des Zuges ritten die Königssöhne zusammen mit Hjalprek und Naudung, der Diethers Löwenbanner trug.

Auch das gegnerische Heer rüstete sich zum Kampf, und bald konnte Dietrich das Banner Ermenrichs und tausende Speere des Feindes in der Sonne blitzen sehen. Beim Anblick des gewaltigen Heeres stockte den Kriegern aus dem Hunaland der Atem. Sie sahen Renalds Banner, das rot war wie Blut, und sie sahen den Hammer und die Zange in Witeges schwarzem Banner. Gleißend hell stand die Sonne nun über dem Kriegsfeld. Die Speere der Krieger glitzerten wie tausende Sterne, die Helme der Anführer glänzten wie kleine Sonnen. Einige noch kahle Bäume umstanden die graugrünen Grasflächen, als wollten sie Zeugen des sich zusammenbrauenden Schlachtens werden. Immer wieder zogen Nebelschwaden durch den Talgrund, die das Sonnenlicht des Morgens goldgelb und unwirklich erscheinen ließen.

Als das Heer der Hunen die flache Furt durchschritten hatte, ließ Dietrich Aufstellung nehmen und ritt die Reihen entlang. Gegenüber hatte Ermenrichs Heer Aufstellung bezogen. Dietrich blickte erst auf das feindliche Heer und dann auf seines. Er zog Eckesax aus der Scheide und hielt die funkelnde Spitze in Richtung der Sonne: „Wir haben uns oft geschlagen und viele Siege im Hunaland gewonnen. Nun wollen wir auch unser eigenes Land wieder gewinnen und hierdurch sollen wir mächtige Männer geheißen werden, überall." Auch Rüdiger feuerte seine Männer mit ruhmvollen Sprüchen an. Dann reihten sich beide Heerführer in die eigenen Linien ein, und als Dietrich das Schwert durch die Luft sausen ließ, tönten die Kriegshörner der Hunen und der Aumlungen. Unter ihrem lauten Dröhnen warf sich das Heer nach vorn.

Das Wasser in den flachen Seitenarmen des Flussbetts spritzte im goldenen Morgenlicht unter den Hufen der Streitrösser als das Hunenheer vorwärts stürmte, auf Ermenrichs Reihen zu. Tausende goldener Wassertröpfchen erfüllten in die Luft. Dietrich fühlte sich als wäre er eins mit allen Männern, die ihm folgten. Es war als ob ein Feuer ihn durdränge, als er auf die feindliche Linie zuhielt.

Beide Heere brachen klirrend und ächzend ineinander. Lanzen brachen, Rösser wieherten und Männer fielen. Hildebrand jagte mit Dietrichs Banner nach vorn und trieb einen tiefen Keil in Ermenrichs Reihen. Dietrich war dicht hinter ihm und ließ Eckesax immer wieder auf Ermenrichs Männer niedergehen. Aus der Sicht eines Adlers musste die Schlacht im sonnendurchfluteten Flusstal einen großartigen Anblick geboten haben. Herrliche Helden, prächtige Rösser und tausende Schilde und Speere ineinander stürzend. Aber unten im Kampfgeschehen selbst, herrschten bald Verzweiflung, Not und Elend unter den vielen Verwundeten.

Etwas entfernt von Dietrich heerte Wildefer durch die feindlichen Reihen. Da erblickte ihn der starke Walter von Vaskasten, der gleich unbeirrt sein Pferd auf ihn zutrieb. Wildefer sah ihn kommen, aber er vermochte es nicht, der Lanze auszuweichen. Walter stieß ihm die Spitze des Bannerspeeres durch die Brust, so dass diese hinten am Rücken zwischen den Schultern hervorragte. Wildefer schrie nicht auf und blieb im Sattel sitzen. Während ihm das Blut aus dem

Mund schoss, schlug er mit dem Schwert auf Walters Hüfte. Mit diesem Hieb trennte er Walters Bein ab, und beide fielen zusammen herab auf die Erde, wo sie nebeneinander starben. Witege sah nicht, wie sein einstiger Freund Wildefer starb, er war da auf der anderen Seite der Schlacht.

Mit Walter war auch Ermenrichs Banner in den Staub gefallen, das er geführt hatte. Als Sibich sah, dass das Banner gefallen war, bekam er große Angst. Er wandte sich um und floh. Und so flohen auch viele seiner Männer, so dass Dietrichs Mannen viele davon fällten, als diese auf der Flucht waren. Die Schlacht verteilte sich nun auf eine immer größere Fläche, und spaltete sich immer mehr in einzelne Scharmützel auf. Wie ein Schnitter jagte Dietrich mit seinem Ross zwischen die zersprengten Reihen der Feinde und fällte zahlreiche Krieger. Hildebrand blieb immer dicht bei ihm.

Auf dem anderen Flügel, wo Dietrich nicht war, fiel aber Naudungs Banner, der nach mannhaftem Kampf von Witege gefällt worden war. Das sahen die drei Königssöhne, die sich bisher mit Hjalprek im Hintergrund hielten. Ortwin war außer sich vor Wut: „Sahst du, wie der böse Hund Witege Herzog Naudung erschlug? Reiten wir vorwärts und rächen wir ihn!" Hjalprek sprengte ohne zu zögern nach vorn, und der junge Ortwin jagte hinter ihm her.

Beide Heere hatten sich inzwischen auf dieser Seite weit zurückgezogen, und so stand Witege nun fast alleine am Rand des Gefechts. Nebelschwaden drangen vom feuchten Tal her zu ihnen herauf. Bald war alles durchwirkt von goldschimmernden Wolken und gleißenden Sonnenstrahlen, die miteinander rangen, wie die Helden auf dem Schlachtfeld selbst.

Nur der starke Runge, der Witeges schwarzes Banner trug, war da noch an Witeges Seite, als Hjalprek und Ortwin auf ihn zugeritten kamen. Die jungen Helden hoben ihre Schwerter und gingen wütend auf Witege los. Sie ahnten nicht, dass sie diesen Kampf nicht gewinnen konnten. Mimung kannte keine Gnade, und so fielen Hjalprek und Ortwin nach tapferem, aber kurzem Kampf.

Diether und Erp, die das von einer Hügelkuppe aus beobachtet hatten, stockte der Atem. Witege mit seinem Wunderschwert kämpfte schnell und gnadenlos wie ein Wirbelsturm. Er hatte seinen Gegnern keine Chance gelassen. Voller Wut über den schmerzlichen Verlust und wohl auch aus jugendlichem Übermut trabten sie gegen Witege und Runge vor. Die vier Kämpfer waren nun ganz am Rande des Schlachtgeschehens, und so konnte den Jungen niemand helfen, als sie gegen diesen übermächtigen Feind vordrangen. Der Morgennebel drang immer mehr auf sie ein und umhüllte sie gleich einer weißen Totendecke. Nur Witeges Helm und das Schwert Mimung glitzerten in den wenigen Sonnenstrahlen, die es geschafft hatten, die Wolkendecke zu durchstoßen.

Erp griff ohne zu zögern den gefürchteten Witege an. Diether stürzte sich auf Runge, um diesen mit heftigen Schlägen zu überziehen. Bald hatte er ihn mehrfach am Helm getroffen, und Blut rann bereits über Runges Gesicht. Der wischte sich mit der Hand über die Stirn und erschrak als er das viele Blut sah. Er versuchte, auf Diether einzuschlagen, doch je wütender er dreinschlug, desto öfter wurde er selbst getroffen. Immer üblere Wunden holte er sich so, bis ein heftiger Schlag des jungen Diethers quietschend in Runges Spangenhelm einbrach und im Schädel stecken blieb. Mit starrenden Augen stürzte Runge herab.

Dann wandte sich Diether schnell herum. Kein anderer Kämpfer befand sich in ihrer direkten Umgebung. Nur Witege saß noch auf seinem Ross, während Erp im Gras lag und seinen letzten Atem aushauchte. Blut rann aus seinem Mund, als er mit letzter Kraft hervorbrachte: „Diether, flieh. Keiner kann gegen diesen Witege bestehen. Sein Schwert ist der Tod." Witege nickte Diether zu und hoffte, dass der Junge den Rat seines sterbenden Freundes befolgen würde.

Doch Diether, der fassungslos auf seine drei Freunde blickte, die erschlagen im Gras lagen, sah Witege so wütend an, als wollte er ihn verschlingen. Er drückte seinem Hengst die Sporen in die Flanken und stürmte auf den übermächtigen Feind zu, der schützend seinen

Schild vor sich hielt. Witege fing den ersten Schlag ab, und redete dann streng auf Diether ein: „Bist du Diether, der Bruder König Dietrichs? Dann reite anderswohin und schlage dich dort! Um deines Bruders Willen will ich dir keinen Schaden zufügen!"

Grimmig schüttelte Diether den Kopf: „Mich verlangt nicht länger zu leben, außer ich nehme Rache an dem bösen Hund, der meine Ziehbrüder erschlug, die Söhne Etzels! Eines von beidem soll nun geschehen: Ich fälle dich, oder du mich!" Mit diesen Worten holte der wütende Diether erneut aus und ließ sein Schwert mit Wucht auf den Helm des überraschten Witege herabfallen.

Ein klirrendes, Krachen ertönte. Zahlreiche Helme wären unter diesem Schlag entzwei gegangen. Doch Wielands Werk hielt stand und so glitt Diethers Hieb von Witeges Helm in den Hals des Hengstes von Witege. Blut schoss aus der offenen Ader des Tieres, wiehernd ging es zu Boden. Witege fiel nach vorn herab, landete hart auf dem Boden und überschlug sich mehrmals.

Als er sich aufgerappelt hatte, blickte er ungläubig auf sein sterbendes Tier, dann auf Diether. Grimmig richtete er sich auf, griff Mimung mit beiden Händen, da ihm sein Schild bei dem Sturz aus der Hand gefallen war. Er blickte Diether drohend an. Dann rief er: „Du nötigst mich nun zu dem, was ich niemals gedachte, gegen dich zu tun! Und so große Not zwingt mich dazu, dass ich entweder mein Leben lassen, oder dich töten muss." Diether holte mit dem Schwert nach Witege aus. Der machte einen geschickten Sprung hinter das Pferd des jungen Diether und schlug Mimung mit voller Wucht auf dessen Rücken. Diether fiel herab und blieb bewegungslos im Gras liegen. „Du elender Narr", raunte Witege. Dann blickte er sich um. In einiger Entfernung sah er kämpfende Krieger.

Witege schwang sich auf Diethers Hengst und ritt ins Schlachtgeschehen zurück. Die wütende Schlacht tobte noch immer und tief hängende Wolken schoben sich über das Geschehen, bis alles in trübem Nebeldunst lag. Immer mehr Männer fielen im

Kampfgetümmel, das Gras zu ihren Füßen färbte sich blutrot. Viele rutschten nun im blutigen Schlamm aus und wurden dabei getötet.

In diesen Kämpfen fiel auch der gute Wolfhardt, Dietrichs Vetter, der Rüdigers Banner trug, bedrängt von Renald und seinen Mannen. Darauf nahm Rüdiger selbst die Bannerstange auf, und trieb Renalds Leute zurück. Als Renalds Banner fiel, wandten sich viele aus Ermenrichs Heer zur Flucht, und auch Sibich ritt davon, so schnell er konnte.

Dietrich blickte dem flüchtenden Heer nach. Er konnte es kaum glauben, dass sie das schier Unmögliche geschafft hatten. Ermenrich war besiegt. Er war kurze Zeit froh und glücklich, bis ein leicht bewaffneter Reiter der Aumlungen in vollem Galopp herbei geritten kam. „Herr Dietrich!", rief dieser ganz außer Atem, „Ich bringe schlimme Kunde! Witege, Wielands Sohn, erschlug deinen Bruder Diether und die Etzelsöhne! Er ist drüben am Musalastrom und wehrt sich noch wacker mit einigen seiner Männer."

Als Dietrich das hörte, erstarrte er. Es war geschehen, was nie geschehen durfte. Er lebte und Diether war gefallen. Schwindel befiel ihn. Ihm wurde heiß und kalt zugleich. Sein Blick verdunkelte sich. Im nächsten Augenblick schossen glühender Hass und grenzenlose Wut in ihm empor. „Nein, das darf nicht sein!", rief er. Der Reiter blickte ihn mit ernster Miene an und nickte einmal mit dem Kopf. „Ich werde nun entweder sterben oder die jungen Herren rächen", rief Dietrich und riss sein Pferd herum. Damit jagte er in Richtung Fluss so schnell, dass seine Leute ihm kaum folgen konnten. Er war voller Wut, und manche sagten, dass ein flammender Hauch ihm vom Munde ging, als er zum Flussufer sprengte. Kein Kämpe wagte es jetzt gegen ihn anzutreten. Als Witege Dietrich erblickte, wie der gleich einem wütenden Teufel auf ihn zu jagte, wandte er den Hengst um und flüchtete, so schnell er konnte Richtung Musalastrom. Er ahnte, dass nun nicht einmal Mimung ihn vor Dietrich schützen konnte. Auch wollte er nicht noch mehr Leid über seine Freunde bringen.

Dietrich war bald nur noch wenige Meter entfernt und rief voller Zorn, bis ihm die Stimme heiser wurde: „Du übler Hund, warte jetzt auf mich! Ich werde meinen Bruder mit deinem Leben rächen!" Witege stob auf den Fluss zu und tat, als hörte er ihn nicht. „Es ist eine Schande vor einem einzelnen Mann zu fliehen, der Rache für seinen Bruder will!", brüllte Dietrich aus voller Kehle. Witege riss sein Pferd herum, bevor er das Ufer erreicht hatte. Er rief: „Ich schlug deinen Bruder zur Hel allein aus schierer Not! Ich musste entweder ihn erschlagen oder er hätte mich erschlagen. Ich will es dir büßen mit Gold, Silber und Edelsteinen!" Doch Dietrich jagte weiter auf ihn zu. „Behalte deine Steine", rief er.

Witege trieb nun sein Pferd eiligst und mit mächtigen Sätzen in die kalten Fluten, bis er zusammen mit seinem Ross darin verschwand. Die Strömung war stark und schnell trieben Ross und Reiter hinaus aufs offene Wasser. Dietrich sprang vom Pferd, griff einen Spieß, der am Ufer steckte, und schleuderte ihn wütend hinterher. Dieser traf nur das Ufer und blieb stecken. Wie eine Mahnung stand er dort noch lange Zeit. Hilflos stand Dietrich am Ufer und blickte ungläubig in den Strom. Dunkle Wolken standen über dem Tal. Eiskalt fanden einige Sonnenstrahlen ihren Weg durch die Trübnis.

Das Wasser schien Witege verschluckt zu haben.[145] Dietrich folgte ihm daher nicht. Er hätte nicht gewusst wohin er sich in den Fluten wenden sollte. Vielleicht war Witege tot oder er war weit mit dem Strom fortgerissen worden. So weit, dass man ihn nicht am Ufer finden würde.

---

[145] In den isländischen Handschriften und der Membrane befindet sich dort ein See oder die See, wo Wideke untergeht. An der Moselmündung gibt es heute keinen See. Vielleicht handelte es sich um eine sehr breite Stelle des Rheins, die später durch Änderung des Wasserstandes verschwand. Oder die Textstelle wurde eingeführt, weil man an Theoderichs Rabenschlacht dachte. Vor Ravenna gab es keinen größeren Fluss, in dem Witege hätte untergehen können, wie es die Sage offenbar berichtete. Daher wurde vielleicht die See hinzugedichtet.

Lange stand Dietrich am Flussufer und schwieg. Trauer und Wut kämpften in seinem Herz um die Vormacht. Er begann Witege von diesem Tag an zu hassen. Er ahnte, dass Witege keine Wahl hatte, Diether zu töten. Aber er hasste ihn dafür, dass er ihn verlassen hatte und in Ermenrichs Dienste getreten war. Falls Witege noch leben sollte, würde er Diether eines Tages rächen und Witege sollte es bereuen, dass er die Seiten gewechselt hatte.

Nach einer Weile ging er zum Schlachtfeld zurück und war bald von einigen seiner Männer umgeben. Ermenrichs Heer hatte sich zurückgezogen, und so konnten sich die Hunen frei auf dem Kampfplatz bewegen. Hunderte von Raben und Krähen hatten sich eingefunden und begannen, an den Toten zu fressen. Auch einige Wölfe, die auf die Dämmerung warteten, schlichen bereits um den Kampfplatz. Hildebrand folgte seinem Herrn schweigend, als man ihn zum Ort des schrecklichen Ereignisses führte.

Im eigenen Blut und durch Mimungs harten Hieb getötet, lag der Leichnam des jungen Diether im blutbesudelten Gras. Ein Kloß formte sich in Dietrichs Hals, und Wasser sammelte sich in seinen Augen. Zwei Raben flogen auf, als Hildebrand und Dietrich sich dem Leichnam näherten. Als der König über dem Toten stand, atmete er tief durch und schniefte einmal laut hörbar. Dann warf er seinen übel zerhauenen Schild auf den Boden und beugte sich zu Diether herab. Er schloss ihm die Augen und kniete so eine ganze Weile über dem Toten.

Viele Männer standen um den König herum und keiner wagte zu sprechen. Dann erhob dieser sich und blickte um sich, bis er auch die Etzelsöhne und Hjalprek sah. Erneut musste er schlucken. „Dass ich euch verloren habe", sagte er betrübt, „ich hätte lieber größte Wunden empfangen!"

Dann wandte er sich an Rüdiger, der unter den Umstehenden war: „Etzel hat meinetwegen zwei Söhne und manchen starken Helden verloren. Ich wage nicht mehr ins Hunaland zurück zu kommen. Reite du nach Susat und bringe ihm die schreckliche Botschaft."

„Nicht sollst du das tun!", erwiderte der Markgraf. „Oft geschieht dies im Kampf, dass Fürsten ihre besten Helden verlieren und doch selbst dabei den Sieg erringen. Gib dich nicht selbst auf, um der jungen Herren willen! Wir wollen auch alle dazu helfen, dass König Etzel und Helche dir vergeben." Dietrich schüttelte trotzig den Kopf: „Niemals wage ich dahin zu gehen, denn ich gelobte Königin Helche, dass ich ihre beiden Söhne heil wieder bringe. Und das kann ich nun nicht halten." Dann redeten auch andere auf Dietrich ein und meinten, er solle nun ins Aumlungaland ziehen und mit König Ermenrich kämpfen. „Lass diesen Sieg nicht ungenutzt. Wir wollen dich begleiten und nicht eher ins Hunaland ziehen, bis du dein Reich wieder gewonnen hast", erklärte einer, während andere nickten.

Eine ganze Weile grübelte Dietrich, was er tun solle. Abermals schüttelte er schließlich den Kopf: „Nein, ich wage nicht Etzels Heer weiterhin zu führen, nachdem ich seine beiden Söhne verloren habe. Aber ich folge deinem Rat, Rüdiger. Ich will mit euch heim ins Hunaland fahren zu König Etzel." Darauf wandte er sich ab und ging alleine zurück zum Fluss. Dieses Mal ließ Dietrich sich nicht umstimmen. Am Abend machte sich das Heer auf in Richtung Norden. So zog der siegreiche König ab wie ein Verlierer.

Als sie in Susat eintrafen, setzte Dietrich sich gleich in eines der Kochhäuser, um nicht König Etzel unter die Augen zu geraten. Hildebrand war bei ihm. An Dietrichs Stelle trat Markgraf Rüdiger vor den König der Hunen. Dieser war misstrauisch, da er Dietrich und seine Söhne nirgendwo erblicken konnte, behielt aber die Ruhe: „Willkommen, Markgraf Rüdiger, mein Edelmann! Sage uns frohe Kunde von eurer Kriegsfahrt! Lebt König Dietrich von Bern? Und haben die Hunen den Sieg errungen?"

Mit gesenktem Kopf nickte Rüdiger. Dann blickte er langsam auf: „Dietrich lebt, und die Hunenmänner gewannen tapfer den Sieg, doch stieß uns allen großes Unheil zu." Dann machte er eine längere Pause. Etzel wartete mit argwöhnischer Miene. Rüdiger schwieg eine Weile und schluckte. Dann fasste er sich ein Herz und fuhr fort:

"Wir, ...wir haben die jungen Herren verloren. Erp und Ortwin sind gefallen" Als die Königin das hörte, brach sie in Tränen aus, und viele von denen, die in der Halle waren, begannen zu weinen. Etzel reagierte gefasst, doch man konnte großen Schmerz in seinen Augen sehen. Mit gebrochenem Blick starrte er lange Zeit ins Leere.

„Sind viele von meinen Männern gefallen?", fragte er dann. „Ja, dort fiel mancher tapfere Held", antwortete Rüdiger, „Dietrichs Bruder Diether von Bern und dein guter Freund Hjalprek und Herzog Naudung sowie Wolfhardt und Wildefer und andere gute Helden. Aber König Ermenrich verlor doppelt so viele."

König Etzel musste sichtlich seine Tränen zurückhalten. Sein Unterkiefer begann leicht zu zittern. Aber er hielt sich tapfer bei dieser Nachricht: „So geht es nun wie früher, dass diejenigen sterben, die todbestimmt sind. Gute Waffen geben keinem Todgeweihten das Leben." Dann fragte er: „Wo ist König Dietrich, mein guter Freund?" Einer der Männer antwortete: „Er sitzt draußen im Kochhaus, zusammen mit Meister Hildebrand. Sie getrauen sich nicht, euch unter die Augen zu treten, so sehr beklagen sie eure Söhne." Etzel forderte die Männer auf, Dietrich zu holen, doch der wollte nicht kommen. Da ging die Königin selbst mit ihren Dienerinnen zu Dietrich. Tränen liefen ihr noch immer von den Wangen. Als sie vor Dietrich stand, fragte sie: „Mein guter Dietrich, wie haben sich meine Söhne gewehrt? Waren sie gute Helden, als sie fielen?"

Dietrich schluckte: „Sie wehrten sich mannhaft und keiner von ihnen wollte fliehen, so gute Helden waren sie!" Die Königin sah, dass Dietrich mindestens genauso viel Schmerz über den Verlust empfand, und umarmte ihn. „Mein guter Freund Dietrich, geh nun gemeinsam mit mir vor den König. Das ist auch früher so geschehen, wie es jetzt geschah, dass jene fielen im harten Kampf, denen es bestimmt war, und die, welche überleben, dürfen sich deshalb nicht aufgeben." Sie war selbst überrascht über diese nüchterne Feststellung und ging mit zitternden Lippen aus dem Zimmer.

Dietrich folgte ihr so vor Etzels Thron. Der stand auf und hieß ihn höflich willkommen. „Es ist nicht deine Schuld, Dietrich", sagte er mit zitternder Stimme und bitterer Miene, „sie starben als tapfere Männer. Dieses Andenken wollen wir bewahren. Es wäre schlimmer, sie hätten ein Leben als Feiglinge gelebt." Dietrich nickte und konnte nur mit Mühe eine Träne verhindern. Dann legte Etzel ihm seinen Arm auf den Rücken. Der König setzte sich und ließ ihn wie früher neben sich sitzen, und beide blieben gute Freunde.

Der nächste Winter war eine betrübliche Zeit für Dietrich. Immer wieder dachte Dietrich in diesen Tagen an seinen Kampf gegen Mimung und daran, dass diese Waffe nun den tapferen Diether getötet hatte. Der König hatte vieles von seiner früheren Unbeschwertheit verloren. Auch Falke war inzwischen zu alt geworden um ihn zu tragen und wenig später starb Falke und Dietrich ließ ihn im Hunaland begraben. Noch lange wurde dieses Pferd in der Halle Dietrichs gelobt und besungen.

So lebten Dietrich und seine Getreuen einige Jahre in Etzels Reich, ohne das viel geschah. Ihre Schwerter gebrauchten sie immer seltener. Manchmal dachte Dietrich zurück an die Zeiten unbeschwerter Kämpfe. Aber seit Diethers Tod war die Leichtigkeit aus seinem Leben gewichen. Dennoch ahnten weder er noch irgendein anderer am Hofe Etzels, dass die Helden bald ein weiteres Unheil ereilen sollte. Dieses kommende Unheil sollte noch mehr als tausend Jahre später erzählt und in den großen Hallen der Menschen besungen werden.

DER STREIT
DER KÖNIGINNEN

„Getötet wurde Siegfried südlich am Rhein,
ein Rabe schrie laut vom Baum:
„An euch wird Atli die Schneiden röten,
die Eide werden die Kämpfer vernichten."

(Aus dem Alten Siegfried-Lied der älteren Edda)

Jenes große Unheil nahm seinen Ausgang weit weg vom Hunaland, im Reich der Nibelungen. Dort herrschte zu dieser Zeit immer noch Gunther mit seinen Brüdern Hagen und Gernot. Gunthers jüngster Bruder Giselher[146] war noch ein Kind. Aber auch Siegfried, der große Held lebte damals im Land der Nibelungen. Er teilte

---

[146] Der Name Gislahari (=Giselher) taucht neben Gundahar (=Gunther) im alten Burgunderrecht als historischer Burgunderkönig auf. Im Nibelungenlied werden Nibelungen zudem mit Burgundern gleichgesetzt. Vielleicht stammen die Nibelungen tatsächlich von einer Teilgruppe der Burgunder ab, die im Rheinland verblieben, als der Hauptteil des Stammes 443 n. Chr. an den Genfer See zog. Das würde erklären, weshalb die gleichen Namen bei Burgundern und Nibelungen auftreten.
Es besteht zudem die Möglichkeit, dass der Name Giselher nachträglich in die Sage eingebracht wurde, und der ursprüngliche Name des Königs entfernt wurde. Für diese zweite Möglichkeit gibt es einen Hinweis in der Sage selbst. In der Fassung B der schwedischen Thidrekssaga wird Giselher stets Gynter genannt. Dies könnte der ursprüngliche Name sein, da Gynter und Gunther im Grunde die gleichen Namen in verschiedenen Formen darstellen. Namensgleichheit bei Brüdern ist kaum bekannt, wohl aber bei Vater und Sohn. Vielleicht war Giselher also in Wirklichkeit Gunthers Sohn und hieß genau wie sein Vater.

248

sich die Herrschaft mit den Nibelungenfürsten, und er war stärker als ein jeder von ihnen. Seit einiger Zeit besaß er mehr Reichtum als diese, da in der Ferne König Sigmund, aus dem Geschlecht der Wölsungen[147] gestorben war, der Siegfried am Ende seines Lebens als seinen einzigen leiblichen Sohn anerkannt hatte. So hatte Siegfried ein fernes Königreich[148] und große Schätze geerbt.

Siegfried mochte Gunther und Hagen gut leiden, aber Hagen erwiderte das nicht. Bevor Siegfried erschien, war Hagen der stärkste Kämpe im Nibelungenreich. Aber Siegfried war ihm in allen Dingen überlegen. Er war mutig, beinahe tollkühn, er konnte besser reiten, er war besser im Speerwurf, und er war körperlich stärker. Am schlimmsten für Hagen war, dass Siegfried sich damit nie absichtlich hervortat oder prahlte. Dann hätte man ihm wenigstens das vorwerfen können. Denn wenn er zumindest hochmütig oder irgendwie eitel gewesen wäre, wäre wenigstens dies ein Makel gewesen. So aber war es zu viel für Hagen. Er begann ihn zu hassen.

Dennoch hatte sich Hagen mit der Lage eingerichtet und achtete Siegfried nach außen hin. Sie hätten wohl lange gemeinsam über das Niflungaland herrschen können, doch es geschah ein Unglück, das dies verhinderte. Krimhild selbst war es, die anfing, die Fäden weiter zu spinnen, die ihr bald entglitten, und die sich längst unheilvoll um ihr aller Leben gewunden hatten.

An diesen Tagen weilten Gunther und seine Brüder zusammen mit Brünhild in der Nibelungenburg Vernica. Auch Siegfried und seine Frau Krimhild weilten damals an diesem Hof. Es war an einem hellen, sonnendurchstrahlten Frühlingstag. Brünhild, die Gattin König Gunthers, ging hinein in die große Königshalle, wo sie Krimhild

---

[147] In den Heldenliedern der älteren Edda das Geschlecht Siegfrieds und Sigmunds.

[148] In der Thidrekssaga wird ein Tarlungaland als Reich von Siegfrieds Vater Sigmund genannt, das Ritter im Gebiet des späteren Darlingau am Nordharz vermuten. Dieser Vermutung wird hier gefolgt.

sah, die da ruhig auf ihrem Thron saß und mit zusammengekniffenen Augen herausfordernd zu Brünhild sah. Als die Königin auf sie zukam, machte Krimhild keinerlei Anstalten aufzustehen. Brünhild blickte sie fragend an: „Denkst du, dass du nicht aufstehen musst vor mir, die ich deine Königin bin?"

Krimhild blieb gelassen und lächelte hämisch. Dann erklärte sie: „Warum ich das tue, will ich dir sagen: Du sitzt auf dem Thron meines Vaters, wo es mir gebührte zu sitzen!" Brünhild blieb äußerlich ruhig: „Es ist wahr, dass diese Halle und dieses Land dein Vater besaß. Aber das gehört jetzt mir! Du kannst besser im Wald hinter Jung-Siegfried herlaufen, als Königin sein im Nibelungenreich." Blitzschnell wich Krimhilds überlegen hämische Miene einer bösartig entstellten. Gleichzeitig schoss ihr blutrote Farbe ins Gesicht. Sie erhob sich und rief so laut, dass man es durch die ganze Halle hörte: „Du stellst als Schande dar, wovon ich glaube, Ehre zu haben!? Meinen Gatten Siegfried? Damit hebst du ein schlimmes Spiel an." Ihre Stimme blieb dabei recht ruhig. Nur den letzten Satz presste sie mit giftig zischender Stimme hervor.

Dann verschwand das wütende Rot langsam aus ihrem Gesicht und eine böse Kälte ließ ihr giftiges Antlitz gefrieren wie zu Stein. „Ich frage dich nun etwas anderes", begann sie langsam: „Sage mir doch, wer es war, der deine Jungfräulichkeit nahm!" Brünhild sah sie zuerst verwundert an und begann dann blass zu werden. Alle konnten sehen, dass dieser Satz sie mehr getroffen hatte, als eine unwahre Unterstellung dies je vermocht hätte. Brünhild war verunsichert und wütend, blieb aber noch beherrscht.

Mit zitternder Stimme antwortete sie: „Das will ich dir sagen, denn es ist keine Schande. Das war König Gunther, dein Bruder!" Aufgebracht fügte sie hinzu: „Er war es, der mein Magdtum nahm, und kein anderer!" „Das lügst du!", fuhr es aus Krimhild heraus. „Siegfried war es!" Brünhilds Augen flackerten nervös, ihre Lippe zitterte kurz, bis sie scharf zurückgab: „Niemals wurde ich zu Siegfrieds Frau und niemals war er mein Mann!" Krimhild antwortete nicht gleich. Stattdessen verfiel sie in ein starres Grinsen, das etwas Böses in sich trug.

Sie wartete eine Weile und beobachtete Brünhild, die sich verlegen auf die Lippe biss. Dann zog sie einen Ring aus ihrer Tasche und hielt ihn Brünhild vors Gesicht. Langsam und bedächtig sagte sie: „Hier ist der goldene Ring, den er von deinem Finger zog, als er dein Magdtum genommen hat!" Brünhild sah voller Hass auf den Ring Andwaris und wurde leichenblass. Er musste es ihr gesagt haben, so dachte sie. Sie konnte nicht fassen, dass Siegfried, den sie einst liebte, und um dessen Willen sie hergekommen war, sie verraten hatte. Ohne ein Wort zu sagen, verließ sie die Halle, erfüllt von gnadenlosem Hass. Hätte sie Hagen und Krimhild besser gekannt, hätte sie gewusst, dass Siegfried ihr gar nichts sagen musste. Hagen wusste alles und er hasste Siegfried. Aber auch Krimhilds Scharfsinn allein hätte ihr das Schicksal von Andwaris Gabe und die Geschehnisse in Brünhilds Hochzeitsnacht erschließen können.

Erst als sie das Freie erreicht hatte, begann sie zu weinen. Sie weinte bitterlich und raufte sich vor Verzweiflung die Haare. Unmengen von Tränen rannen ihre Wangen herab und sie zerriss sich ihre Kleider.

Als sie so durch das Burgtor nach draußen schritt, kamen ihr Gunther, Hagen und Gernot entgegen. Die drei kamen gerade von der Jagd, sprangen von ihren Rossen und fragten, warum sie so sehr weine. Brünhild wischte sich die Tränen ab und stieß schluchzend hervor: „Euch ist wohl bekannt, dass ich aufgab mein eigenes Schloss und Land, und dass ich aufgab meine Freunde und Verwandten, als ich hierherkam!" Dann sah sie Gunther an: „Darum ist es nun an dir, mein König, zu rächen, wenn mir Kränkung geschieht! Und willst du das nicht, dann räche, was dir selbst an Kränkung geschah."

Gunther blickte verwundert zu Hagen, während er unbeholfen versuchte, seine Frau zu trösten, indem er sie etwas verlegen umarmte. „Siegfried hat dich getäuscht, denn er hat seiner Frau die heimlichen Dinge anvertraut, die zwischen uns waren. Sie warf mir heute vor, dass nicht du mein Magdtum nahmst." Gunther schreckte auf. Hagen blickte ihn scharf an, sah dann aber etwas verlegen zu Boden. Brünhild schluchzte nun: „Ich habe nun so großen Kummer, dass ich ihn niemals verwinde."

Da trat Hagen einen Schritt vor und strich sanft über ihre Wange. Mit bestimmter Miene blickte er sie an und sagte: „Weine nicht, meine Königin! Tue so, als wenn nichts geschehen wäre und rede nun nicht mehr davon!" Sie schniefte und sah ihn halb fragend und halb verstehend an. Sein Gesicht war hart wie Stein, während er das sagte.

„Als Jung-Siegfried damals zu uns kam", begann sie nochmals, „da war er wie ein Heimatloser und wusste nichts von Vater und Mutter. Nun fühlt er sich so groß, dass er über uns allen stehen will." Gunther blickte daraufhin nachdenklich zur Seite. „Weine nicht, Frau", begann er, „der Hochmütige soll nicht lange unser Herr sein, und meine Schwester Krimhild nicht deine Königin." Brünhild blickte Gunther verstört an. Ein Vogel stieß in dem Augenblick einen unheilvollen Warnruf aus.

Siegfried kam erst am Abend des folgenden Tages nach Hause. Gunther und Hagen ließen sich nichts anmerken und tranken tüchtig zusammen mit Siegfried. Sie wirkten ausgelassen und unbekümmert. Siegfried trank mit ihnen, doch blickte er immer wieder zu Brünhild, die still da saß und betrübt zu Boden starrte.

Häufig sah man in den folgenden Tagen Hagen und Brünhild im engen Gespräch. Siegfried wunderte sich, was die zwei so oft besprachen, aber er beließ es dann dabei, sich zu wundern. Argwohn und Misstrauen gehörten nicht zu seinem Wesen. Einige Tage darauf trat Hagen zu Gunther: „Willst du morgen in den Wald reiten, um zu jagen, zusammen mit Siegfried?" Gunther nickte mit kalter Miene, um zu zeigen, dass er verstanden hatte. Der blutige Plan war bereits lange geschmiedet.

Hagen ging geradewegs zum Koch des Königshofes: „Morgen früh bereite unsere Mahlzeit und salze sie so stark, wie du kannst." Anschließend ging Hagen auch zum Schenk: „Morgen, wenn wir unsere Mahlzeit nehmen, lass uns dazu nur wenig zu trinken bringen", befahl er.

Am Morgen des nächsten Tages saßen Gunther, Hagen und Gernot früh bei Tisch. Da kam Siegfried dazu und fragte: „Warum esst ihr so früh am Morgen? Wohin habt ihr vor zu reiten?" Gunther nahm einen Bissen und antwortete, während er noch kaute: „Wir wollen auf die Jagd reiten! Willst du uns begleiten?" „Gern will ich mit euch fahren", sprach der Ahnungslose hocherfreut und setzte sich zu ihnen. Es war eigenartig still, als sie speisten, und kaum ein Vogel schien zu singen.

Siegfried aß viel von den salzigen Speisen und bald drängten Gunther und Hagen zum Aufbruch. Sie stiegen auf ihre Pferde, ritten in die Wälder und schlugen die Hunde los. Als Siegfried aus der Burg ritt, legte sich Krimhild in ihr Bett, da sie keinen Umgang mit Brünhild oder anderen am Hof haben wollte. Sie wollte nur alleine sein, und wartete auf ihren Geliebten. Die Männer waren derweil im Wald und jagten den ganzen Vormittag. Zwei Hirsche hatten sie bereits zur Strecke gebracht. Da erlegte Hagen einen wilden Eber.

Sie stiegen ab, zerlegten das Schwein und gaben den Hunden die Eingeweide. Durch die anstrengende Jagd war ihnen nun sehr heiß geworden. Sie banden den Eber auf eines der Packpferde und ritten weiter, bis sie an ein Bächlein kamen. Einige letzte Tropfen Blut rannen aus dem Maul des Ebers auf ein Stück Moos. Daneben lag, gleich einem bösen Omen, eine tote Eidechse. Doch niemand beachtete sie, am allerwenigsten Siegfried. Er hörte auch nicht auf den Warnruf des Eichelhähers, der in den Wipfeln erklang. Hagen erschrak kurz bei diesem Geräusch, sagte man doch, dass Siegfried die Stimmen der Tiere verstand.

Gunther und Hagen sprangen von den Rücken ihrer Pferde und legten sich zum Trinken nieder. Da kam auch Siegfried und tat es ihnen gleich. „Ah, was für ein Glück", entfuhr es Siegfried. „Macht mal Platz und lasst mich auch mit an die Tränke", lachte er, „mir klebt die Zunge schon am Gaumen."

Während er in gebückter Haltung aus dem Bächlein trank, erhob sich Hagen vorsichtig, und griff leise nach einem schweren Jagdspeer, den er an einen Baum gelehnt hatte. Er griff den Spieß fest mit beiden Händen, holte aus, und stellte sich über den Arglosen. Gunther blickte auf Siegfried, aber er sagte nichts. Sein Blick war eiskalt. Nur seine rechte Hand begann zu zittern. Hagen hob den Speer an und stieß ihn dem Trinkenden mitten zwischen die Schultern. Der Stoß war stark genug, dass der Schaft des Spießes wieder vorne zur Brust herauskam.

Blut spritzte Hagen über Hose und Hemd, als der Getroffene einen entsetzlichen Schrei ausstieß. Siegfried bäumte sich auf und griff zum Schwert, doch versagten ihm seine Beine und Arme bereits den Dienst. Er taumelte und blieb zunächst auf seinen Knien, sich mit den Vorderarmen abstützend. Blut rann aus seinem Mund, der Spieß steckte in seinem Leib. Er atmete schwer.

Fassungslos und von tiefer Enttäuschung getroffen sah er zu Hagen, während immer mehr Blut aus seinem Mund lief. „Hagen?!", stieß er ungläubig hervor. Dann machte er eine Pause, um etwas Blut herunterzuschlucken, das sich in seinem Mund sammelte. Da schien er erst zu begreifen, was Hagen getan hatte.

In diesem Augenblick kam ihm das Lindenblatt wieder in den Sinn, das an dem Tage zwischen seinen Schultern klebte, als er im Drachenblut badete. „Wer hat dir von dem Blatt erzählt?", ächzte er, denn er hatte keinem anderen Menschen außer Brünhild davon erzählt. Und nun wurde Siegfrieds Blick finster und strahlte zum ersten Mal höchste Verachtung aus.

„Wäre ich auf meinen Beinen gestanden, da wärt ihr vorher zu meinen Füßen gelegen!" Während er diese Worte sagte, versuchte er mühsam das Blut zurückzuhalten, das weiter aus seinem Mund quoll. Den Speer spürte er nicht mehr. Doch der Schmerz über den

Verrat ließ ihn verzweifeln. Unfassbare Enttäuschung strahlte sein Antlitz nun aus.

Dann gehorchte ihm sein Körper nicht mehr, und der starke Kämpfer sank zur Seite. Auf dem Waldboden liegend verblutete er. Das Gras und das Moos und der ganze Waldboden um ihn herum färbten sich blutrot. So starb der Drachentöter.[149]

Hagen blickte mit hartem Blick auf sein Werk. Sein Herz schlug ruhig wie immer und sein Blick war entschlossen, aber sein Unterkiefer zuckte einige Male, was seine innere Unruhe und Zerrissenheit verriet. Auch Gunther schien ein Kloß im Hals zu stecken, als er auf den Toten blickte, und Gernot blickte nur fassungslos auf das, was geschehen war. So standen sie eine Weile, während die Vögel aufgehört hatten zu singen.

Bald gewannen sie ihre Fassung zurück. Sie banden den Toten auf sein Ross und ritten zurück. Schweigend ritten sie durch den Wald bis sie den Königshof erreichten.

Oben auf dem Wall der Nibelungenburg stand Brünhild, die in die Ferne sah und die Reiter erkannte. Sie sah auch, dass auf Siegfrieds Pferd ein Leichnam hing. Schnell ging sie hinaus und trat vor die Männer. Sie schien gefasst zu sein, als sie den toten Helden über seinem Pferd hängen sah. „Bei allen Mächten!", rief sie und starrte kurz gebannt auf Siegfrieds Leichnam. Für einen Augenblick schien sie wahrhaftig geschockt von dem Anblick, doch schnell hatte sie sich wieder gefangen. Sie blickte unsicher umher. „Wer hat denn diesen starken Burschen hier erlegt?", fragte sie schnell. Sie blickte dabei auf den Eber, doch jeder wusste, wen sie in Wahrheit meinte. „Hagen tötete diesen Eber", antwortete Gunther teilnahmslos. Hagen sagte nichts

---

[149] In der Edda ist es Gunthers Bruder Gotthorm, der aufgestachelt wird, Siegfried zu töten, und seinerseits von dem tödlich verwundeten Siegfried tödlich getroffen wird.

„Welch schreckliches Unglück", flüsterte sie, und heuchelte Bestürzung über Siegfrieds Tod, aber man konnte sehen, dass sie das nicht mehr berührte. Jedenfalls nicht in diesem Augenblick. Schließlich forderte sie die Jäger auf, den Toten in Krimhilds Arme zu legen. Hagen nickte und so trugen sie den Toten zu Krimhilds Kammer. Da die Tür verschlossen war, traten sie sie auf. Krimhild hatte fest geschlafen. Schlaftrunken erhob sie sich, und bevor sie die Augen richtig geöffnet hatte, warfen sie den blutbespritzten Toten in ihr Lager.

Krimhild schreckte auf. Dann blickte sie kreidebleich auf den Leichnam, als ob sie nicht zu entscheiden vermochte, ob sie träumte oder wach war. Wie geistesabwesend strich sie mit zitternder Hand über seine Wangen. Erste Tränen rannen ihre Wangen herab. Dann rannen immer mehr Tränen aus ihren Augen. Sie brach über dem Toten zusammen und weinte bitterlich. Hagen und Gernot blieben in der Tür stehen und wagten noch nicht zu gehen. Krimhild beachtete sie nicht und blickte nur auf Siegfried. Mit wackeliger Stimme hauchte sie: „Übel scheinen diese Wunden! Wie bekamst du sie, während dein Schild unzerbrochen und dein Helm unzerkloben sind?" Dabei strich sie sanft über Siegfrieds Gesicht.

Sie hob den Kopf und blickte nun mit zitternder Unterlippe auf Gernot, der Siegfrieds Schild und Helm in Händen hielt und selbst wie gelähmt wirkte. Dann wurde ihr Gesicht hart und ernst. Sie blickte auf ihren Geliebten und sagte mit überraschend ruhiger, aber sehr leiser Stimme: „Du bist ermordet worden. Wüsste ich, wer dies tat, würde ich es einmal rächen." Hagen erwiderte trotzig aber sichtlich unsicher: „Nicht ist er ermordet worden! Wir jagten einen wilden Eber. Dieser gab ihm die Todeswunde." Krimhild schluckte und zischte Hagen hasserfüllt an: „Hagen, du warst dieser Eber und niemand sonst." Mit zitternden Lippen sah sie auf Siegfried, der so friedlich vor ihr lag. Dann brach sie erneut unter Tränen zusammen. Die anderen gingen hinaus und versuchten sich unschuldig und vergnügt zu geben, aber alle wussten, dass sie übel gehandelt hatten, an einem

Helden, der so stark und rein war, wie keiner von ihnen es je sein würde.

Damit hatten die Schicksalsfäden ihr Gespinst um die Nibelungen gelegt. Hagen selbst hatte geholfen, den letzten Knoten zu ihrem Verderben zu knüpfen, und er schien dies zu ahnen.

Wenig später ließ Krimhild den Toten begraben, so gut sie nur konnte. Sie gab ihm kostbare Schätze und eine prunkvolle Rüstung mit ins Grab. Seine besten Waffen behielt sie aber für sich. Viele, die um das Grab standen, ahnten, was geschehen war, aber keiner sprach es aus.[150]

Gernot sagte Tagelang nichts und die folgenden Wochen sprach er wenig. Er hasste sich dafür, dass er die Bluttat nicht verhindert hatte. Brünhild wollte danach nicht mehr leben und stürzte sich nicht lange nach dem Siegfriedsmord in ihr Schwert. Auch Gunther schien von da an diese Tat bereut zu haben. Nur Hagen ließ sich wenig anmerken. Dennoch lag seither ein dunkler Schatten über dem Land der Nibelungen, und kaum jemand dort war so unbeschwert wie zu der Zeit vor dem Mord in den Wäldern.

Alle, die erfuhren, dass Siegfried erschlagen war, sagten, dass niemals einer geboren war, der ihm gleich war an Stärke, Mannhaftigkeit, Anmut und Freigiebigkeit. Eines war allen gewiss: Sein Name wird sich nie verlieren, so lange die Welt steht.

---

[150] Ritter mutmaßt, ob Siegfrieds Bestattung mit dem berühmten Königsgrab zu Enzen (bei Zülpich) identisch sein könnte. Dies ist wohl eher unwahrscheinlich.

„Hier in diesem Lied wird vom Tode Sigurds gesprochen. Und es läuft darin so ab, als hätten sie ihn draußen getötet. Einige jedoch sagen, dass sie ihn, den Schlafenden, drinnen in seinem Bett erschlagen hätten. Aber deutsche Männer erzählen, sie hätten ihn draußen im Wald getötet...

...Aber das erzählen alle gleich, dass sie ihn um die Treue betrogen und ihn erschlugen, den Liegenden und Unbewaffneten."

(Aus dem Fragment eines Sigurdliedes der älteren Edda)

KÖNIGIN HELCHES TOD

Über dem Hunaland lagen ebenfalls dunkle Schatten. Seit der Schlacht von Gränsport war Dietrich nur noch selten so unbeschwert, wie er es früher war. Er hatte auch keine große Freude mehr an Kriegszügen und Kämpfen oder überhaupt daran, seine Tapferkeit unter Beweis zu stellen. Dietrich hatte einige kleinere Falten bekommen, sah aber im Übrigen noch ganz aus wie immer. Er hatte noch immer langes, blondes Haar und er bekam niemals einen Bart, solange er lebte. [151]

Die einzige unbeschwerte Zeit hatte er, wenn er mit Herat zusammen war, Helches Nichte. Immer häufiger sprachen die beiden zusammen. Sie interessierte sich nicht für seine Heldentaten und für seine einstige Macht. Stattdessen fragte sie Dinge, was sein Lieblingsessen wäre oder sein Lieblingsplatz in Susat. Er fragte sie das gleiche und so lernten sie einander kennen. „Was wünscht du dir am meisten", fragte sie ihn. „Hm", machte Dietrich, „vermutlich, dass ich unsterblich werde in den Heldenliedern der Sänger." Sie lachte: „Was hast du davon?" Dietrich zuckte mit den Schultern und lächelte zurück.

Dietrich folgte nicht dem Aufruf König Isungs von Bertanga, dessen Land von König Herding verheert worden war, gegen das Wilcinaland zu ziehen. Einige von Dietrichs einstigen Kampfgenossen, darunter Fasold der Stolze und Dietleib, die damals in Drecanfils lebten, folgten Isung. Sie erlitten aber eine bittere Niederlage, weil Herdings Frau Ostancia eine mächtige Zauberin aus Austrriki[152] war und

---

[151] So die Sage. Ob ihm natürlicherweise kein Bart wuchs, oder er sich regelmäßig rasierte, muss offen bleiben.

[152] In der altschweidschen Handschrift Östherik genannt. Das Ostreich. Nur einmal in der Thidrekssaga genannt, als Reich von Ostancias Vater Unne. Ritter vermutet Gebiete in Russland.

zahlreiche geflügelte Drachen, Bären und Löwen auf sie hetzte, wie man sich erzählte. [153]

In dieser Schlacht fielen König Isung, seine neun starken Söhne, und auch Fasold und Dietleib ließen ihr Leben. Isungs Heer wurde dabei fast vollständig vernichtet, und nur wenige überlebten. Als Dietrich das hörte, war er froh, dass er nicht mitgezogen war. Gegen diese dämonische Armee hätte wohl auch er den Tod gefunden. Wusste er doch von den Zweikämpfen vergangener Tage noch allzu gut, welch starke Kämpfer Isung und seine Söhne waren. Und auch Dietleib und Fasold waren mächtige Recken und nun zum Futter der Wölfe und Raben geworden.

Nur wenige Zeit nach dieser Schlacht wurde Königin Helche schwer krank. Sie fühlte den Tod nahen und rief die Männer und Frauen, die ihr im Leben viel bedeuteten, ein letztes Mal zu sich herein. Dietrich ging als einer der ersten, kniete an ihrem Lager und sah sie an. Sie war leichenblass, und man sah, wie die Krankheit ihr das Leben aussaugte. Ihre trockenen, blassen Lippen lächelten, doch ihre Augen waren bereits erstarrt. Der helle Glanz war aus ihnen gewichen. Dietrich begann mit kratziger Stimme: „Dies ist ein großer Kummer, dass du so krank sein sollst. Es wird ein schlimmer Schaden für das Hunaland sein, wenn du stirbst durch diese Krankheit." Dietrich holte Luft und machte eine Pause. Dann nahm er ihre Hand und wusste nicht mehr, was er sagen sollte. Schließlich fasste er sich ein Herz und sagte: „Das Land verliert dann eine große Königin, und ich einen guten Freund."

Dietrich schluckte und man sah ihm seine Traurigkeit an. Seine Augen waren ganz wässrig, als sie seine Hand umklammerte. Helche lächelte ihn mit letzter Kraft an und sagte: „Du warst mir auch ein

---

[153] Dies erscheint sehr phantastisch. Ritter weist aber darauf hin, dass auch bei Gregor von Tours (6. Jahrhundert) zu lesen ist, dass die „Hunnen" mit Hilfe von Spukgestalten gekämpft hätten. Vielleicht bediente König Herding sich fliegender Fesseldrachen und verbreitete Panik in Isungs Heer.

guter Freund und unserem Land ein großer Beschützer, liebster Herr Dietrich. Ich habe nun noch eine Bitte. Kümmere dich um meine Nichte Herat." Dietrich nickte. Lange schon hatten Dietrich und Herat sich einander angenähert. Die kluge Königin hatte dies offenbar bemerkt.

Mit einem Lächeln auf dem Mund lies Helche ihn gehen und wollte Hildebrand sehen. So verließ Dietrich das Schlafgemach, und Hildebrand trat an seiner Stelle ein. Dann weinte Herr Dietrich vor dem Zimmer wie ein Kind. Hildebrand erhielt einen Goldring von Helche und kam ebenfalls sehr betrübt hinaus. Man sagt, es sei sogar eine Träne von seiner Wange gelaufen, was man bei Hildebrand sonst nie gesehen hatte. Dann betraten Rüdiger und seine Frau und andere gute Freunde der Königin nacheinander das Zimmer. Als letzter betrat König Etzel selbst das Gemach. Er musste tief Luft holen, bevor er eintreten konnte.

Dann kniete er sich an ihr Bett. Er nahm ihre Hand, und sie holte tief Luft. Dann hauchte sie unter Schmerzen: „Ich fürchte, wir werden uns jetzt scheiden, doch wirst du nicht lange ohne Gattin sein können." Sie schluckte trocken: „Nur bitte ich dich, nimm dir keine Frau aus dem Niflungaland. Tust du das, dann kommt viel Unheil auf dich und dein Geschlecht. Du und deine Erben würden bitter dafür bezahlen müssen. Denke an meinen Rat, liebster König." Darauf wandte sie den Kopf von ihm ab. Sie schloss die Augen und starb wenig später.

Der König ließ ihren Leichnam kostbar begraben und legte sie innen in der Stadt, dicht an die Mauer. Dort standen Dietrich von Bern und Hildebrand und zahlreiche wackere Helden, als der Sarg zur Erde gelassen wurde. Herat drückte sich weinend an Dietrichs Brust und er strich mit der Hand über ihr Haar. Zwei junge Mädchen sangen liebliche Verse, als Blumen auf das Grab gestreut wurden. Als das Lied verklungen war, fuhr ein heftiger kalter Windstoß über das Grab hinweg und wehte die meisten Blumen ungestüm davon.

„Wir müssen nun stark sein Herr Dietrich", erklärte Herat und wischte sich eine Träne von den Augen. Dietrich nickte. „Wir werden ihre klugen Ratschläge vermissen hier in Susat", fügte sie schniefend hinzu. „Ich hoffe niemand vergisst ihre klugen Ratschläge in diesem Königreich", sagte Dietrich leise.

Etzel hörte nicht auf die warnenden Worte seiner klugen Frau. In Aussicht auf die große Mitgift dachte er schon wenige Wochen nach Helches Tod daran, die Witwe des Wurmtöters aus dem Niflungaland zu heiraten. Vielleicht hatte Helches Mahnung erst dieses Begehren in ihm geweckt. Er glaubte es nicht, dass diese Goldgier sein Reich bald verdunkeln würde und den Tod vieler tapferer Helden kosten könnte. Er war blind vom Gedanken an die herrlichen Schätze, die da im fernen Niflungaland warteten.

Oft sah der König der Hunen in diesen Tagen seine Frau vor Augen, wie sie im Angesicht des Todes die warnenden Sätze sprach. Doch sein Entschluss stand fest, und damit besiegelte er das vorgefügte Schicksal. Er schickte Herzog Osid mit einer großen Gesandtschaft ins Nibelungenreich. Osid kam dort an und hielt sich einige Tage im Reich der Nibelungen auf. Dann trat er vor Gunther und Hagen.

Man sah, dass ihm gar nicht wohl war, seine Botschaft zu überbringen. Dennoch hatte er sich nun ein Herz gefasst. Er räusperte sich aufgeregt, als er vor dem König stand und begann mit sorgfältig gewählten Worten: „König Etzel von Susat sendet König Gunther und seinem Bruder Hagen freundliche Grüße." Gunther und Hagen sahen den Boten wartend an. „Warum hast du mit deiner Kunde so lange zurückgehalten?", wollte Hagen wissen. „Ich wollte mich vergewissern, dass das Anliegen meines Herren Aussicht auf Erfolg hat", entgegnete dieser und fuhr ohne Umschweife fort: „Ich komme mit keiner Kunde, sondern mit einer Frage. Etzel, der Herr des Hunalandes will gerne eure Schwester Krimhild zur Frau haben." Dann machte er eine Pause und blickte nervös zur Seite, ehe er fortfuhr:

„Er nimmt an, dass ihr sie mit so großem Gut ausstattet, als es euch geziemt". Den letzten Satz hatte der Bote sehr schnell gesprochen.

Hagen blickte den Boten daraufhin mürrisch an und schielte dann argwöhnisch auf den fragend dreinblickenden Gunther. Er hatte genau damit gerechnet, seit der Bote hier ankam, und war offenbar nicht sonderlich überrascht. „Dann will er auch euer Freund sein", fügte Osid noch hastig hinzu. „So so", nickte Hagen zynisch.

Hagen wusste, dass es besser war, mit dem Herrscher des mächtigen Hunenreiches keine Fehde vom Zaun zu brechen. So verzog er lediglich den Mund, als hätte er auf etwas Saures gebissen. Er blieb ruhig und starrte wartend auf König Gunther. Der erhob sich von seinem Sitz, räusperte sich und antwortete nüchtern: „König Etzel ist ein mächtiger Mann und großer Fürst. Stimmen meine Brüder Hagen und Gernot mir überein, werde ich ihm diese Bitte nicht abschlagen."

Hagen hustete künstlich und räusperte sich erneut laut, um seinem Unbehagen Ausdruck zu verleihen. Doch er wusste, dass Gunther keine Wahl hatte. Osid nickte erfreut: „Ausgezeichnet, diese Nachricht wird meinen Herren freuen."

Hagen unterbrach ihn unwirsch: „Nun müssen wir allerdings noch Krimhild selbst fragen. Die Frau ist so stolz, dass es uns nicht gut ansteht, sie einfach zu verheiraten. Das können wir nur mit ihrer Einwilligung." Gunther ging sogleich zu Krimhild, um sie zu fragen. Hagen folgte ihm, gespannt auf ihre Antwort. Nachdem sie die Kunde gehört hatte, sah sie zuerst misstrauisch zur Decke empor, als ob sie eine Falle witterte. Dann blickte sie genauer in Gunthers und Hagens zerknirschte Gesichter und erkannte, dass dies nicht ihr Einfall gewesen sein konnte. Ein Lächeln schien schnell über ihre Lippen zu huschen. Dann entgegnete sie spitz: „Ich wage nicht, dem mächtigen Heerkönig dieses Angebot abzuschlagen." „Du sagst es", meinte Hagen zynisch. Hagen war ganz und gar nicht begeistert, von der Heirat aber er wusste, sie konnten dem mächtigen Etzel diesen Wunsch kaum ausschlagen. Auch Krimhild wusste das und seit diesem Tage witterte sie eine Möglichkeit zur Rache. „Ist es euer Wille, meine Brüder, so ist es auch mein Wille", erklärte sie ohne eine Miene zu verziehen. Hagen knirschte mit den Zähnen. Damit zog sie sich in ihr Gemach zurück.

Nach dem Essen trat Gunther zu Osid. „Krimhild hat eingewilligt, deinen mächtigen König zu ehelichen." „Das freut mich zu hören", entgegnete dieser: „Etzel selbst wird dann bald kommen, um seine Braut heim zu holen." Gunther nickte: „Zum Zeichen der Freundschaft gebe ich dir den Helm und den Schild des toten Siegfried." Gunther gab einem seiner Männer ein Zeichen, worauf dieser den prächtigen Helm und den Schild Siegfrieds holte, um ihn Osid zu überreichen. Dieser strahlte über beide Ohren, als er die prächtigen Waffen des berühmten Helden in Empfang nahm. Gunther war froh, diese Dinge loszuwerden, die ihn fortwährend an das Geschehene erinnerten.

Einige Zeit später erschien Etzel selbst mit großem Gefolge an Gunthers Königssitz. Zu den Edlen, die mit angereist waren, zählten auch Markgraf Rüdiger und Dietrich von Bern. Letzterer war froh, seinen alten Freund Hagen und die anderen Nibelungen nach so langer Zeit wieder zu treffen. Besonders Hagen umarmte er sogleich, und lange unterhielt er sich mit dem Einäugigen. Allerdings waren die Gespräche nicht mehr so unbeschwert wie in früheren Zeiten. Zu viel Verrat, Trug und Zwietracht lagen nun über den Dingen. Auch wurde Hagens Art immer dunkler und unnahbarer.

Als sie gemeinsam in Gunthers Halle tafelten, hielt dieser eine Rede. Dabei übergab er feierlich Geschenke. Markgraf Rüdiger erhielt Siegfrieds Schwert Gram und Dietrich bekam das Ross Grane. Gunther war insgeheim froh, das Erbe des Erschlagenen abzugeben. Er fühlte sich dabei, als fiele eine Last von seinen Schultern, als er diese letzten Erinnerungsstücke an den toten Siegfried los wurde. Tief in seinem Inneren schien er aber zu ahnen, dass der tödliche Verrat, der in den Wäldern geschah, nur durch Blut und Tränen gesühnt werden konnte, und dass die Bosheit der Tat eines Tages gegen die Mörder zurückschlagen würde.

Doch im Augenblick war die Stimmung recht ausgelassen. Je mehr die Helden tranken, desto offener wurde gesprochen. Rüdiger saß bei Dietrich. Sie stießen mit ihren Krügen an. „Ich wollte dich das schon lange fragen, Dietrich", begann Rüdiger. Dietrich nickte gespannt. „Man sagt, du warst es, der Gunthers Vater von Hagens Abkunft erzählte, dass er nicht sein leiblicher Sohn wäre." Dietrichs Miene wurde ernster, blieb jedoch entspannt. „So war es", nickte er, „eine Dienerin erzählte mir von einem Gespräch, das Hagen mit seiner Mutter hatte."

„Ich wundere mich nur, dass Hagen dich dennoch so achtet", bohrte Rüdiger, sich dabei nachdenklich gebend. „Hagen achtet Taten, keine Worte", entgegnete Dietrich etwas unwirsch. „Und er weiß auch, warum ich das Hagens Vater sagen musste, wenn seine Frau bei einem anderen lag. Und Hagen weiß, dass er ebenso gehandelt hätte!" Dann machte er eine kurze Pause. „Hättest du etwa anders gehandelt?", fragte Dietrich schließlich herausfordernd. Rüdiger nahm einen großen Schluck Wein. Dann setzte er den Becher ab und schüttelte mit dem Kopf. „Die Blutlinie ist zu wichtig", fügte er hinzu. Dietrich nickte. Dennoch fragte er sich, ob er damals richtig gehandelt hatte.

Dann sahen sie beide zu Hagen, der in einer Ecke saß und seinerseits Krimhild beobachtete. Krimhild, die nach wie vor jeden Tag um ihren geliebten Helden weinte, huschte an diesem Tag zum ersten Mal wieder ein kaltes Lächeln über die Wangen. Es war jedoch kein glückliches Lächeln, sondern eines, aus dem todbringende Rache blickte. Es war eiskalt und beinahe schadenfroh.

Dietrich ging danach zu Hagen und stieß mit ihm an. „Was glaubst du wird diese Hochzeit eurem Reich bringen?", fragte Dietrich nach einiger Zeit. „Was kümmerst du dich um unser Reich, Berner?", fragte Hagen unwirsch, „du solltest dein Reich sehen. Ermenrich und Sibich herrschen mit Willkür über das Land der

Aumlungen und nichts schert sie. Wer nicht tut was sie sagen, wird eingekerkert oder getötet. Zahllose hängen schon vor den Mauern Berns. Das Volk hungert, weil er alles ausplündert." Dietrich hatte das nicht gewusst, dass es so schlimm stand um sein Land. Er überlegte, ob es falsch war, nach der Schlacht um Gränsport aufzugeben. Aber er wusste, es war nun zu spät.

Wenige Tage darauf war die Trauung beendet. Dietrich und Hildebrand begleiteten Etzel und seine neue Gemahlin ins Hunaland. Krimhild und Etzel lebten seitdem Seite an Seite. Ein Winter folgte dem anderen. Die Jahre vergingen. Und schließlich heirateten Dietrich und Herat. Sie war eine schöne kluge Frau, viel jünger als Dietrich, aber nicht weniger reif in Gedanken und Worten. Sie erinnerte ihn sehr an Helche.

Etzel und Krimhild bekamen kurz darauf einen Sohn, den sie Aldrian[154] nannten. Krimhild weinte immer noch viele Tage um den toten Siegfried. Sie stand häufig auf den Türmen Susats und blickte reglos nach Südosten. Dabei dachte sie immer an Siegfried, wobei ihr regelmäßig die Gesichtszüge entgleisten und das traurige, weinende Antlitz in ein verrücktes eingefrorenes Lächeln umschlug.

Als ihr am Mittagstisch eine Träne die Wange herab lief, fragte Dietrich, weshalb sie so verbittert sei. „Ich weine um den besten Helden, der je gelebt hat", erklärte sie barsch. Einige am Tisch verdrehten bereits genervt die Augen, aber Dietrich blickte sie nur nachdenklich an.

Krimhild begann leise zu weinen. Dabei streichelte sie Andwaris Gabe, den Ring Siegfrieds, den sie stets am Finger trug. Sie schniefte laut und fügte mit bebender Stimme hinzu: „Seine Augen waren rein und klar, treu und einfach, aber auch so furchtlos, wie die eines arglosen Tieres. Sie waren so rein wie sein Wesen." Dann schlug sie die Hände vors Gesicht, um ihre Tränen zu verbergen. Obwohl ihr Satz

---

[154] Im Nibelungenlied Ortlieb genannt.

wie auswendig gelernt wirkte, war ihr Kummer doch ehrlich. Dies fühlten alle im Raum. Fast hätte Dietrich Mitleid gehabt, doch dann schlug ihr Blick in eine hasserfüllte Fratze um. „Und nun sitzen die Mörder auf dem Drachenhort!", spie sie hasserfüllt hervor.

Jeder wusste, dass Siegfried einst den Drachenhort besaß und viel Beute durch weitere Kämpfe gewann. Schließlich erbte er noch den Königsschatz seines Vaters. Einige seiner Schätze hatten die Nibelungen nun. Und nur sehr wenig war Krimhild als Mitgift gegeben worden. Viele glaubten, die Nibelungenkönige hätten den Schatz gefunden und ihn nach dem Mord an sich gerissen. Doch in Wirklichkeit wusste keiner, wo Siegfried all seine Schätze versteckt hatte. All das Drachengold wartete irgendwo, vermutlich in einer verschlossenen Höhle, deren Eingang nur Siegfried gekannt hatte. Vielleicht war das Versteck sogar im Hunaland, wo Siegfried einst den großen Wurm erschlug.

„Es ist eine Schande, dass sie Krimhild mit ein paar Silberschalen abgespeist haben", stimmte Etzel ihr zu. Er kaute eine Weile auf seinem Brotkanten herum und schien nachzudenken. „Lade doch deine Brüder hierher ein", warf er auf einmal euphorisch in die Runde. „Wir wollen uns mit ihnen aussöhnen", fügte er kauend hinzu, nachdem er von seinem Brotkanten abgebissen hatte.

Krimhild blickte ihn erstaunt an. Dann lächelte sie und nickte. Dietrich blickte beiden in die Augen. Er ahnte Schlimmes, doch er sagte nichts. Krimhild musste dem König dies eingeredet haben, dachte er. Krimhild ging indes davon und rief einen Boten und einen Schreiber zu sich: „Sendet folgende Nachricht an König Gunther..."

Gunther saß wenig später im Niflungaland auf seinem Thron und ließ sich den Inhalt der Nachricht aus dem Hunaland vortragen:

„Gunther, König der Nibelungen. Ich, Etzel-König, werde nun alt, und mein Sohn Aldrian ist noch zu jung, so dass keiner eher in Frage käme, das Hunaland zu lenken, als Aldrians Mutterbrüder. Deshalb bitten wir diese, zu uns zu fahren, um zu beraten zum

Besten des Hunalandes. Nehmt so viele Krieger und Mannen mit euch, wie euch gut scheint."

Als Gunther das vernahm, grinste er über beide Ohren, sah er sich doch schon als neuer Herr des Hunalandes. „Ich fahre ins Hunaland", sagte er, "Ich nehme große Gefolgschaft mit auf die Reise. So viel ich gedenke zu brauchen." Hagen erhob sich und stellte seinen Becher mit lautem Schlag auf den Tisch: „Sei nicht so dumm. Fährst du ins Hunaland, dann kommst du nicht wieder heim, und auch keiner, der dir folgt. Krimhild ist klug und falsch, dahinter steckt eine Falle."

Gunther zog trotzig die Augenbrauen zusammen, und dicke Adern wurden an seinem roten Hals sichtbar. Er hasste Hagens überlegene Selbstsicherheit: „Mein Schwager Etzel hat mich freundschaftlich eingeladen", begann er genervt, „du rätst mir nun, wie deine Mutter meinem Vater riet", fuhr er fort, bösartig anspielend auf Hagens fragwürdige Abkunft. Hagen sah ihn finster an. Gunther fügte patzig hinzu: „Und ihre Ratschläge waren oft schlecht. Deshalb folge ich nicht deinem Rat, sondern werde bald ins Hunaland fahren. Und sehr wohl hoffe ich, heil wieder heim zu kommen."

Dann hielt er inne und ballte die Rechte zur Faust. „Und bevor ich aus Hunaland zurückkehre, kommt es gänzlich in meine Gewalt." Dabei schaute er zuerst beabsichtigt böse und grinste dann selig, während Hagen nur den Kopf schüttelte. Gunther war noch nicht fertig: „Und du, Hagen", dabei nickte er erhaben, „folge mir, wenn du magst! Und wagst du es nicht, mir zu folgen, dann sitze zu Haus, bis ich zurückkomme."

Hagen entgegnete ruhig: „Das sagte ich nicht aus Angst! Ich sorge mich nicht mehr um mein Leben als um deines, doch ich sage dir dies eine: Aus Hunaland kommst du nicht mehr lebend hinaus! Und fährst du auch mit vielen oder nur mit wenigen: keiner von diesen kommt ins Niflungaland zurück!" Dann fügte er murmelnd hinzu: „Erinnerst du dich, wie wir uns einst von Siegfried trennten? Ich weiß da jemanden im Hunaland, der erinnert sich auch noch."

Gunther wurde darauf ganz zornig und trotzig. „Hast du solch eine Angst vor deiner Schwester, dass du nicht mitzukommen wagst, so werde ich ohne dich ziehen", rief er. Hagen ging verärgert hinaus. Es wurmte ihn, dass er nun wie ein Feigling dastand. Er ging zu seinem Freund Folkward und fragte ihn, ob er mit ins Hunaland fahren wolle, wenn Gunther sich nicht davon abbringen ließe. Der nickte, ohne zu zögern.

Am Abend speisten sie in der Königshalle. Hagen und Folkward sagten nichts. Gunther tat betont gelassen und unterhielt sich mit verschiedenen Tischgefährten über Belangloses. Da trat Oda, Gunthers Mutter, zu ihrem Sohn und sagte: „Gunther, ich träumte, dass ich dich sah im Hunaland und manch toten Vogel, und ich sah all unser Land, das ganz leer war von Vögeln. Nun willst du ins Hunaland fahren, und ich fürchte, aus dieser Fahrt wird großes Unheil entstehen. Darum bitte ich euch nur, fahrt nicht dorthin."

Alle schwiegen, denn das Wort weiser Frauen hatte damals großes Gewicht bei den Kriegern und ihren Entscheidungen. Dann mischte Hagen sich ein, der nicht länger als Feigling gelten wollte. Er schnauzte die Königsmutter an: „Der König will diese Fahrt ins Land der Hunen machen! Wer fragt schon nach deinen Altweiberträumen?" Gunther nickte Hagen anerkennend zu. Die alte Königin erkannte dagegen, dass sie hier nun auf taube Ohren stieß.

Dennoch wollte sie zumindest einen ihrer Erben vor dem bewahren, was sie kommen sah. So redete sie auf Hagen ein: „Gunther und du, Hagen, ihr mögt fahren ins Hunaland wenn ihr unbedingt meint, und Gernot soll selbst entscheiden, aber der junge Giselher, der soll daheim bleiben! Er ist noch so jung." Doch Giselher sprang entsetzt auf: „Ziehen meine Brüder, dann komme ich mit." Er griff eine Lanze und einen Schild von der Wand und baute sich zum Zeichen seiner Entschlossenheit vor Oda, Hagen und Gunther auf. Die Alte schüttelte verständnislos mit dem Kopf und verließ den Raum mit bitterem Blick.

DER ZUG DER NIBELUNGEN

„Wie die Nibelunge zen Hiunen fuoren:
Do reit von Tronege Hagene z'aller vorderost.
Er was den Nibelungen ein helflicher trost."

(Aus dem Nibelungenlied)

Gunther sandte Botschaft über das ganze Reich der Nibelungen, dass alle starken Kämpen sich fahrbereit machen und sich wappnen sollten. Zahlreiche starke Recken aus dem ganzen Land trafen wenige Tage darauf in seiner Burg ein. Dann machten sich die Nibelungen auf mit tausend Mann. Hagen ritt voraus mit dem Königsbanner, das vorne golden und in der Mitte weiß mit einem roten Adler und außen herum grün war. Hinter ihm ritten die Krieger der Nibelungen.

Zahllose blanke Helme blitzten in der Sonne und scharfe Lanzen ragten gen Himmel. So zog das Nibelungenheer Richtung Hunaland. Sie ritten zunächst zum Rhein und kamen schließlich zu jener Stelle, wo der Fluss Duna[155] in den Rhein mündete. Der Rhein war an dieser Stelle breit, aber das Geröll, das der Dunafluss in den Rhein verbrachte, hatte eine Untiefe erschaffen. An dieser Furt konnten Pferde und Männer den großen Strom seit alters her gut überqueren. Der Rhein führte aber gerade sehr viel Wasser, so dass man ihn an diesem Tage unmöglich durchwaten konnte, und es gab weit und

---

[155] Die Dhünn, ein kleiner Fluss aus dem Bergischen Land, mündete einst in den Rhein, heute in die Wupper umgeleitet. Im 12. Jahrhundert unter dem Namen Dune bezeugt. Im Nibelungenlied überqueren die Nibelungen auf ihrem Zug in Etzels Reich die Donau, nicht den Rhein.

breit kein Schiff um überzusetzen. Deshalb blieben die Nibelungen die Nacht über dort in ihren Zelten.

Am Abend, als sie satt waren, bat Gunther Hagen, er solle Wachen losschicken. Hagen antwortete: „Schickt flussaufwärts, wen auch immer ihr denkt. Flussabwärts will ich selbst gehen und sehen, ob ich ein Schiff bekommen kann." Als das Heer in den Zelten ruhte, ging Hagen in voller Bewaffnung los. Er konnte gut sehen, denn es war hellster Mondschein. Er kam zu einem kleinen Gewässer am Rand des Flusses, das Möre[156] genannt wurde.

Er sah da eigenartige Wesen im Wasser baden. Es waren zwei schöne Frauen mit langen blonden Haaren. Die Seefrauen waren nackt und Hagens Blick blieb auf ihnen haften. Im hellen Mondschein schienen ihre weißen Leiber zu glitzern. Die Haare schimmerten nass. Er sah sogleich auch ihre Kleider am Ufer liegen. Die nahm er und verbarg sie, so dass man sie im Dunkeln nicht sehen konnte.

Als er die Kleider nahm, erblickten ihn die beiden Frauen und erschraken. Die eine der Seefrauen sagte zu Hagen: „Was wollt ihr, Fremder? Gebt uns unsere Kleider wieder!" Sie schien keine Angst zu haben, versuchte aber ihre Brust mit den Armen zu bedecken.

Hagen entgegnete schroff: „Beantworte mir zuerst, was ich dich frage, Seeweib: Wenn wir über den Rhein fahren, werden wir dann heil zurückkommen?"

Die ältere der Beiden rief erbost. „Gebt uns unsere Kleider zurück, Fremder. Wenn das Jarl Elsung[157] erfährt, werdet ihr bluten."

---

[156] Vermutlich ein Altarm des Rheins. Am Niederrhein bezeichnet der Begriff Maar noch heute ein Feuchtgebiet.

[157] Ein gleichnamiger Nachkomme Elsungs, der einst von Samson erschlagen wurde. Er war zu jener Zeit offenbar der Jarl (germanischer Fürstentitel) über das Kölner Gebiet, das ab den 520er Jahren vermutlich schon zum Reich des Frankenkönigs Theuderich I. gehörte. Oostebrink (2017) weist allerdings zu Recht drauf hin, dass die Zugehörigkeit Kölns zum Frankenreich erst ab den 530er Jahren gesichert ist.

Hagen ging ein Stück weit auf sie zu, so dass er bis zu den Oberschenkeln im Wasser stand. Die Frau wich nicht zurück. Hagen packte sie zornig am Haar: „Sag mir Weib: Kommen wir alle lebend über den Rhein zurück?" Die Frau zischte kaum hörbar: „Ihr kommt vielleicht alle heil hinweg über den Rhein, aber niemals kommt einer zurück von euch." Die jüngere Seefrau sah die ältere erschrocken an. Hagen fuhr zusammen. Eiskalte Wut und große Angst durchdrangen ihn.

Die Frau sprach nur das aus, was er selbst ebenfalls annahm. Dennoch schien es ihm, als sei das befürchtete Schicksal durch ihre Worte zur sicheren Gewissheit geworden. Hagen verlor die Macht über seinen Geist. Er riss sein Schwert aus der Scheide und erschlug zuerst die ältere Seefrau und dann die schreiende Tochter, die sich schützend über ihre Mutter werfen wollte. Grässliche Schreie erklangen weit über der Flussniederung, bis sie endlich vom Nebel verschluckt wurden. Dann blickte Hagen auf die toten, blutigen Leiber, die vor ihm im Wasser lagen und verspürte auf einmal große Schuld und Mitleid. Er zitterte und rieb seine Finger nervös über die Lippen.

Hagen wischte sein Schwert im Gras ab und ging dann schnell weiter flussabwärts. Er ging eine ganze Weile. Dann erblickte er eine Hütte am Wasser und einen Steg.

Als er auf den Steg ging, sah er draußen auf dem Fluss ein Boot, das gerade vom anderen Ufer kam. Er rief mit lauter Stimme: „Fährmann, rudere hierher. Ich bin ein Mann von Jarl Elsung!" Das sagte Hagen, weil er wusste, dass er in Jarl Elsungs Land war. Der Fährmann rief: „Mir ist gleich, zu wem du gehörst! Den, der mir Pfennige gibt, den fahre ich hinüber."

Da nahm Hagen seinen Goldring und hob ihn in die Luft: „Der ist aus purem Gold. Er gehört dir, wenn du mich heute noch hinüberfährst." Der Fährmann traute seinen Ohren kaum und ruderte schnell Richtung Ufer, um den Ring genauer zu sehen. Als er das Ufer erreicht hatte, stieg Hagen in die Fähre. Der Fährmann blickte begierig auf den Goldring und ruderte los. Er wollte sogleich flussabwärts fahren. Da griff Hagen an das Heft seines Schwertes: „Du fährst noch ein gutes Stück flussaufwärts." Der Fährmann sah ihn verwirrt und ängstlich an, aber er gehorchte. Er ruderte Hagen ein ganzes Stück flussaufwärts.

Als Hagen endlich mit dem Boot beim Lager der Nibelungen ankam, blies er in sein Horn. Der König und seine Männer hatten bereits begonnen, mit einem kleinen Boot überzusetzen, und einige Leute aus Gunthers Heer waren schon sicher ans andere Ufer gelangt. Gunther blickte um sich, um zu sehen, was das für ein Horn war, das er gehört hatte. Als er Hagen in dem großen Boot erblickte, lachte er freudig.

Als Hagen herangekommen war, stieg Gunther mit drei Dutzend Männern in das große Boot. Dann stemmte sich der Fährmann in die Ruder und legte ab. Einige Pferde wurden an Stricken in den Strom geführt und neben dem Boot am Halfter gehalten. Die anderen folgten den Leittieren und schwammen ebenfalls hinüber. Weißer Nebel stieg aus dem Rheinstrom auf, als die Nibelungen hinüberfuhren.

Der Fährmann steuerte das Boot in Richtung des anderen Ufers, aber hielt das Boot recht stark flussabwärts, um mit der Strömung zu treiben. Hagen war wütend, weil er dachte, der Schiffer sei bloß zu faul, um steiler hinüber zu fahren. Auch lagen seine Nerven blank. Unsanft stieß er ihn vom Ruder und übernahm die Steuerung des Bootes.

Mit aller Kraft versuchte Hagen sich gegen die Flut zu stemmen, um einen kurzen Weg zum Ufer zu fahren. Da brachen die Ruderpflöcke und Hagen stürzte nach hinten. Hagen war nun wütend und schien innerlich zerbersten zu wollen. Der Fährmann schüttelte den Kopf und grinste überlegen. Als Hagen dies im Augenwinkel gewahr wurde, packte ihn die schiere Wut. „Du brauchst gar nicht so zu grinsen. Du hast diese Ruder gemacht, du Nichtsnutz", rief er erbost. Er riss sein Schwert aus der Scheide, holte aus und schlug dem

Fährmann den Kopf ab. Dieser plumpste an Deck und blieb mit dem Gesicht nach oben liegen. Dann war es still.

Gunther und die anderen sahen Hagen erschrocken an. Einige umstehende wischten sich Blutspritzer aus dem Gesicht. Gunther stammelte: „Warum hast du das getan? Warum gibst du ihm die Schuld?" Hagen blickte mit geschürzter Lippe zu Boden und war offenbar selbst von seiner Tat überrascht. „Er...", Hagen machte eine Pause und blickte um sich, als ob er was am Ufer erspäht hätte. „...soll niemandem etwas von unserer Fahrt sagen", erklärte er dann, als würde das Sinn ergeben.

König Gunther war sehr erbost über Hagen. Er schnaufte: „Du bist niemals glücklich, Hagen, außer wenn du Arges tust." Hagen setzte sich und raunte zynisch: „Weshalb sollte ich nichts Arges tun, wenn ich da hin hinfahre, wo sowieso niemand von uns zurückkommen wird." Im selben Moment brach das Steuer, das Gunther immer fester gegen die Strömung gehalten hatte, aus Angst, sie würden abtreiben. Ohne Steuer trieb die Fähre nun quer in der Strömung. Viel Wasser schwappte ins Boot, und Hagen half Gunther am Steuer, doch das Boot trieb immer noch quer. Als sie fast das rettende Ufer erreicht hatten, lief erneut ein großer Schwall Wasser ins Boot, das daraufhin kippte und kenterte.

Hagen und Gunther und die gesamte Mannschaft fielen klatschend ins Wasser. Alle schwammen zum Ufer oder klammerten sich am Boot fest. Klatschnass wie die Pudel kämpften sie sich aus dem Fluss und schleiften die Fähre an Land. Die Pferde waren zum Glück alleine ans andere Ufer gelangt und konnten von Gunthers Männern sicher eingefangen werden.

Als die Männer das Boot wieder flott gemacht hatten, schickten sie es zurück, um die Reste des Heeres zu holen. Erst am Nachmittag waren alle zehn Hundertschaften übergesetzt und der Tross machte sich auf die Weiterreise. König Gunther und Hagen und alle, die mit ihnen im selben Boot waren, hatten nun nasse Kleider und froren, denn es war ein kühler Frühsommertag.

„Und nun?", fragte Gunther sich umsehend. „Nordwärts![158]", rief Hagen und trieb sein Pferd auf einen Weg zu, der vom Strand aus in die Wälder führte. Der Weg ging steil bergauf und der Boden war schlüpfrig von den Regenfällen der letzten Tage, und so kamen sie nur langsam vorwärts. Am Abend legte sich das Heer zur Rast nieder. Sie zündeten Feuer an, die jedoch schlecht brannten, weil alles Holz vom vielen Regen durchnässt war.

Mitten in der Nacht machte sich Hagen wieder auf, um die Umgebung zu erkunden. Der Mond war diesmal von Wolken verdeckt und so konnte er nur wenig sehen. Er ging den Weg ein ganzes Stück voraus, bis er an einer Weggabelung ein Pferd erkennen konnte. Vorsichtig schlich er sich zu dem Pferd und spähte durchs hohe Gras, bis er einen bewaffneten Recken unweit davon am Boden liegen sah.

Das Schwert lag unter dem Schlafenden, nur der Griff blickte hervor. Hagen trat leise zu dem Mann hin und zog flugs das Schwert unter ihm hervor. Dann warf er es einige Schritte von sich. Danach trat er dem Schlafenden unsanft in die Seite, worauf dieser erschrocken hoch fuhr und vergeblich nach seinem Schwert griff. „Wo ist mein Schwert?", fluchte er, als er ins Leere fasste. Dann erblickte der überrumpelte Krieger Hagen in voller Bewaffnung vor sich und kratzte sich verwundert am Kopf. „Wehe mir für meinen Schlaf. Schlecht, muss mein Herr denken, war sein Reich gehütet, während ich schlief."

„Ich grüße dich, Wächter", entgegnete Hagen ruhig, „und melde, dass ein Heer eingetroffen ist." Der Wächter kniff dann die Augen zusammen und blickte Hagen scharf an. „Ihr müsst Hagen sein", rief er dann recht erlöst. Hagen lächelte. Der Wächter schüttelte den

---

[158] Basierend auf dem Nibelungenlied wird herkömmlich die Ansicht vertreten, die Nibelungen seien Richtung Süden ins heutige Ungarn gezogen. Diese Einschätzung wird hier nicht geteilt. Die Nibelungen zogen nordwärts.

Kopf und rieb sich mehrmals mit der flachen Hand den Kopf. „Drei Tage und drei Nächte habe ich gewacht, und da ich eingeschlafen bin, kommt das Heer in meines Herren Land", ärgerte er sich. Zornig schlug er mit voller Kraft auf eine Wurzel, die neben ihm aus dem Erdreich ragte.

Hagen hob nun das Schwert auf und reichte es dem Wächter: „Hier dein Schwert, wackerer Mann." Dann nahm er einen Goldring aus seiner Tasche: „Den will ich dir geben für deine Tüchtigkeit, und er soll dir besser bekommen als dem, der ihn vorher erhalten hatte." Der Mann starrte verwundert auf den Ring. Dann kam ein breites Lächeln über sein Gesicht: „Habt großen Dank für diese Gaben, edler Herr." Hagen nickte gönnerhaft und antwortete dann großmütig: „Du brauchst nicht in Furcht sein vor Gunthers Heer, wenn du Rüdigers Land bewachst. Er ist unser Freund." „Dann heiße ich euch willkommen im Lande Rüdigers, dem Markgrafen Etzels. Er will euch Herberge zur Nacht anbieten." Damit schob er das Schwert in die Scheide an seinem Gurt.

Hagen fragte: „Zu welcher Herberge führst du uns? Und wie ist dein Name?" „Ich bin Eckewart, Rüdigers Mann", antwortete der Wächter pflichtbewusst. „Zwar wusste ich, dass ihr kommt, aber ich wundere mich doch, wohin du ziehst", fuhr er fort, „du bist Hagen, der unseren Jungherren Siegfried erschlug. Sei auf der Hut, solange du im Hunaland weilst! Du hast hier viele Feinde!" Hagen blickte ihn finster an und rümpfte die Nase, als hätte er einen faulen Geruch wahrgenommen. „Das Ganze hier war nicht meine Idee", murmelte er grimmig.

Eckewart blickte ihn etwas verwirrt an: „Nun gut, ich führe euch nun zur Burg Bakalar für die Nacht. Zu Markgraf Rüdiger." Hagen ließ sich den Weg weisen und befahl ihm dann sogleich zu Rüdiger zu reiten, um Gunthers Heer anzukündigen. Er selbst würde den Rest des Heeres holen und es dann nach Bakalar führen.

Nachdem Eckewart den Weg beschrieben hatte, wusste Hagen Bakalar auch in der Nacht zu finden. So ritt Eckewart los, und Hagen ritt zum Heer zurück. Es war bereits stockdunkel, doch sie brachen sofort auf, um schnell Bakalar zu erreichen. Als Gunthers Streitmacht die Burg Rüdigers beinahe erreicht hatte, kamen ihnen im Dunkel mehrere Reiter entgegen. Es war Markgraf Rüdiger mit zahlreichem Gefolge.

Rüdiger, der soeben aus dem Bett geholt worden war, begrüßte die Nibelungen schlaftrunken, aber höflich. „Seid gegrüßt, wackere Recken im Lande Etzels", begann er. Er gähnte ausgiebig und rieb sich die Augen. Dann blickte er ungläubig auf Gunthers Kleider. „Ihr seid ja klitschnass!", entfuhr es ihm. „Ach, frag nicht", winkte Hagen ab. „Das Boot ist gekentert", erklärte Gunther kurz: „Lass uns reiten. Es ist kalt." „Gekentert? Auf dem Fluss?", fragte Rüdiger ungläubig. Er konnte sich ein amüsiertes Lachen nicht verkneifen, stellte es aber dann ein, als er erkannte, dass Hagen gar nicht darauf einging und Gunther nur mit dem Kopf schüttelte. „Folgt mir nach Bakalar. Dort werden wir euch schon trocken kriegen." Damit setzte er sich an die Spitze des Zuges und trieb sein Pferd an.

So ritten sie gemeinsam nach Bakalar, die Grenzburg des Hunalandes, die auf einer Anhöhe über der Duna lag. Dunkel erhob sich die Wallburg über den umliegenden Häusern. Dort wurden die müden Pferde und Männer der Nibelungen versorgt. Rüdiger ließ zwei große Feuer im Hof anzünden, da viele der Männer nass waren und froren. Auch Gunther und Hagen setzten sich an eines der Feuer, um ihre Kleider zu trocknen.

Einige der Männer, die trocken geblieben waren, folgten Rüdiger in die Halle. Der nahm neben seiner Frau Platz. Sie war die Schwester von Herzog Naudung, der bei Gränsport gefallen war. Rüdigers Frau[159] blickte in die bewaffneten Kriegerreihen und sagte leise: „Die Nibelungen haben so manch starke Brünne hierher geführt und manch harten Helm, manch scharfes Schwert und blanken Schild.

---

[159] In der Sage Gudelinda beziehungsweise Gotelinde genannt, so wie Dietrichs erste Frau.

Und auch die Hunenmänner haben viele tapfere Recken. Doch das bekümmert mich am meisten: Krimhild weint noch heute jeden Tag um Herrn Siegfried, ihren gefallenen Gatten." Rüdiger nickte, aber er erwiderte nichts.

Genau in diesem Augenblick kamen auch Gunther und Hagen von draußen herein und setzten sich an einen Tisch in der Halle, um Wein zu trinken. Sie sagten nichts zu ihrer Bemerkung, obwohl sie sie gehört haben mussten. Eine Weile redeten sie noch über Belangloses.

Dann gingen alle schlafen. Der Markgraf lag im Bett neben seiner Frau und fragte: „Frau, was soll ich Gunther und seinen Brüdern als Geschenk geben, was ihrer würdig wäre?" „Gib ihnen das, was dir ratsam erscheint", wich sie aus, obwohl sie ahnte was ihr Mann meinte. Er begann nochmal: „Wenn es auch dein Ratschlag wäre, würde ich Jungherrn Giselher unsere Tochter zur Frau geben." Sie antwortete: „Das wäre schon gut, dass du Giselher unsere Tochter gibst, wenn es so wäre, dass er sie noch lange genießen könnte. Nur darum bangt mir, um ehrlich zu sein." Rüdiger sagte nichts dazu. Er dachte lange nach in dieser Nacht. Er fragte sich, ob er schon bald den Nibelungen erneut gegenüberstehen würde, mit gezücktem Schwert.

Am nächsten Morgen bat der Markgraf seine Gäste, dass sie noch bleiben sollten. Doch diese wollten schnell weiter nach Susat. Darauf erklärte er, dass er dann mit den Nibelungen ziehen wolle. Sie begaben sich daher gleich zum Frühstück.

Während sie speisten, ließ Rüdiger einen herrlichen Helm herein tragen. Der war geschmückt mit Rotgold und mit kostbaren Steinen besetzt. Er nahm den Helm und übergab ihn Gunther. Der König nahm ihn und dankte ihm dafür. Dann nahm Rüdiger einen neuen, prächtig geschmückten Schild und gab ihn Gernot. Der bedankte sich ebenso freudig. Gleich darauf nahm Rüdiger seine Tochter an der Hand und führte sie vor Giselher. „Guter Herr Giselher. Sieh her, diese Maid will ich dir als Ehefrau geben, wenn du sie willst.

Sie selbst hat bereits eingewilligt." Giselher antwortete: „Gib sie mir, dem glücklichsten aller Männer, ich werde sie gerne zu meiner Frau nehmen, wenn sie will!"

Dann griff Rüdiger in eine Truhe hinter sich und zog ein prächtiges Schwert hervor: „Dieses Schwert, das ich dir geben will, ist kein gewöhnliches. Es heißt Gram und war einst Siegfrieds Waffe. Ich bekam es vor Jahren von König Gunther und habe es stets in Ehren gehalten." Vielen lief ein kalter Schauer über den Rücken, als der Name des Drachentöters fiel. Giselher bekam große Augen und strahlte über beide Ohren. Aufgeregt griff er nach der Waffe und zog sie andächtig aus der Scheide. Er bewunderte die Klinge mit prüfendem Blick und bedankte sich mehrmals für diese Gabe. Und für die große Ehre, die ihm erwiesen wurde. Doch das Schwert kam ihm unsagbar schwer vor. Er wusste nicht, ob Siegfried wirklich so stark war, oder ob ein Fluch auf der Waffe lag. Giselher ließ sich nichts anmerken und steckte das Schwert zurück in die Scheide. Zuerst sagte niemand anderes etwas. Dann ging ein leises Wispern und Brummeln durch die Reihen der umstehenden Krieger. Viele der Männer sahen dieses Geschenk als schlechtes Omen an, doch niemand wagte es, dies laut auszusprechen.

Dann trat Rüdiger vor Hagen: „Guter Freund Hagen, sage mir, welche Kostbarkeit du von mir empfangen möchtest?" „Ich denke", antwortete Hagen zögernd, „dass ich angesichts unserer Lage... ...den Schild, der hier hängt, wohl am ehesten annehmen würde. Er sieht mir sehr mächtig aus." Er deutete auf einen dunkelblauen, großen Schild mit mächtigen Hiebscharten, der an Rüdigers Hallenwand hing.

Gunther sah ihn böse an und blies genervt durch die Nase. Ihm gingen Hagens ständige Anspielungen gewaltig auf die Nerven. Rüdiger grinste: „Das trifft sich gut, weil dieser Schild Herzog Naudung gehörte. Er trug ihn bei Gränsport, ehe er fiel. Er empfing große Hiebe durch Mimungs Schneide, das Schwert des starken Witege. Er soll nun dir gegeben werden." Rüdiger nahm den Schild feierlich von der Wand und überreichte ihn Hagen. Der dankte Rüdiger: „Habt großen Dank. Ich zweifle nur, dass er mir mehr nutzen kann, als dem guten Naudung." Gunther blickte ihn wütend an.

Nach dem Essen ließen sie die Rosse satteln und machten sich fertig zum Aufbruch. Es regnete leicht. Hagen schwang sich auf seinen pechschwarzen Hengst, der dabei laut schnaubte. Drohend schrie eine Krähe, die über dem Flusstal schwebte. „Halt's Maul", rief Hagen nach oben und reckte ihr die Faust entgegen. Gunther blickte ihr nur missmutig nach, wie sie hinter dem waldigen Hügel verschwand. Markgraf Rüdiger begleitete die Nibelungen mit einer Schar seiner tüchtigsten Ritter.

So ritten sie hinaus aus Bakalar. Der Himmel lag schwer und dunkel über ihnen. Rüdigers Frau Gudelinda weinte und winkte den Helden. „Mögen sie wohl und heil fahren und würdig wiederkommen aus Susat", wisperte sie unter Tränen. Doch die böse Vorahnung raubte ihr fast gänzlich die Hoffnung, dass alles gut gehen würde. Die Helden zogen nordwärts gen Susat, als heftige Winde und immer dunklere Wolken heraufzogen. Lange bevor sie Susat erreichten, begann starker Regen auf sie herabzupeitschen bis sie alle durchnässt waren.

Gerade als sie die Burg Thorta[160] passiert hatten, die zwischen Bakalar und Susat lag, kam ihnen ein Sendbote Etzels entgegen. Rüdiger löste sich mit seinen Leuten aus dem Heereszug, um dem Mann ein Stück weit entgegenzureiten. Als er ihn erreicht hatte, grüßte der Markgraf. Dann fragte er den Boten: „Was bringst du für Neuigkeiten?" Der Bote antwortete: „Dies ist die Neuigkeit: Die Nibelungen sind ins Hunaland gekommen, und Etzel richtet ihnen ein Fest aus. Ich wurde zu dir gesandt, um dich zu dem Fest einzuladen, Markgraf Rüdiger. Doch nun, da ich sehe, dass die Nibelungen

---

[160] Nur in der Membrane so genannt. In IsA und IsB steht Sporta. Vermutlich Dortmund, eine der ältesten Städte Westfalens. Im 10. Jahrhundert Thortmanni genannt.

schon bei euch sind, kann ich wohl mit euch umkehren nach Susat."
„Danke für die Einladung", bedankte sich Rüdiger.

Bevor die Nibelungen zu ihnen aufgeschlossen hatten, fragte er den Sendboten: „Wie viele Männer aus dem Hunaland will Etzel zu dem Fest laden?" Der Bote antwortete: „Mir scheint es sind ebenso viele Männer in dieser Schar, wie Etzel zum Fest geladen hat." Dabei blickte er zurück auf das Heer der Nibelungen. „Doch Königin Krimhild hat halbmal mehr ihrer eigenen Anhänger eingeladen, und sie sammelt Männer, die ihr Waffenhilfe leisten wollen überall im Reich." Gerade als er diese Worte sprach, kamen die Nibelungen hinzu. Hagen blickte zu Gunther, der den Blick mit besorgter Miene erwiderte. Sie begrüßten den Boten knapp, und sogleich zog das Heer weiter durch den strömenden Regen Richtung Susat.

Nach einer Weile hörte der Regen auf, doch der Himmel blieb bedrohlich dunkel. Donnerschläge grollten in der Ferne, als kündigten sie den Untergang der Welt an. Finster lag das Hunaland an diesem dunklen Tag vor ihnen. Selbst Gunther war nun nicht mehr so frohgemut wie bei seinem Aufbruch. So ritten sie immer weiter, und nach einer Weile lichtete sich die Wolkendecke. Sie erblickten die Türme Susats in der Ferne, und gleich einem Omen brachen helle Sonnenstrahlen durch die Wolken und überfluteten die Stadt mit einem goldenen Antlitz. Gunthers schlechte Stimmung schien sich bei diesem Anblick aufzuhellen. Er lächelte und blickte erwartungsvoll auf die Stadt. Je näher sie aber kamen, desto mehr verwandelte sich das goldene Licht in Rot, bis die Stadt schließlich blutrot zu glühen schien.

Sie schickten nun einen Boten voraus, um Gunthers Krieger in Susat anzukündigen. Als der Bote in Susat ankam und die Ankunft meldete, wies Etzel jedes Haus in der Stadt an, dass man Zelte aufstellen solle und vor einigen der Zelte große Feuer anzünden solle, weil Gunthers Mannen ganz nass seien.

Dann bat er König Dietrich, er solle hinaus reiten und Gunthers Leute willkommen heißen. Dietrich warf sich sogleich einen

Umhang über, schwang sich auf sein Pferd und ritt dem Nibelungenzug entgegen.

Krimhild stand derweil auf einem der Türme und blickte hinab,
um die Ankunft der Nibelungen zu sehen. Sie erblickte zahlreiche
starke Schilde und glänzende Helme und sah die zahlreichen wackeren Helden, die sich auf Susat zu bewegten, während Dietrich ihnen
entgegenritt. Dabei flüsterte sie vor sich hin: „Dies ist ein schöner
grüner Sommer. Hier kommen nun meine Brüder mit manch blan-
kem Schild und manch harter Brünne. Und dabei spüre ich die
große Wunde Jung-Siegfrieds, als hätte der Speer mich gerade eben
selbst getroffen." Dann liefen ihr Tränen von den Wangen. Der
Wind wirbelte ihre Haare umher. Ihr Gesicht schien wie zu Eis ge-
froren.

Die Nibelungen begrüßten Dietrich herzlich und hielten dann
Einzug in Susat. Ganz vorne ritten nun Dietrich und Rüdiger, dahinter folgten Hagen und Gunther, dann der Rest des Heeres.

Schon bevor die Nibelungen durch das Tor geritten kamen, war
die ganze Burg voll von Mannen und Rossen. Nun war kaum ein
Platz, an dem nicht ein Kriegsross stand oder ein gewaffneter Recke.
Der schlammige Boden war überall mit Pferdeäpfeln bedeckt. Emsig
wurden Schweinehälften, Brot und andere Speisen hin und her getragen. Zahlreiche Helden und anderes Volk standen herum und
blickten neugierig auf die Ankömmlinge.

Vor allem auf Hagen, den einäugigen, dunklen Helden der Nibelungen, waren zahllose Blicke gerichtet. Für viele war er nicht von
dieser Welt. Manche sagten, er sei kein Mensch, sondern ein Albensohn oder irgendein anderes Wesen.

Nun saßen die Nibelungen ab und übergaben ihre Rosse den
Knechten, die sie sogleich wegführten. Kaum jemals zuvor waren in
einer Stadt so viele starke Helden zusammen gekommen. Alle diese
Helden kannten und achteten sich, doch waren ihre Schicksalsfäden
durch tödliche Gier, Missgunst und Hass bereits unheilvoll

miteinander verwoben. Fast alle wussten dies und befürchteten Schlimmes, aber keiner sprach dies offen aus.

Etzel ließ sich am wenigsten anmerken oder er war tatsächlich völlig unbesorgt. Er setzte sein feistes Grinsen auf und hieß seine Schwäger willkommen: „Sei gegrüßt, Gunther. Ich freue mich, dich zu sehen. Und auch dich, Hagen. Welch ein Wiedersehen. Weißt du noch, wie du hier auf Susat weiltest in deiner Jugend? Und als Walter die hübsche Hildegund stahl? Du bist ihm gefolgt, um sie zurückzubringen." Da lachte er laut und herzlich. „Und verlorst dein Auge durch ihn", ergänzte Hildebrand, der neben Etzel und Dietrich stand, die weitbekannte Geschichte. Dann lachte auch er. Damit umarmte er zuerst Hagen und dann Gunther. Hagen schien für einen Augenblick etwas gelöster und lächelte gequält.

„Tretet ein in diese Halle und wärmt euch auf", forderte Etzel seine Gäste auf und deutete auf die lange Halle. Die Nibelungen lehnten ihre Lanzen und Schilde an die Außenwand, behielten aber ihre Schwerter bei sich und klemmten die Helme unter den Arm. So betraten sie die Halle. Gunther ging voran, und Hildebrand folgte ihm zusammen mit Hagen und den engsten Gefolgsleuten in die lange Halle, in der schon ein Feuer loderte.

Etzel selbst ging nicht hinein, sondern begab sich gleich zur großen Königshalle, die der langen Halle benachbart war. Die anderen Nibelungenkrieger verteilten sich auf die Zelte und offenen Häuser. Doch keiner der Nibelungen fuhr aus seiner Brünne, und alle behielten ihre Waffen bei sich.

Da betrat Krimhild die lange Halle, in der die Fürsten der Nibelungen waren. In diesem Augenblick setzten Hagen und Folkward ihre Helme auf und banden, für jeden sichtbar, die Kinnbänder zu. Hagens Helm hatte ein Nasenstück, wodurch von seinem Gesicht fast nur Mund und Augen zu sehen waren. Düster und unheimlich wie ein Schattenkrieger stand Hagen abwartend im Raum, die Hand auf dem Griff seines Schwertes ruhend. Die Stimmung war düster, und kaum einer sprach etwas.

Krimhild trat betont unbekümmert vor Hagen und stellte sich vor ihn: „Bringst du mir nun endlich den Schatz, den Jung-Siegfried besessen hat?" Verführerisch hob sie die Augenbrauen und nahm einen Schluck Wein. Hagen knurrte: „Einen Feind bringe ich dir und dazu meinen Schild, mein Schwert und meinen Helm." Krimhild blickte ihn unbeeindruckt mit regloser Miene an.

König Gunther unterbrach die beiden: „Hagen, lass gut sein. Schwester, komm her und setze dich zu uns." Krimhild schritt darauf hin zu ihrem jüngsten Bruder Giselher und küsste ihn auf die Stirn. Damit setzte sie sich zwischen den jungen Recken und König Gunther. Dann begann sie leise zu weinen. Da fragte Giselher erstaunt: „Schwester, warum weinst du?"

„Ach. Ich weine wie jeden Tag um die Wunde, die ich zwischen Siegfrieds Schultern sah. Und sein Schild trug keine Scharte." Hagen fiel ihr ins Wort: „Vergiss Siegfried. Dein Mann ist nun Etzel, und der ist halbmal reicher als Siegfried jemals war. Auch wird Siegfried nicht wieder heil davon, dass du jeden Tag weinst. Das bleibt nun, wie es geschehen ist." Dabei schien ein kleines bisschen Reue in Hagens sonst so harter Stimme mitzuschwingen.

Krimhild stand, ohne ein Wort zu sagen, auf und verließ die Halle. Hagen blieb zurück und kratzte sich unruhig am Hals. Dann trat Dietrich herein, der von Krimhilds Sohn, dem jungen Aldrian begleitet wurde. Der Kleine war wohl etwa sechs Jahre alt. Dietrich rief in die Runde: „Etzel lässt euch in die große Halle bitten. Die Speisen sind angerichtet". Das ließ Gunther sich nicht zwei Mal sagen. Er nahm Aldrian hoch und ging mit dem Jungen auf dem Arm hinaus. Dietrich legte seinen Arm freundschaftlich um Hagens Hals, und dieser tat es ihm etwas zögerlich gleich.

Giselher ging hinter ihnen. So folgten sie Gunther in Etzels große Halle. Die Königshalle war eines der wenigen aus Stein gemauerten Gebäude in Susat und man konnte ihm Umkreis von

Tagesmärschen keine prächtigere Halle finden.[161] Auf dem Weg zur Königshalle wurden sie von viel Volk und zahlreichen Frauen bestaunt, die alle die Nibelungen und vor allem den berühmten Hagen und König Gunther sehen wollten.

König Etzel saß bereits in seinem Hochsitz an der Stirnseite der Tafel. Er wies König Gunther und seinen Helden ihre Plätze zu. Gunther selbst setzte er zu seiner Rechten, dann kamen Giselher, Gernot, Hagen und schließlich Folkward, alle auf der rechten Seite. Zu Etzels Linken saßen Dietrich, Rüdiger und Hildebrand. Weiterhin saßen an dem Tisch die anderen großen Edelleute des Hunalandes und des Niflungalandes. Auch die anderen Hallen Susats waren voll von Menschen. Sie hatten köstliche Speisen und guten Wein. Sie aßen und tranken, bis sie müde wurden, und legten sich nieder. „Vielleicht geht doch alles gut aus", meinte Dietrich leise zu Hildebrand, als er ins Bett ging. Dieser nickte nachdenklich. Die Nacht über schliefen sie in Frieden.

Am Frühstückstisch fragte Dietrich Hagen und Gunther, wie sie geschlafen hätten. Hagen brummte: „Wir haben gut geschlafen, aber meine Stimmung ist schlecht." Dietrich blickte ihn besorgt an und legte ihm seine Hand auf die Schulter: „Hagen, alter Freund. Sei unverzagt, wie man dich kennt." Dann schnaufte Dietrich, als hätte er eine schwere Last auf dem Rücken: „Doch sei auf der Hut. Du wirst all deine Umsicht brauchen, wenn du hier heil davonkommen willst. Deine Schwester weint noch jeden Tag um Siegfried." Er blickte ihm daraufhin scharf in die Augen. Dietrich spürte, dass Hagen nicht mehr derselbe war, den er einst gekannt hatte. Hass hatte sein Herz

---

[161] Von einer gemauerten Halle in Susat wird an späterer Stelle in der Thidrekssaga berichtet. Aus der Völkerwanderungszeit sind gemauerte Häuser östlich des Rheins bisher nicht nachgewiesen. Einzelne Gebäude sind aber wohl denkbar, da man in Südeuropa lange vorher Mörtelmauerwerk kannte. Möglicherweise stammt diese Beschreibung aber auch aus einer Zeit lange nach den Vorgängen, als gemauerte Häuser bereits verbreitet waren, aber die Lokalüberlieferung noch mit den richtigen Orten übereinstimmte.

zerfressen. Hagens Augen erwiderten den Blick kurz und schwenkten dann wieder ins Nichts.

Nach dem Frühstück liefen Hagen, Hildebrand, Folkward, Dietrich und Gunther in der Stadt umher. Viel Volk bestaunte abermals die Helden. Etzel blickte von einem Turm herab. „Welcher ist nun Hagen, unter den Helmen erkennt man die Leute gar nicht." [162] meinte er zu Rüdiger, „vor vielen Jahren war Hagen lange Zeit bei uns, bei mir und meiner Frau Helche. Damals kannte ich ihn gut." „Er ist ein starker Held und ein kluger Kopf", sagte Rüdiger, „ich hoffe nur, er hält sich im Zaum." Etzel nickte.

Überall, wo Hagen ging, waren Blicke auf ihn gerichtet. Auf den hölzernen Türmen und den Wällen der Stadt standen mehrere Edelfrauen, die angestrengt herab spähten, um den mächtigen Hagen zu sehen, der Siegfried erschlug. Dann nahm Hagen seinen großen Helm mit dem Nasenschutz ab und zeigte sich den Leuten. Sein Antlitz war bleich wie Asche. Er hatte nur ein Auge, und das war schwarz. Und doch war er der männlichste Recke der ganzen Stadt.

Krimhild ging derweil zu Dietrich und bat ihn ohne Umschweife darum, Siegfried zu rächen. „Ich werde dir alles dafür geben, was du verlangst", fügte sie hinzu. Dietrich sah sie scharf an. Dann schüttelte er ungläubig den Kopf. „Das werde ich keinesfalls tun, und wer das tut, der tut das ohne meine Zustimmung!" Damit verließ er den Raum, ohne ihr einen weiteren Blick zu schenken.

---

[162] In der Zeit um 500 dürften die meisten Helme Mitteleuropas vom Typ des Spangenhelms gewesen sein. Das Gesicht wäre hier allerdings kaum verdeckt gewesen. Denkbar ist, dass es daneben auch Brillenhelme mit Augen- oder Gesichtsschutz gab, wie dies bei den Angelsachsen belegt ist. Vielleicht ist die Beschreibung auch auf hochmittelalterliche (Topfhelm) Helmformen zurückzuführen, die das Gesicht verdeckten. In diesem Fall wäre die Beschreibung mit einer späteren Zufügung zu erklären.

Danach trat sie weinend vor Osid[163] und bat ihn darum Siegfried zu rächen. Doch der lehnte genauso ab wie Dietrich. Danach trat sie direkt vor Etzel-König: „Herr ich frage dich, wo ist das ganze Gold und das Silber, das meine Brüder gebracht haben?" Dieser entgegnete: „Sie brachten kein Gold und Silber, aber ich will sie in meinem Heim wohl empfangen." Man hörte ihm die Enttäuschung darüber an, dass die Nibelungen keine Geschenke vom Siegfriedschatz dabei hatten.

Krimhild schüttelte verständnislos den Kopf. „Warum behandelst du die Diebe und Mörder so gut? Wer soll nun meinen Schaden rächen?", fragte sie eindringlich, „ich werde nie vergessen, wie sie ihn ermordet haben. Die feigen Hunde! Bitte sei tapfer, gut und mutig und räche das." Etzel wurde wütend, als Krimhild nicht nachgab: „Sei still und schwätze kein Wort mehr! Ich werde meine Schwäger nicht betrügen. Sie kamen im Vertrauen und niemand hier soll ihnen Schaden zufügen." Krimhild ging mit versteinerter Miene aus dem Raum. Mit großer Sorge blickte Etzel ihr nach.

Krimhild ging nun zu Irung, dem treuesten ihrer Gefolgsmänner[164]. Sie bot ihm viel Gold für eine böse Tat. Schließlich willigte er ein. Auch weil er wusste, dass ihr großes Unrecht widerfahren war.

Da so viel Volk in Susat war, dass es in keine Halle gepasst hätte, und das Wetter gut war, beschloss Etzel das große Fest im Apfelgarten auszurichten. Dieser Apfelgarten lag inmitten von Susat. Er war ganz ummauert und wurde auch Horngarten genannt. Am Nachmittag fanden sich die Helden und alle Gefolgschaft, dazu auch Frauen

---

[163] In der Thidrekssaga eigentlich Blodelin genannt, was an Bleda, den historischen Bruder des Hunnenkönigs Attila erinnert. Blodelin erscheint in der Thidrekssaga ganz plötzlich, während Osid ab da fast nicht mehr erwähnt wird. Ritter vermutet, dass der Name Osid in diesem Abschnitt nachträglich gegen Blodelin ersetzt wurde. Dieser Vermutung wird hier gefolgt.
[164] Er dürfte aus der Heimat Krimhilds stammen. Ritter bemerkt, dass sein Name mit dem von Krimhilds und Gunthers Vater (Irian, Iron) nahezu übereinstimmt und vermutet daher, er sei ihr Vetter.

287

und Kinder im Garten ein. In der Mitte des Gartens brannten mehrere Feuer. Ringsherum standen jeweils Tische und Bänke. Das Wetter war schön, und doch lag eine düstere Stimmung über dem Fest. Viele der Gäste waren von einer bösen Vorahnung erfüllt.

Am Eingang zu dem Garten stand Krimhild und erwartete die Nibelungen mit einer Aufforderung: „Ihr seht, dass die Hunenmänner ihre Waffen abgelegt haben. Deshalb sollen auch die Nibelungen ihre Waffen uns zur Verwahrung geben." Hagen vergewisserte sich, dass sein Helm noch fest saß und schnauzte sie unverhohlen an: „Kommt nicht in Frage. Mein Vater lehrte mich, dass ich meine Waffen niemals in die Hände eines Weibes gebe. Und solange ich im Hunaland bin, lege ich meine Waffen sowieso nicht von mir." Alle sahen nun, dass Hagen zornig war. Gernot trat einen Schritt vor und stellte sich dicht hinter Hagen. Er sagte: „Hagen war niemals froh, seit wir diese Fahrt begannen. Und mir schwant, dass wir heute seine Stärke und seine Klugheit zu sehen bekommen." Damit setzte auch er seinen Helm auf und band ihn fest. „Die Sache ist faul", raunte er kaum hörbar, als er Hagen in den Apfelgarten folgte.

Krimhild ging danach vom Tor weg und setzte sich neben Etzel, der bereits seit einiger Zeit an der Stirnseite einer langen Bank saß. Neben dem König saß Dietrich. Etzel spähte auf zwei Krieger, die mit dem Rücken zu ihm standen und ihre Helme aufgesetzt hatten. So erkannte er nicht, wer sie waren. „Wer sind die Beiden, die da ihre Helme anhaben?", fragte er und deutete auf die beiden Krieger, die in einiger Entfernung standen und sich argwöhnisch umsahen. „Das sind Hagen und Gernot", erklärte Krimhild, „sie sind beide wütend." „Das tun sie aus Sorge", verbesserte Etzel seine Frau. Dietrich nickte zustimmend: „Sie sind beide große Helden. Und ich fürchte, das wird dir heute noch gewahr."

Etzel stand auf, ging zu Gunther und Giselher und forderte sie auf, sich neben ihn zu setzen. Auch winkte er Hagen und Gernot zu sich, die ohne Worte folgten. „Wie viele Wächter hast du bei unseren Schilden und Lanzen", fragte Gernot Hagen flüsternd. „Ich hab

fünfzehn abgestellt", flüsterte der, „zuzüglich einer Handvoll, die aus-
spähen sollen, was sich bei den Hunen regt." Er wusste nicht, dass
gerade in jenem Augenblick diese Wachen von Irungs Männern nie-
dergehauen wurden. Krimhild hatte diesem viel Gold dafür versprochen. Doch ihre Schreie wurden nicht gehört.

DIE SCHLACHT
IM HORNGARTEN

„Ich han vernomen lange von Kriemhilde sagen,

daz si ir herzeleide wolde niht vertragen."

(Aus dem Nibelungenlied)

An den großen Bänken im Garten saßen nun die größten Helden der Nibelungen gemeinsam mit den Kriegern der Hunen. Trotz des blauen, klaren Himmels schien eine verderbliche Düsternis über dem Garten zu liegen. Hagen saß neben seinem besten Freund Folkward. Einen Platz weiter saßen Etzels Sohn Aldrian und sein Erzieher. Aldrian hatte goldenes Haar und ein reines, hübsches Gesicht, aus dem helle, wache Augen strahlten.

Die Sonne stand grell am Himmel. Die meisten im Garten sagten wenig. Die düstere Stimmung wollte nicht so recht zu den Apfelbäumen passen, die mit ihren weißen Blüten unschuldig zwischen den Kriegern standen.

Hagen nahm gerade einen Schluck Wein, als der kleine Aldrian aufsprang und zu seiner Mutter rannte. Diese nahm ihn in die Arme und flüsterte etwas in sein Ohr, das niemand sonst hören sollte. Hagen schielte argwöhnisch zu den beiden hinüber. Auch andere Helden beobachteten das Kind aufmerksam. Der kleine Kerl lächelte, und wischte sich verschämt übers Gesicht. Keiner außer Hagen dachte sich viel dabei. Die meisten erfreuten sich an dem hübschen Kind, das etwas Unbeschwertes in die bedrückende und düstere Stimmung brachte.

Dann gab Krimhild ihm einen Klaps und der Junge rannte los. Er rannte geradewegs auf Hagen zu. So stellte er sich erwartungsvoll vor ihn hin. Viele Blicke waren nun auf den Jungen gerichtet. Sollte das eine Art Friedensangebot werden? Hagen blickte den Knirps kritisch an und beugte sich misstrauisch herab, neugierig, was er wohl wollte. Da holte der mit voller Wucht aus und verpasste Hagen einen Kinnhaken, so heftig, dass man ihm das kaum zugetraut hätte.

Hagen überlegte nicht. Er packte den Jungen mit der Linken am Schopf und riss ihn hoch. Er brüllte das erschrockene Kind wutschnaubend an: „Dazu hat dich deine Mutter gehetzt! Und das entgiltst du mir." Dabei riss er sein Schwert aus der Scheide und schlug Aldrian den Kopf ab. Der Rumpf des Kindes plumpste dumpf zur Erde. Ein Raunen, das durch die Menge ging, wurde gleich durch eine darauf folgende Totenstille erstickt.

Hagen rührte keine Miene. Den blutbespritzten Kopf warf er Krimhild vor die Füße, die entgeistert und fassungslos auf das leblose Gesicht starrte. Hagen rief ihr zu: „Da hast du jetzt deinen sauren Apfel. Den guten Wein, den wir hier im Garten trinken, den werden wir jetzt teuer bezahlen!"

Im nächsten Augenblick holte er erneut mit dem Schwert aus und schlug Aldrians Erzieher über Folkward hinweg das Schwert in den Kopf. Der Erzieher kippte nach vorne auf den Tisch und blieb reglos liegen. [165]

Etzel und vielen anderen blieb der Mund offen stehen. Die Restlichen sahen nur ungläubig auf das Geschehen. Hildebrand schlug sich ungläubig mit der flachen Hand vor die Stirn. Er wusste, was nun folgen musste.

„Nimm nun diese Zahlung für den Wein", rief Hagen Krimhild zu. Dann blickte er auf den Erzieher: „Und du, Ziehmeister. Du hast nun den gerechten Lohn dafür, dass du den Fratz nicht besser

---

[165] Auch im Nibelungenlied tötet Hagen Etzels Sohn und dessen Erzieher. Allerdings fehlt im Nibelungenlied die vorangehende Ohrfeige. Nur aus der Thidrekssaga heraus ist diese Stelle des Nibelungenliedes zu verstehen. Ein gewichtiger Hinweis, dass Thidrekssaga die ursprüngliche Fassung ist.

erzogen hast." Damit gab er dem Erzieher einen Fußtritt, so dass dieser vom Tisch plumpste und das Schwert wieder frei gab.

Da sprang Etzel auf und riss sein Schwert aus der Scheide: „Männer! An die Schwerter. Bringt mir Hagen. Tötet die Nibelungen. Nehmt Rache für Aldrian!" Seine Stimme überschlug sich dabei. Die Hunen zogen ihre Schwerter, und auch die Nibelungen taten das. Zögerlich gingen beide Gruppen aufeinander zu. Die Lage war jedoch äußerst unübersichtlich, da alle bunt durcheinander gesessen hatten. Die meisten konnten kaum glauben, was sie gerade gesehen hatten, und dass sie nun mit jenen bis zum Tode streiten sollten, mit denen sie gerade noch getrunken hatten. Erste kleine Gefechte entbrannten, anfangs halbherzig und ungläubig geführt, dann heftiger werdend. So begann jener Kampf, der noch Jahrhunderte später in den Hallen der Menschen besungen wurde.

Manche der Nibelungen versuchten durch das große Tor zu entweichen. Doch bei dem Versuch glitten sie auf blutigen Tierhäuten aus. Die hatten dort Irungs Männer auf Krimhilds Anweisung hin ausgebreitet. Im Rutschen wurden die Flüchtenden gnadenlos von Irungs Kriegern niedergemacht. Daher drängten die Nibelungen wieder zurück und gingen gegen die Hunen im Garten vor. Dadurch entstand ein heilloses Durcheinander, und ein heftiger Kampf entbrannte. Männer fielen unter den Schwerthieben wie die Fliegen, manch einer wurde im Chaos von seinem Freund erschlagen.

Die Hunen erkannten immer mehr, dass sie den vielen Nibelungen im Garten nicht gewachsen waren. Etliche verließen den Garten. Auch Etzel kämpfte sich mit seiner Leibwache einen Weg frei und gelangte nach draußen. Sogleich begab er sich auf einen der hohen Türme, um besser sehen zu können. Auch Dietrich gelangte mit seinem Gefolge unversehrt aus dem Garten heraus. Eine Weile stand er ratlos vor dem Garten und hörte auf das Waffengeklirr und die Schreie der Männer, die drinnen stritten. Betrübt ging er schließlich in sein Gemach und seine Männer taten es ihm gleich. Er hätte nicht gewusst, auf welcher Seite er kämpfen sollte. Auch kam ihm dieser Kampf viel zu unsinnig vor.

Im Garten schlugen sich die Kampfhaufen nun erbarmungslos. Der Boden, auf dem bisher nur unschuldige, weiße Apfelblüten lagen, war bald nass vom Blut getränkt und rot. Immer mehr gefallene Krieger lagen auf der Erde. Es fielen viele Nibelungen, aber noch mehr Hunen, so dass die Nibelungen den Garten bald in ihrer Gewalt hatten. Dies erlaubte es Gunthers Mannen durchzuschnaufen und sich zu sammeln.

Doch sie konnten nicht lange verweilen. Denn bald scharten sich immer mehr Hunen vor dem Garten zusammen und wurden von Etzel und Krimhild angetrieben, den Garten zu stürmen. Immer wieder flogen Speere und Pfeile von den Türmen Susats in den Garten hinab. Die Mauer des Gartens gewährte auch davor einigen Schutz, doch immer häufiger wurden nun kämpfende Nibelungen im Inneren des Gartens getroffen.

Etzel sandte derweil Boten in sein Reich aus, um Verstärkung zu rufen. Deshalb kamen im Verlauf der Schlacht immer mehr Hunenmänner von überall her nach Susat.

Gernot, der gerade einen Augenblick Luft holen konnte, wischte sich Blut von der Stirn: „Wir haben schon so viele von Etzels Männern erschlagen, aber sie werden nicht weniger", rief er Hagen zu, der gerade einen Hunenkrieger niedergestreckt hatte und schwer atmend zu ihm herüber kam. „Sie werden mehr! Sie bekommen ständig Verstärkung von außen", schnaufte Gunther, der neben Gernot stand. Hagen nickte: „Auch stehen ihre Anführer in Sicherheit, während wir uns hier mit den Knechten schlagen. Das ist mein größter Kummer, dass wir hier drinnen gefangen sind." Dabei blickte er über die Mauer nach oben, bis sein Blick an einem der Türme haften blieb, der hinter der Mauer stand. Es war jener Turm, auf dem Etzel und Krimhild standen. „Dann könnten wir uns wenigstens aussuchen, mit wem wir uns schlagen!", raunte er. Er glaubte Krimhilds

Gesichtsausdruck zu erkennen. Der eiskalte Blick schien voller Genugtuung zu sein.

„Wenn sich nichts ändert, werden wir bald zusehen, wie alle Nibelungen hier im Garten fallen", rief Gernot. „Die Speere, die von den Mauern fliegen, tun uns den größten Schaden." Hagen wehrte einen heranfliegenden Pfeil ab. „Wir müssen versuchen aus diesem Garten herauszukommen!", keuchte er.

Die steinerne Mauer, die den Garten ringsum einschloss, war übermannshoch. In einer Ecke jedoch schien sie brüchig, und so versuchten die Nibelungen mit aller Kraft sie niederzureißen. Mit Ästen und Balken schlugen sie auf das Bauwerk ein oder stemmten Steine aus der Mauer. Bald brachen erste Steine an der Außenseite herab. Die Nibelungen drückten weiter mit aller Gewalt, bis ein großes Stück in der Mauer nachgab und in einer Staubwolke zusammenbrach. Hagen stürmte als erster über die Trümmer aus dem Garten heraus. Hinter ihm drängten sogleich Gernot und Gunther und andere Nibelungenkrieger.

So kamen sie aus dem Garten heraus und fanden sich in einer engen Gasse wieder. Dort erwartete sie Jarl Osid mit einer kleinen Truppe und stürzte sich auf sie. Ein heftiger Kampf entbrannte, und die Kriegshörner der Hunen erklangen laut aus der Gasse. Immer mehr Hunen sammelten sich dadurch am Durchbruch und drängten viele Nibelungen wieder unter heftigen Kämpfen zurück in den Garten.

Hagen wurde dabei vom Rest der Nibelungen getrennt und erreichte die Bresche zur Gartenmauer nicht mehr. Er konnte sich mit nur wenigen Männern zu einem gemauerten Saal durchschlagen, der in der Nähe stand. Die Tür war jedoch verschlossen, und so standen sie mit dem Rücken zur Wand, als die Hunen auf sie losgingen. Sie wehrten sich tapfer. Einer nach dem anderen fielen die anstürmenden Hunen unter Hagens Schlägen. Der dunkle Krieger war blutüberströmt, aber immer noch unverletzt, als zu seinen Füßen bereits die Toten übereinander lagen. Gernot war ebenfalls vom Garten abgeschnitten worden. Er erblickte Hagen vor dem Steinhaus und versuchte, sich mit seiner Schar einen Durchgang bis zu Hagen zu bahnen, um diesem zu Hilfe zu kommen.

Ganz nahe stand dort Dietrich auf seinem Turm, und blickte herab. Als Gernot ihn sah, rief er nach oben: „Dietrich, du könntest leicht herabkommen mit deinen Männern, und uns helfen. Dann müsstest du nicht zusehen, wie sich so wenige Männer mit so vielen schlagen müssen." Der rief nach unten: „Guter Gernot. Ich will mich weder mit den Hunen schlagen, noch euch Schaden zufügen. Daher kann ich nur mit Kummer zusehen, wie ihr euch da unten abschlachtet." Einige der Hunen blickten verwundert hoch zu König Dietrich, wodurch der Kampf kurzzeitig etwas abebbte. Dies nutzten die Nibelungen schnell für einen Gegenschlag. Gernot gelang es schließlich, mit seiner Schar zu Hagen durchzukommen.

Auch der junge Giselher, der seit Ausbruch des Kampfes stets an Gernots Seite war, hatte es bis zum Steinhaus geschafft. Hagen drückte ihn freundschaftlich an sich. Den Nibelungen blieben nur einige Augenblicke, um Luft zu holen, denn bald wurden die Kämpfe noch heftiger.

Auch König Gunther erreichte in den Rückzugsgefechten die Mauerbresche nicht mehr. Er hatte aber weniger Glück als Hagen und wurde von Osids Männern umstellt. Gunthers Leibwache fiel unter den Schlägen der Feinde, bis er schließlich ganz alleine stand. Er warf daraufhin Schwert und Schild von sich und ließ sich gefangen nehmen.

Er bereute es nun, den Weg ins Hunaland genommen zu haben, und er ahnte, dass dies sein Ende besiegeln würde. Aber er wusste nicht, wie grässlich seine Strafe sein würde, sonst hätte er sich wohl nie ergeben. Noch während die Kämpfe geführt wurden, brachten sie den unglücklichen König vor Etzel, der ihn kurzerhand in einen Turm werfen ließ, in dem er giftige Vipern hielt. Die Schlangen bissen den armen Gunther zu Tode, als er zwischen sie fiel. So starb

Gunther[166], der König der Nibelungen, und sein tragischer Tod wurde noch lange besungen bei den Völkern des Nordens.

Als Hagen und Gernot erfuhren, dass ihr Bruder gefangen war, da wurden sie sehr zornig. Hagen sprang von der Tür weg in eine Gasse, und hieb wie toll jeden Mann nieder, der ihm vor die Klinge kam. Auch Gernot und Giselher schlugen wild um sich, und streckten manchen Hunen nieder.

Durch diese Taten beflügelt, befreiten sich auch viele der übrigen Nibelungen aus dem Garten, und gingen gegen die Hunen vor. Diese mussten sich aus immer größeren Teilen der Stadt zurückziehen, und das Blatt begann sich zu wenden. In einigen Straßen, die die Nibelungen erobert hatten, wurde Jagd auf versprengte Hunen gemacht. Etzel ging in einen der Türme und ließ die Leiter hochziehen. Dann begann die Sonne schnell zu sinken und es dämmerte. Schließlich lag Susat in Dunkelheit. Nur langsam ebbte das Schwertgeklirr in der Stadt ab. Doch der Geruch des Todes und das Ächzen der Verwundeten und Sterbenden waren überall gegenwärtig.

Hagen ließ die Hörner zum Sammeln blasen. Die Nibelungen ruhten nun eine Weile. „Wie viele Männer haben wir verloren?", fragte Hagen. Gernot meinte: „Etwa dreihundert sind wohl gefallen." „Das heißt, wir sind noch gerade siebenhundert Mann", murmelte der Einäugige, „Die Hunen werden immer mehr, und morgen früh werden sie so viele sein, dass wir untergehen werden."

Dann stand er auf und nahm sich eine Fackel. Er wandte sich an die Nibelungenschar und rief laut: „Hört Männer! Wir sind noch viele genug, um den Hunen noch manchen Mann zu nehmen, bevor wir alle fallen. Aber die Hunen werden immer mehr. Wenn wir sie jetzt bekämpfen, haben wir noch gute Möglichkeiten, ihnen großen Schaden zuzufügen. Nur sehen müssen wir unsere Feinde. Deshalb

---

[166] Im Nibelungenlied überlebt Gunther bis zum Ende der Schlacht. Nicht so in der Thidrekssaga.

werden wir ihnen jetzt ein wenig einheizen." Damit schleuderte er die Fackel in ein kleines Kochhaus, das nahebei stand. Keiner lachte über diese aufmunternden Worte, und kaum einer war aufgemuntert. Im Gegenteil, erst bei diesen Worten wurde vielen Männern ihr Schicksal offenbar, dem sie unentrinnbar ausgeliefert waren. Das Dach des Kochhauses begann schnell lichterloh zu brennen. Bald stand das ganze Haus in Flammen und erleuchtete ganz Susat wie eine riesige Fackel.

Die Nibelungen verhöhnten nun die Hunen und forderten sie zum Kampf. Die blieben jedoch auf den Türmen und schossen nur gelegentlich Speere herab. Es war aussichtslos, die Türme zu erstürmen. Daher setzten sich die Nibelungen schließlich zur Rast nieder. „Ich habe es gleich gesagt", erklärte Hagen, „wenn wir ins Hunaland fahren, kehrt keiner von uns lebend nach Hause." Folkward nickte: „Das hast du, Hagen, das hast du." „Das ist alles die Schuld unserer Schwester!", rief Giselher, „Was musste sie den kleinen Narren auch gegen uns aufhetzen?" Damit meinte er Krimhild. Viele der Nibelungen hätten wohl noch einen zweiten Hauptschuldigen ausmachen können. Hatte Hagen selbst doch den Kopf des Jungen abgeschlagen. Allerdings wollte keiner dies offen aussprechen, und es hätte auch nichts an ihrer Lage geändert.

„Dieser Kampf ist der schlimmste, den ich bisher gesehen habe in all meinen Jahren", sagte Dietrich, der gemeinsam mit Hildebrand und Rüdiger in seinem Zimmer im Turm saß. „Warum hat Krimhild das getan?", fragte Dietrich und schüttelte verständnislos den Kopf. „Sie will nur Rache für Siegfried und für sich selbst. Und Hagens Stolz war ihr größter Helfer", murmelte Hildebrand wütend in seinen Bart. Dietrich blickte auf. Dann nickte er. Natürlich hatte Dietrich auch vorher gewusst, warum sie es getan hatte, und als Siegfrieds Angehörige hatte sie jedes Recht auf Rache. Dennoch konnte er es nicht fassen, wie alles so weit kommen konnte, dass Krimhild so viele Unbeteiligte mit in den Tod riss.

Eine Weile war Stille. Dann sagte Rüdiger: „Ich glaube, dass auch Hagen den Kampf in seinem Innersten wollte. Es war nicht nur sein Stolz. Seit er aufbrach ins Niflungaland, redete er die Schlacht herbei." Rüdiger blickte zu Boden, als er sagte: „Morgen wird das Geschlecht der Nibelungen ausgestorben sein. Aus Stolz und aus Rachsucht." „Ja, aber auch viele Hunen werden noch fallen, bevor die Sonne zu sinken beginnt", meinte Hildebrand.

HAGENS TOD

„Da konnte man hören wie Ekkisax sang auf den Helmen

der Niflungen."

(Aus der Thidrekssaga)

Erst am Morgen kamen die Hunen von den Türmen herab und sammelten sich gemeinsam mit jenen Hunen, die über Nacht aus dem Umland gekommen waren. Der Himmel hing trostlos und grau über Susat an jenem Tag. Etzel war nicht zum Kampf erschienen. Er trauerte um seinen toten Sohn, den er in der großen Königshalle aufgebahrt hatte.

Auch die Nibelungen sammelten sich, und beide Heere gingen wieder aufeinander los. Krimhild trieb die Hunenmänner an und versprach ihnen Gold und Silber. Die Heerhaufen trafen sich in den Gassen der Stadt, und ein unübersichtliches Gemetzel entstand.

Gernot geriet in den Gefechten mit Herzog Osid aneinander und schlug sich lange mit ihm. Der Zweikampf wogte hin und her. Da durchtrennte Gernots Klinge Osids Hals. Der Kopf schlug polternd auf den Boden, und viele Hunenkrieger blickten dem rollenden Schädel erschrocken nach, bis er anhielt und mit dem Gesicht nach oben zum Liegen kam. Die meisten hielten kurz inne. Einige schluckten hörbar. In den Reihen der Nibelungen brach sich ein erleichtertes Raunen Bahn, das schnell in euphorisches Kriegsgeschrei umschlug. Voller Hoffnung stürmten sie nun gegen das Heer der Hunen vor. Beflügelt von diesem Teilsieg gelang es den Nibelungen nun, eine Bresche in die Hunenreihen zu schlagen. Die Nibelungen stellten sich mit aller Kraft gegen ihr Schicksal und schickten sich an, das Blatt zu wenden.

Markgraf Rüdiger, der Osids Tod und das Freudengeschrei der Nibelungen sah, wurde nun ganz wütend, und trieb sein Banner weit vor ins Heer der Nibelungen. Voller Hass schlug er auf seine Gegner ein. Dadurch wichen nun wiederum die Reihen der Nibelungen zurück. Mit mächtigen Hieben schlugen Rüdiger und die Krieger an seiner Seite einen Keil in die Kampflinie der Nibelungen. Zahlreiche Nibelungen fielen unter den Schlägen der immer heftiger auf sie eindringenden Hunen. So leitete der Gegenschlag der Nibelungen ihr eigenes Ende ein. Ihr Stern begann zu sinken.

Hagen, der weit vorne im Nibelungenheer gekämpft hatte, war bald fast alleine und wurde hart bedrängt. Die Schläge der Feinde mit dem Schild abwehrend, flüchtete er sich mit nur wenigen Getreuen in eine nahe Halle. Bald war die Halle jedoch von Hunen umstellt, und keiner der Nibelungen konnte ihnen noch helfen.

Am Rande des Kampfgetümmels näherte sich Krimhild dem Haus und legte Feuer, so dass es lichterloh zu brennen begann. Hagen wurde es unerträglich heiß in seiner Brünne, und er drängte zum Ausgang. Hustend stürmte er zur Tür und schnappte nach Luft. An der Tür erwartete ihn Irung, der treue Gefolgsmann Krimhilds, den diese mit Aussicht auf Gold und mit anderen Versprechungen anfeuerte. Hagen hustete und rieb sich die tränenden Augen. Er konnte im Rauch kaum etwas sehen, und so schlug Irung ihm einen bösen Hieb in den Oberschenkel. Hagen brach zusammen, doch schützte ihn einer seiner Leute mit dem Schild.

Krimhild bekam feurige Augen, als sie die blutende Wunde ihres Feindes sah. Sie schien förmlich nach diesem Blut zu lechzen und war ganz außer sich, fühlte sie doch ihre Rache in greifbarer Nähe. So trieb sie Irung aufgeregt an, der ohne zu zögern in die Halle sprang. Sofort kam er jedoch rücklings herausgetaumelt mit einem mächtigen Spieß im Leib, der ihn gänzlich durchbohrt hatte. Irung blieb auf dem Weg liegen und starb in einer großen Blutlache. Hagen trat aus dem Rauch hervor und nickte Krimhild triumphierend zu. Sie blickte ihm hasserfüllt in die Augen und drehte sich dann schnell weg.

Unterdessen war Rüdiger weit in die Reihen der Nibelungen vorgedrungen und hieb zahlreiche seiner Feinde nieder. Dann traf er auf den jungen Giselher. Rüdiger schreckte zuerst davor zurück, gegen seinen Schwiegersohn zu kämpfen, doch der ging sogleich wild auf ihn los. Gerade als Rüdiger sich von ihm wenden wollte, traf ihn ein erbarmungsloser Schwerthieb. Zahlreiche Ringe seines Panzerhemdes platzten unter Grams scharfer Wucht, und Siegfrieds Schwert schlug Rüdiger eine heftig blutende Wunde. Er fuhr entsetzt herum und bekam sofort einen weiteren Hieb auf den Oberschenkel, noch bevor er selbst einen Hieb führen konnte. Dadurch brach er zusammen und lag auf dem Rücken vor Giselher. Ungläubig starrte Rüdiger auf den Mann, dem er wenige Tage vorher seine Tochter gegeben hatte und der ihm nun das Schwert Siegfrieds durch das Kettenhemd hindurch in die Brust rammte. So starb Rüdiger durch jenes Schwert, das er selbst seinem Töter geschenkt hatte.

Die Hunen erschraken, als sie das sahen, und die Nibelungen schöpften erneut Hoffnung. Voller Inbrunst setzten sie zu ihrem letzten Angriff an.

Durch den Verlust Rüdigers fehlte den Hunen die Führung, und sie verloren ihre Ordnung. Immer weiter wichen sie zurück. Die Nibelungen drängten nun immer weiter vor, und bald hatten sie die Halle erreicht, in der Hagen sich verschanzt hatte. „Zeig dich, Hagen", rief Folkward, „Rate mal, wer da ist? Dein guter Freund Folkward. Und sieh, wie ich zu dir komme. Ich gehe über Leichen." Hagen lachte und trat freudig hervor: „Folkward, mein Freund! Hab Dank dafür. Das wird man auf immer beklagen im Hunaland." Doch alle Nibelungen wussten, dass sie dem Tode geweiht waren. Niemals konnten sie gegen die Masse der Hunen bestehen.

Dietrich hatte den Tod seines Freundes Rüdiger von seinem Turm aus beobachtet. Große Wut erfasste ihn, und er sprach zu seinen Aumlungen: „Wir können nicht länger zusehen! Das wird man nie vergessen, wenn wir hier nur stehen. Wir müssen nun Rüdigers Tod rächen und uns mit den Nibelungen schlagen."

Dietrich warf sein Kettenhemd über, band seinen Helm auf und nahm seinen Schild in die Hand. Er zog das Schwert Eckesax aus der Scheide an seinem Gurt und ging ruhig die Treppen hinab. Seine Männer folgten ihm und die Aumlungen stürzten sich wie ein Schwarm Wespen ins Kampfgetümmel.

Die Aumlungen waren ausgeruht und gingen hart gegen die Nibelungen vor. Hildebrand blieb dicht hinter Dietrich. Wie ein Wolf in einer Schafherde wütete Dietrich in ihren Reihen. Da konnte man hören, wie Eckesax auf den Helmen der Nibelungen sang. Nibelungen, Hunen und Aumlungen fielen in großer Zahl, aber der Angriff der Aumlungen brachte die Wende. Er brach den Widerstand der Nibelungen, und bald waren nicht mehr viele von ihnen übrig.

Hagen, Gernot, Folkward und Giselher mussten sich mit wenigen Getreuen erneut in die brennende Halle zurückziehen. Folkward stand als letzter noch in der Tür, als Dietrich die Halle erreichte. Entschlossen versuchte Folkward sie zu verteidigen, doch bevor er einen Schlag ausführen konnte, hatte Dietrich ihm den Kopf abgeschlagen. Hagens Gesicht erstarrte zu Stein, als er das sah. Folkward war einer der wenigen Menschen, die ihm wirklich etwas bedeuteten. Hagen und Gernot traten mit gezückten Waffen vor den Eingang. Gernot ging ohne zu zögern auf Hildebrand los, und Hagen trat gegen Dietrich an. Hildebrand ließ sein gewaltiges Schwert Langulf immer wieder auf Gernot niedersausen, bis dieser tödlich getroffen zu Boden sank.

Hagen und Dietrich machten eine Kampfpause, als Gernot reglos am Boden lag, und ließen kurz ihre Schwerter sinken. „Ich habe es gesagt", raunte Hagen, „ich habe es gesagt. Keiner von uns wird das Hunaland lebend verlassen." Doch Gernot hörte ihn nicht mehr. Hildebrand und Dietrich blickten um sich und sahen Etzel, der hinzugekommen war. Krimhild stand dicht hinter ihm. Hagen streckte Schild und Schwert zur Seite aus, um Dietrich zu zeigen, dass er etwas zu sagen hatte. So trat er einen Schritt vor und sagte: „Etzel, handle als Edelmann und lass Giselher das Leben. Er mag noch ein guter Held werden und er ist schuldlos an Siegfrieds Tod. Ich alleine erschlug den Drachentöter. Lasst das nicht Giselher entgelten."

Giselher mischte sich ein: „Ich war erst wenige Jahre, als man Siegfried erschlug, und ich bin unschuldig an seinem Tod. Das weiß auch meine Schwester Krimhild. Doch ich sage das nicht aus Furcht. Ich will mich wehren, so lange ich kann und will mir nicht wünschen, dass ich meine Brüder überlebe." Mit diesen Worten ging er auf Hildebrand los, vermutlich, weil dieser ihm am nächsten stand. Der hob das Schwert zum Schutz und Giselher rannte hinein, stürzte zu Boden und blieb liegen. Blut rann aus seinem Mund. Hildebrand schluckte, als er das sah. Es war nicht seine Absicht, ihn zu töten.

Hagens Gesicht erstarrte. Es war, als hätte er alles verloren. Da sagte Hagen zu Dietrich: „Unsere Freundschaft wird sich hier scheiden, Dietrich. Ich werde nun auf dein Ärgstes aus sein, bis entweder du hier tot zur Erde fällst oder ich. Lass uns den Kampf hier mannhaft führen, einer gegen einen." Dietrich nickte und gab dann Hildebrand ein Zeichen, dass er nicht eingreifen solle. Auch die anderen Kämpfer griffen nicht ein, sondern sahen dem Kampf zu.

Beide gingen nun aufeinander los. Sie schlugen sich immer heftiger. Krimhild starrte gebannt auf den Kampf. „Das ist eine große Schande, dass ein Albensohn so lange Widerstand leistet", reizte Dietrich sein Gegenüber. „Besser ein Albensohn als des Teufels Sohn", entgegnete Hagen voller Zorn und ging auf Dietrich los. Da wurde der ganz wütend und lief rot an, wie es oft geschah, wenn Dietrich die Beherrschung vergaß und in äußerste Wut geriet. Er wehrte Hagens Schlag mit dem Schild ab und schlug dann immer wieder auf Hagen ein, bis dieser mehrere große Wunden hatte.

Die beiden Recken kämpften tapfer. Sie wirbelten herum und die Klingen flogen geschwind durch die Luft. Doch Hagen wurde langsamer und Dietrich erlangte die Oberhand. Blut lief dem großen, schwarzhaarigen Recken in Strömen aus Arm und Bein. Langsam drängte Dietrich ihn in die Halle zurück, wo inzwischen auch das Dach brannte. Hagen wehrte sich mit letzter Kraft und taumelte in die Tür, doch er konnte nun nicht mehr weiter zurück, ohne zu verbrennen. Dann ließ Hagen das Schwert sinken. Mit erschöpfter Stimme ergab er sich: „Ich bin so wund geschlagen und hab das Gefühl, meine Brünne brennt sich in meine Haut. Wenn ich ein Fisch wäre, wär ich schon lange gar. Und Teile von mir sind wohl schon nicht mehr roh. Deshalb ergebe ich mich nun."

Der Einäugige überreichte damit sein Schwert und sein Schild und warf seinen Helm scheppernd zu Boden. Die wenigen Nibelungen, die bis jetzt noch gekämpft hatten, ergaben sich ebenfalls. Dietrich wischte sich den Schweiß von der Stirn. Auch er hatte das Gefühl, lebendig gebacken worden zu sein, so nahe an dem brennenden Haus. Dann seufzte er erleichtert und sah zu Hildebrand herüber. Als er gerade wieder etwas Luft hatte, blickte er über das Schlachtfeld und sah dann etwas, das er nicht fassen konnte. Alle, die dorthin blickten und das sahen, was Hildebrand als erster sah, erstarrten.

Sie starrten auf Krimhild. Sie hatte einen glühenden Brand von dem brennenden Haus in der Hand. Diesen Brand schob sie Giselher in seinen offenen Mund, der sich unter Schmerzen wand. Er versuchte zu schreien, doch das verhinderte das Holz in seinem Mund, das ihn versengte.

Da blickte Dietrich zu Etzel und zeigte mit ausgestrecktem Finger auf Krimhild: „Sieh dort hin, was für ein Teufel deine Frau ist. So viele sind gestorben für ihre Rache. Und vermutlich sähe sie auch dich und mich gerne dort liegen." Etzel konnte nicht gleich antworten. Er blickte einige Augenblicke entsetzt auf das was er sah, aber nicht glauben konnte. „Du hast recht", stieß Etzel voll Abscheu und Verachtung hervor. „sie ist ein abscheulicher Teufel." Dietrich ging ruhig, aber ernst auf Krimhild zu, die ihn verwundert anstarrte. Er holte mit Eckesax aus und ließ es schnell und lautlos auf sie niedersausen. Ohne schreien zu können brach sie zusammen und starb.

Blut lief über ihre Arme, ihre Finger und schließlich über den Ring an ihrem Finger, den ihr einst Siegfried gab. [167]

Dietrich ließ sein Schwert sinken. Etzel holte tief Luft und sagte: „Hättest du das vor zwei Tagen getan, dann wäre mancher wackere Mann noch am Leben". Dietrich sagte nichts.

Eine Weile blickten Hildebrand und Dietrich auf das blutige Schlachtfeld. „Vielleicht hat der neue Gott Recht", murmelte Hildebrand nachdenklich, „wenn er die Blutrache verdammt." Dietrich sah ihn fragend an und starrte auf sein blutverschmiertes Schwert.

Der schwer verletzte Hagen wurde auf eine Bahre gelegt und in eines der Häuser gebracht. Er wollte einer jungen Frau beiliegen, bevor er starb. Etzel und Dietrich beschlossen, ihm diesen Wunsch zu gewähren. Man brachte ihm Märeth, die schon immer für den dunklen Helden schwärmte und von dessen Stärke ganz angetan war. Vielleicht hoffte sie auch, dass ein so gezeugter Sohn den Nibelungenschatz erben würde. Hagen wurde mit ihr allein in einem Haus zurückgelassen. Nachdem er einige Zeit bei ihr gelegen hatte, starb Hagen von Tröya [168] an seinen bösen Wunden. [169] Dunkle Wolken

---

[167] Im Atlilied der älteren Edda wird eine ähnliche Geschichte erzählt, nur sind die Rollen des Hauptschuldigen vertauscht. Hier werden Gunther (Gunnar) und Hagen (Högni) von Etzel (Atli) getötet. Krimhild (Gudrun) rächt ihre Brüder dagegen und tötet Etzel (Atli). Falls die Sage auf Vorgängen in Norddeutschland beruht, dann gab es vielleicht kurz nach den Geschehnissen bereits unterschiedliche Versionen, wer am Ausbruch des Streites Schuld war. Etzels Tod durch Krimhild muss aber in diesem Fall eine spätere Änderung sein, vermutlich in Anlehnung an Attilas Tod in der Hochzeitsnacht mit Ildico. Den Eddaliedern zufolge überlebt Krimhild (Gudrun) die Kämpfe und bekommt später die Söhne Hamdir und Sörli.

[168] In der Thidrekssaga auch Tröuia. Er wird hier erst nach seinem Tod mit diesem Zusatz genannt. Im Nibelungenlied Hagen von Tronege beziehungsweise Tronje genannt. Die Bedeutung des Ortsnamens ist unklar.

[169] Der Sage nach zeugt Hagen hier seinen Rächer. Dies ist vermutlich Legende.

hingen noch immer über Susat, und man sagt, es hätte geblitzt und gedonnert, als er starb.

Überall in Susat lagen nach der Schlacht gefallene Krieger. Blutiger Schlamm bedeckte den Boden in allen Gassen. Fast zehn hundert Nibelungen und noch mehr Hunen waren tot. Krähen und Raben taten sich schon an den Kadavern gütlich, und bald verbreitete sich ein grässlicher Gestank über der Stadt. Die edelsten unter den Kriegern und so auch Krimhilds und Etzels Sohn Aldrian wurden in prächtigen Gräbern mit vielen Beigaben bestattet.[170] Mit Krimhild wurde auch Andwaris Gabe bestattet, die so großes Leid über die Nibelungen und Hunen gebracht hatte.

Die meisten der Gefallenen wurden jedoch gemeinsam in großen Massengräbern verscharrt, da man nicht genügend Männer zum Graben hatte. Auch die Fürsten und Könige selbst halfen, die vielen Leichen fortzuschaffen. Einige Zeit konnte man die vielen Blutflecken an den verschiedensten Plätzen sehen. Im Lauf der Zeit wusch der Regen das Blut weg. Doch noch sehr lange konnte man die Stätten in Susat sehen, wo die Kämpfe tobten. Der Weg, auf dem Irung fiel, wurde Irungsweg genannt und der Turm, in den man Gunther warf, ward Schlangenturm geheißen. Und der Horngarten wurde noch lange nach den Kämpfen Nibelungengarten genannt[171].

---

[170] Falls die vornehme Frau aus dem goldreichen Soester Kammergrab Nr. 106 tatsächlich Krimhild sein sollte, was Ritter für möglich hielt, dann hätte die große Schlacht wohl kurz nach 527 stattfinden müssen, da das Grab eine Münze Justinians (527-565) enthielt. Der Toten wurde eine Scheibenfibel mit einer Runeninschrift ins Grab gegeben, die als Atano (vielleicht auch Atalo) gelesen werden kann. Das Grab wird allerdings eher in die zweite Hälfte des 6. Jahrhunderts datiert. Demnach scheint die Tote (falls mit dem Geschehen verbunden) eher eine spätere Frau Etzels (Atalas) gewesen zu sein und die Schlacht könnte auch einige Jahre vor 527 stattgefunden haben.

[171] Die Didrikchronik schreibt, man könne die Stätten noch in Susat (=Soest) sehen. Die Membrane dagegen schreibt, dass deutsche Männer die Stätten noch unzerstört gesehen haben. Die Umgestaltung Soests im Jahre 1180 scheint hier in der Entstehungsgeschichte der Thidrekssaga zu reflektieren.

DIETRICHS HEIMKEHR

$\mathfrak{N}$ibelungen und Hunen waren in der großen Schlacht gefallen in großer Zahl. Auch Dietrich hatte viele seiner Aumlungen verloren. Erst Tage später, als die Leichenberge verscharrt waren und auch die Fürsten halbwegs anständig beerdigt waren, wurde Dietrich das ganze Ausmaß der Verluste der Schlacht bewusst. „So viele meiner Männer sind nun so sinnlos gefallen", seufzte er, als er nur noch Hildebrand neben sich wusste, „und auch meine Freunde, Rüdiger und Hagen, und so viele andere, sind tot. Und manch einen davon habe ich selbst getötet."

Hildebrand nickte mit dem Kopf, wusste aber auch nicht, was er sagen sollte. Nach einer Weile fuhr Dietrich fort: „Was machen wir noch hier im Hunaland? Hier werden wir nur alt und siechen irgendwann dahin. Ich will lieber nach Bern reiten und im Kampf darum siegen oder mannhaft sterben." Hildebrand räusperte sich: „Wir haben nur eine kleine Schar Krieger und können kaum gegen König Ermenrich siegen. Aber dennoch sprichst du wahr. Ich folge dir, wenn du gegen Bern ziehst. Ich will lieber in Ehre sterben als in Schande leben. Schon als wir auszogen aus Bern habe ich gesagt, wir kommen eines Tages wieder."

Da huschte ein überlegenes Lächeln durch Dietrichs Gesicht, da er vermutete, Hildebrand wisse noch nichts von der Neuigkeit, die er selbst erst vor kurzem erfahren hatte. Sogleich erklärte er: „Weißt du noch nicht, wer jetzt über unsere Burg Bern herrscht?" Hildebrand grinste nun ebenfalls und antwortete dann betont unaufgeregt: „Man hat mir gesagt, dass dort jetzt ein Herzog herrscht, der Alebrand heißt. Und ich glaube, dass er mein Sohn ist." Dietrich nickte bedeutungsvoll mit dem Kopf, war aber doch etwas enttäuscht, dass er offenbar nicht der erste war, der die Neuigkeit erfahren hatte. „Genau das habe ich auch gehört", sagte er. Hildebrand fuhr fort: „Meine

Frau war damals schwanger, als ich das Land verließ. Und sie sagte mir, sie wolle das Kind Alebrand nennen, wenn es ein Sohn würde."

Dietrich fasste mit der Rechten hoffnungsvoll an Hildebrands Schulter: „Gestern ist die Kunde eingetroffen, dass Ermenrich siech liegt, und das Land der Aumlungen in großer Unordnung ist. Es wäre recht gut, wenn dein Sohn Herzog über Bern wäre. Wenn er nur halb so treu ist wie sein Vater, dann werden wir willkommen sein."

„Aber mit welchem Heer wollen wir ziehen?", fragte Hildebrand nachdenklich, „fast alle Aumlungen sind zur Hel geschlagen, und auch Etzel hat kaum noch Männer, die am Leben sind." „Wir können nicht mit einem Heer auf Bern ziehen", erwiderte Dietrich, „und wir können von Etzel keine Hilfe erbitten. Wir ziehen heimlich, nur zu dritt. Du, ich und Herat." Mit diesen Worten blickte er seinen alten Meister scharfäugig und erwartungsvoll an.

„Du willst Etzel nichts sagen und einfach davon ziehen?", fragte Hildebrand mit hochgezogenen Augenbrauen. „Ich werde es ihm sagen", erwiderte Dietrich eilig, „aber ich werde nach Bern ziehen, was Etzel auch sagen mag. Und unsere Feinde sollen es nicht wissen, bis wir vor ihnen stehen." Damit stand Dietrich auf, ging gleich zu seiner Frau und fragte, ob sie ihn nach Bern begleiten wolle. Herat lächelte ihn an: „Ich werde dich begleiten, Dietrich. Ob du in die Hölle gehst oder nach Hause. Natürlich werde ich dich begleiten." Sie lachte. Vermutlich vor allem, weil er sie gefragt hatte. Dietrich umarmte seine Frau, und sie drückte ihn fest an sich.

Am nächsten Morgen machten sie die Pferde bereit. Sie sattelten drei Rosse, ein weiteres trug Verpflegung, sowie all ihr Gold, Silber und ihre Kleider. Hildebrand und Dietrich hatten ihre Kettenhemden und Helme an, die runden Schilde hatten sie auf dem Rücken.

Als die Pferde gesattelt waren, sagte Hildebrand: „Sprich du mit Etzel und sag ihm Bescheid, bevor wir fortziehen." Dietrich nickte. „Reite du voraus und nimm Herat mit dir. Ich spreche mit Etzel." Dietrich küsste seine Frau und half ihr auf eines der Pferde.

Hildebrand schwang sich ebenfalls auf sein Ross. Dann zogen er und Herat los, während Dietrich sich aufmachte, Etzel zu sehen. „Ich werde euch bald einholen", rief er ihnen nach.

Er war innerlich aufgewühlt und hatte ein mulmiges Gefühl in der Magengegend, als er vor dem König stand. Dieser grüßte freundlich und fragte verwundert: „Weshalb seid ihr so früh am Tag gewaffnet, Herr Dietrich?" Der blickte eine Weile betreten zu Boden. Dann begann er zaghaft: „Ich muss mit dir sprechen." Etzel nickte verwirrt. Dietrich erklärte: „Du weißt, Etzel, wie lange ich nun mein Reich vermisse, und meine gute Burg Bern. Mir gefällt es auch nicht, dass meine Feinde noch immer in meinem Reich sitzen." Dann holte er tief Luft. „Das soll nicht länger so bleiben. Ich werde versuchen, mein Reich zurück zu erobern, und wenn es mein Leben kostet."

Etzel blickte verständig, doch konnte er seine Verwirrung über diese Worte nicht verbergen. „Ja, nur mit welchem Heer gedenkst du zu ziehen?", fragte er dann freundlich. „Ich werde ohne ein Heer ziehen und heimlich fahren", antwortete Dietrich, „nur Hildebrand begleitet mich und meine Frau." Etzel schüttelte verständnislos den Kopf: „Zieht nicht so ehrlos von hier fort, Herr Dietrich. Bleibe noch eine Weile, dann werde ich dir ein Hunenheer geben. Damit kannst du dein Reich wieder gewinnen." Doch Dietrich winkte rasch ab: „Dank dir, Etzel, du bist großzügig und edel, wie du es eh und je warst. Doch ich möchte nicht nochmals deine guten Helden opfern für mein Wohl."

Etzel konnte nichts tun, als den Heldenkönig ziehen zu lassen. So begleitete er Dietrich zu seinem Ross. Als sich die beiden zum Abschied umarmten, liefen dem starken Etzel einige Tränen die Wangen herab. Er befürchtete, dass sie sich nicht mehr wiedersehen würden. Etzel schluckte den Kloß hinunter, der sich in seinem Hals gebildet hatte, und sagte dann: „Das war eine lange Zeit, Dietrich, die du bei mir im Hunaland weiltest! Wir haben viele Heldentaten vollbracht, und du warst meinem Reich eine starke Stütze. Ich wünschte nur, manches wäre nicht so geendet, wie es geschehen ist."

Dietrich nickte und sagte dann: „Ich danke dir, Etzel, für deine Gastfreundschaft und deine Großherzigkeit. Und wenn wir Bern tatsächlich erobern, dann erwarte ich dich als meinen ersten Gast." „Ja, wenn", murmelte Etzel kaum hörbar. Damit stieg Dietrich auf sein Ross und trabte aus Susat hinaus in Richtung Süden.

Als er die Stadt hinter sich gelassen hatte, gab er dem Tier die Sporen und galoppierte los. Etzel sah ihm hinterher, und er bewunderte ihn. In dem alten Krieger brannte noch immer das Feuer, das schon in dem jungen Berner gelodert hatte. Dietrichs Hengst sprengte den Weg entlang. Die Türme Susats in seinem Rücken wurden immer kleiner. Er fühlte sich frei, so frei wie nie zuvor. Es wusste, es gab jetzt nur noch Sieg oder Tod. Sein Pferd stürmte den Weg entlang und für einige Augenblicke war es, als könnte er die schlimmen Erlebnisse abschütteln, die in den letzten Jahren geschehen waren.

Bald hatte er Hildebrand und Herat eingeholt. Zu dritt zogen sie weiter Richtung Bern. Hildebrand führte das Packpferd und ritt an der Spitze. Dietrich und Herat ritten dahinter. Nach einiger Zeit kamen sie an Bakalar vorbei. Dietrich hielt sein Ross an, als sie die Burg erreicht hatten. Dann seufzte er: „Gute Burg, wie vermisse ich deinen guten Herrn Markgraf Rüdiger! Wäre er nur noch am Leben, dann würde ich hier nicht so kläglich vorbeiziehen." „Das ist wahr", sagte Hildebrand, „Rüdiger war ein guter Held und ein tapferer Kämpfer. Das sah ich im Rytzenland, als ich von meinem Pferd gerissen wurde. Wäre er nicht da gewesen, wäre ich heute auch nicht da." „Ja, und selten konnte ich einen besseren Freund nennen als ihn", fügte Dietrich hinzu.

Sie trieben die Pferde weiter vorwärts, und zogen an Bakalar vorbei, in den großen Lyrawald hinein. Ab hier ritten sie immer nur nachts und schliefen am Tag. Zu viele Feinde konnten in diesen Ländern des Südens lauern. Denn nicht weit von hier lagen die Länder Elsungs und Ermenrichs. Die Gegend, die sie nun durchzogen, war Dietrich aus früheren Tagen vertraut. Die meisten Plätze hatte er einst nur am Tage gesehen, aber je weiter sie ritten, desto mehr Orte erkannte er auch in der Nacht.

Sie erreichten nun die Grenzmarken des Aumlungalandes. Es dämmerte bereits, als sie an einer heiligen Eiche vorbeikamen, unter der Dietrich schon als junger Mann gerastet hatte. Er hielt sein Ross an und hielt inne. Dabei ergriff ihn eine große Sehnsucht. Eine Sehnsucht nach vergangenen Zeiten und Orten. Hildebrand hielt sein Ross auch an und drehte sich nach ihm um. „Was ist los? Bern wartet auf uns", rief er. In diesem Augenblick wurde Dietrich mehr als je zuvor gewahr, dass Bern, selbst wenn er es erobern würde, nicht mehr das Bern seiner Jugend sein würde. Und wie ein Stich traf es ihn, als er an seinen gefallenen Bruder dachte. Er dachte auch an seine Neffen, die Söhne seiner Schwester. Sie waren tot. Fast hatte er sich schon damit abgefunden, dass nach seinem eigenen Tod vielleicht keiner das Reich erben würde, das er hoffte zu erobern.

Er blickte zu Herat, die ihr Pferd neben seinem angehalten hatte. Sie lächelte ihn an, als ob sie seine Gedanken ahnen würde. Er dachte an seine inzwischen erwachsenen Töchter, die bei ihren Ehemännern, zwei edlen Hunen in Susat, geblieben waren, und fragte sich, ob die Großen des Aumlungareiches auch eine Tochter als Erben anerkennen würden. Doch musste er vor sich zugeben, dass er seine Töchter kaum kannte und ihre Männer viel weniger. Nachdenklich trieb er sein Ross vorwärts.

Sie zogen weiter und durchquerten gerade eine offene Heidefläche. Da erblickte Hildebrand einige Reiter im ersten Licht der Dämmerung. Diese hatten gerade das andere Ende der offenen Fläche erreicht, die die Helden soeben überquerten. „Da sind Reiter hinter uns her", rief er und trieb sein Pferd an. Dietrich blickte sich argwöhnisch um und kniff die Augen zusammen, um besser sehen zu können. „Verdammt", fluchte er. Damit begannen auch er und Herat ihre Pferde anzutreiben. Die Pferde jagten über den Karrenweg, doch die Verfolger waren bereits sehr nahe und sprengten in schnellem Galopp heran. „Fliehen wir zum Waldrand!", rief Herat besorgt, „es sind so viele."

Da hielt Dietrich sein Ross an und wandte es geschwind herum. „Es ist eine große Schar gewappneter Krieger. Wer ist das, glaubst du, Hildebrand?" Der antwortete: „Hier ist kein Fürst ringsum, es sei denn Jarl Elsung ist über den Rhein gefahren. Der Neffe des alten Elsung von Bern, der einst von deinem Großvater zur Hel geschlagen wurde. Ich befürchte, er will seinen Oheim rächen" „Der hätte allen Grund, uns zu verfolgen", rief Dietrich, „was tun wir? Fliehen wir zum Wald oder schlagen wir uns mit ihnen?"

„Ich bin es leid, immer zu fliehen, und würde vorschlagen, wir kämpfen. Das soll überall bekannt werden, dass so viele Feinde unter unseren Waffen fielen oder flüchteten, oder aber dass wir fielen unter den Schlägen einer Übermacht." Damit fasste Hildebrand an seinen Schwertgriff. Dietrich nickte zustimmend.

Er war es ebenso leid, ständig zu flüchten. Sie waren schließlich aufgebrochen, um die ständige Flucht, die ihr Leben zeichnete, zu beenden und nicht, um immer wieder erneut zu fliehen. Vor allem aber waren die Feinde ohnehin schon zu nahe, als dass sie ernsthaft auf ein erfolgreiches Entkommen hoffen konnten. Dietrich stieg von seinem Pferd, hob Herat herab und band sich seinen Helm fest. Hildebrand stieg ebenfalls ab und band auch den Helm fest. Dann erwarteten sie die Feinde mit gezückten Schwertern und erhobenen Schilden.

Dietrich sagte: „Hildebrand, du bist ein guter Freund und ein tapferer Held. Wer dich an seinem Rücken hat, der ist nicht allein." Herat begann zu weinen. Dietrich versuchte sie aufzumuntern: „Weine erst, wenn wir hier beide tot am Boden liegen." Dann weinte sie aber nur umso stärker, so dass er gleich hastig hinzufügte: „Es kann aber auch besser ausgehen, wenn die Götter wollen."

Da waren die Feinde schon herangekommen. Es waren über zwei Dutzend Krieger auf Pferden, die die beiden Recken nun umstellten.

Wie Hildebrand vermutet hatte, waren es der Jarl Elsung[172] und seine Leute. Der Jarl blieb ruhig auf seinem Ross sitzen und wartete. Dann ergriff der Reiter neben ihm das Wort: „Ihr zieht ungefragt durch fremdes Land. Gebt uns die hübsche Frau, die ihr mit euch führt, und ihr werdet zumindest euer Leben behalten."

Hildebrand überlegte kurz. Wussten die Angreifer nicht, wen sie vor sich hatten? Er antwortete trocken: „Sie kam nicht deinetwegen den weiten Weg aus Susat hierher an den Rhein." Ein jüngerer Krieger Elsungs platzte erbost dazwischen: „Niemals hörte ich einen so alten Mann so unverschämt und hochmütig reden." Da entgegnete Dietrich mit scharfer Stimme: „Du bist vielmehr beschränkt an Witz und Anstand. Der Mann hat all seine Jahre ruhmvoll und tapfer gelebt. Bis zu diesem Tag war keiner so dreist, ihm sein Alter vorzuwerfen." Elsung selbst ging nun dazwischen und fuhr Hildebrand an: „Werft eure Waffen hier hin, oder soll ich mit der Hand in deinen weißen Bart fahren, dass der größte Teil herausreißt?" „Wenn deine Hand meinem Schwertarm nahe kommt, wirst du sie verlieren", schnauzte Hildebrand zurück.

Hildebrand machte eine kurze Pause, um dann schlicht zu fragen, wer denn ihr Hauptmann sei. Das erzeugte einiges Gelächter unter den Feinden, bis einer antwortete: „Wenn du auch einen langen Bart hast, so bist du doch nicht sehr klug, alter Mann. Kennst du nicht Jarl Elsung von Babilonia? Wie kannst du überhaupt so dreist

---

[172] Je nachdem, in welchem Jahr genau sich die Nibelungenschlacht zutrug, dürfte Chlodwigs Sohn Theuderich (Regierungsantritt: 511 n. Chr.) bereits Herr über Köln (Babilonia) gewesen sein. Elsung wäre dann sein Jarl gewesen. Am ehesten war die Schlacht wohl um 522 n. Chr. Alternativ wäre möglich, dass Dietrichs Exil nur etwa 15 Jahre währte und er um 502 sein Reich zurückeroberte. Darauf deutet der Umstand hin, dass Gregor von Tours (*538, †594) schreibt, der Gotenkönig Eurich sei im 27. Jahr seiner Herrschaft gestorben. In Wahrheit lebte Eurich aber von 466 bis 484. Falls der Ermenrich der Sage ein real existierender König im Moselraum war, dann ist denkbar, dass er 27 Jahre (von 475 bis 502) herrschte, und Gregor ihn an dieser Stelle mit dem Gotenkönig Eurich verwechselt hat.

nach unserem Hauptmann fragen? Das ist eine Schande, dass zwei einzelne Männer uns solche Worte bieten."

Damit sprang er vom Pferd, zog sein Schwert und ging geradewegs auf Hildebrand los. Er traf Hildebrand am Kopf, doch der Schlag machte keinen Schaden, da Hildebrand den guten Helm Hildegrim trug. Diesen hatte Hildebrand seit der Schlacht im Horngarten, seit Dietrich Siegfrieds vergoldeten Helm trug. Hildebrand hatte seit der Schlacht auch Siegfrieds gutes Schwert Gram. Damit schlug er blitzschnell zurück und spaltete seinem Widersacher den Kopf. Entsetzt blickten die anderen auf das Schwert, das blutgetränkt in seiner Hand lag und tropfte.

„Der Alte ist ein Teufel", raunten einige der Männer, „und einen anderen Teufel trägt er in seinen Händen", meinte einer. Trotzdem gingen nun mehrere von ihnen zum Angriff über. Sogleich fuhr Dietrichs Schwert Eckesax dem vordersten in die Achsel und fällte ihn zu Boden. Schnell und tosend wie ein Wirbelsturm fuhr Dietrich in die Gruppe und ging gleich auf den Jarl selbst los, der wenig entgegenzusetzen hatte und nach wenigen Schlägen einen tödlichen Hieb einsteckte. Blut spritzte hoch und Elsung fiel ins Gras.

Die anderen blickten entsetzt auf ihren gefallenen Anführer. Dennoch kämpften sie erbittert weiter. Sie wehrten sich wacker, bis einer um den anderen von den Recken aus dem Hunaland niedergestreckt wurde. Dann kam Hildebrand an einen Krieger, der sich besonders verbissen wehrte. Hildebrand traktierte ihn mit Schlägen, bis der nicht mehr wusste, wie ihm geschah. Er stolperte rückwärts über einen Stein und fiel zu Boden. Hildebrand stand mit spitzer Klinge über ihm.

Die übrigen von Elsungs Mannen stellten nun den Kampf ein und blickten auf Hildebrand. Der richtete sein Schwert wortlos auf die Nase des Kriegers, bis der sich schließlich ergab. „Ich fürchte um meinen Ruf, wenn ich mich einem so alten Mann ergebe, aber ich will ungern hier sterben", sagte er. Damit übergab er seine Waffen und durfte sich dann aufrichten. „Wie heißt du?", fragte Hildebrand.

Der besiegte Krieger klopfte sich das Laub aus dem Mantel und sagte, dass er Allung heißt. Dann fragte Hildebrand: „Ihr habt uns zu diesem Kampf gezwungen. Warum wolltet ihr uns denn so gerne töten?" Allung antwortete: „Jarl Elsung wollte, dass wir seinen Oheim an euch rächen. Der wurde einst von Dietrichs Großvater Samson erschlagen."

Dietrich mischte sich nun ein und sagte: „Allung, du bist ein guter Held, sage mir Kunde von meinem Land. Dann schenke ich dir dein Leben." Dann begann sich ein frohes Grinsen auf Allungs Gesicht breit zu machen: „Herr Dietrich", begann er freudig, „da kann ich dir gute Neuigkeit sagen. Dein Oheim Ermenrich war übel krank. Seine Gedärme lösten sich in ihm auf und sie waren offen. Da ließ er sich auf Sibichs Rat hin den Leib aufschneiden um das Fett herauszuwinden. Aber danach war es noch um ein halbmal schlimmer. Deswegen ist er jetzt so gut wie tot. [173]" Als Dietrich die Nachricht hörte, hellte sich sein Gesichtsausdruck auf, und auch Hildebrand konnte sich ein breites Grinsen nicht verkneifen. Sie dankten Allung und ritten ihres Wegs.

Bald erreichten sie das Aumlungaland. Sie ritten jedoch nicht geradewegs nach Bern, sondern suchten zunächst Schutz in einem großen Waldgebiet unweit der Stadt. Am Rand des Waldes stand eine Burg[174], die Jarl Ludwig gehörte. Dietrich hatte beschlossen, diesem von ihrer Ankunft zu berichten.

---

[173] So berichtet die Thidrekssaga von Ermenrichs Ende. In den Liedern der Edda steht geschrieben, dass Ermenrich (Jörmunrek) Swanhild heiratete, Sigfrieds (Sigurds) und Krimhilds (Gudruns) Tochter. Nachdem er Swanhild töten ließ, wurden ihm von Swanhilds Halbbrüdern Hamdir und Sörli die Gliedmaßen abgehauen. In der Getica des Jordanes (Mitte 6. Jahrhundert) findet sich eine ähnliche Geschichte über den gotischen König Ermanarich (gestorben 376). Demnach dürfte diese Episode der Edda, von der die Thidrekssaga nichts weiß, am ehesten eine spätere Zufügung in Anlehnung an den Gotenkönig Ermanarich sein.
[174] Möglicherweise die Siegburg unweit von Bonn.

Nahe dieser Burg schlugen sie ihr Lager auf und machten ein kleines Feuer, um das sie am Abend saßen. „Wir müssen dabei vorsichtig sein", mahnte Hildebrand, „Sibich und Ermenrich können ihre Späher überall haben. Am klügsten wäre es, wenn ich alleine zu Jarl Ludwig reite und ihr solange hier im Wald versteckt bleibt. Dann kann ich euch berichten, wie es um das Aumlungaland bestellt ist." Dietrich nickte. „Das ist ein guter Plan", meinte er. Am nächsten Tag hielt er sich mit seiner Frau versteckt im Wald, und Hildebrand näherte sich der Burg allein.

Als der alte Kämpfer den Fuß der Burg erreichte, traf er dort auf einen älteren Mann, der Holz hackte. Hildebrand wollte sich zuerst vergewissern, ob Ludwig immer noch Herr der Burg war. Er stellte sich deshalb unwissend und fragte unbedarft: „Wem gehört die Burg." Der Mann lachte: „Ha, ihr seid wohl nicht von hier, alter Mann?" Hildebrand verkniff sich einen Kommentar und strich sich stattdessen verlegen über seinen grauen Bart. „Die Burg gehört Jarl Ludwig. Und schon bald vielleicht seinem Sohn Konrad. Jarl Ludwig ist nämlich nicht mehr der Jüngste, wenn ich das so sagen darf." Mit einem Gebiss voller Zahnlücken kicherte er Hildebrand an.

Hildebrand bedankte sich höflich und fragte weiter: „Kannst du mir auch sagen, wer jetzt über Bern herrscht?" Der Mann antwortete: „Das kann ich wohl. Der Mann heißt Alebrand, Hildebrands Sohn. Ich wundere mich nur, warum ihr das nicht wisst. Alebrand ist im ganzen Aumlungaland und weit darüber hinaus bekannt. Ihr müsst von sehr weit her sein."

„Ist er ein guter Mann?", wollte Hildebrand weiter wissen. Der Fremde sah ihn etwas verwundert an, antwortete dann aber pflichtgemäß. „Er ist der beste Kämpe weit und breit, und dazu ist er freundlich und höflich. Und er ist grimm gegen alle seine Feinde. Und das sage ich nicht aus Furcht vor ihm oder jemand anderem, sondern weil es so ist."

Hildebrand ging nicht darauf ein und trug stattdessen sein Anliegen vor: „Ich gebe dir diesen Goldring, wenn du hinauf zur Feste gehst und den Jarl zu mir bringst." Dabei hielt er ihm einen Goldring vor die Nase. „Wieso sollte der Jarl denn kommen", fragte der Mann argwöhnisch. „Zeige ihm den Ring, dann wird er wissen, dass kein armer Bauer ihn erwartet. Sage ihm auch, es ist wichtig." „Und warum geht ihr nicht selbst hinauf?", wollte der Alte dann wissen. „Um ehrlich zu sein, befürchte ich eine Falle Sibichs. Daher will ich den Jarl alleine sehen." Der Mann schüttelte verwirrt seinen Kopf, drehte sich um und ging los. Einige Zeit später erschien er mit Konrad, dem Sohn des Jarls.

Hildebrand dankte dem Mann und bedeutete ihm mit einem Nicken, dass er den Ring behalten dürfe und sich wieder seiner Arbeit zuwenden könne. „Habt großen Dank", rief der ungläubig froh, „dafür bekomme ich ja mehrere Stück Vieh." Damit ging er, seinen Ring unentwegt bestaunend.

Konrad stellte sich zuerst vor: „Ich grüße euch, Fremder. Ich bin Konrad, Jarl Ludwigs Sohn. Wer seid ihr?" „Ich grüße euch auch", erwiderte Hildebrand: „ich bin Hildebrand, Waffenmeister Dietrichs von Bern." Konrad freute sich, als er das hörte: „Meister Hildebrand", stieß er hervor, „Blutsverwandter, stärkster aller Wölflinge!" Hildebrand schmunzelte und fühlte sich geehrt, und doch war ihm auch etwas unwohl bei so viel Schmeichelei.

„Weißt du gute Neuigkeiten?", fragte Hildebrand und deutete mit einem verstohlenen Lächeln an, dass er bereits um Ermenrichs Schicksal Bescheid wusste. „König Ermenrich ist tot", sagte Konrad und machte dabei ein ungewollt freudiges Gesicht. „Das ist schlimm für manchen Mann hier im Land", sagte Hildebrand zweideutig, „aber wer soll jetzt König werden?" Konrad antwortete schnell: „Der üble Lügner Sibich soll König werden." Er machte keinen Hehl aus seiner Verachtung für Sibich. „Ausgerechnet Sibich, der Schuld ist, dass unser Reich heute in Unordnung liegt und kein Recht mehr herrscht." Hildebrand hob die Augenbrauen. „Aha, Sibich. Das war wohl abzusehen. Ich danke dir jedenfalls für diese Kunde". „Wo bist du nun hergekommen nach so langer Zeit, Meister Hildebrand?", fragte Konrad, „man sagt ihr wart im Hunaland." „Das ist richtig, von dort komme ich her. Und nun begleite ich König Dietrich, der in sein altes Reich zurückgekehrt ist." Hildebrand nickte, um seinen Worten mehr Bedeutung zu verleihen.

„Herr Dietrich ist hier?", entfuhr es Konrad aufgeregt. Dann blickte er nervös um sich. „Das ist gut", sagte er dann, „Alebrand, dein Sohn hält die Burg Bern und er will Sibich nicht als Herrscher über sich. Er sandte nun Boten ins Hunaland, dass König Dietrich kommen soll und sein Reich wieder erhält. Alle Aumlungen wollen viel lieber Dietrich als Sibich zum König." „Wo ist König Dietrich jetzt?", wollte Konrad wissen. „Versteckt im Wald", antwortete Hildebrand knapp. Da bat Konrad Hildebrand, mit ihm hinauf zur Burg zu gehen, wo sein Vater war. Doch Hildebrand wollte zu Dietrich in den Wald reiten. Konrad überredete Hildebrand, an Ort und Stelle zu warten, damit er seinen Vater holen könne.

So wartete Hildebrand erneut eine Weile. Als Ludwig kam, fielen sich die beiden in die Arme, denn Hildebrand und Ludwig kannten sich gut von früheren Tagen. Alle wichtigen Neuigkeiten wurden nun erneut ausgetauscht. Dann machte Jarl Ludwig sechs Reiter bereit, ließ Speisen und Wein auf ein Pferd laden, und alle zusammen ritten los in den Wald, wo Dietrich wartete.

Ludwig und Konrad strahlten über beide Ohren, so freuten sie sich, als sie Dietrich sahen. Sie stiegen von ihren Pferden, knieten vor ihm nieder und küssten seine Hand. Dietrich grüßte sie verlegen. Ludwig erhob das Wort: „Herr Dietrich, wie gut, dass ihr zurück seid. Unter Ermenrich herrschte große Unordnung und großes Unrecht im Aumlungaland. Ich entsage ihm hiermit die Gefolgschaft und meine Schwerter sind dein, wenn du sie brauchst!" Die alten Eichen, die die kleine Lichtung umgaben, verliehen dieser Geste eine große Feierlichkeit. „Es lebe Dietrich, es lebe der König!", rief einer der einfachen Krieger. Andere stimmten ein, schließlich riefen dies alle und schlugen auf ihre Schilde.

Dietrich dankte den Männern sehr. „Dann wollen wir sehen, ob wir das Land wieder zurückbekommen." Ludwig lachte. „Nun kommt mit auf meine Burg, und wir feiern deine Ankunft." „Das geht nicht", schmetterte Dietrich das Angebot ab. Ludwig und Konrad blickten sich verständnislos an. Hildebrand klärte auf: „Dietrich hat gelobt, dass er keine Stadt im Aumlungaland vor Bern betreten wolle. Am besten, ihr lagert hier zusammen im Wald, und ich werde losreiten und auskundschaften, wie die Dinge in Bern stehen." Ludwig zog die Augenbrauen hoch und schmunzelte: „Nun ja, wir können auch hier im Wald lagern." Dann schickte er zwei Mann los, die Verpflegung und Zelte bringen sollten.

Damit ritt Hildebrand los Richtung Bern. Konrad begleitete ihn noch ein Stück. Nach einer Weile hielt Konrad sein Ross an und bedeutete, dass er hier umdrehen würde. „Hildebrand", begann er, „wenn du deinen Sohn triffst, dann verberge nicht vor ihm, dass du sein Vater bist. Ich fürchte, sonst wird er dein Tod. Er ist ein geschickter Kämpfer." „So", fragte Hildebrand schmunzelnd, „woran erkenne ich ihn denn?" Konrad beschrieb Alebrand so gut er konnte: „Er reitet einen weißen Hengst, das Zaumzeug ist mit Gold geschmückt. Sein Schild ist weiß und darauf gezeichnet ist die Burg Bern. Er ist der mächtigste Kämpe im ganzen Aumlungaland. Du bist nun alt. Deshalb würde ich dir raten, nicht mit ihm zu kämpfen."

„Ach was", erwiderte der alte Hildebrand, „wenn er sich auch einen solch großen Helden dünkt, so alt bin ich nun auch wieder nicht. Er soll mir seinen Namen so schnell sagen, wie ich ihm meinen sage." Konrad presste die Lippen aufeinander, blickte Hildebrand besorgt an und schüttelte mahnend mit dem Kopf. „Seid nicht zu stur, Hildebrand", meinte er dann. Hildebrand grinste, und Konrads Gesicht hellte sich etwas auf. Dann trieb er sein Pferd an und ritt zurück.

ALEBRAND

„Ich wanderte sechzig Sommer und Winter außer Landes;

wo man mich stets im Heer der Kämpfer wusste.

Wenn man mir an jedweder Burg den Tod nicht beibringen

konnte: Nun soll mich das eigene Kind mit dem Schwerte

schlagen, niederschmettern mit der Klinge,

oder aber ich werde ihm zum Töter."

(Aus dem Älteren Hildebrandslied)

Hildebrand ritt weiter auf Bern zu. Vieles kam ihm sehr vertraut vor, und doch war er hier fremd. Erinnerungen an ferne Tage stiegen in dem Alten auf, als er sich der Stadt näherte. Noch bevor er die Mauern erblickte, kam ihm ein Reiter auf einem weißen Pferd entgegen. Er ritt in voller Rüstung.

Hildebrand erkannte ihn sofort. Dies musste sein Sohn Alebrand sein. Auf dem Schild prangte die Stadt Bern. Ein Jagdhund ging an der Seite des Pferdes. Als der Reiter Hildebrand sah, hielt er unvermittelt an. Hildebrand brachte sein Pferd ebenfalls zum Stehen. Da senkte der fremde Reiter die Lanze drohend auf Hildebrand. Dieser tat das gleiche, was den Fremden zu verwundern schien.

Ohne lange zu zögern, sprengte der fremde Reiter los. Auch Hildebrand gab seinem Hengst die Sporen. Er gab sich alle Mühe, um nur den Schild und nicht den Gegner zu treffen. Es gelang nur knapp. Die Lanzen glitten an den Schilden ab. Gleich sprangen die beiden Männer ab, um mit gezogenen Schwertern voreinander zu stehen. „Du hast Mut, alter Mann, oder suchst du einen schnellen Tod?", fragte der Fremde, als er Hildebrands weißen Bart eine Weile gemustert hatte. „Das gleiche wollte ich dich fragen,

Bürschchen", schallte es zurück, „und deinen Namen hätte ich gern gewusst." Fast gleichzeitig begannen beide aufeinander einzuschlagen. Nach einer Weile ließen sie erschöpft die Schwerter sinken. „Ich frage mich, welcher Hund sich da so lange wehrt. Sag mir deinen Namen, alter Mann, sonst kostet es dich dein Leben", forderte der junge Krieger.

Hildebrand erwiderte: „Sag du mir zuerst deinen Namen, sonst schnüre ich dich zusammen und prügle ihn aus dir heraus." Wutentbrannt hob sein Gegenüber das Schwert und ging wieder auf ihn los. Sie schlugen sich lange und heftig. Das Gefecht entwickelte immer mehr Härte. Hildebrand spürte seine Kraft schwinden und erkannte, dass er diesen Kampf nicht mehr länger beherrschte. Er konnte leicht einen tödlichen Hieb empfangen oder bei einem ungewollten Hieb seinen eigenen Sohn umbringen. Schnaufend fragte er: „Wenn du aus dem Geschlecht der Wölflinge bist, dann sage mir deinen Namen." „Nein, ich bin nicht vom Wölfling-Geschlecht. Und du bist sehr wunderlich, wenn du so etwas fragst, alter Mann."

Der Kampf wurde immer heftiger und die Schwerter sausten ein paar Mal gefährlich an den Köpfen vorbei. Da gelang Hildebrand ein mächtiger Hieb, den der Junge nicht parieren konnte. Das Schwert fuhr durch die Brünne in seinen Oberschenkel und schlug eine tiefe Wunde. Das Blut lief stark heraus, und das Bein vermochte ihn nicht länger zu tragen. Alebrand taumelte und stürzte in den Staub. Hildebrand erschrak und blickte voll Entsetzen auf das, was er angerichtet hatte. Mühsam richtete sich Alebrand auf.

Der verwundete Krieger rief: „Du hast einen Teufel in deinen Händen. Deshalb werde ich dir meine Waffen geben." Hildebrand atmete erleichtert durch und streckte die Hand aus. Ohne Vorwarnung schlug der Fremde blitzschnell mit dem Schwert zu. Irgendwie gelang es Hildebrand diesen Schlag mit dem Schild abzuwehren. „Diesen Schlag lehrte dich ein Weib und nicht dein Vater!", entfuhr es dem überraschten Hildebrand. Damit rammte er den Jungen, der sich kaum noch auf seinem Bein halten konnte, mit dem Schild zu Boden und schlug ihm mit dem Schwertknauf vor die Brust.

Er hielt ihm die Klinge unter die Nase: „Sag mir jetzt deinen Namen oder es kostet dein Leben!" Der Unterlegene erwiderte unbeeindruckt: „Mir ist mein Leben nicht mehr viel wert, seit ein alter Mann mich besiegt hat."

Hildebrand konnte diese Sturheit kaum fassen und suchte einen Ausweg: „Wenn du dein Leben nicht verlieren willst, dann sage mir schnell, ob du Alebrand bist. Dann bin ich dein Vater Hildebrand." Da lachte Alebrand erleichtert und rief: „Wenn du mein Vater Hildebrand bist, dann bin ich dein Sohn Alebrand." Da lachte auch Hildebrand, und eine große Last schien von seinen Schultern abzufallen. Er zog ihn zu sich hoch und beide umarmten sich kräftig.

„Du bist ein guter Kämpfer geworden, Alebrand, mit einem besseren Schwert hättest du mich wohl besiegt. Dies hier ist Gram, Siegfrieds Schwert. Es ist eines der besten Schwerter dieser Welt." „Ich weiß nicht, ob es nur das Schwert war", meinte Alebrand anerkennend, „du bist ein guter Kämpfer geblieben, Hildebrand." Sie verbanden Alebrands Wunde notdürftig. Dann stiegen sie auf ihre Pferde und ritten nach Bern. Alebrand fragte nach Dietrich, und Hildebrand erzählte ihm ausführlich, wo dieser war und wie die Reise bisher verlaufen war. Dann redeten sie nicht mehr viel, aber Hildebrand fühlte großen Stolz in sich aufsteigen, als er neben seinem Sohn in Richtung Bern ritt.

Als sie durch das Tor von Bern ritten, kam gleich Oda, Alebrands Mutter aus einem Haus gelaufen. „Mein Sohn, du blutest ja. Wer hat dir diese Wunde geschlagen?" Sie war ganz aufgelöst und den Tränen nahe, als sie sich die Verletzung ansah. Dann blickte sie Alebrand streng in die Augen, ohne seinen Begleiter zu genau zu beachten: „Wie ist das geschehen und wer begleitet dich da?"

Alebrand antwortete: „Diese Wunde ist keine Schande Mutter. Sie gab mir mein Vater Hildebrand! Und der kommt hier geritten."

Die Frau schreckte hoch. „Hildebrand?", rief sie erstaunt fragend. Dann blickte sie einige Zeit ungläubig auf den Mann, der hinter Alebrand ritt, bis ihr ein Lächeln über ihre Lippen huschte. „Hildebrand, du bist zurück?", fragte sie vorsichtig.

Dann verfinsterte sich ihre Miene. „Du alter Sturkopf! Habt ihr unbedingt bis aufs Blut kämpfen müssen?", schimpfte sie, „einer unvernünftiger als der andere." Hildebrand murmelte in seinen Bart: „Er wollte mir seinen Namen nicht sagen." Alebrand fiel ihm lauthals ins Wort: „Er wollte mir seinen Namen auch nicht sagen!" Sie schüttelte nur ungläubig den Kopf. Hildebrand stieg ab und trat vor seine Frau. Beide musterten sich von oben bis unten. An ihr war die Zeit ebenfalls nicht spurlos vorübergegangen, doch hatte ihr Antlitz einiges der früheren Anmut bewahrt. „Wie geht es dir?", fragte der alte Recke. „Könnte schlimmer sein, nachdem ich mit einem Hof und den Kindern sitzen gelassen wurde. Und selbst?" Hildebrand grinste verlegen: „Könnte schlimmer sein, nachdem ich im Hunaland zuletzt in eine Schlacht geraten bin, in der zwei halbe Völker vernichtet wurden."

Hildebrands Frau betrachtete ihn kopfschüttelnd und gab ihm dann einen kurzen Kuss. Auch danach musterte sie Hildebrand immer wieder neugierig. Hildebrand und Alebrand verbrachten die Nacht in Bern. Oda verband die Wunden ihres Sohnes. Der große Schnitt am Oberschenkel war weniger schlimm, als sie zuerst befürchtet hatte.

Alebrand versammelte am nächsten Morgen alles Volk von Bern und aus den Höfen ringsum. Laut erhob er die Stimme: „Männer von Bern. Ich grüße euch. König Dietrich ist ins Aumlungaland gekommen, und er will sein Reich wieder zurück haben. Volk von Bern: Antwortet mir nun, wen ihr lieber als König wollt. Ihn, König Dietrich, oder Sibich, den Verräter, der nicht der wahre Erbe des Reiches ist, sondern es sich durch List und Trug erschleichen will."

Einige aus dem Volk riefen ihm laut zu: „Herr Dietrich ist unser rechter Herr." Schließlich erhob sich ein Sprechchor, der immer wieder „Kö-nig Diet-rich, Kö-nig Diet-rich...", rief.

Dabei schlugen viele im Volk die Kampfmesser und Schwerter auf ihre Schilde, um ihre Zustimmung kundzutun. Alebrand war froh, als er das vernahm, und fuhr mit seiner Rede fort: „Wer es nicht glaubt, dass Herr Dietrich zurück ist, der möge Meister Hildebrand fragen. Der war mit ihm im Hunaland und war stets an seiner Seite." Damit trat Hildebrand neben Alebrand und baute sich vor der Menge auf. Die Männer jubelten und schlugen erneut auf ihre Schilde oder stampften auf den Boden.

„Alle Männer im Aumlungaland, die gute Waffen haben und mutig sind", fuhr Alebrand fort, „sollen sich sogleich bereit machen zum Krieg! Wir reiten zu König Dietrich und holen ihn auf seinen Thron zurück. Dann verjagen wir Sibich, den üblen Hund, aus diesem Land. Auf dass wir ein starkes Reich sind, voll von freien Männern." Die Männer jubelten und schlugen noch lauter an ihre Schilder.

Darauf erhob sich ein großes Treiben in der Stadt. Boten ritten in alle Himmelsrichtungen davon und wenige Tage darauf waren einige hundert bewaffnete Reiter kriegsfertig. Alebrand und Hildebrand ritten hinaus und führten das kleine Heer aus dem Stadttor hinaus. Hell und freundlich stand die Sonne über dem Aumlungaland, als wollte sie ein neues Zeitalter begrüßen.

Dietrich freute sich wie ein Kind, als er das Heer zusammen mit Hildebrand anrücken sah. Hildebrand stellte ihm voller Stolz seinen Sohn vor. Dietrich begrüßte Alebrand herzlich und fragte: „Bist du mit deinen Männern bereit, mir in einen Krieg gegen Sibich zu folgen?" Alebrand antwortete: „Ich habe Bern von König Ermenrich anvertraut bekommen. Ich habe es seit Ermenrichs Tod vor Sibich bewahrt. Und ich werde es weiter vor ihm bewahren, bis der rechte König wieder herrscht über das ganze Aumlungaland. Hiermit übergebe ich dir die Macht über die Stadt Bern und mich und alle meine Männer"

Dietrich nickte ihm zu und lächelte dankend. „Hab Dank, Alebrand. Ich werde es dir lohnen, so lange du lebst". Darauf schwang sich Dietrich auf sein Ross und auch der alte Ludwig tat es ihm gleich. Dietrich setzte sich an die Spitze des Heeres und führte es nach Bern. Sie ritten so schnell die Pferde sie tragen konnten und wurden dabei immer schneller. Der Boden schien unter ihren Hufen zu erzittern und Erde spritzte.

Dietrich war überglücklich. Die Landschaft wurde immer vertrauter. Dann erblickte er sein geliebtes Bern am Ufer des Rheins. Der Fluss glitzerte in der Sonne und majestätisch erhob sich die Stadt im rotgoldenen Abendlicht. Ein Kloß formte sich in seinem Hals und seine Augen wurden feucht. Auch Hildebrand freute sich wie ein Kind, als er dies sah. Nie hätte er sich das zu erhoffen gewagt, wieder an der Spitze eines Heeres in Bern einzuziehen. In der Stadt wurde Dietrich bejubelt.

Dann ritt er zu seiner Halle. Sie sah aus wie damals. Nur die Linde davor, die in seiner Kindheit hier keimte, war inzwischen ein großer Baum geworden, der die Halle um einiges überragte. Er ging in seine Halle und sah sich um. Fast nichts war verändert. Sogar der große Tisch in der Mitte war noch jener, an dem er in seiner Jugend mit seinen treuesten Kriegern getrunken hatte. Er nahm in seinem Hochsitz Platz und fühlte sich wie in eine andere Zeit zurückversetzt. Er war eigentlich zufrieden und glücklich aber bei all den Gedanken an frühere Tage, überkam ihn auch ein Gefühl von Traurigkeit.

Dietrich feierte ein großes Fest in der alten Halle und in der ganzen Stadt wurde gefeiert und getrunken. Acht Tage später trat ein Bote vor Dietrich. „Herr Dietrich", begann er nach der Begrüßung,

„Späher berichten, dass Sibich bei Raam[175], unweit von Bern, ein großes Heer zusammenzieht".

Dietrich versammelte nun seinerseits das Volk von Bern: „Sibich hat ein großes Heer versammelt und will mit mir um das Aumlungaland kämpfen. Er ist nicht der rechtmäßige Herr des Landes. Wenn jeder durch die Gewalt vieler Knechte sich aneignet, was ihm nicht zusteht, dann werden große Wirren über unser Land hereinbrechen, und es wird zur Beute fremder Herren. Darum frage ich euch: Wollt ihr, Männer von Bern, mit mir gegen den Verräter ziehen und dem Recht zum Sieg verhelfen? Wollt ihr Sibich schlagen und reiche Beute machen? Dann zieht eure Schwerter und schlagt auf eure Schilde. Ich werde jeden reich belohnen, der mir in die Schlacht folgt. Und jeder von euch wird mein Kampfbruder sein!"

Einer der Männer lief daraufhin laut: „Dietrich von Bern, wir wollen lieber mit dir sterben als Sibich dienen." Zuerst hörte man hunderte Klingen aus den Scheiden sausen, dann erhob sich ein ohrenbetäubender Lärm von Waffen, die an Schilde geschlagen wurden. Dazu erhoben sich donnernde Rufe. „Dietrich von Bern!", erschallte es immer lauter. Boten ritten aus und trugen die Botschaft des Krieges in alle Gaue.

Im Verlauf des Tages strömten zahlreiche bewaffnete Krieger in die Stadt. Die ganze Stadt glich bald einem gewaltigen Heerlager. Auch vor der Stadt waren Zelte aufgebaut.

Am nächsten Morgen machte sich eine gewaltige Heersäule von mehreren tausend Kriegern auf in Richtung von Sibichs Lager. Sie zogen eine Weile durch dünn besiedeltes Land. Tausende Speere wippten auf und nieder und die Rüstungen klirrten. Der Hufschlag erzeugte ein tiefes Grollen. Dies alles war wie Musik in Dietrichs Ohren. Er war erfüllt von Freude und Tatendrang.

---

[175] Ritter vermutet Ramershofen.

Bei Greken[176] trafen sie auf das feindliche Heer. Es zählte fast doppelt so viele Krieger, doch Dietrich wagte die Schlacht. Sie griffen gleich an, da der Feind überrascht schien. Die Schlacht tobte heftig. Da bemerkte Dietrich, dass sich in ihrem Rücken starke Verbände von Sibichs Kriegern befanden und Dietrichs Heer einzukesseln drohten. Diese Krieger waren aus dem nahen Umfeld Ermenrichs. Unter ihnen waren die besten Krieger Romaborgs. Dietrichs Heer geriet dadurch in Unterlegenheit, und vieler seiner Männer fielen. Sie behinderten sich gegenseitig und es begann große Angst auszubrechen.

Dietrich wusste, dass er nun fallen oder siegen würde. Hildebrand rief: „Wir müssen sie von der Seite packen! Nimm dir fünfhundert gute Reiter und folge mir." Dietrich nickte. Die beiden führten eine starke berittene Einheit gegen die Feinde in ihrem Rücken und griffen sie in der Flanke an. Wie der Sturmwind fuhren sie in die Schar und brachten diese nun ihrerseits in große Unordnung.

Dies brachte den Durchbruch und die Entlastung für Alebrands Haupteer, das sich nun mit voller Wucht gegen den Feind warf. Er sprengte weit in die Reihen Sibichs, die zunehmend auseinanderstoben. Als Alebrand auf den Bannerträger Sibichs traf, schlug er ihm die Hand ab und zugleich die Stange in zwei Teile, worauf das Banner zu Boden fiel.

Sibich erschrak, als er das sah und ritt auf Alebrand zu. Im Kampfgetümmel gerieten beide Männer direkt aneinander. Beide kämpften erbittert und lange, bis Alebrand Sibich übel traf. Sein Schwert fuhr ihm tief in die Achsel, Sibich fiel herab und blieb liegen.

Viele Männer stellten nun den Kampf ein und blickten auf das Geschehen. Nur noch einzelne Kampfhähne in unmittelbarer Nähe

---

[176] In der Thidrekssaga je nach Fassung als Greken, Grekin, Gregenborg, Grächenborg oder ähnlich bezeichnet. Ritter vermutete Graach an der Mosel, welcher Einschätzung hier gefolgt wird.

schlugen weiter aufeinander ein, und am Rand der Schlacht tobten einzelne Scharmützel.

Dietrich trabte nun an die Stelle, an der Sibich vom Pferd gefallen war. Er saß ab und trat zu Sibich. Eine große Zahl an Kriegern beider Lager umringte sie neugierig. Eine Weile blickte der alte König seinen am Boden liegenden Feind an. Auch Sibich war alt geworden. Seine grauen, strähnigen Haare hingen in das blasse, hagere Gesicht, aus dem zwei kleine Augen in dunklen Augenhöhlen funkelten. Dietrich sah, dass sein Feind im Sterben lag, und steckte sein Schwert ein. Dann fragte er ruhig: „Warum hast du meinen Oheim gegen mich aufgestachelt? Ich habe das nie verstanden. Du könntest heute an der Seite seiner Söhne sitzen.“

„Es ging mir nie um die Macht“, röchelte Sibich, „ich wollte Rache. Sein Geschlecht sollte ausgerottet und enterbt sein. Und das habe ich erreicht. Denn du hast keinen Erben.“ Dann grinste Sibich froh. „Warum?“, fragte Dietrich trocken. „Warum kann ich dir sagen, Berner“, begann Sibich nun sehr ernst. Er kniff die Augen zusammen und krächzte mit letzter Kraft: „Er lag bei meiner Frau gegen ihren Willen, als ich außer Haus war. Dies musste ich rächen. Welcher Mann hätte das nicht?“

Dann floss Blut aus seinem Mund, und sein Kopf sank nach hinten. Als die Krieger Sibichs das sahen, ergaben sie sich oder verließen das Schlachtfeld. Schweigend und etwas betreten stand Dietrich über dem Toten und begann sein eigenes Schicksal besser zu verstehen. Aber es kam ihm noch sinnloser vor. Er dachte an seinen toten Bruder und hasste Ermenrich dafür. Und er hasste auch Sibich.

„Dietrich lobte Alebrand, als er herangekommen war: „Du hast gekämpft wie ein kühner Held. Wäre das vor zwanzig Jahren geschehen, stünde es nun besser um das Aumlungaland.“ Nachdenklich begab sich Dietrich ins Lager.

Am nächsten Morgen führte Dietrich das Heer geradewegs ins Herz des alten Ermenrichreichs. Unterwegs wurde sein Heer noch größer, da sich weitere Truppen anschlossen. Mit dieser gewaltigen Streitmacht nahm er das ganze Land ein. Als er vor Romaborg erschien, jubelten die Menschen als der Heldenkönig durch das Stadttor ritt. Obwohl seit Dietrichs letztem Besuch weitere Mauern eingestürzt waren, und noch mehr Häuser in Ruinen lagen, hatte die Stadt ihre alte Pracht noch immer nicht verloren. Dietrich ritt geradewegs zur Halle Ermenrichs. Er und seine Krieger stellten die Pferde dort ab und gingen hinein. Als Dietrich die Halle betrat, erinnerte er sich an seine Jugend zurück, als er diesen riesigen Raum zum ersten Mal sah. Vor seinem inneren Auge sah er den alten Ermenrich mit seinen kalten Augen auf dem Thron sitzen. Wie damals war er von der Größe und Pracht des Bauwerks gefangen. Nur kam ihm die Halle nicht mehr so düster vor wie damals, sondern nur noch erhaben und ehrwürdig.

Dietrich von Bern setzte sich auf den Thron und Alebrand setzte ihm die Krone auf sein Haupt. Er wurde vor allen Edelleuten zum König über das ganze Reich Ermenrichs gewählt. In dieser Zeit herrschte einige Jahre Frieden in Romaborg, im Aumlungaland und auch im Hunaland. Dies war in diesen finsteren, wilden Zeiten keine Selbstverständlichkeit, und die Menschen wussten, dass sie es ihrem starken und besonnenen König zu verdanken hatten. Zahlreiche Heldenlieder entstanden damals. Zur gleichen Zeit herrschte damals im weit entfernten Ravenna der große König der Ostgoten, der auch Dietrich hieß[177]. Auch er war ein Heldenkönig und hoch beliebt beim Volk. Aber seine Geschichte ist eine andere.

---

[177] Theoderich der Große (gestorben 526 n. Chr.), den man später vermutlich mit Dietrich von Bern verwechselt hat.

SPÄTE RACHE

𝕯ietrich herrschte einige Jahre lang unangefochten über Ermenrichs Reich. Im Osten kämpften die Söhne Chlodwigs eines Tages gegen König Irminfried, den König der Thuringer und besiegten ihn nach zähen Kämpfen. Dieser floh daraufhin zu Etzel nach Susat, wo er eine Weile lebte. Etzel nahm Irminfried auf, ganz so wie er einst Dietrich aufgenommen hatte.[178] Etzel und Dietrich von Bern herrschten damals über mächtige Königreiche, aber die Söhne Hlodwechs hatten mit diesem Sieg riesige Gebiete gewonnen, und ihrem Reich sollte die Zukunft gehören.

Einige Zeit später erschien ein einfach gekleideter Mann mit kleinem Gefolge aus bewaffneten und unbewaffneten Männern vor der Romaborg. Dies war Bischof Nicetius[179]. Ihm wurde Einlass gewährt. Nicetius war ganz dem neuen Gott verschrieben. Er war einfach gekleidet und hatte eine Glatze am Kopf, die sich Tonsur nannte und die Diener des neuen Gottes auszeichnete. Dietrich und Hildebrand fanden dieser Haarschnitt sah doch recht albern aus und waren immer sehr froh gewesen, im Alter noch langes volles Haar zu besitzen. Aber dieser Mann schien sehr stolz auf die nackte Stelle auf

---

[178] Im Bruchstück „De orgine Sueborum", einer Parallelerzählung zur Sachsengeschichte Widukinds von Corvey, wird berichtet, dass des Thüringerkönigs Irminfried nach einer verlorenen Schlacht gegen die Franken im Jahr 531 zu Attila, dem König der Hunnen floh. Damals war der Hunnenkönig Attila bereits seit neun Jahrzehnten gestorben. Daher ist naheliegend, dass eigentlich der König Atala der Thidrekssaga (=Etzel) gemeint ist.

[179] Nicetius, der Bischof von Trier wird nicht in der Sage erwähnt. Er wurde um das Jahr 530 von Theuderich I., dem Merowinger, zum Bischof in Trier bestellt. Schmoeckel stellte die Vermutung auf, dass die Merowinger über Bischof Nicetius versucht haben könnten, Einfluss auf Trier zu gewinnen, das nach der hier erzählten Geschichte damals wohl noch nicht ganz dem Merowinger-Reich angehörte.

seinem Kopf gewesen zu sein. Man erzählte sich, Nicetius sei schon mit dieser Tonsur auf die Welt gekommen.[180]

Nicetius grüßte freundlich. Dietrich grüßte auch und blickte den Gottesmann zunächst eine Weile skeptisch an. Er hielt wenig von Göttern und am wenigsten von dem Gott, der offenbar so wehrlos war, dass er sich an ein Kreuz schlagen ließ.

Trotz ihrer Verschiedenheit, verstanden sich Dietrich und Bischof Nicetius aber von Anfang an gut. Auch konnte sich Dietrich gut mit dem Bischof verständigen, denn der gebürtige Römer sprach fließend die Sprache des Volkes und nicht nur Latein. Bald war Dietrich von dem Geistlichen und dessen scharfem Verstand recht beeindruckt. Und so wurde besprochen, wie man mit der Herrschaft über die Christen von Romaborg verfahren sollte.

Nicetius war vom König der östlichen Franken nach Romaborg beordert worden, um dort das Christentum wieder zu stärken. Dieser König, der ebenfalls Dietrich[181] hieß, war der älteste Sohn des großen Hlodwech und ein Erbe Merowechs. Er herrschte in der Stadt Remi[182], war seit jeher Christ, und er hatte ein gewaltiges Heer, dem Dietrich von Bern selbst mit Etzels Hilfe nicht die Stirn bieten konnte. Daher war es klug, sich mit jenem Dietrich und auch mit Nicetius gut zu stellen. Dazu hatte vor allem der alte Hildebrand geraten, der die Zeichen der Zeit als erster erkannt hatte. „Dem Gott am Kreuz gehört die Zukunft", hatte Hildebrand gesagt. Dietrich von Bern erlaubte Nicetius darum das Amt des Bischofs zu behalten. Die Christenmänner der Stadt schworen ihm daraufhin Treue. Dietrich schwor, dass er die Kirche beschützen würde.

---

[180] Diese Anekdote ist bei Gregor von Tours beschrieben.
[181] Theuderich I., der im Jahr 533 oder 534 starb, dürfte am Ende von Dietrichs Leben in Reims (=Remi) geherrscht haben. Der Name Theuderich entspricht dem Namen Dietrich, ebenso wie der von Theoderich dem Großen.
[182] Reims.

Als Dietrich von Bern schon sehr alt war, wandten sich viele um ihn herum zum Christentum, und auch Dietrich ließ sich taufen. Nicetius hatte darum lange auf ihn eingeredet. Da es Dietrich nicht sonderlich kümmerte, ob ein weiterer Gott neben Wodan und Donar über ihn wachte, stimmte er zu. Er hatte mit Göttern ohnehin nie viel zu tun gehabt.

So ging er zu Bischof Nicetius von Romaborg und machte mit diesem die Taufe aus. Am Tag der Taufe waren die besten Krieger des Königs und zahlreiches Volk vor der größten Kirche in Romaborg erschienen. Der Bischof führte Dietrich voller Stolz zum Taufbecken. Dann schritten sie gemeinsam hinein. Der Bischof sprach die lateinischen Worte, die kaum einer von Dietrichs Mannen verstand. Dann sagte Dietrich ein Bekenntnis in der Volkssprache auf, das er vorher auswendig gelernt hatte, und sank im Becken völlig unter Wasser. Mit nassen Haaren und nasser Hose stieg er aus dem Bad. Er grinste Hildebrand an, der nur den Kopf schüttelte. „Das ist die neue Zeit, Meister Hildebrand. Und ein bisschen Wasser hat noch keinem geschadet." Da lachte Hildebrand und ging mit Kleidung und Waffen in das Taufbecken. Er ließ sich dort vom Bischof taufen. Und so taten es viele von Dietrichs Kriegern.

Wenig später wurde Hildebrand krank. Seine Wangen waren eingefallen, er lag im Bett und war sehr blass. „Diese Krankheit wird mein Tod werden, ich spüre es", krächzte der Alte mit einem Grinsen. Doch man konnte sehen, dass es ein Grinsen des Schmerzes war. „Ach verflucht. Nun hätte ich lieber gehabt, dass mich die Walküren vom Schlachtfeld geholt hätten. Dann würde ich schon bei Wodan schmausen." Unruhig blickte er auf sein Schwert, das wie immer an seinem Bettpfosten hing. Aber er wusste, dass es ihm in diesem Kampf keine Hilfe sein würde. „Dein Name wird in den Hallen der Menschen unsterblich sein", sagte sein Sohn Alebrand und Bischof Nicetius fügte hinzu, dass ihn im Himmelreich mehr erwarten würde als es in Wodans Halle jemals geben könnte. Hildebrand lächelte daraufhin kurz. Dietrich war sehr traurig und blieb den ganzen Tag und die ganze Nacht an seinem Bett.

Als es gerade hell wurde, starb der alte Hildebrand. Sein Sohn Alebrand trat das Erbe Hildebrands an und diente Dietrich sein Leben lang. Hildebrand war der treuste Mann, den es geben konnte. Dazu war er stark, klug, tapfer und gütig. Seit seinem Tod fehlte immer etwas in Dietrichs Leben. Im Grunde war ihm, als fehlte ein Teil von ihm selbst. Wenig später starb auch Herat, Dietrichs Frau. Dietrich trauerte sehr, und viele sagten sie sei eine der besten und schönsten Frauen ihrer Zeit gewesen.

In dieser Zeit hörte Dietrich vom Verschwinden seines alten Freundes Etzel. Es gab Gerüchte, dass Aldrian[183], der einzige Sohn Hagens, seinen Vater gerächt hatte, als er alt genug war. Er soll den goldgierigen Etzel zum geheimen Siegfriedskeller[184] geführt und mit der Aussicht auf den Nibelungenschatz hineingelockt haben. Angeblich sperrte er ihn dort ein und ließ den goldgierigen König zwischen all den Schätzen in der feuchten Dunkelheit verhungern. Dietrich wusste nicht, ob dies stimmte, aber der König des Hunalandes war tatsächlich verschwunden und tauchte nie wieder auf. Dietrich sollte von da an das Hunaland schützen, weil Etzel keinen Erben mehr hatte. Etzels oberste Männer hatten dies beschlossen.

So herrschte er am Ende seines Lebens über drei Reiche, über das Aumlungaland, über Ermenrichs Reich und über das große Hunaland. Aber er hatte niemanden mehr, mit dem er dieses Glück teilen konnte. Aldrian dagegen war ins Niflungaland geritten und hatte sich die Herrschaft dort gesichert[185].

---

[183] Wie der Sohn Krimhilds und Etzels hieß der Sohn Hagens Aldrian, nach dem Vater der Nibelungenkönige. Ob Hagen ihn tatsächlich noch verwundet im Hunaland gezeugt hat, wie die Thidrekssaga berichtet, oder bereits früher in seinem Heimatland, wird hier offengelassen.

[184] Ort, an dem Siegfried seine Schätze versteckt hatte. Ritter vermutet diesen Siegfriedskeller im Hohlen Stein bei Kallenhardt im Sauerland.

[185] Vielleicht herrschte er im Namen Theuderichs I., der damals bereits der eigentliche Herr über Zülpich gewesen sein dürfte. Jedenfalls traf sich

Wenig später erreichte Dietrich die Botschaft, dass Dietrich von Remi gestorben war und dessen Sohn Dietbert[186] nun König war. Dietrich von Bern verstand sich mit ihm gut und beide schlossen einen Friedensvertrag, der Dietrich zum Stellen von Kriegern verpflichtete.[187] Doch bald darauf erhob sich Hader zwischen den Königen, und der Vertrag wurde aufgelöst. Obwohl Dietbert ein größeres Reich und eine gewaltige Streitmacht hatte, wagte er es dennoch nicht, Dietrich anzugreifen, wusste er doch, wie sehr die Recken des kleinen Reiches hinter ihrem Heldenkönig standen. [188]

Auch Alebrand starb schließlich, und so waren fast alle von Dietrichs Kampfgefährten tot. Einer seiner alten Gesellen war allerdings noch nicht tot und lebte verborgen im Reich Dietrichs. Dietrichs liebste Beschäftigung war seit dieser Zeit die Jagd. Er ritt meist allein durch die Wälder und Heiden seines Reiches, ohne vorher zu wissen, wohin er reiten würde. Nachdem sein treuer Hengst Falke gestorben war, ritt er auf seinem neuen Hengst Blanke, einem prächtigen grauen Hengst, den er von Alebrand bekommen hatte.

Dietrich durchzog Wälder und Heiden, und er fühlte sich wieder ähnlich frei wie in seiner Jugend. Nur fühlte er sich diesmal einsam, und er wusste, dass er nicht am Anfang seines Lebens stand, sondern

---

Theuderich I. dort um das Jahr 533 mit dem Thüringerkönig Herminafred, der dabei ums Leben kam.

[186] Theudebert.

[187] Gregor von Tours berichtet von einem Friedensvertrag (in den 530er Jahren) zwischen Theuderich I. und seinem Bruder Childebert, der wenig später gebrochen wurde. Dabei soll Gregors Onkel Attalus als Geisel von Trier nach Reims geflüchtet sein. Möglicherweise handelte es in Wahrheit sich um einen Friedensvertrag zwischen Dietrich (=Theuderich) von Bern und Theuderich I. oder Theudebert. Andernfalls ist schwer erklärbar, weshalb Attalus von Trier nach Reims geflüchtet sein sollte. Keine der Städte lag in Childeberts Gebiet. Vielleicht bestand auch ein Abhängigkeitsverhältnis zwischen Dietrich von Bern und den Merowingern.

[188] In jener Zeit soll Dietrich der Thidrekssaga zufolge einen Drachen getötet haben. Jenen Drachen, der angeblich zuvor König Ortnid verspeißt hatte.

am Ende. Eines Tages ritt Dietrich an einem Kloster[189] vorbei. Dort erblickte er einen Mönch. Zuerst erkannte er ihn nicht. Doch dann fixierte er die auffälligen, feisten Gesichtszüge. Wie Schuppen fiel es ihm von den Augen. Dies war sein alter Gefolgsmann Heime der Grimme. Waren Heimes Haare auch so grau wie die einer Taube, so konnte Dietrich ihn dennoch zweifelsfrei erkennen. Er war sehr froh, einen alten Getreuen zu treffen.

„Du bist Heime! Mein guter Freund", rief Dietrich voller Freude. „Nein", sagte der unwirsch, „Ich kenne keinen Heime." „Weißt du nicht mehr, wie wir vertrieben wurden aus unserem Reich? Du bist damals zu Ermenrich geritten." Heime wandte sich ab und wollte gehen. „Mancher Schnee ist gefallen, seit wir uns sahen. Erinnerst du dich nicht mehr, als wir Jarl Irung fanden, als er mit einer großen Wunde tot auf dem Weg lag, neben seinem Hund und seinem Pferd und seinem Habicht?" „Ich kenne keinen Irung und ich weiß also auch nicht, wo er erschlagen wurde", knurrte Heime sichtlich berührt. „Erinnere dich, daran, wie wir zum Hoftag von Ermenrich ritten. Unser Haar war golden und voll, und die Jungfrauen sahen sich nach uns um. Denk nach und lass mich hier nicht so dumm vor dir stehen." Da begann die Unterlippe des Mönchs zu zittern.

„Mein guter Herr Dietrich, ich erinnere mich nun", meinte Heime und fiel Dietrich um den Hals. Dietrich bekam feuchte Augen. „Folge mir, Heime", sagte Dietrich. „Wirf diese Kutte fort. Ich vergebe dir alles und werde dich aufnehmen wie in alten Zeiten und dich zu einem Grafen machen." Heime strahlte über beide Ohren. Er warf die Kutte von sich und ging mit Dietrich mit.

Während sie gingen, sagte Heime: „Dietrich, du bist nun wieder ein reicher und starker König. Aber in diesem Kloster werden große

---

[189] In Trier befand sich offenbar seit dem 6. Jahrhundert ein Kloster. Das Kloster zu dem Dietrich kam, wird in einigen Fassungen der Thidrekssaga Wadhincusan genannt, was Wedinghausen meinen dürfte und sicher eine spätere Einfügung ist.

Schätze gehortet. Es ist ein großer Unfug, dass sie so viel Reichtum zusammentragen, der keinen Nutzen abwirft." Dietrich nickte: „Dieser neue Gott ist stark. Und die Mönche tun viel Gutes. Aber du hast recht. Es ist großer Unfug, wenn sie hier Schätze horten, während andere zu wenig haben." Heime und Dietrich ritten seitdem einige Male zu zweit zur Jagd, oder sie tranken Wein und stießen auf die alten Zeiten an. Auf Dietrichs Geheiß forderte Heime bald die Schätze des Klosters. Dabei geriet er mit den Mönchen aneinander, erschlug sie alle und ließ das Kloster anzünden. Heime brachte Dietrich große Schätze, doch Dietrich wollte seine Tat nicht gutheißen, und so ging Heime fort.

Wenig später wurde Heime von einem Riesen erschlagen, und so war der letzte von Dietrichs alten Getreuen tot. Dietrich rächte Heime und erschlug den Riesen. Dies war eine seiner letzten Heldentaten. Am Ende seines Lebens fühlte Dietrich sich oft sehr einsam. Viel dachte Dietrich an den jungen Diether, den sein einstiger Freund Witege erschlug.

An jenem Tage, an dem Dietrich verschwand, begab er sich zum Baden in das Badehaus[190] am Rande von Romaborg. Dieses Bad wurde noch lange Dietrichs-Bad genannt. Als Dietrich im Wasser war, kam einer seiner Getreuen herein, der sagte, er hätte einen prächtigen Hirsch in der Nähe des Bades gesehen.

Dietrich stieg sogleich aus dem Wasser, warf einen Mantel über und hieß seine Knechte sein Pferd und seine Hunde zu holen. Als er da wartete, erblickte er ein schwarzes Ross. Er schwang sich auf den Rücken des Tieres und jagte los. Zwei Knappen versuchten ihm zu folgen aber bald war er außer Sichtweite. Das unheimliche Tier war schnell, wie der Wind. Und seitdem hat man nichts mehr von Dietrich vernommen. So kann keiner mit Gewissheit sagen, was mit

---

[190] Die römischen Kaiserthermen Triers kommen hier in Betracht. Oder das ehemalige Militärbad der römischen Garnison.

ihm geschehen ist. Manche glaubten, es wäre der Teufel gewesen, der ihn davontrug.

Viele glaubten, dass da in Wahrheit kein Hirsch war, sondern, dass der König insgeheim auszog, um Witege zu finden und seinen Bruder zu rächen[191].

Wenn das stimmt, dann traten sie zum letzten Mal gegeneinander an. Sie waren sicher nicht weniger verbissen als bei ihrem ersten Kampf, als sie noch Jungen mit blonden Haaren, schnellen Gelenken und glatter Haut waren. Sie schlugen sich ohne Zweifel heftig, und bald bluteten Beide aus mehreren tiefen Wunden. Während des Kampfes sahen sie vor sich die Bilder ihrer Jugend. Schließlich sank Witege zusammen und blieb in seinem Blut am Boden liegen.

Dietrich selbst ritt vielleicht zunächst Richtung Heimat. Aber auch er war übel getroffen und je länger er ritt, desto mehr Blut und Eiter liefen aus seinen Wunden. Er fühlte seinen Tod kommen und er war nun sehr einsam. Er erreichte Bern nie wieder. Man sagt, er starb in Suava in einer Herberge namens Hofferdh[192]. Man begrub ihn wie einen Kaufmann. Manche sagten, er warf Mimung in einen See, bevor er starb. Andere vermuteten aber, dass man ihn mit Mimung zusammen begrub oder dass das Meisterschwert gestohlen wurde. Hier endet jedenfalls seine Geschichte und die Geschichte König Dietrichs von Bern.

In weiteren alten Texten steht geschrieben, dass Humli einst im Hunaland herrschte. Manche Männer glauben, dass Humli ein Erbe Dietrichs war. [193] Humli herrschte allerdings nicht lange. Er fiel

---

[191] Dies ist sicher nur Legende. Die Thidrekssaga selbst erklärt, dass Dietrich spurlos verschwand und der folgende Hergang nur vermutet werden kann.
[192] Nach Ritter vermutlich Hüffert in Warburg.
[193] Nach einer Interpretation des Hunnenschlachtliedes (überliefert in der Hervarar-Saga) durch Oostebrink, dürfte König Humli nach dem Tode Dietrichs über das Hunaland geherrscht haben. Humli könnte demnach ein Sohn

zusammen mit seinem Enkel Hlöd in einer gewaltigen Schlacht gegen Hlöds Bruder, Angantyr, den König der Reidgoten.[194] Angantyr machte sich nach der siegreichen Schlacht zum Herrn des Hunalandes. Die Länder der Aumlungen und Nibelungen nahmen sich die Erben Merowechs.[195] Sie nannten sich Könige der Franken.

von Dietrichs Vetter Wolfhardt gewesen sein, der bei Gränsport fiel. Falls Dietrich Töchter hatte, könnte Humli auch sein Enkel gewesen sein.

[194] Mit den Reidgoten der Hervarar-Saga könnten Jüten oder Gauten im Bereich des Reittiefs (niederländisch: Reitdiep) beziehungsweise Reiderlandes gemeint sein.

[195] Vielleicht errangen die Merowingerkönige diese rheinischen Länder ganz friedlich durch Heirat, nachdem Dietrich erbenlos gestorben war.

„…Hier kann man nun hören die Erzählungen deutscher Männer, wie diese Begebenheiten vor sich gegangen sind, und zwar
von etlichen, die in Soest geboren sind, wo diese Ereignisse sich zugetragen haben, und die manchen Tag die Stätten noch unzerstört gesehen haben, wo diese Begebnisse sich ereigneten: wo Hǫgni
fiel oder Irung erschlagen ward, oder den Schlangenturm, in dem
König Gunnar den Tod fand, und den Garten, der noch Niflun-
gengarten genannt wird. Und es steht alles noch auf dieselbe
Weise, wie es damals war, als die Niflungen erschlagen wurden;
auch die Tore: das östliche Tor, wo zuerst der Kampf sich erhob,
und das westliche Tor, das Hǫgnis Tor genannt wird, das die Niflungen in den Garten brachen…“

„…Auch solche Männer haben uns davon gesagt, die in Bremen
und Münsterburg geboren sind. Keiner wusste mit Gewissheit vom
Andern, doch sagten Alle auf dieselbe Weise davon. Auch entspricht das meist dem, was alte Lieder in deutscher Zunge sagen,
welche weise Männer gedichtet haben über die großen Begebenheiten, die sich in diesem Lande zutrugen.“

(Aus der Thidrekssaga)

Nachwort

Dietrich von Bern wird seit dem Mittelalter mit dem Ostgoten-könig Theoderich dem Großen gleichgesetzt. Seit langem wird im Gegensatz dazu auch die These vertreten, dass ein anderer, heute unbekannter König die primäre Vorlage der Sagenfigur bildet. Besonders Heinz Ritter baute diese Vermutung zu einer umfassenden Hypothese aus. Dietrich von Bern soll demnach im heutigen Bonn im Rheinland geherrscht haben. Manch einer hatte Ähnliches bereits vor ihm vermutet, doch Ritter lieferte als erster ein Gesamtgerüst für einen möglichen historischen Ursprung der Sage im heutigen Deutschland.

Ritter hat mit seinen überzeugenden Ansichten bis heute zahlreiche Anhänger. Und auch Historiker wie Ernst Jung, sowie zum Teil auch Jörg Oberste hielten seine Entdeckungen für überzeugend, wenigstens im Sinne einer Lokaltradition. Dennoch wurde Ritter für seine Thesen zu Lebzeiten vor allem von Seiten der Fachgermanistik hart angegangen und gescholten. Diese Kritik wurde zum großen Teil nicht fair vorgebracht und entbehrte vielfach jeder Grundlage. Vielleicht ahnten die Kritiker, dass im Bereich der Sagenforschung auch ihre Thesen auf recht wackeligen Füßen stehen und ebenso anfechtbar sind. Umso energischer verteidigten sie ihre Konstrukte und Hypothesen gegen Ritters Alternative. Sicher gibt es in Ritters Thesen Schwachpunkte. Belegbar sind sie ebenfalls nicht. Ritter war überzeugt, dass die Thidrekssaga tatsächlich eine chronikalische Erzählung über ansonsten unbekannte Könige und Geschehnisse der Völkerwanderungszeit sein müsse. Die Fachwelt vermutet dagegen bis heute, dass die Sage in erster Linie auf historisch überlieferte Gestalten und Vorkommnisse der Völkerwanderungszeit zurückgeht, die im Lauf der Zeit bis zur Unkenntlichkeit verfremdet wurden.

Die Wahrheit dürfte wohl irgendwo dazwischen liegen. Wahrscheinlich ist, dass in die Sage neben den uns heute noch bekannten historischen Vorbildern (wie Theoderich dem Großen) auch anderweitig nicht überlieferte, geschichtliche Personen eingeflossen sind, und dass viele der schwer erklärbaren Eigenheiten der Sage dieser Vermengung zuzuschreiben sind.

Vermutungen in diese Richtung wurden bereits vor Ritter schon häufiger geäußert, etwa von Frutolf von Michelsberg (12. Jh.) und Karl Simrock (19. Jh.), dem Übersetzer des Nibelungenliedes. Aber Ritter arbeitete die Überlegungen aus. Demnach wären die Geschichten über einen heute nicht mehr bekannten rheinischen König namens Dietrich später mit denen des großen Herrschers der Ostgoten, Theoderich, vielleicht auch mit dem Franken Theuderich I. vermischt worden, in der irrigen Annahme, es müsse sich um die gleiche Person handeln.

Ähnlich verhielt es sich wohl mit einem heute sonst unbekannten germanischen Herrscher namens Atala, (vielleicht ursprünglich auch Aktilius, Atli, Odilo oder ähnlich), der der Sage nach über ein Volk der Hunen oder Hünen herrschte und im mittelhochdeutschen als Etzel auftritt. Es ist nicht unwahrscheinlich, dass diese Sagengestalt auf eine heute unbekannte historische Person zurückging und sehr bald mit dem bekannten Hunnenfürsten Attila aus Osteuropa verwechselt wurde.

Auch die Nibelungen, die im Nibelungenlied mit den germanischen Burgundern gleichgesetzt werden (ihr König Gundahar fiel im Jahre 436 n. Chr.), könnten in Wahrheit auf ein anderes Königsgeschlecht zurückgehen. Ritter vermutet ihren Sitz Vernica in Burg Virnich bei Zülpich, was der Thidrekssaga und dem dort geschilderten Nibelungenzug über die Dhünn-Mündung am Rhein nach Soest eine erstaunliche innere geographische Logik verleiht. Ähnliches gilt für die Schlacht bei Gränsport an der Moselmündung, die genau zwischen Soest und Trier liegt.

Nimmt man diese Verwechslungshypothese an, so scheint es, als hätte die Thidrekssaga die Erinnerung an den Bonner Kleinkönig und den Soester Hunenkönig in der ursprünglichsten Form bewahrt.

Manchem Leser mag es unglaubwürdig erscheinen, dass derart viele Könige in der Sage vorkommen sollen, die heute völlig unbekannt sind. Tatsächlich aber muss man davon ausgehen, dass im Rheinland und noch mehr in Westfalen und Hessen nach dem Fall der römischen Herrschaft dutzende Kleinkönigreiche und ähnliche Herrschaftsgebiete bestanden. Nach Chlodwigs Aufstieg standen diese zum Teil vielleicht in einem Abhängigkeitsverhältnis. Nur zwei dieser vielen Könige des Rheinlandes, nämlich Sigibert der Lahme und sein Sohn Chloderich, sind uns heute aus der besagten Zeit und Region bekannt. Alle anderen sind im Dunkel der Geschichte verschwunden. Es wäre also im Gegenteil eher ein Zufall, wenn heute noch zeitgenössische historische Informationen über Kleinkönige des Rheinlandes oder Westfalens aus der Zeit um 500 n. Chr. vorliegen würden.

Überdies scheint es dennoch Chroniken zu den Herrschern der Heldensage aus späterer Zeit gegeben zu haben. Chroniken über Ermenrich, Dietrich von Bern und Etzel (Atala) sind etwa durch Frutolf von Michelsberg im 12. Jahrhundert bezeugt. Sie wurden allerdings uminterpretiert, schließlich als falsch abgestempelt und eliminiert.

Umgekehrt mag es zunächst verwundern, dass kein historisch bekannter Herrscher in der Sage auftritt. Auch hier ist aber wieder festzuhalten, dass es nur wenige heute noch bekannte Herrscher oder Personen dieser Zeit im Rheinland gab. Neben den Merowingern, die aber erst seit etwa 508 n. Chr. in diesem Raum fassbar werden, bleiben hier vor allem wieder Sigibert der Lahme und sein Sohn. Dazu kommt noch Arbogast der Jüngere als Lokalherrscher von Trier. Wenn diese keinen direkten Einfluss auf die Heldenlieder hatten, ist nicht verwunderlich, dass sie unerwähnt blieben.

Der Streit, ob Dietrich von Bern Theoderich der Große ist, ist auf sachlicher Ebene kaum zu entscheiden. Das mit Abstand wichtigste Argument, das die Befürworter der fachgermanistischen Lehrmeinung für sich geltend machen können, ist das Hildebrandslied, das im 9. Jahrhundert im Kloster Fulda in altniederdeutsch-althochdeutscher Mischsprache niedergeschrieben wurde. Es gilt als ältestes Textzeugnis der Sage und setzt den Stoff um Dietrich von Bern offenbar als bekannt voraus. In diesem Manuskript wird Odoaker als Feind Dietrichs erwähnt. Der historische Ostgotenkönig Theoderich der Große kämpfte tatsächlich gegen Odoaker, während die Erzfeinde des Dietrich von Bern in allen anderen Sagenversionen Ermenrich und Sibich sind. Das Vorkommen Odoakers in der ältesten Version der Sage spricht in der Tat dafür, dass der Ursprung der Sage doch bei Theoderich dem Großen lag und die Handlung von dort nach Norden wanderte.

Das Alter eines Textes muss aber nun nicht zwangsläufig mit der Ursprünglichkeit korrelieren. Das Hildebrandslied wurde in jedem Fall mindestens 300 Jahre nach den geschichtlichen Ereignissen niedergeschrieben, die es behandelt. Auffällig ist, dass es in einem Mischdialekt aus Niederdeutsch und Hochdeutsch erscheint. Dies könnte damit zu erklären sein, dass hochdeutsch sprechende Mönche ein älteres, niederdeutsches Heldenlied vorfanden, dieses aber nicht besonders gut verstanden und daher umformten.

Sollten die Mönche des Klosters dabei den Dietrich der Sage mit Theoderich dem Großen gleichsetzt haben, dann ist gut vorstellbar, dass sie in gut gemeinter Absicht Odoaker anstelle von Ermenrich als Feind Dietrichs in die Sage einführten. Immerhin besaßen die Fuldaer Mönche eine umfangreiche Bibliothek mit antiken Texten. Daher dürften sie über den Kampf zwischen dem Goten Theoderich und Odoaker informiert gewesen sein. Es wäre den Mönchen kaum zu verdenken, wenn sie hier versucht hätten, einen offensichtlichen Fehler des Sagentextes auszubügeln.

Wenn das Szenario dieser Verwechslung zuträfe, dann hätten die Mönche mit ihrer „Verbesserung" im älteren Hildebrandslied ein Irrlicht erschaffen, das die Sagenforschung bis heute daran hindert, die Ursprünge der Sage zu finden. Ein Argument, das für dieses Szenario spricht, ist die Tatsache, dass nahezu alle anderen Versionen der Sage Ermenrich und nicht Odoaker als Feind Dietrichs kennen und sich im Grunde keine wirklich plausible Erklärung für eine solche allumfassende, plötzliche Änderung finden lässt.

Ein zweites solches Irrlicht wäre die Erwähnung von Etzels Reich in Pannonien im Waltharius aus dem 10. Jahrhundert. In dem Falle gilt auch aufgrund des jüngeren Alters umso mehr, dass die Schreiber die alten Lieder korrigiert haben könnten, weil sie in anderen lateinischen Quellen von einem König Attila in Pannonien lasen, und ihn mit dem Soester König der Sage (der ähnlich geheißen haben mag) gleichsetzten.

Dennoch glaubt die Fachwelt bis heute mehrheitlich daran, dass Nibelungen- und Dietrichsage auf verschiedenen Sagensträngen beruhen, die aus verschiedener Zeit stammen. Man nimmt an, dass im Verlauf der langen Überlieferungsgeschichte der Hunnenkönig Attila († 451), der Gotenkönig Ermanarich († 376), sowie Theoderich der Große († 526) und der Burgunder Gundahar († 436) zu scheinbaren Zeitgenossen wurden. Dies sei die Eigentümlichkeit der germanischen Heldensage an sich.

Nimmt man dies an, bleibt aber unklar, weshalb die Sagenstränge sich offenbar sehr plötzlich ab dem 9. Jahrhundert zu jener Form zusammengefügt hätten und ab dann erstaunlich unveränderlich blieben. Alle bekannten Sagenversionen berichten im Grunde die gleiche Geschichte, auch wenn Namen, Orte und Einzelheiten zum Teil abgewandelt sind. Diese Geschichte hat kaum etwas mit den historischen Schicksalen der angeblichen Vorbilder gemein. Eine weitere Vermischung mit Helden aus anderen germanischen Sagenkreisen, wie dem Beowulf, der Hervarar-Saga oder dem Rolandslied fand offenbar ebenfalls kaum statt.

Auch muss man sich dann fragen, warum in der Thidrekssaga Soest zur Hauptstadt Attilas wurde und die Schlacht zwischen Dietrich und Ermenrich an die Mosel verlegt wurde? Meist wird dies von der Fachwelt mit einer lokalen Ortssage begründet. Weil aber das gesamte Ortsgerüst der Thidrekssaga hervorragend in das Gebiet des heutigen Norddeutschlands hineinpasst, müsste man fragen, ob es nicht auch in diesem Falle bereits eine nordwestdeutsche Regionalsage war.

Wenn man nun fragt, wie eine solche nordwestdeutsche Sage entstanden sein könnte, dann muss man wohl in Betracht ziehen, dass es in Soest tatsächlich einen Herrscher mit Namen Atala und bei ihm einen vertriebenen Herrscher namens Dietrich gab, und dass eine Gruppe von Kriegern über den Rhein nach Soest in ihren Untergang zog. Die große Frage ist wohl, wie viel von einer solchen regionalen Sage auf wahren Begebenheiten beruht und welchen Anteil diese Sage an der heutigen Thidrekssaga hat. Vielleicht mehr als man allgemein annimmt.

Die Orts- und Personennamen

Im Mittelalter existierte noch keine Rechtschreibkonvention. Die Orte werden in den verschiedenen Fassungen der Sage daher oft mit leicht veränderten Namensformen genannt. Auch finden sich in ein und demselben Text oft mehrere verschiedene Schreibweisen. In diesem Buch wurden die Namen vereinheitlicht. Die meisten Ortsnamen dieses Buches entstammen Thidrekssaga, vor allem der schwedischen Fassung (Didrikschronik). Wo andere verwendet wurden, wird in den Fußnoten darauf verwiesen. Auch bei den Personennamen existieren je nach Sagenfassung und Region meist mehrere Varianten für dieselbe Person. Die nachstehende Liste gibt diese verwirrende Vielfalt zum großen Teil wieder und zeigt an, welche Form jeweils in diesem Buch verwendet wurde. In aller Regel wurde hier die hochdeutsche (=oberdeutsche) Form verwendet, da dieses Buch in hochdeutscher Sprache verfasst wurde. Etwaige Übersetzungen in andere Sprachen sollten am besten die jeweils üblichen Namensformen verwenden. Die Namen der altschwedischen Didrikschronik dürften den ursprünglichen Namen wohl am nächsten kommen.

Hochdeutsch	Altschwedisch	Altnordisch/Isländisch	Verwendet
Attila/Etzel	A(k)tilia/ At(t)ilius/ A(k/r)tilius	Atala/Attila, Atla/Atli	Etzel
Alberich	Alfrik	Andwari	Alberich/Andwari
Brünhild	Brynilla	Brynhild	Brünhild
Diether	Thetmar		Diether
Dietleib	Detzlef	Thetleif	Dietleib
Dietmar	Thetmar/ Tackmar (Sv B)	Thetmar	Dietmar
Dietrich von Bern	Didrik von Bern	Thidrek	Dietrich von Bern
Eckewart	Ekkihard	Ekkihard	Eckewart
Eckesachs	Ekkisax	Ekkisax	Eckesax
Ermenrich	Ermenrik	Jörmunrek	Ermenrich
Gunther	Gunner/ Gunnar	Gunnar	Gunther
Gernot	Gernhold/ Goroholt	Gernoz	Gernot
Giselher	Gyntar/ Gynter	Giselher	Giselher
Hagen	Hagen	Högni	Hagen
Heime	Heim	Heim	Heime

Helche	Ercha	Erka	Helche
Hildegrim	Hyllagrimm		Hildegrim
Hildebrand	Hillebrand	Hildebrand	Hildebrand
Amelungen	Humlingen/ Aumlungen/ Himblinge	Ömlungen/ Aumlungen	Aumlungen
Heunen/ Hünen/ Hunnen	Hunen/ Hymingha/ Hymerna		Hunen
Kriemhild/ Krimhild	Crimilla	Gudrun/ Grimhild/Crimilla	Krimhild
Mime	Mym(m)er/ Myn(n)er	Mimir	Mime
Mimung	Mymming/ Memming	Mimung	Mimung
Nibelungen	Niflungen/ Nöfflinge	Niflungen	Nibelungen
Oserich	Osantrix	Osantrix	Oserich
Rüdiger	Rodinge(i)r	Rodinge(i)r	Rüdiger
Ryssen/ Reussen	Rytzen		Rytzen
Sibich	Siveke/ Sevekin	Sifka	Sibich
Siegfried	Sigord	Sigord	Siegfried
Wieland	Weland	Völund	Wieland
Wittich/Witege	Wideke	Widga	Witege

Mögliche Zeitskala

fett: gesicherte historische Ereignisse

kursiv: Geschehnisse der Sage (mit dem Vorschlag einer zeitlichen Einordung)

Die Einordnung des Sagengeschehens (in *kursiv*) ist ausdrücklich nur als Vorschlag zu betrachten. Wenn Dietrich von Bern ein König in Bonn war, dann muss seine Herrschaft, Flucht und Rückkehr aber wohl mindestens 25 Jahre gedauert haben und irgendwann zwischen der Mitte des 5. und dem Beginn des 6. Jahrhundert gelegen haben.

- **um 453: Theoderich der Große wird geboren**

- **453: Tod Attilas des Hunnen.**

- *um 466: Wieland kommt zu König Nidung.*

- *um 469: Dietrichs Großvater erobert Bern.*

- *um 470: Dietrich wird geboren.*

- **471: Theoderich der Große wird König der Ostgoten.**

- *um 476: Hildebrand kommt nach Bern.*

- *um 478: Samson stirbt. Ermenrich wird König.*

- **Um 480: Trier kommt unter germanische Herrschaft.** *Ermenrich erobert die Stadt Romaborg (vermutlich Trier).*

- **482: Tod König Childerichs. Chlodwig wird König.**

- *um 487: Mit jungen Jahren zieht Witege nach Bern und wird Dietrichs Mann.*

- *um 488: Dietrich nimmt am „ersten" Hoftag Ermenrichs teil, wo er Atala (Etzel) trifft. Wenig später stirbt sein Vater.*

- *um 489: Dietrich hilft Atala gegen dessen Schwiegervater Oserich. Dietrich hilft Ermenrich beim Zug gegen Jarl Rimstein.*

- *um 490: Zug ins Bertangaland, Siegfried wird Dietrichs Mann. Siegfried heiratet Krimhild, Gunther heiratet Brünhild.*

- *um 492 Dietrichs Vertreibung durch Ermenrich.*

- **493: Theoderich der Große ermordet Odoaker in Ravenna.**

- **um 509: Sigibert der Lahme wird ermordet.**

- **511: Chlodwig I. stirbt.**

- *um 512: Schlacht bei Gränsport.*

- *um 513: Siegfriedsmord. Atalas Frau Helche stirbt.*

- *um 515: Krimhild heiratet Atala.*

- *um 522: Untergang der Nibelungen. Dietrich erobert Bern und Romaborg (Trier) zurück.*

- **526: Theoderich der Große stirbt.**

- **531: Die Frankenkönige Theuderich I. und Chlothar unterwerfen das Thüringerreich.** König Irminfried flieht zu König Atala.

- **um 532 (oder um 526): Nicetius wird als Bischof in Trier eingesetzt** (Siehe Oostebrink 2017).

- *532: Etzels Tod (in den Quedlinburger Annalen vermerkt).*

- um 533 König Irminfried stirbt in Zülpich

- **534 Theuderich I. stirbt.**

- *um 535: Dietrich von Bern stirbt. Das Hunaland übernimmt König Humli, die rheinischen Länder erhalten die Merowingerkönige.*

- *um 555: König Angantyr besiegt Humli und erobert das Hunaland.*

Stammbaum Dietrichs von Bern

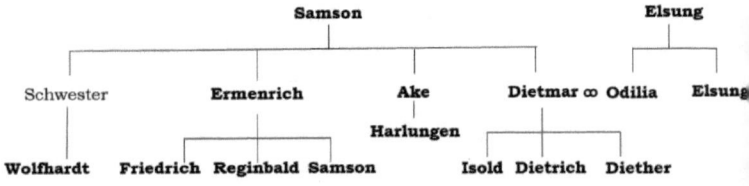

Weiterführende Werke

Edo Wilbert Oostebrink: *De Hunenslag bij Groningen = Die Hunenschlacht bei Groningen*. Delft 2012, ISBN 978-9081890106

Edo Wilbert Oostebrink: *Die Anfänge der Merowingerherrschaft am Niederrhein. Gregor von Tours, die Thidrekssaga und die Hervararsaga als Quelle*. Delft 2017, ISBN 978-9081890113

Heinz Ritter-Schaumburg: *Die Nibelungen zogen nordwärts*, Taschenbuchausgabe mit Register, 8. unveränderte Auflage, Reichl, St. Goar 2002, ISBN 978-3876671291

Heinz Ritter-Schaumburg: *Dietrich von Bern - König zu Bonn*, Herbig, München 1982, ISBN 978-3776612271

Heinz Ritter-Schaumburg: *Sigfrid - ohne Tarnkappe*, Herbig, München 1990, ISBN 978-3776616521

Heinz Ritter-Schaumburg: *Die Didriks-Chronik oder die Svava. Das Leben König Didriks von Bern und die Niflungen*. Erstmals vollständig aus der altschwedischen Handschrift der Thidrekssaga übersetzt und mit geographischen Anmerkungen versehen, 2. unveränderte Auflage, Reichl, St. Goar 1991, ISBN 978-3876671024

Heinz Ritter-Schaumburg: *Die Thidrekssaga oder Dietrich von Bern und die Niflungen*.' Übersetzung durch Friedrich Heinrich von der Hagen. Mit neuen geographischen Anm. vers. von Heinz Ritter-Schaumburg. 2 Bände. Der Leuchter, Reichl, St. Goar 1989. ISBN 978-3876671017

Hermann Reichert: *Heldensage und Rekonstruktion. Untersuchungen zur Thidrekssaga* Philologica Germanica 14. Wien 1992, ISBN 978-3900538347

Joachim Heinzle: *Einführung in die mittelhochdeutsche Dietrichepik*. De Gruyter, 1999. ISBN 978-3110150940

Jörg Oberste: *Der Schatz der Nibelungen: Mythos und Geschichte*. TV-Begleitbuch zur gleichnamigen ARD-Reihe. Lübbe, Bergisch Gladbach 2008, ISBN 978-3-7857-2318-0

Joachim Heinzle: Einführung in die mittelhochdeutsche Dietrichepik. Berlin, New York 1999. ISBN 978-3110150940

Ernst F. Jung: *Der Nibelungen Zug durchs Bergische Land: Bakalar und Grafen von Berg im neuen Licht d. Thidrekssaga; Perspektiven-Analysen-Argumentationen nach H. Ritters Deutung*. Heider, 1987. ISBN 978-3873141650

Reinhard Schmoeckel: *Deutsche Sagenhelden und historische Wirklichkeit. Zwei Jahrhunderte deutscher Frühgeschichte neu gesehen*. Georg Olms Verlag, Hildesheim u. a. 1995, ISBN 978-3487100357

Reinhard Schmoeckel: *Bevor es Deutschland gab. Expedition in unsere Frühgeschichte – von den Römern bis zu den Sachsenkaisern*. 4. Auflage. Bastei Lübbe, Bergisch Gladbach 2004, ISBN 978-3404641888

Rolf Badenhausen: *Die Nibelungen: Dichtung und Wahrheit*. Monsenstein und Vannerdat, 2005. ISBN 978-3865820440